烟波人长安 著

一往无前

SPM
南方出版传媒
广东人民出版社
·广州·

图书在版编目（CIP）数据

女往无前 / 烟波人长安著 . — 广州：广东人民出版社，
2020.8
ISBN 978-7-218-14378-1

Ⅰ . ①女… Ⅱ . ①烟… Ⅲ . ①长篇小说—中国—当代 Ⅳ .
① I247.5

中国版本图书馆 CIP 数据核字 (2020) 第 123990 号

NÜWANGWUQIAN
女往无前
烟波人长安　著

出 版 人：肖风华

策　　划：时光机图书工作室
责任编辑：钱飞遥　刘　颖
责任技编：吴彦斌　周星奎
出版发行：广东人民出版社
地　　址：广州市新港西路 204 号 2 号楼（邮政编码：510300）
电　　话：（020）85716809（总编室）
传　　真：（020）85716872
网　　址：http://www.gdpph.com
印　　刷：广东鹏腾宇文化创新有限公司
开　　本：890 毫米 ×1240 毫米　1/32
印　　张：12.75　　　字　　数：300 千
版　　次：2020 年 8 月第 1 版
版　　次：2020 年 8 月第 1 次
定　　价：45.00 元

如发现印装质量问题，影响阅读，请与出版社（020-85716849）
联系调换。售书热线：（020）85716826

献给七七

没有你就没有这本书

CONTENTS
目　录

第一部分

赌 局

nv wang wuqian

>>>>>>>>>>>>>>>>>>>>>

第一章 突 变

2017 年 7 月 17 日　上午 6：00

1

<<<

早晨六点，林依然就被电话吵醒了。

她挣扎着从枕头底下伸出一只手，拿过床头柜上的手机，看了一眼来电显示，叹了口气，但还是无奈地按下了接听键。

"喂，妈。"她不情不愿地把手机凑近耳边。

电话那头大声说了什么，她听得皱起了眉头。

"现在才六点，我九点才上班，现在起来干吗……我昨天加班到凌晨两点才睡……"

林依然眯着眼睛翻了个身，"项目现在正是需要人的时候……结婚？谁结婚？我幼儿园的同学？"

她又叹了口气，仰面朝天望着天花板，"妈，你早晨六点给我打电话，就为了和我说我幼儿园的同学结婚？我怎么了？我在北京过得好好的，我……肖全？"

林依然猛地坐起来，强压住心里的怒火，"妈，我说最后一次，我不想听到肖全这个名字了……和好？我为什么要跟他和好？我就一定要和这种'人渣'结婚吗？"

电话那头一时陷入了沉默。

林依然自觉声音太大，深吸一口气，尽量平复情绪，接着说："妈，我不可能原谅他，他现在过得好不好，和谁在一起，跟我没关系。我就算一个人老死，也不会再跟他有任何交集了，我说明白了吗？"

电话那头又说了些什么，林依然的怒火慢慢平息下来，一边听着，一边答应几句："嗯，我知道，嗯……庆祝就不庆祝了，最近特别忙……我也想休息啊，可我休息了，手底下三十几号人怎么办？你女儿现在可就靠这个产品翻身了……回家？那我也不能一辈子在你和我爸身边蹭吃蹭喝吧？行，我晚上买个蛋糕什么的……谢谢妈……你跟我爸也注意身体……好了不说了，我再睡一会儿，嗯，拜拜妈。"

挂了电话，林依然看了看屏幕，随手把手机扔到一边。唉，她妈打电话，十次有九次都跟结婚有关。

她知道，自己"年纪不小"了，也知道，爸妈在老家那种小地方，一定承受了不少压力。

但不谈恋爱不结婚，一个人就不能生活吗？何况至今未婚，根本就不是她的责任啊。

如果那件事没有发生，也许……

这么一折腾，林依然已经清醒了大半。她索性起床洗漱，给自己做了一份三明治，再加一杯浓浓的咖啡。

林依然很快吃完早餐，一刻不停地准备出门。

九点半她和团队的人有一个重要的晨会要开，这也许会直接决定产品下一步的方向。现在出门的话，她九点前就可以到公司，还有时间把之前的方案再过一遍。

她换鞋的时候，手机突然响了。

是他发来的微信消息，只有四个字："生日快乐"。

林依然看着手机，笑了笑。她想到什么，拿起门厅鞋柜上摆放的日历，轻轻往后翻了一页。

2017 年 7 月 17 日，几个小时前，她满 30 岁了。

2

<<<

林依然上班的地方在北京三环附近的一栋大写字楼，两个单元，各二十层，大大小小几百家公司都在这里落脚。她所在的凌一科技，租下了其中一栋的六至八层。

这是一家中型互联网公司，有两百多名员工。林依然在这家公司担任高级产品经理，是一款 APP 开发项目的负责人。这个项目是她半年前自己策划的，主打宠物类短视频，林依然给它起了个温暖的名字——"宠爱"。

最近几个月，她都在忙这件事。

林依然打车到公司只需要十几分钟，可今天在离公司只有两百多米的地方，车流无论如何都不动了，林依然索性下车走过去。

快走到公司，冷不丁身后一阵响声，一个人影飞快地从她身边经过——这个踩着电动滑板车、留着齐肩发、眉清目秀的女生，还回头向她打了个招呼："依然，早！"

林依然还没来得及回话，女生又风驰电掣地往前走了。

成孟聆，她团队里年纪最小的员工，95 年的，去年才入职，上下班永远踩着一辆滑板车，衣角飞扬地闪去，在人群中很扎眼。

林依然看着这姑娘远去的身影，忽然有些感慨，她 22 岁的时候，是不是也像这样，天然地带着一种无所畏惧的纯真？

但现在的她，早就是另外一个人了。虽然在互联网公司，她不需要用高跟鞋、职业装打造出精英范，但她还是会选择简洁得体的服装彰显自己的成熟。她平时化着精致的妆容，顶着精心打理过的头发。工作多年，她也早学会了见人说人话、见鬼说鬼话，隐藏真实的想法，一切为利益服务。

这算好事，还是坏事？

"宠爱"团队的办公区域在写字楼的六层。

林依然坐电梯上去，先跟前台的思琪打了个招呼。

思琪叫住她："依然，你有一个快递。"

"快递？"林依然一愣。她不记得自己买过东西。

"嗯。"思琪说着，从前台桌子下面抱出一个不大不小的盒子。

收件人确实是林依然，但寄件人信息写得很潦草，看不清。

林依然接过盒子，在前台的快递领取记录上随手签了名，抬头又撞上思琪的目光，这个漂亮但不锋利的女生给了她一个温暖的笑容。

"生日快乐，依然。"思琪说，"人事系统提醒我今天是你生日。公司有生日礼品卡，我上午去行政领，下午给你。"

"谢谢。"林依然回以微笑，抱着盒子走进办公区，心思一瞬间已经飘远了。难道这个快递，是谁给她寄的生日礼物？

第一个念头，这是他送的，但她立刻打消了这种幻想。她从来没对他透露过工作相关的信息，他不可能知道她在这里上班。

那又会是谁呢？

这样想着，林依然走到了办公区深处。团队大多数人都已经在工位上了。林依然的工位在办公区一角，她和几个人打了招呼，又在走廊上站住，喊了一声："徐可。"

和她隔着两张办公桌，一个胖胖的女生猛地抬起头来，不必要地抖了一下，眼神里写着惊恐。

对这个眼神，林依然已经见怪不怪。

"后台的需求你整理好了吗？"她问，"小念今天身体不舒服，在家办公，晨会上后台相关的报告，你来做吧。"

徐可的表情，好像吃了一半的饭突然发现有虫子。"啊……好。"她犹豫着点点头，声音小到几乎听不见。

林依然鼓励地对她笑笑，走到自己的工位，一手打开电脑，一手把快递盒放在桌上。

她正打算找个剪子把它拆开，手机又响了。

3

<<<

"喂，依然。"她刚接起来，手机里就传出一个急切的声音，"不好意思啊，小天刚才吐了，不知道怎么回事，我得带他去趟医院，要晚点到公司！"

是凌夏，林依然大学的好友，比她早一年入职凌一科技，现在也是她团队的一员。

"哦，好。"林依然立刻回答。

"一会儿有晨会对吧……小天，过来穿鞋……我肯定赶不及了。"林依然听着，她都能想象出凌夏用肩膀夹住电话，空出两只手给小天穿鞋的样子。

"没事。"林依然说，"你先忙你的，你那边用户的事情，之后在群里说吧。"

"那行，我先去医院了。"

"好，你慢点开车啊。"林依然又嘱咐一句。

"嗯嗯，拜拜。"

"拜拜。"林依然还没说完这两个字，凌夏已经挂了电话。

林依然在电脑前坐下。她估计凌夏上午是不会出现了。小天正是需要人照顾的年纪，凌夏爸妈身体不太好，她一个人带着4岁的孩子，确实够辛苦的。还好她在林依然的团队，好友还能帮衬一下她。

叹了口气，林依然开始整理昨天弄完的资料，又迅速把之前敲定的产品方案过了一遍。今天团队的工作群里有点热闹，一会儿一个信息，都是在讨论最近公司的一些变动。

"听说了吗？"有人在群里说，"好像公司要把'微世界'砍掉了。"

"这个 APP 不是做得挺好的吗？"另一个人问。

"听说是投资人的意思，觉得这个产品前景不好，又不能快速变现，就要砍了。"

"这个月已经砍了两条产品线了，这是铁了心要抓紧时间上市啊。"又有人说。

"依然，你知道这事吗？"有人问。

"我大概知道。"林依然抽空回道，"但这件事，跟我们有关系吗？"

群里立刻安静了。

林依然没再管他们，继续检查着手上的资料。她的确知道"微世界"的事，知道这个曾被公司寄予厚望的微资讯类产品要被暂停了；也知道，自从年初凌一科技的两个投资方相继撤出，由目前仅剩的一家投资公司风向资本全盘接手之后，已经连续砍掉了几个前景不明的产品线。

但她不觉得这会对"宠爱"有什么影响。她做这个产品，瞄准的是行业还没有人涉足的垂直领域，搭上的是 4G 时代流量爆发的顺风车，前景可期，也有公司 CEO 的大力支持，资方应该动不到她头上。

林依然低头看了眼时间，还有五分钟开会。她正准备去会议室，却听到电脑响了一声，提示有一封新邮件。

这是一封内部加密邮件，林依然凑近屏幕认真阅读，看着看着，她操作鼠标的手慢慢停了下来。

电脑屏幕上，邮件停在正文部分：

Dear all,

我是曾凡，抱歉在周一的上午给大家发这样一封邮件。不过还是要很遗憾地通知大家，由于公司战略调整以及产品前景等原因，公司高层现决定：

即日起，停止"宠爱"APP所有的开发进度。

原开发组成员，部分员工调职其他部门，其余将做裁员处理。

该次裁员不涉及公司其余产品线，且需在一个月内完成，请负责"宠爱"APP的产品经理林依然、产品总监雷川做好项目终止的收尾工作，并配合人事部门尽快完成员工的协调安排。

具体裁员名单和人事变动情况，可直接同人事总监对接。

谢谢各位，后续我会对此次决定做更详细的说明。

另：为免造成不必要的传闻，影响公司内部稳定和外部口碑，此封邮件的内容，未经我批准，任何人不得泄露。除产品变动涉及的人员外，也不宜让其他无关人员得知此次人事调整的具体原因，感谢大家配合。

曾凡

凌一科技 CEO

邮件一共也没有多少字，林依然却看了很久，她不愿意相信，"宠爱"也要被砍掉了。

第二章 谈 判

2017 年 7 月 17 日 上午 9：30

1
<<<

"那封邮件是什么意思？"

面对林依然明显来者不善的质询，产品总监雷川，这个有些秃顶的男人先是叹了口气，接着露出一脸无奈的表情，"这是上面的决定，收到邮件我也觉得很突然。"

"你事先不知道？"林依然问。

"略有耳闻。"雷川小心地选择措辞，"但没想到来得这么快，我以为还有转圜的余地，所以之前也没告诉你。"

"也就是说，你早就知道。"林依然死死地瞪着他。

雷川又叹了口气，"林依然，这件事我知道或者不知道，已经不重要了。"他说，"我也争取过，但这真的不是我能左右的。现在你我要做的，就是怎么把这件事善后。"

"好了，我知道了。"林依然冷冷地扔下一句话，转身就走。

"你去哪儿？"雷川下意识地问。

"我去找曾凡！"

从雷川的工位走到六层的楼梯间，上楼梯，一步一步走到八层，这段路，林依然几乎是在无意识中走完的。

等她回过神来，发现自己在默默地数着楼梯的级数，一级、两级、三级……她突然觉得，自己这几年就像在爬楼梯，爬上去很艰难，要一步一步地走，但要跌下去，只需要踩空一脚就够了。

感情是这样，工作也是这样。

快结婚了，男朋友跑了；快做成一件大事了，前东家把项目关闭了；好不容易这次 APP 项目有了大展拳脚的机会，结果一封邮件，又把她打回了现实。

"宠爱"要终止开发？为什么？之后该怎么办？我又该怎么办？自打看到那封邮件，这些问题就不停地跳出来，她不能不想，但又不敢想。

除此之外，她脑子里一直在回荡着一句话："依然，你想不想来我这里做些大事？"

这话是几个月前，曾凡亲口对她说的。

不知不觉间，林依然发现自己已经站在了 CEO 办公室的门口，她敲了敲门，门里立刻传出曾凡的声音："请进。"

2

<<<

林依然推门进去。曾凡坐在一张式样简单的办公桌后面，戴着一副细框眼镜，还是老样子，一脸捉摸不透的神情。

令她意外的是，办公室里还有另一个人。一个身形高大削瘦、衣着整洁笔挺的男人，此刻正毕恭毕敬地站在曾凡桌旁。

这是方路，CEO 助理，两个月前刚刚来到凌一科技。

林依然之前见过他一面，对他的相貌和气质印象深刻，也听说过，他是公司多数单身女孩子心目中的新晋"男神"。

问题是，他是风向资本的人。

他们两个人似乎在讨论什么问题，看到林依然进来，方路有些惊讶，上下打量了她一眼。曾凡则正襟危坐，眼神中掠过一丝复杂的意味。

"依然，你来了。"听曾凡的意思，他知道她会来。

他这种语气反而激起了林依然内心的怒火。她也不管一旁的方路，直接发问："曾凡，为什么要这样？"

"你先坐。"曾凡指指办公桌前面的沙发。

"你不知道我们马上要进入开发阶段了吗？"林依然没有动，而是一连串地发问，"你不知道我们为这件事付出了多少吗？这么多人做了整整三个月，说停就要停，究竟是为什么？你当初答应过我，要给我足够的支持去做这件事，你忘了？"

曾凡一直没插嘴，等着她把话说完，才又指指沙发。

"你先坐。"他重复道。

林依然紧盯着他看了一会儿，曾凡也这么看着她，虽然他身材并不高大，也没有发火，但还是透着一种不容反抗的威严。最终，林依然屈服了，她抿着嘴在沙发上坐下。

方路见气氛紧张，他夹在中间也很尴尬，就对曾凡说："曾总，那我先走了。"

曾凡却摆摆手，说："不用，你留下。"

林依然看看曾凡，又看看方路，不明白曾凡是什么用意。

曾凡沉默一下，又开口说："依然，我要向你道歉。这件事，于公于私我都应该事先告诉你，但我不知道该怎么向你说明，当初是我批准开发这个产品，现在却要由我来终结它，我知道这很可笑，所以我开不了这个口。"

"你不用道歉。"林依然说，"你如果真的觉得抱歉，就收回你的决定，说你做了一个错误的判断，你还是要把'宠爱'APP 做下去。"

"依然。"曾凡扶了下眼镜，"做这个决定，我不是一时冲动。方路代表资方，已经做过很详尽的计算，按照'宠爱'现在的发展模式，后期需要很大的投入，但回报并不明朗，对于公司来说，现在关闭'宠爱'，是最佳选择。"

林依然毫不示弱："你的意思是，这个决定其实是沈德的意见？"

沈德是风投公司风向资本的创始人，以出手果决、为人强势著称，他投资了很多家中小型互联网公司，是业界知名的投资者。

方路似乎想说什么，曾凡制止了他，"的确是沈总的意见，但也是公司业务上的战略调整。你也看到了，公司前段时间关停了很多前景不佳的项目，都和公司的发展方向有关。"

"那你呢？"林依然问，"你亲口说过，你很看好这个产品，你对它的未来有很大的期望。"

曾凡认真地看着她，说："不错，我是这么说过，现在我依然这么觉得。但我是公司的 CEO，必须衡量多方的利益和意见，不能只考虑我自己。依然，希望你能理解。"

站在曾凡的角度，这段话不可谓不诚恳，其中暗含的信息，林依然也不是听不出来。她之前听曾凡说过，风向资本想在两年内看到凌一科技上市，为此曾凡也承担了很大的压力。这件事上，曾凡的意见，可能确实不再重要了。

但林依然并不甘心放弃，"曾凡，我真的希望你再考虑一下。这个产品能帮我们打开新的市场，我们并不是在做一件看不到回报的事情。收益我们可以在后期多想想办法，开发成本我也可以尽力缩减。有没有前景，至少让我们把产品做出来再看吧？"她看了一眼方路，继续说道，"还有，资方对'宠爱'的计算，是否全面？是否准确？"

方路见矛头指向自己，立刻说："'宠爱'的成本核算和收益前景，我做过两次计算，也都给曾总详细说明过。如果林小姐有怀疑，我可以在这里给你再演示一次。"

"不用了。"林依然生硬地说。其实她心里明白，曾凡让方路留下，已经足以证明他相信方路，也相信方路对"宠爱"的预测和判断。

只是……

"曾凡。"林依然前倾上身，几乎要站起来，"我不想就这样结束。当初是你亲自把我招进凌一科技，是你说，相信我能做出一个成功的产品。去年在雷川的团队，我也证明过我的能力。我不要求什么，只希望你多给我一点信任，不可以吗？"

"依然，我还是像以前一样信任你，不管是作为你的上级还是你的朋友。如果现在凌一科技是一家大公司，我一定会无条件给你所有你想要的支持。"曾凡停顿一下，继续说，"但我们现在还不是，所以我只能做出这个决定。你接下来的工作，我另有安排。"

他慢慢摘下眼镜，开始揉眼睛。这个动作林依然很熟悉，他的意思是到此为止。

接下来的时间，林依然完全是在无意识中度过的。她只知道她在沙发上坐了一会儿，才积攒出站起来的力气，一点点走向办公室门口。

短短几步路，好像走了几个小时那么漫长。她一边走，一边在脑海中迅速想着：真的没有办法了吗？三个月的努力，真的就只能这样了吗？她又想到方路的那些话，成本、前景、风险……

她在门口站住了。

她慢慢侧过身，看着方路和曾凡。他们两个也用不明就里的眼神看着她。

"曾凡，敢不敢和我赌一把？"她问。

3
<<<

"赌？"曾凡伸手戴上了眼镜，"依然，你在说什么？"

"我要和你赌一把。"林依然站直身子，思路逐渐清晰，"我要继续开发'宠爱'。"

曾凡和方路迅速对视了一眼，"依然，刚才我们已经说得很清楚了。"

"是很清楚。"林依然冷静地说，"我也同意，按照现有的模式开发这个 APP，成本太高，我完全理解。"

她往前走一步，认真地看着曾凡，继续说："所以我要单独带一支小团队，用最少的人、最快的时间，把'宠爱'上线。"

方路笑了，"林小姐，你的提议跟之前并没有太大区别。"

"有区别。"林依然强硬地说，"如果大幅缩减人员，缩短开发时间，这个成本一定可以得到控制，我不认为公司承担不起。"

"但是……"方路又想说什么。

但这次曾凡打断了他："你说最少的人，具体是几个人？"

林依然迅速在脑子里想着，"四个，最多五个。"说完，她又补充一句，"算上我自己。"

"时间呢？"

"半年。"林依然说。

"太久了。"曾凡一口否决。

"那就四个月。"林依然豁出去了，"两个月上线，两个月运营，我保证，四个月后，我会把'宠爱'做到百万'日活'。"

刹那间，她看到曾凡眼中闪过一丝复杂的神情。

"这不可能。"方路立刻说，"林小姐，你太小看这个 APP 的工作量了，在我们的预测模型中，至少要一个二十人的团队，半年时间，才能打造出一个合格的产品，这还没有算上上线后的运营和推广成本。百万'日活'，不是说做到就能做到的。"

林依然毫不退缩地直视他，"我既然提出这个赌局，就有能力把它完成。"

　　这句话她是带着情绪说的，方路只是笑了笑，并没在意。"我没有质疑林小姐的能力，我只是从最现实的角度出估算，不管林小姐有没有信心，这件事都没有这么简单……"

　　"方路。"曾凡又打断了他。他向后靠过去，双手交叉，眼看着天花板。

　　"四个月，百万'日活'……还有别的条件吗？"他问林依然。

　　"只有一个。"林依然仿佛看到了希望，"团队几个人的工资要按现在的情况照发。如果最后我们真的做到了百万'日活'，你要给我们十倍月薪的奖金做奖励。如果没有做到，我们会自行辞职，不需要公司再承担任何遣散成本。"

　　方路看了她一眼，欲言又止。

　　"当然，这只是我一个人的想法。"林依然不理会他，又补充道，"如果我无法说服足够的人和我一起做这件事，我自己离开公司。"

　　她一口气说完，手心里已经全是汗。虽然说得干脆利落，但林依然心里并没底。

　　可她又必须去赌这一次。

　　曾凡始终保持着一个姿势。办公室里静得只能听到他桌上电脑运行的声音。他忽然问："依然，这个想法，是你来找我之前就想过的，还是刚刚突然想到的？"

　　"刚刚想到的。"林依然不得不承认。

　　"那你凭什么认为，我会同意呢？"曾凡又问。

　　"因为你也是创业过的人。当年你成立凌一科技的时候，只有三个人，但你们做出了'看什么'这个前所未有的产品，改变了整个行业的格局。你知道这种事就是需要大胆地尝试，你也知道……"她直视着曾凡，一字一句说，"互联网世界，很多时候，就是从不可能之中创造可能。"

　　这句话似乎触动了曾凡，他终于放下了双手，坐直了身子，"但你也应该能想到，这个赌局对我来说没有什么好处。"

"有。"林依然反驳，"如果我成功了，你就得到了一个'日活'百万的短视频APP，这能帮你快速打开一个全新的市场。你我都清楚，这个体量的APP对公司意味着什么。如果我失败了，你也没有付出太多成本。四个月，曾凡，我只要四个月而已。"

她努力不让自己的声音发抖，也努力维持着和曾凡的对视，想从他的眼睛里看出什么。

曾凡沉默了很久，然后做了一个摊开双手的姿势。

"既然你这样说了……那我同意。"他说。

4

<<<

林依然用了几十秒才反应过来，她方才听到了什么。突如其来的惊喜让她整个人都晃了一下，"你同意了？"她睁大眼睛问。

方路也是一脸震惊，"曾总！"他看向曾凡。

"你先别太高兴。"曾凡摆摆手，对林依然说，"你的条件我可以答应，但我也有我的条件。"

"你说。"林依然稳定了一下心神。

"第一，除你之外，你可以再挑选四个人，组成一个单独的团队，但这四个人，你只能从公司拟定的裁员名单里选，原定要划入其他部门的员工，还是要按照计划调岗。"

林依然点头，"好。"

"第二，四个月，从这个月20号开始，到11月20日截止，百万'日活'，一个数据都不能差。这期间你们的工资我会照发，但你必须按时向我报告项目进度。如果我发现你们并没有什么进展，我会随时停掉这个赌局。"

林依然又点头，"好的。"

"还有预算。"曾凡说,"这已经超出了我的决定范畴,这方面,我给不了你任何支持。"

"我明白。"林依然说,"我自己想办法。"

"那我也没有别的条件了。如果你们真的做成了,我会给团队的每个人派发三十倍月薪的奖金。"

对林依然来说,最后这句话的吸引力其实已经不大了。听着曾凡摆出他的条件,她突然产生了一种虚幻感,感觉自己在做一场梦。

"好了,没有别的问题了吧?"曾凡看她没有反应,又问。

"啊?没有了。"林依然回过神来,用力摇摇头。

"那就这么办吧。"曾凡说,"我会单独找雷川说明这件事,不过我只给你三天的时间。如果你不能在这三天完成团队搭建,依然,你要记得你刚才做出的承诺。我不会心软。"

林依然继续点头,"好,三天。如果没有人愿意和我一起做,我会自己走的,不为难你。"

曾凡也点点头,"另外,有关这个赌局的详细内容,不要让公司任何人知道,等你的团队有了眉目,我会统一向公司解释。"

"好。"林依然说着,又想到什么,"沈总那边……"

她看了一眼方路,后者面色严肃,并没有说什么。

曾凡明白她的意思,"这不用你管。你只需要考虑怎么把你的赌局完成。"

5

<<<

林依然刚一出门,方路就转向了曾凡,"曾总……"

曾凡还是冲他摆摆手,"我知道你要说什么。不用说了,我已经决定了。"

方路犹豫片刻,又说:"我能不能问一句,为什么你这么信任林依然？"

"为什么？"曾凡笑笑，"就跟我信任你一样，因为你们两个，都是做事的人。"

方路还是有些不解，"我知道你和她认识很久了，她第一份工作，你是她的上司，等于你亲手把她培养成了一个合格的产品经理。我也知道，去年她接手'阅后'，做出了不错的成绩，但就这样放手让她去做这件事，我觉得风险太大了。"

"你对她做过详细的调查了？"曾凡说，"那你应该知道，行业里给她起的外号吧？"

"你说'救火队员'，还是'瘟神'？"方路问。

曾凡没有明确回答，而是反问："你相信哪个？"

"两个我都不相信。"方路说，"我只相信我看到的。我现在看到的是，她提出的方案，几乎没有实现的可能性。的确，这样成本是少了很多，但她要考虑的，不该只是成本。"

"你的意思是？"曾凡问。

"将产品按时上线不难，难的是后续的运营。"方路说，"她说的没错，当年凌一科技创业的时候，只有三个人，一样做出了现象级的产品。但那是四年前，现在互联网世界野蛮生长的阶段已经过去，要推广一个产品，需要更系统的筹划和足够的资金支撑，以往的方法不再适用了。"

"你说的没错，"曾凡点点头，"但你忽略了一点。"

"哪一点？"方路问。

曾凡没有直接回答，而是说："目前的你可能想不到，但依然也许能想到。"

方路禁不住在脑海里想了想林依然的模样，她是那种不显山不露水的漂亮，温和的外表下确实藏着锋芒，但她身上，有什么他没看到的、特别的力量吗？

"沈总那边，曾总是怎么打算的？"他想了想，又问。

曾凡看他一眼，"你可以照实报告，毕竟你是风向资本的员工，我不为难你，一切责任都推给我好了。"

方路的表情有些复杂，"我会用我的方式处理。"

"那就麻烦你了。"曾凡说着，又摘下了眼镜。

"我还是不太明白，"方路摇摇头，说，"从林依然的角度来说，她完全可以去做别的产品，这对她更好。她为什么非要坚持做一件前景不明的事？"

曾凡眯起眼睛，看了看办公室大门，说："可能是因为，她从来都不肯服输吧。"

第三章　名　单

2017 年 7 月 17 日　上午 10 : 30

1

<<<

当然，方路和曾凡的对话，林依然并不知道。她出了曾凡办公室的门，一刻都不敢停，飞快地走回自己的工位。

坐下之后，她看着处于屏保状态的电脑，才慢慢回想起来，她刚才都说了些什么、做了些什么。

林依然，你一定是疯了。她在心里说，你怎么会提出那样的目标？五个人，四个月内要把一个 APP 上线，还要做到百万"日活"，你到底怎么想的？

先不说她能不能找到跟她一样疯的人，就算团队组建了，但最后还是没做成呢？她该怎么负担这四个人的未来？

何况还有沈德……她不觉得沈德会同意这种赌局，如果曾凡不能说服他，她该怎么办？

方路目睹了全程，他这个"眼线"会怎么跟沈德汇报？他会不会帮着沈德对付曾凡?

越想下去,林依然越觉得恐慌。

她为什么会提出这个赌局?没有这个赌局的话,她可以留在公司里做别的项目,但现在有了这个赌局,她可能三天之后就要率先走人了……

正胡思乱想着,林依然听到有人叫她。

她抬起头,看到凌夏匆匆忙忙地在她对面的工位坐下。看来这个女人早上确实走得急,头发都没收拾,但在林依然眼里她还是好看的。

"怎么了?"凌夏来不及放下手上的包,开口就问,"我听徐可说,你把晨会取消了?怎么了?身体不舒服?"

"没事。"林依然勉强冲她笑笑。

凌夏满腹狐疑地打量了她一眼,压低声音问:"来那个了?应该还没到日子呀。"

林依然有点哭笑不得,"曾凡临时找我,会挪到下午开吧。"

凌夏看上去还是有些疑虑,林依然赶紧岔开话题:"对了,小天怎么样了?"

"医生说有点过敏,开了药,我妈接他回家了。"凌夏说,"都怪我妈,非要给他吃海鲜,那海鲜都在冰箱里冻了多久了,让她扔她不舍得,才值几个钱啊。"

林依然笑笑,"没事就好。"

"这个月都去了两次医院了。"凌夏继续抱怨,"全勤奖肯定没戏了,去一趟医院又花一大笔钱,还好跟爸妈住一起不用付房租,不然,都要吃不上饭了。"

"对了。"她往前探探身子,"你说咱们这个项目出来了,公司会不会多发点奖金啊?"

林依然一愣,"应该……会吧。"她艰难地说。

"那就行。"凌夏语气中带上了一点轻松,"小天最近总说想要一套乐高的什么玩具，我一看价格，四千多，这不是'打劫'吗？不过他喜欢就行，要是有了奖金，等他生日的时候，我就给他买一套。"

林依然忽然觉得嗓子很干，她不知道说什么。

凌夏还不知道，这个产品，可能要做不下去了。

她漫无目的地打开公司内部的通讯软件，看到团队的大群里，大家还在就运营的问题进行讨论，瞬间感觉到深深的愧疚。

她一手组建了这支团队，却没有办法带他们善始善终。就算她能成功地留下四个人继续开发这个产品，就算有一小部分人可以调去其他项目组工作，但仍然有十几个人，要面临被辞退的命运。

她不敢想象，得知团队要缩减人手的时候，他们会多么失望。凌夏又会怎么想？会不会怪她没有尽到自己的责任？

仔细想了想，她决定先和凌夏透个口风，让她早做准备。

"凌夏。"林依然清清嗓子。

凌夏从电脑后抬起头来，林依然还没来得及说话，凌夏突然一跃而起，"啊，我这脑子，差点忘了！"她伸手在包里摸索了一下，掏出一个包得很精美的小盒子，"喏，给你的。"

"给我的？"

"生日礼物呀！"凌夏说，"依然，生日快乐。"

林依然接过礼物，内心的愧疚又加重了一分。她默默地把礼物放下，又说："那个，凌夏，我……"

"哎呀，道谢的话就别说了。"凌夏做了一个"停"的手势，"别嫌弃就好，姐姐现在只买得起这个。"

"不是，我……"

"对了。"凌夏低头看了一眼电脑，继续说，"我们中午好好吃一顿吧！估计你晚上也没时间正经吃饭，我请你，就当报答你又一次允许我迟到了。"

吃饭？现在的林依然，哪里还有心情吃饭。

林依然正想着要怎么拒绝，刚好有人来找凌夏讨论用户方面的问题。林依然赶紧说她要去接水喝，狼狈地逃离了现场。

林依然冲进办公区后面的茶水间，掩上门，扶着饮水机用力呼吸了两下。

太难过了。凌夏对她越好，她心里的歉疚就越加重一分。一个多小时之前，她还信心满满，要在"宠爱"上大展身手，而现在，她却要用这么极端的做法，才能保住她的产品，难道……她真的是"瘟神"吗？

2

<<<

时间回到一年半前。那时候，林依然一直觉得自己是世界上最幸福的女人。

林依然和男朋友肖全的感情一直很好（至少她自己这么觉得）。他们已经订婚，也敲定了婚礼的时间，双方家长都很满意，一切都水到渠成。

那时候，她和肖全还在同一家互联网公司工作。肖全是有六年经验的资深产品经理，林依然则自己带团队开发一个新项目，按照当时的进度，项目很快就能上线，等着她一展身手。

感情事业双丰收，原本林依然已经认定，她的人生就要翻开新的一页了。但人生这种东西吧，往往就是在你觉得万事顺利的时候，忽然间急转直下。

先是林依然不小心在肖全的手机上发现了他和其他女生的聊天记录，言语暧昧，持续了有半年之久。

她和肖全大吵一架，肖全也答应她不再和这个女生有任何瓜葛，但很快肖全背着她辞了职，转投了另一家公司。

她跑去质问肖全，却得到了"我们还是不要结婚了"这样的回答，和他在家收拾好的行李箱。

他说他觉得自己还年轻，"想尝试人生更多的可能"；说林依然在感情里太强势，让他感觉没有地位；说单是筹备婚礼这件事，他们就吵了三次架，他害怕婚后也是这样。

林依然拉着肖全不让他走，她眼里含着泪，甚至道歉，说她都可以改。

肖全始终板着脸，最后只说："我们分开几天吧，让我冷静一下，好好想一想。"

现在一想到这件事，林依然就觉得自己是真的傻，什么"分开冷静一下"，什么"好好想一想"，都是借口罢了，她还蠢到以为他真的会想通，所以一直在等，每天小心翼翼地和他聊天，生怕他不高兴。

而事实是，他们分开一个星期，他就和那个暧昧已久的妹子出现在了微信朋友圈里，一张脸贴脸的合照，配文："此生最爱"。

果然，所有突如其来的冷漠，都是蓄谋已久。

这两个人是什么时候好上的？肖全之前经常说下班后要和朋友聚会，究竟是去了哪儿？当初肖全的那些心不在焉和行踪不定，林依然都有了解释。

她不允许自己伤心太久，请了两天假，扎扎实实感受了一下什么叫"用酒精麻痹自我"之后，林依然精神焕发地重新出现在公司。她顶着周围的各种流言蜚语，埋头在她负责的项目上。

可再后来发生的事情，让林依然深切感受到了什么叫"屋漏偏逢连夜雨"。

原定一个月后上线的项目突然被叫停，随即公司 CEO 宣布要砍掉整个项目组。林依然被人事总监约谈，通知她，她被辞退了，给她一个月时间交接，然后拿着遣散费走人。

两个星期内，林依然丢了感情，又丢了工作。

而那是她从业互联网七年以来，第四个做失败的项目，也是那两年中，由她主导开发但惨遭流产的第三个项目。

这就像一个诅咒。她接手过很多别人做不下去的产品，每一个她都能让它起死回生。整个行业都知道，她就像颗灵丹妙药，专治各种产品的疑难杂症，大家甚至给她起了个"救火队员"的外号。但诡异的是，只要是她自己策划开发的产品，无一例外，全都失败了，包括悬而未决的"宠爱"。

可能就是因为这个，在曾凡办公室的那一瞬间，她无论如何都坚持要把"宠爱"继续做下去，她真的不想再失败了。

至于"瘟神"这个名号……

林依然正靠着茶水间的墙出神，一个矮胖的身影闯了进来。

"你在这里啊！"雷川看上去像跑了一路，气喘吁吁地扶着门框，"我找你半天了。我刚接到曾总的通知，他要让你继续开发'宠爱'APP。依然，这是怎么回事？"

"嗯……我和曾凡争取了一下。"林依然简单地说。

"争取了一下？"雷川睁大眼睛，"所以你就打算带四个人，把这个APP开发出来？"

"对。"林依然轻描淡写地回答。

雷川仔细看了看她，发现她的确不是在开玩笑。

"林依然。"他直呼她大名，"我和你共事快一年了，还不知道你是这么疯的人啊。"

"我心里有数。"林依然说，但她实在没有精力再解释什么了。

"你有数？"雷川瞪着她，低声说，"你有数你还敢这么干？公司为什么砍掉'宠爱'这个产品，明显就是资方不让做了啊，而且三十个人都不一定能做出来的东西，你五个人能干什么？你又不愁没活干，老老实实去做新项目不行吗？"

林依然笑笑，看着自己的脚尖，不说话。

雷川不肯罢休，"还有，曾总说，你要在裁员名单里找四个人组建新团队？你想什么呢？这裁员名单你还没看过吧？"

　　这话引起了林依然注意，她抬起头，问："裁员名单怎么了？"

　　雷川气得跺脚，他指指林依然，"算了，你跟我来吧，看了裁员名单你就明白了。"

3

<<<

　　雷川说完扭头就走，林依然赶紧跟上去。

　　出门的时候，雷川被门口的一个人吓了一跳，捂着胸口嘟囔了几句，林依然不明就里地探头看了一眼，愣住了。

　　凌夏站在那里。

　　林依然尽量让自己语气平稳，"凌夏，你怎么在这里？"

　　慌张中，她没注意凌夏之前的表情，只看到凌夏笑了，还是那副欢快的口吻，"嗨，我刚找你一圈没找到，想来接杯水，没想到你跑这里来了。怎么了？雷川找你麻烦了？我看他挺激动的。"

　　"没事。"林依然继续演戏，"他找我说点事。那我先过去了，估计中午不能跟你一块吃饭啦。"

　　"去吧去吧。"凌夏摆摆手，"吃饭的事晚上再说。"

　　林依然也挥挥手，逃命似的离开了茶水间。

　　凌夏刚才听到她和雷川的对话了吗？她都听到了哪些？她真的是来接水的？但她又想起来，凌夏手里并没有拿杯子。

　　林依然也没时间去仔细想这件事。

　　她跟着雷川去了另一间会议室，在他电脑上看了裁员名单，整个人都陷入了一股无名火。

　　"这名单谁定的？"林依然指着雷川电脑问。

　　"人事啊。"雷川说，"我也看了，我觉得没什么问题。"

　　"没问题？"林依然不由抬高了声音，"一共裁掉二十一个人，十九个是女生，你管这叫没问题？"

"这不能按男女来吧？"雷川反驳，"这份名单公平公正，留下的都是有能力的，你可别跟我来女权那一套。"

"你确定公平公正？"林依然冷笑，"我建立起来的团队，我会不清楚？这些人哪个没能力？裁掉的多数是25岁到30岁的女生，不就是公司担心她们之后结婚生子，要负担潜在成本吗？不然人事部门怎么不敢跟我沟通，就直接敲定了裁员名单？"

"林依然，这就是你的不对了。"雷川说，"你不能先入为主啊，虽然不跟你沟通是人事的不对，但他们拟这个名单出来，也是有理有据的。"

"有理有据？"林依然抱起胳膊，"你说说，怎么有理有据了？"

雷川擦擦汗，把名单放大。

"就说这个，凌夏，单亲妈妈，我也不歧视谁，但你看，她这三个月来，迟到十五次，早退十次，请假九天。你再看IT部门对她的流量监测，这一天天的，不是淘宝买小孩的用品，就是刷亲子教育文章，哪有工作的样子？"

林依然没说话。

"还有这个，徐可。"雷川继续说，"来公司三年了，跟她同批入职的，要么去别的公司高就了，要么在别的组升职小主管了，她呢？每年工作评级都是C，三年了还是基础员工，为什么？太被动，人是很老实，但上升空间太小了，是不是？"

"徐可是有能力的，她只是不自信。"林依然说，"我还有更多的工作想交给她去做。"

"那也没用啊。我们又不是开心理诊所的，不自信的问题她得自己解决。公司找现成的、能干的不就得了，一定要培养她吗？"他越说越来劲，"再说这位，成孟聆，哎呀，一说到她我就头大。"

"她……"林依然欲言又止。

"刺儿头一个,是不是?"雷川接着说,"从来不加班,早晨九点半卡着点来,下午六点半一到,人家拍拍屁股准时就走。上次开运营大会,开到一半,她站起来收拾东西,说下班时间到了,推门就出去了,当着那么多人的面,我也不好发火,你说这算什么?"

"但她……"林依然整理一下语言,"她工作效率很高,非常细心,你知道我这边所有文档最后都要给她统一整理吧?"

"我知道啊。但她这样做,你让其他同事怎么想?不是说一定要大家加班,但现在互联网这一行就是这样,多少公司都改 996 工作制了,咱们公司还是双休,偶尔加加班,不过分吧?"

他唠唠叨叨说完,拿起桌上的杯子,一口气喝了半杯水。

林依然不知道该说什么,她承认,雷川说的这些问题确实都存在,但是……

"依然啊。"雷川休息了一下,又开始了,"我还是得再劝你一句,能不折腾,就别折腾了。你看看这个裁员名单里的人,有一个具备独当一面的能力吗?"

林依然不回答。她低头紧盯着那份裁员名单,从上到下反反复复地看。

雷川还在絮叨:"不行你就这样,先把那两个要被裁的男员工收下来,我再帮你挑两个工作态度还可以的女员工,起码到时候有人干活。这都是女人啊,确实干不成事……"

听到这句话,林依然脑子里又"嗡"一下。她缓缓直起身,瞪着雷川,把雷川看得发毛。

"怎……怎么了?"

"都是女人就干不成事,对吧?"林依然冷冷地说,"那好,我就要你说的这三个女人,凌夏、徐可、成孟聆。"

"啊?"雷川从椅子上跳了起来,"你想什么呢?我刚才说的那些你没听见?"

"听见了，听得很清楚。"林依然一字一句说，"所以我才要选她们。你觉得她们各有各的毛病，可我不这么觉得。我要给你看看，我林依然的团队里，没有干不成事的人。"

"你……"雷川做了个无奈的手势，"行吧行吧，随便你吧。反正我说什么都没用，你自己决定吧。"

林依然长出了一口气，又想到什么，说："对了，我还需要一个工程师，你能帮忙吗？"

雷川一拍脑袋，"对啊！我都忘了，没有工程师肯定不行……"

"你有合适的人选吗？"林依然问。

雷川捋着他头顶所剩无几的头发，"有点难啊，现在工程师人手紧张，几个部门都缺人，你们团队原先的几个工程师也都被要走了……"

"不是特别厉害的也行。"林依然先妥协一步。

"特别厉害的谁愿意去你们那里啊？"雷川看到林依然的脸色，又赶紧收起了脸上的笑容，"让我想想啊……"

"对了。"他一拍手，"还真有一个。前两天老徐刚跟我提过，说他供不了这尊佛了，让我想办法处理。而且，这人也符合你们团队的调性，是个女的。"

他说的"老徐"是公司工程师团队的负责人，大家一般都尊称"徐工"，是以前跟曾凡一起创业的元老。

"谁？"林依然问。

"就那个，上回在公司打人的，盛一帆。"

林依然的表情僵住了。

4

<<<

"雷川，你能分给我一个正常点的工程师么？"她问。

雷川苦笑着说："但凡有的选，我会给你这个人吗？你天天跟我犯冲，可咱俩没仇啊，我还挺欣赏你的……"

"别说废话。"

雷川咳嗽两声，"总之，你就别挑了，盛一帆虽然性格有点问题，但工作能力还是有的。"

"性格有点问题？"林依然忍不住揭穿他，"公开和徐工吵架、动手打同事，这叫有点问题？一个女工程师，在哪个公司都是宝贝吧？逼得徐工这个老好人都不想要她了，这叫有点问题？"

"那你想怎么着？"雷川反问，"自己去大街上捡个靠谱的程序员回来？"

林依然无言以对。

"确实。"雷川说，"盛一帆脾气是大了点，上次动手打人，本来公司都打算把她直接赶走了，是老徐觉得她能力不错，开除了太可惜，才留下的。你想，老徐是什么人？他觉得有能力的，那肯定是有能力。你就当做个慈善，把她收了吧。而且你擅长管人，要说全公司有谁能镇得住她，估计就你了。"

林依然无视了他的吹捧，犹豫着问："真的没别的人了？"

"真的没了，姑奶奶。"雷川一脸真诚，"这是天上掉下来的好机会。你自己都说了，女工程师，在哪儿不是宝贝，盛一帆长得也不难看，要不是脾气实在太差，能轮到你捡漏？哪怕她啥也不会，写出来的代码全是 bug，能温温柔柔地坐在那里当个吉祥物，其他工程师都愿意啊。"

他那副"直男癌"的嘴脸林依然实在不想再看了，强忍着内心不适点了点头："行，就她吧。"

"你确定啊？"雷川反而又不放心了，"你说说你，手底下现在都是些什么人，全是女的，还只有一个工程师，这活要怎么干？我还是得劝你啊，依然，该放弃时就得……"

"好了，就这样吧。"林依然觉得自己快要发火了，迅速打断他，"你帮我和老徐说一声，通知盛一帆收拾收拾东西，明天下班前到 D 区找我。"

说完她转身就走，雷川还在后头问："你自己和老徐说不行吗？"

"没空！"

林依然确实没空，有一大堆事等着她。团队从三十几个人一下缩减到五个，大量的工作要交接、要重新规划，还要准备接下来的裁员。她是负责人，产品变动的通知邮件要由她来发，一想到大家看到通知可能会有什么反应，林依然就不知道该怎么写。

打几个字删几个字，直到午饭时间结束，周围同事陆陆续续回到座位上，她也没写出什么。

头昏脑胀，也有点饿了，林依然起身走到楼下的便利店，打算从零食架上挑些零食填肚子。她正看着有什么可以吃的，身后传来一个怯生生的声音，"依……依然姐？"

林依然回过头，看见徐可站在她后面。两人对视的一瞬间，本来还很正常的徐可迅速用右手紧紧抓住左手，缩了缩身子，冲她挤出了一个紧张的笑容。

"徐可啊。"林依然尽量让自己的声音温暖一些，"你也来买吃的？"

"啊？嗯嗯……你没吃午饭吗？"徐可的声音小到几乎听不见。

"中午忙着写个东西，忘了。"林依然笑笑，"我马上就好。"

"我不急的。"徐可赶紧说。

但林依然着急，她也顾不上挑了，随便抓了两包零食，手机扫码付了钱，又对徐可笑笑，飞快地逃离了现场。

往门外走两步，林依然回头看了看，徐可还是老样子，穿着长裤，短袖外面套了一件长袖外套，几乎要把全身都包裹起来。

今天外面 34 度。

林依然叹了口气。

他知道，徐可的性格非常内向，不过原因并不是雷川说的"缺乏自信"，事实上，徐可就没有自信。

徐可胖，很胖。当然，这不是问题，很多人都胖，但如果因为胖而常年被同事嘲笑，那就是问题了。

林依然听凌夏说过，以前夏天的时候，徐可还是会穿短袖短裤的，一些不积口德的女同事把她的身材拿来当茶余饭后的谈资，而且丝毫不避讳她，单是外号，就给她起了四五个。被这样嘲笑了几次之后，徐可就再也不在人前穿短袖短裤了，不管多热的天气，她都一身长袖长裤，生怕把肉露出来。

本来徐可就是个很安静的人，那之后，话更加少了，一直在刻意降低自己的存在感。每次在人前说话，徐可都一副心惊胆战的模样，想让她开会的时候发个言，基本上等于杀了她。

她在公司也没有朋友，只有凌夏和她关系还算不错。林依然相信她是有能力的。去年她做"阅后"这个APP，徐可就是她手下的一员，后来组建"宠爱"团队，林依然也带上了她。她虽然自卑，但很勤恳，对工作从来没有一句抱怨的话。

林依然能感觉到，徐可的内心深处有很强烈的接触新事物的意愿，给她一个机会，激发她的自信，也许她能绽放出不一样的光彩。

问题是，她真的能帮徐可找到自信吗？

林依然发了一会儿呆，回过神来，看到电脑上有一条新消息提醒。

点开，是成孟聆发来的："依然，昨天你让我做的调研，我整理好了，现在发给你？"

"这么快？"林依然回复，"你发给我吧，辛苦！"

成孟聆很快发过来一个新文档，林依然顺手打开文档看了看。只看了几眼，她就不得不感叹，成孟聆的工作效率真的太高了。

这份调研的需求昨天才发给她，原想能在明天下班前整理完毕就很好，结果成孟聆不仅提前整理完了，还整理得非常详细。林依然自己都做不到这么完美。

这姑娘去年入职，是林依然面试的她，当时就对她清晰的逻辑和活跃的思维印象深刻。本来雷川不想招应届生，因为那个时候的"阅后"正处在关键时期，没时间带一个刚入行的新人。林依然力排众议，把成孟聆招了进来。成孟聆只用了三天就熟悉了全部工作，工作产出很快就超过了大多数老员工，而且几乎没有任何疏漏。别人关注不到的细节，她都能看到。

有她在新团队里，林依然是放心的。只是……成孟聆的个性，她能驾驭吗？

雷川对成孟聆的描述虽然带着情绪，但没有一句夸张的成分。成孟聆拒绝在工作时间之外做任何与工作相关的事情。她看重个人世界，把工作和生活分得很开，跟同事们都保持着合适的距离。很多同事下班后会一起吃饭、相约喝酒，她从来不会。

林依然不知道她下班后都做什么，但肯定跟工作无关。工作对成孟聆而言，就是上多长时间的班拿多少钱的工资，一秒钟都不多给公司。

团队减到五个人，工作量必然会增大，如果成孟聆不配合团队的工作规划，该怎么办？

至于盛一帆，她就见过一面，大概记得这个女生很瘦、个子高挑、短头发、看上去有点高冷，别的她知道的，就只有盛一帆在办公室打同事这一件事了。

据说开会时有个男工程师说了什么，盛一帆一怒之下冲上去狠狠地扇了对方一耳光。当然也有更狠的版本，说她按着那个男工程师一顿暴打，吓得对方两天没敢来上班。

再有的，貌似盛一帆还经常和徐工吵架，与别的工程师不对付，总之，似乎是个特别傲气、特别冲动的人。

这样一想，林依然心里又没底了，万一盛一帆直接拒绝加入她的团队怎么办？万一她把盛一帆要来了，过几天发现她确实无法共事，怎么办？

还有凌夏……林依然偷偷看了一眼对面。凌夏会理解她吗？会支持她吗？

说实话，如果凌夏选择拿遣散费离开，去寻找其他的工作机会，林依然完全能理解。

作为31岁的单亲妈妈，本身凌夏背负的压力就很大，如果四个月后她们失败了，受影响最大的一定是她。成孟聆和徐可都还年轻，不怕找不到下家，凌夏面对的现实，比所有人都严峻。

何况眼下是年中，求职相对容易，四个月后就快年底了，再找工作就麻烦了。把她拖入这个赌局，真的是对的吗？

林依然不得不承认，雷川这次说得对，她好像有点冲动了。

5

<<<

在各种胡思乱想里，林依然漫无目的地混了一下午。时钟指向六点半，她习惯性往右前方看了一眼，果然，成孟聆已经拎着她的滑板，自顾自地往办公室门口走去。

林依然看着她走了一会儿神，决定也收拾东西走人。

她冲凌夏摆摆手，凌夏扬起眉毛看她。

"我不太舒服先回家了。今天不和你吃饭啦，罚你明天陪我。"林依然小声说。

凌夏点点头，对她笑笑，做了个拜拜的手势。

林依然稍稍弯着腰，跟做贼似的快步走出了办公室。三个月来，这是她第一次七点之前下班。

这个时间，公司多数人还没下班，电梯间没有人。可电梯门一开，林依然愣住了，电梯里站着方路，而且就他一个人。

方路看到她，略有些惊讶，很绅士地帮她按住了开门键，林依然只好硬着头皮走进去。

白天两个人之间发生的争执，方路似乎已经忘了，他微笑着向林依然打了个招呼："林小姐下班了？"

"嗯。"林依然也摆出职业微笑，"方先生今天下班也很早啊。"

方路又笑笑，"新团队组建的事情，还顺利吗？"

"还可以。"林依然说。

方路认真地看了她一眼，"林小姐还是坚持认为，你和曾总的赌局没有任何问题？"

"这件事，方先生不是应该和沈总讨论吗？"果然，又来了，林依然反唇相讥。

方路面色一僵，但立刻又恢复了正常，"我还没有向沈总报告。"

"方先生的意思是，觉得我有可能会成功？"林依然问。

"不。"方路半转身，面对着她，"我是希望林小姐能意识到这件事的难度，主动放弃。林小姐想过没有，沈总知道曾总和你私下达成了协议，会是什么反应？这会给凌一科技带来什么影响？我没有马上向沈总报告，是觉得你也许会意识到问题所在，但现在看来，林小姐并没有。"

"你是说，我在破坏公司的稳定？"林依然莫名有些火大。

"我是说，衡量产出和收益比，是一个职业的人必须有的判断力。"方路说，"你应该能明白，凭五个人的力量，四个月上线一个产品并且做到百万'日活'，这个可能性究竟有多大。你当时一定没计算过难度和后果，也许你觉得四个月可以做很多事，但我认为这样的挣扎毫无意义。"

他这段话彻底激怒了林依然。她刚要说什么，电梯到了一层，门开了。林依然大步走出去，转过身，对后面的方路说："方先生，我不知道谁给你的自信，对别人指指点点，但请你明白，不是只有你才有职业素养，也不是只有你在为公司考虑。'宠爱'我不会放弃，这不是一时冲动，我会把这件事坚持到最后，方先生还是尽快通知沈总吧！"

说完她头也不回地离开了电梯间，把方路甩在身后。

现在林依然终于可以确信——她极度讨厌这个人。明明就是沈德安插在曾凡身边的眼线，说得好像真心为凌一科技好一样，他凭什么？

搞不懂为什么曾凡那么信任他。难道男人之间，也看脸的吗？

方路站在电梯口，盯着林依然的背影，若有所思。写字楼的一个保安刚巧从他们身边经过，目睹这一幕，有些吃惊，看看方路又看看林依然，一脸迷茫。

方路只好对他笑笑，快步走开。

林依然已经走得看不见了。方路漫无目的地往前走了几步，想了想，又无奈地摇了摇头——她比他预计的，还要固执。

他还是没看出来，曾凡对林依然的欣赏，到底是为什么。她的抗压能力倒是的确很强，主导开发的产品遭遇打击，也没能让她退缩。方才的一番对话，也让方路看到她眼神里那种强烈的意志，这给了他不小的震撼。但做事情只靠意志，只靠不服输，就够了吗？

上午那场谈判结束之后，他认真地调查了林依然，分析了所有她曾经做过的成绩和经历的失败，试图找到一些东西来解答他的困惑。从他获得的信息来看，林依然是个做事谨慎、思考严密的人，那她更应该清楚'宠爱'的前景很渺茫，为什么还要这样坚持？还是说，这就是曾凡所说的，他跟林依然的区别？

一直以来，方路都自认从来不会看错人，也不会计算错什么事。他在风向资本这么久，始终是数据至上。事实证明，他这一套做法从来没有出过问题。他一再阻止林依然那个不切实际的赌局，不仅是为了风向资本、凌一科技，也是为了林依然好。

难道这次，他错了？

方路在写字楼大堂门口站住，看着下班的人流，第一次对自己产生了一丝疑问。

第四章　云先生

2017 年 7 月 17 日　晚上 9：00

1

<<<

被方路刺激后，林依然更坚定了要把"宠爱"做到底的心。

沈德知道方路没能阻止"宠爱"的继续开发，估计会狠狠地骂他吧？

林依然也不犹豫了，她快速在家写好了团队即将裁员的通知，又对接下来的工作做了安排。根据凌夏、徐可、成孟聆的工作习惯和优缺点，她制定了一个初步的分配方案。

盛一帆她还没见到，但盛一帆的工作她也不需要安排，反正就这么一个工程师。

快十点的时候，林依然停下工作，打开了微信。

"他"应该已经空闲了吧？犹豫片刻，林依然试探着给"云先生"发了个信息过去："在吗？"

过了几分钟，云先生回复了："在。今天下班早了？"

"嗯……早回家了。"林依然说。

"不出去庆祝生日吗？"云先生问。

"也没什么特别值得庆祝的……"林依然打字。

对方发来一个疑问的表情："心情不是很好？"

这简单几个字，让林依然心里暖了一些。她想了想，写道："我今天好像做了一件错事。"

"什么错事？"对方回复。

"工作上的……"林依然说。

她能想象到对面惊讶的表情，因为云先生很快回应："我还以为你不会和我说工作的事情。"

大哥，你自己也从来没提过啊。林依然腹诽了一句。

她想了想，又说："之前确实不想和你说这些，但今天心里有点乱。发生了很多事，我被迫做了个决定，但不知道这个决定是不是正确的。"

"具体是什么？"云先生接着问，"说给我听听？"

林依然迟疑了一下，也不知道他是做什么职业的，跟互联网有没有交集，他能理解她要说的那些事情吗？

"有点长，你慢慢看啊。"她起了个头，开始打字。

2

<<<

林依然和云先生认识，是一场巧合。

一年多以前，林依然和肖全分手、退婚，然后强迫自己从消沉中走了出来。但伤害已经发生，难过是难免的。以前两个人说说笑笑一起下班，后来只有她一个人回家面对空空如也的房间，再一想曾经和她海誓山盟的那个人，现在跟别人卿卿我我，林依然杀人的心都有。

所谓感情，得到时有多甜蜜，失去后就有多痛苦，不管你怎么欺骗自己，不管对方是不是一个不值得的人。与其说是不舍，不如说是孤单。

为了排解这种孤单，林依然天天去一个网站的情感版块闲逛，看看那些"怎样走出失恋""临结婚前被男朋友甩了是什么体验""结婚一个月，现在撑不下去，要离婚了"之类的帖子，看一些比自己还惨的故事，找一点心理安慰和平衡。

后来在一个"怎样预防男友出轨"的问题下面，她看到一个人的回答，大概意思是：预防是没有用的，诅咒"渣男"不得好死也是没有用的，女性应该学会如何自我止损，看开一点，自己慢慢走出来。

林依然看到这种站着说话不腰疼的言论就气不打一处来。被渣男伤害了，女生连说两句都不行？于是她就点进去那个人的个人主页，给他发站内信……骂他。

没想到对方不但没有生气，反而问她有没有需要帮忙的地方。

对那个时候的林依然来说，这就是一根救命稻草。两个人就这样聊了起来，最后还加了微信。

林依然一度把他当做情感宣泄的一个出口，那段最难熬的时间过去后，她慢慢养成了每天都要和他聊几句的习惯。

平时不开心的事情她会告诉他，遇到困难也会向他寻求帮助，而他每次都能给她有用的建议。

当然，她心里明白，到她这个岁数，网恋之类的基本上就不用碰了，所以尽管很依赖对方给她的安心感，但她还是很理智地跟他保持着得体的距离。

她估计手机另一头的那位也是这样想的。他们两个心照不宣地避开了一些关于做什么工作、在什么地方、要不要见个面之类的话题，完美践行着成年人之间的相处模式。

林依然只知道，他是男的，32 岁，工作比较忙，从不发朋友圈，懂的事情很多，微信名叫"云先生"，头像也是朵云，按照之前网上流行的判断标准，这是典型的"渣男"常用名。

　　要不是林依然突遭打击，实在是无人倾诉，估计两个人老到进了棺材，也不会谈到工作的话题。

　　她想和他见面吗？想知道他究竟是谁吗？林依然自己都不清楚。似乎现在这个状态也挺好的，大家都没有压力。就像共同维持着一个和平的泡沫，谁也不愿意担着戳破它的风险，跨出关键的一步。

　　万一林依然绷不住，和他见面了，发现他其实是个秃顶、油腻、肥胖的猥琐男呢？他连语音都不敢给她发，这种可能也不是没有啊。

　　还是当个聊天的好友吧，大家都轻松。就比如现在，她可以给自己倒一杯酒，给他发着工作上的事情，借酒劲尽情地吐槽，也不用担心有什么问题。

3

<<<

　　说不清打了多久的字，发了多少条信息过去，林依然终于把今天发生的所有事情都讲完了。

　　从她从事什么行业讲起，到得知"宠爱"APP要被砍掉，到她和曾凡定下那个四个月的赌局，再到她选了雷川最不看好的几个人加入将来的团队。顺便也提了一下，她真的很讨厌那个装模作样的方路。

　　一开始云先生对她的职业表示了诧异，说他猜过林依然的职业，但没猜对。林依然之后的讲述过程中，他就没再说话了，直到林依然讲完，过了十几分钟，他都一直没回复。

　　看吧看吧，果然不是一路人，他现在是不是正百度"什么叫百万'日活'"呢？

　　"你还在吗？"林依然问。

　　又过了几分钟，云先生终于说话了："如果我在现场的话，我可能也不支持你的做法。"

林依然一愣："为什么？"

"我对互联网行业也大概有一些了解，我的工作和这一行有重合的部分。我知道想打造一个百万'日活'的APP，背后要付出多少努力，需要多少人参与。你想靠五个人做成这件事，很难。"云先生打字过来。

他说完，林依然的心已经凉了一半。

"所以我应该收回这个赌局，收拾收拾走人是吧。"她沮丧地写，"我明天辞职好了。"

云先生又沉默了一会儿，回复道："但你不是这样的人。"

"我不是什么样的人？"林依然觉得可能是酒精的作用，她看不懂他说的话。

"我认识的你，绝对不会因为别人的一两句话就服输。"云先生说。

这句话像一道闪电，迅速穿透了林依然的大脑。她等了一天，最想听到的，其实就是这句话，但她暂时不想在云先生面前表现出来。

"你又觉得你懂我了？"她调侃道。

"我们这样聊天也有两三个月了，你的性格我还是多少知道一些的。"云先生说，"既然已经这样了，试试看吧。我也想看看，我认识的这个你，究竟有多厉害。

"如果你做成了，我是不是也算认识一个成功人士了？"他发来一个坏笑的表情。

林依然回以一串大笑。她放下手机，向后仰靠在沙发上，感觉世界都变美好了。

这样发了一会儿呆，她又拿起手机："不说这些了，现在我很好奇，你究竟是做什么的？"

片刻后，云先生回复："我的职业没什么有趣的。"

"不公平！我都说了我的，你也要说你的。"林依然觉得她胆子越来越大了，"不然我不跟你聊了。"

可惜云先生软硬不吃："真的没什么好说的。"

　　林依然撇撇嘴："那要不这样吧，你给我发个语音，我想听听你的声音。"

　　云先生察觉了她的变化，他问："你喝酒了？"

　　"你管呢。"林依然催促，"快点快点。"

　　结果她还是没听到那句语音。

　　"今天太晚了，下次吧。"云先生说，"我也准备睡了，晚安。"

　　他似乎真的睡了，任凭林依然发了一堆信息过去，都没理她。

　　借口，都是借口。不敢发语音的人，一定是因为声音特别难听。林依然这样想着，抬眼看了下时间，十二点半，果然不早了……

　　她准备洗漱睡觉，冷不丁手机传来一阵震动，低头一看，是凌夏。

　　今天到底还要发生多少事啊……林依然叹了口气，接了电话。

4

<<<

　　"喂。"一听到凌夏的声音，她就知道，这个女人真的生气了。凌夏一定是听到了自己和雷川的对话，猜到了"宠爱"要发生的变动，不然她不会一下午都没怎么和自己说话，电话里的口气也绝不会这样。

　　"凌夏，怎么啦？"林依然还得装着什么都不知道，"怎么这么晚给我打电话？"

　　"别装了，依然。"凌夏的声音冰冷得完全不像她，"我问你，'宠爱'APP是不是要被砍掉了？"

　　林依然还没想出合适的措辞，凌夏又问："我是不是会被辞退？"

　　"凌夏……"林依然低声说，"今天我和雷川在茶水间说的那些话，你都听到了？"

　　"回答我的问题。"凌夏强硬地说。

　　林依然深吸了口气，决定对凌夏实话实说："本来是要砍掉这条产品线的，原定组里大部分人都会被辞退，也包括你。"

"你是什么时候知道的？"凌夏又问。

"我也是今天早晨才知道的。"林依然想了想，又补充，"我发誓。"

"所以我到公司的时候，你已经知道了？然后你装作没事人一样，还问我小天怎么样？"凌夏咄咄逼人，"你是个演员啊，林依然。"

"我……"

"我们是不是朋友？你刚来公司的时候我是怎么对你的？你之前找不到工作我又是怎么对你的？"凌夏越说越快，"是，我承认，我没有你厉害，你变成我的领导，我反而很开心，因为你值得。然后呢？我看上去像个傻子吗？林依然。"

凌夏这句话已经带点哭腔了。

林依然心里也不是滋味，她仔细想了想，语气坚定地说："凌夏，如果你还有那么一点点相信我，那就先听我说完下面的话，这件事，真的不是这么简单。"

凌夏强忍了一下情绪，"行，你说。"

又花了很久，林依然把今天的故事对凌夏复述了一遍。

她讲完之后，凌夏消化了一会儿，忍不住问："你是说曾凡让你带五个人的团队继续做？你怎么会选了我们这些人？"

"嗯……盛一帆是雷川硬塞给我的，我也没得选。"林依然说，"至于其他人……我相信你们的能力。"

凌夏又沉默了。

"凌夏，你愿意和我一起做这件事吗？"林依然问她。

"我不知道。"凌夏说，"总之我不做的话，明天我就失业了。做的话，四个月后也有可能失业？"

"差不多吧……"林依然说。

"你觉得以我现在的情况，31岁，离异带个孩子，去别的公司能找到靠谱的工作吗？"

"以你的能力，一定可以的。"林依然由衷地说。

凌夏发出一声苦笑，"也就你会这样相信我了吧。"

凌夏说得很克制，但能听出来，她很难过。

"凌夏，这不是你的错。"林依然说，"你的能力我是看在眼里的，不然我不会把你拉进'宠爱'的团队，这次也不会选择你。你不用考虑别的，就回答我一句话，你愿意和我一起试试吗？如果你想早点出去找工作，我没意见，我会尽我所能帮你找。如果你想和我一起，我也保证，万一失败了我就和你一起去找工作，我们找钱多事少离你家近的。"

"得了吧。"凌夏笑了，"说得好像你门路特别多似的，你自己不还是……"

她猛地停住话头，估计是怕伤害到林依然。过了半晌，她又重新开口："我去别的公司，是不是就不能随便请假了？"

林依然知道她在说什么，故意板起脸："你以为你留在我这里就能随便请假了？"

凌夏又笑了，"知道啦，听领导的。既然领导说相信我，那我也相信你。我留下。"

"谢谢你，凌夏。"林依然说，"今天的事，对不起，我白天就应该找个机会和你说明……"

"可别，大姐，我不是那么不讲理的人。"凌夏打断她，"我就是借题发挥，我知道这种事肯定不能第一时间往外说。这是你一手做起来的团队，你心里肯定也不好受，是我不该和你生气。"

林依然觉得自己要哭了。

"那就这样吧，一点多了，我得睡了，你也早点睡。明天见，依然。"

"嗯，明天见。"

挂了电话，林依然站着很久没动。她感激凌夏的理解，也感激凌夏信任她。折腾了一天，终于在睡前，她看到了一点希望。

电话另一端，凌夏也在自己家客厅坐了很久，直到卧室门突然开了。

"小天？"她赶紧站起来，"怎么不睡？妈妈吵醒你了？"

"尿尿。"留着锅盖头的小男孩揉着眼睛，迷迷糊糊地说。

"哦哦，我带你去。"凌夏说着，拉起小天的手，"轻点啊，别吵到姥姥、姥爷。"

"妈妈。"小天一边走一边问，"你什么时候给我买乐高呀？我幼儿园好几个同学都有了。"

凌夏心里一堵，"妈妈答应你了，就肯定会给你买。小天再等一阵子，好不好？"

小天点点头，不让她扶，自己进了洗手间。

凌夏等在门口，突然觉得身上没力气，靠着墙坐下。

四个月，如果成功，三十倍月薪的奖金；如果失败，失业。

"看来以后，真的不能随便请假了……"她低声说。

第五章　团　队

2017 年 7 月 18 日

1

<<<

裁员这件事，比林依然想象得要顺利。

一大早，她用邮件发送了"宠爱"产品变动、人员变动的通知，然后就和雷川开启了一轮面谈。

转岗的，传达其他岗位的接收意向、签署转岗协议、敲定转岗流程。辞退的，通知辞退原因、协商双方意愿、确定离职时间、确认补偿金额……总的来说，大家的反应都还算冷静，尤其是经历过或者目睹过这些的人。

也有人哭了，有人拍了桌子，还有人庆幸，这次裁员没有他。

林依然平时待大家都不错，所以不管是被裁员的，还是要转岗的，都对她的困境表示了理解，也纷纷私下感谢她这段时间的照顾。看样子，之后的工作交接，应该不需要担心。

但林依然心里还是有些放不下。上午面谈了几个人之后，她谈不下去了。她实在无法坦然面对这些曾经由她选入团队的人，告诉他们，他们要离开这个团队。

她索性说自己要开会，把下午的面谈扔给了雷川。

回到办公桌时已经是中午，林依然没心情吃饭，只想找个不透光的会议室睡一会儿觉。

也是不走运，接连挑了两个会议室，里面都有人，她只好到七楼的办公区看看。刚走进楼梯间，她就听到上面有人在打电话。

"是，沈总。我的意思是，既然曾凡已经准许了，林依然也很有自信，不如先让她试一下……对，我明白，但是……我计算过这个APP团队缩减后的成本，我们完全可以承担这四个月的……这应该不会影响凌一科技的上市……我知道了，是我考虑不周……好……我认为暂时还不需要……我会再试一下，请您相信我……好，再见沈总。"

这是方路的声音。

林依然静静地听他打完电话，她小心翼翼地往上走了一级，探头出去，看到方路背对着她站在楼梯的拐角处。他叹了口气，目光看向窗外。

看样子他一时半会没有要走的意思，林依然也不敢再打七楼会议室的主意了，打算偷偷退回去。

她悄悄转了个身，却不小心踩空了一脚，整个人差点摔下去，情急之下她一把抓住楼梯扶手，脚重重地踩到下一级楼梯上，同时发出了"啊"的一声惊呼。

林依然觉得这一声在楼梯间回荡了大概有一百年那么久。她动也不敢动，在心里痛骂自己怎么这么蠢。

方路当然是听到了。林依然听见他走了两步，然后头顶传来他的声音，"林小姐。"

林依然慢慢回过头去，用她所能摆出的最惊讶的表情看向方路打了个招呼："方先生！是……是你啊。"

方路居高临下地看着她。因为背光，林依然一时看不清他的表情。

"林小姐怎么在这里？"他的语气，好像刚才什么都没发生。

"啊，我……想去楼上找个会议室，午休一下。"林依然强装镇定，"六楼会议室都满了，结果脚踩空了……"

"哦。"方路还是很平静，"没事吧？"

"没事！没事！"林依然赶紧站直身子，"昨天没睡好，脚有点不听使唤……方先生是要下楼吗？"

"嗯，我去吃饭，林小姐要不要一起？"方路冲她微微一笑。

"不了不了。"林依然一口回绝，"我吃过了。"她挤出一个笑容，估计很难看。

"那我先走了。"方路说着，走下楼梯，从林依然身边经过时又微笑着看了她一眼，"林小姐小心楼梯。"

"嗯……再见。"

林依然一直盯着他的背影，直到他消失在下层楼梯的拐角。方路倒是全程没有回头。

太丢人了，为什么每次见到方路，她都这么倒霉啊！

好在脚确实没事，到这个地步，她也没心情再上七楼了。林依然慢吞吞地挪回自己的工位。

路上她才想起来刚才方路打电话的时候说的话，怎么想怎么不对。听他的意思，沈总对曾凡做的这个决定并不满意，方路在电话最后说"他会再试一试"，难道是说，他会采取别的措施，阻止自己继续开发"宠爱"？

果然，对这个人，她不能掉以轻心。

2

<<<

带着这些困惑，下午两点，林依然站在会议室的小白板前面，看

着坐在桌边的凌夏、徐可和成孟聆。

凌夏假装什么都不知道，双手托腮，摆出一张恶心的天真脸。林依然强行控制自己，才忍住没伸手打她。

成孟聆抱着胳膊坐在最远端，一脸的淡漠。徐可本来还在犹豫该坐哪儿，被凌夏强行拉到她旁边的椅子上，现在正低着头，大气都不敢出。

面对这三个人，林依然忽然有些紧张。

"呃，既然大家都来了，那我们就开始吧。"她说，"今天这个会，主要是要说……"

"依然姐！"一个声音突然打断了她。

凌夏震惊地转过头去，连成孟聆都睁大了眼睛，是徐可。虽然低着头，但她的声音比以往大了很多。

"徐可？"林依然问，"有事吗？"

"我……我们。"徐可的声音在颤抖，语气中却透着一股勇气，"是不是都要被辞退了？"

"你说什么呢？"凌夏哑然失笑，"别瞎琢磨行吗？"

"不是吗？已经有很多人被辞退了，娇娇上半年评估那么好，B+，都被辞退了，我只有C……"说着说着，她带上了哭腔，"依然姐，别瞒着我们了，你一定是因为没有时间挨个面谈，才叫我们一起过来的……"

"徐可，徐可！"林依然不得不打断她。认识徐可这么长时间，她还是第一次听到她说这么多话。看着徐可认真的样子，她甚至有点想笑，但她忍住了。

"徐可。"林依然说，"放心，你不会被裁的。我开这个会是因为……"

"是新团队的事吧？"成孟聆发问。

林依然扬起眉毛看向她，"你怎么知道？"

成孟聆面不改色地说："很明显啊。咱们组一共就那么多人，不存在谈不过来的情况。就算谈不过来，也不可能几个人一起面谈。你通知里写了，团队规模要缩减，那我们应该就是新团队吧？"

林依然简直要在心里给她鼓掌。

"嗯，就像孟聆刚才说的那样，今天这个会的主题是新团队的组建。大家也都看到我早上的通知了，经过我和曾总的沟通，他同意由我带组，继续'宠爱'APP的开发。"林依然说，"今后'宠爱'这个团队，就只有我们这几个人了。"

3

<<<

一片死寂后，徐可居然抬起了头，这是她走进会议室以来第一次和林依然对视，一脸的难以置信。成孟聆还是抱着胳膊，没说话。

过了片刻，凌夏先鼓起掌来，"来来来！大家开心一下！"她试图带动大家的气氛，"以后我们就是'新同事'啦！"

但没人理她。林依然的目光在徐可和成孟聆脸上交替移动，想看看她们俩的反应。徐可似乎有些犹豫，她看了林依然一会儿，又低下了头。

"四个人？"成孟聆看着桌子，开口说，"够吗？"

林依然知道她在想什么。

"的确，人手和之前没办法比，但前面三个月我们已经完成了APP的大部分前期筹备工作。后续的工作，妥善分配的话，我相信我们是可以完成的。我用这套方案成功地说服了曾总，过程就不和大家分享了，总之他和我达成的共识是，'宠爱'还有很大的前景，我们不能就这样放弃它。"

"意思是说，曾总之前是要放弃的，对吧？"成孟聆问。

林依然被她问得有点背后发凉，"确实是的，不过这不是他一个人的意见，和资方对公司业务的调整有很大的关系。但至少，他现在的决定是，'宠爱'由我们几个继续做下去。我直接向他汇报，不受公司其他人管制。"

成孟聆想了想，看向凌夏，"你早就知道了，是不是？"

凌夏一脸尴尬地强笑了两声，"哎呀，我知道不知道的，那都不重要。重要的是，我们不会被辞退啦，这不值得高兴吗？"

"是这样。"林依然觉得她有必要救一下场，"之所以提前告知凌夏，是因为我心里也没有底。我不确定会不会有人愿意加入这个新团队，所以我先问了凌夏的意见。她给了我信心，我才能在今天开这个会，询问你们的看法。"

"但是……"成孟聆又发问，"既然曾总一开始是要放弃'宠爱'的，后来又同意继续做，那这个决定应该是有条件的吧？是时间限制吗？"

"是。"林依然说，"曾总给我们的时间，只有四个月。"

"四个月内上架？"成孟聆接着问。

"不，两个月内上架。"林依然说，"剩下两个月，我们要把'宠爱'做到百万'日活'。"

"百万？"徐可猛地喊出了声，又迅速拿手捂住嘴，"我们……真的能做到吗？"

"我是有信心的。"林依然坚定地说，"现在我需要知道的是你和孟聆，有没有这个信心。"

会议室又陷入了沉寂，徐可和成孟聆都在低头思考，一时间没有人说话。

"另外，还有一件事必须告诉大家。"林依然又开口说，"如果这个 APP 最终做成了，实现了百万'日活'，曾总许诺会给我们每人派发三十倍月薪的奖金，你们不放心的话，我可以请他以文字的方式落实；但如果我们最后没有成功，四个月后，我们都要自行离开公司，而且，没有遣散费。"

这段话没有激起任何水花，徐可两眼发直看着前方——信息量太大，她已经麻木了。

成孟聆还是抱着胳膊，过了一会儿才说："我还有一个问题，选择我、凌夏和徐可，是你的意思，还是曾总的意思？"

"是我的意思。"林依然说，"坦白说，你们三个，本来都在这次裁员名单上。"

"果然……"徐可茫然地说。

"但这是人事部门主导的，他们只看到了表面上的东西，并没有看到你们真正的能力。"林依然又说，"我并不是没有办法了，才选择大家，事实上，我完全相信，凭我们几个人，一定可以把'宠爱'APP做完，实现我们最初的目标。"

说完，她挨个看着屋里其他的三个人，希望从她们脸上看到一点积极的信号，但什么都没看出来。凌夏也有点紧张，她和林依然对视一眼，欲言又止。

4

<<<

是不是说得太多了？林依然开始害怕，难道她过于坦白，把徐可和成孟聆吓到了？

"孟聆？"她清清嗓子，试探着问。

沉默。

"这事挺有意思的啊。"成孟聆说道。

"你说什么？"林依然一时间没反应过来。

"我说这事挺有意的。"成孟聆脸上露出了笑容，"要被放弃的产品，几个快没工作的 loser，基本上不可能完成的时间……我就喜欢这种有挑战的事情，我加入。"她举了一下手。

林依然松了口气，"谢谢你。"

"那你呢？"凌夏的表情也轻松多了，她直接问徐可。

"我，我不知道……"徐可犹豫。

"嗨，什么不知道！"凌夏一把搂住徐可的脖子，"我替你决定了！你也加入！就这样！"

看凌夏一副"逼良为娼"的模样，林依然默默在心里翻个白眼。

"那……好吧。"徐可只好同意。

林依然冲她笑笑，说："也谢谢你，徐可。"

"等一会儿。"成孟聆又有问题了，"我们还没有程序员吧？是打算让我们自学编程？"

林依然赶紧说："公司分配了一个工程师给我们，盛一帆，你们应该都听说过。"

凌夏抬手捂住了脸。徐可睁大了眼睛。成孟聆笑了，"真棒，三个被裁员的，一个动手打同事的，这团队无敌了。"

"那个，大家也别这么灰心。"林依然说，"以前发生过什么，已经不重要了，重要的是以后。我挑选你们组建团队的时候，雷川还说我们五个都是女生，做不成什么。如果最后我们做成了，这更有意义，不是吗？"

"就是。"凌夏及时站出来给她撑腰，"凭什么因为我们是女的，就要被人瞧不起？偏要做出来给他们看看！"

林依然调整了一下语气，坚定地说："我知道，表面上看，我们要么是被裁员的，要么是被公司认为不值得培养的，但我始终相信，除了自己，没有人能决定我们的价值。我们要证明他们对我们的看法是错误的。"

这番话明显激起了几个人的斗志，连徐可看上去也没那么惊恐了。成孟聆想了想，点点头，说："也是，这样莫名其妙就被裁员，说实话，我很不爽。"

　　林依然看凌夏张了张嘴，生怕她说出"你被裁员可不是莫名其妙"之类的话，赶紧深吸一口气，打断她："那就先恭喜我们的新团队成立，接下来，我们分配一下工作？"

　　接下来，她们四个人凑在一起，对着林依然的电脑开始讨论。人少的环境下，徐可也变得积极起来。

　　林依然花了半个小时，把目前的工作整体梳理了一遍，然后又征询她们的意见，讨论这个产品之后应该怎么做，怎么才有希望在人手短缺的情况下，如期完成目标。

　　她们讨论了很久，正说到筹备前期冷启动内容的问题，身后有人清了清嗓子。

　　四个人同时愣住，一齐往会议室门口看去。门不知道什么时候被推开了，一个女生站在门口，清瘦、高挑，怀里还抱着一台笔记本电脑，手上拎着一副耳机。

　　虽然面前有四个女生，她却直接把目光锁定在林依然身上，冷冷地开口说："你好，我是盛一帆。"然后，在四张惊讶的脸面前，她说了第二句话，"我坐哪儿？"

5

<<<

　　林依然特别想知道，徐工到底是看中了盛一帆哪一点，才不舍得放弃她。

　　这个看上去就很拽的女工程师，听完林依然对"宠爱"现状的基本介绍后，第一句话就是："这要怎么做？这么大一个 APP，就我一个人，怎么可能两个月就上线？你们以为我是神仙呢？"

　　林依然和其他三个女生面面相觑，不知道该说什么。

　　"嗯……之前的工程师们做过一个大概的规划，你要不要先看看？"林依然小心地说。

"我看过了。"盛一帆不耐烦地回答，"徐工让我来你们组之前，就找人给我看过了。那是什么玩意儿啊，乱七八糟的。真的按那个做，别说两个月，半年都不一定做得完。"

凌夏和成孟聆的脸色都不太好看。

林依然眼看凌夏要发作，赶紧拦在她前面，笑吟吟地说："是这样，其实我们也觉得一个工程师不太够，本来想跟公司多申请几个人，但徐工说你一个人就能做，找别人也是给你添乱，向我们力荐的你。"

她这么一说，盛一帆的脸色有所缓和，"徐工真这么说的？"

"是。"林依然豁出去了，"他说要问整个公司谁有这个能力，就只有你了。"

盛一帆沉默了片刻，说："行吧，我试试，但我不能保证啊。你们之前弄的那些是真不行，我得重新想想怎么做。"

"那就靠你了。"林依然说。她一扭头，发现徐可和成孟聆都像看神仙一样看着她，凌夏在她右边偷偷竖起大拇指，用口型无声地说了一个"厉害"。

林依然还没松口气，又听到盛一帆说："你们有具体的想法吗？这个 APP 最低限度要做成什么样？"

"有大概的构思。"林依然说。

"别大概，给我出个东西吧，姐姐。"盛一帆说，"不是两个月上线吗？我总得知道你们想要什么吧？我先开发后台，后台需求有没有？"

"有。"林依然迅速说，"徐可，你那边后台需求搞定了吗？"

"还没……"徐可说，"小念还没跟我对接完，她刚转岗，说下午有空找我……"

"赶紧的行吗？"盛一帆说，"她不找你你就催她啊。你现在手上都有什么？给我看看。"

徐可忙不迭地去翻电脑，差点打翻桌子上的水。

盛一帆翻了个白眼，但拿到徐可发给她的一部分需求之后，她神情变得认真起来，"我先做一下试试，有什么问题我再问你们。"

说完她戴上了耳机，谁也不理，开始敲键盘。

林依然终于松了口气。成孟聆和凌夏脸上都写着不忿，但也忍住没说什么。

不管了，林依然心想。盛一帆脾气差，就让她拽去吧，只要她肯做，林依然愿意用一万种方法去哄她。时间太紧，她没有工夫再去找别的工程师了。何况她看着盛一帆在她对面，微微皱着眉头的样子，反而觉得，这姑娘的确是有能力的——也许是在这一行做久了，一个人是虚张声势还是真材实料，她多少能看出来。

而且，她和徐工打过不少交道，这个有十几年经验的资深工程师，应该不会看走眼。

第六章　偷　听

2017 年 7 月 19 日

1

<<<

林依然组建新团队的第二天，午饭后，在前台思琪的帮助下，林依然把她、凌夏、徐可、成孟聆和盛一帆的桌子安排到了一起，搬到了公司七层办公区一个单独的小房间里。

凌夏坐在林依然右手边，再往右是成孟聆，成孟聆对面坐着徐可，徐可右侧，隔着一张桌子，是盛一帆的座位，斜后方是门。

这个房间本来是商务部门堆放杂物用的。她们"浩浩荡荡"搬进去的时候，房间外面的商务部同事都像看猴一样看着他们。

对于"宠爱"APP 的事情，思琪大概也听说了一些，她帮她们收拾好各种东西，临走前，她冲林依然笑笑，说了声加油。这大概是这几天来，林依然看到最暖的一张笑脸了。

除此之外，她遇到的全是各式各样的阻力。她又想起自己向行政部门申请空房间做新办公室，行政总监给她的那张臭脸，估计是嫌她们太麻烦吧，一个边缘产品团队，还这么多要求。

好在林依然多留了个心眼，她提前一天就向曾凡做了说明，拿到了曾凡的邮件批准，直接转发给了行政总监。要不然，谁知道她会遭遇什么。

2

<<<

不只是行政总监，只要林依然不待在那间小办公室里，随时都能感觉到背后的视线。每次和别的同事打照面时，大家虽然笑得很得体，但她能明显感觉到，这些笑容里都有点意味深长。

原因可能是曾凡上午发的一封邮件。邮件里，他正式向全公司宣布："宠爱"APP 将交由林依然这个五人团队继续开发。虽然邮件说了这是公司的战略决策，也强调了"宠爱"APP 仍旧是他寄予厚望的产品，但各种小道消息还是在公司迅速散播开来。

毕竟，无论曾凡怎么解释，具体情况是什么样，大家心里都有数。尤其是五个女生组成的团队，公司大多数人恐怕都不看好她们的前景。

不过林依然也不是很在乎，她不是第一次面对这种状况。

在新办公室坐下没多久，林依然就看到凌夏用公司内部的通讯工具给她发了条信息："依然，上厕所去？"

林依然看她一眼，点了点头。

一般来说，凌夏叫她一起去洗手间，是个信号，表示凌夏心情不好，需要发泄。

果然，一走进洗手间，凌夏就爆发了："这个盛一帆有毛病吧！"她大声说，"爱做不做，怎么跟我们供着她一样？工程师都这么傲气吗？"

林依然示意她小点声，又确认了一下洗手间是空的，才说："也有谦虚低调的，你又不是没接触过别的工程师，盛一帆可能只是性子比较直。"

"性子直？她这叫没教养好吗？反正我是明白了。"凌夏说，"难怪她一个女工程师，居然没人肯要，就这臭脾气，昨天我就想打人了，要不是看在你……"

"你可算了吧，"林依然说，"你们俩要真打起来，我们就彻底别干了。"

凌夏叉着腰说："我觉得我脾气就够差了，没想到还有比我更讨厌的。"

"你也知道你讨厌啊？"林依然笑笑，"算了，别想这个了。我们四个毕竟一起工作过，她新调过来，我们也不了解她，有点摩擦很正常。我再想想办法吧，尽快让大家磨合磨合。其实盛一帆本性应该不坏，被打发到我们这儿来，她肯定有怨气，慢慢就好了。"

"依然，你真的是个了不起的人，居然还有耐心哄她。"凌夏摇摇头，"一想到要和这种神经病共事，我就头疼。领导，我要请假……"

"你少来！"林依然拍了她一下，"我怎么跟你说的？现在没时间让你请假了。"

"好好好。"凌夏叹口气，"领导，我申请去爬一会儿楼梯，总可以吧？"

林依然忍不住又笑了，"我和你一起去吧。"

3

<<<

"爬楼梯"是凌夏的一个老习惯了。每次当她觉得压力大的时候，她就会跑到楼梯间，从办公室那一层下到写字楼的第一层，然后再爬上来，重复两三遍。

据她说，这样特别能缓解焦虑。

但命中注定林依然享受不到凌夏的这份乐趣。她们俩刚闲聊着从七楼走到二楼，经过楼梯转角的时候，凌夏随便看了窗外一眼，忽然站住了。

方路？林依然下意识地凑过去。虽然离得不算近，但他的身形林依然还是能认出来的。他在写字楼侧面的停车场，站在一辆保时捷旁边。方路对面是一个情绪有点激动的男人，正指着方路说着什么。

方路比他高出十公分左右，但不住地点着头，显得很恭敬的样子。

"没想到啊，在公司器宇轩昂的方助理，也有被人当孙子训的一天。"凌夏靠着窗户看得津津有味，"他是不是把人家车刮了？"

"好了，走吧，也不关我们的事。"林依然从后面拉她。

结果凌夏一把攥住她的手腕，"走走走，我们离近点看！这种好事怎么能错过呢！"

"哎，你怎么这么八卦……"林依然试图拒绝。

"少来了，你自己还不是很好奇！"

林依然承认，她被凌夏说中了，她的确很好奇。

但等她们两个跑出写字楼、轻手轻脚地靠近停车场、借一辆大吉普作掩护、绕到可以清楚看到方路和他对面那个人的距离的时候，她傻了。那个男人，她认识。

凌夏偷偷摸摸看了两眼，困惑地说："我怎么觉得，方路对面的人有点眼熟？"

"当然眼熟了。"林依然说，"那是沈德，去年年会他上过台。"

凌夏探出去的上半身明显震了一下。她张大嘴，转头看着林依然，"沈德？咱公司的投资人？"

林依然点点头。

"难怪呢。"凌夏小声说，"我说谁能把方路训成这样，原来是顶头大老板啊……"

林依然没说话。她努力想透过凌夏的碎碎念，听清沈德和方路说了什么，为什么沈德会这么生气。但她们下来的好像有点晚了，这段对话已经进行到了尾声，她只听到沈德说："这件事我来解决，但我对你很失望。方路，我必须提醒你，你不要忘了自己的身份！"

方路没有回答，而是沉默着点了下头。沈德也没再理他，打开车子后座的车门，坐了进去，"砰"一声，重重地关上车门。这辆剑拔弩张的保时捷发动起来，很快消失在停车场出口。

整个过程，方路都站着没动。

"这投资人真凶啊。"凌夏看沈德走了，又回头和林依然说，"你说方路是犯了什么错误，让他老板发这么大火？"

林依然心说我上哪儿知道。但她隐隐约约有不安，她总感觉这件事，似乎和"宠爱"有关。

"还'不要忘了你的身份'。"凌夏学着沈德的语气，"方路到底是干吗的？卧底？要笑死我……"

她话没说完，就呆住了，直愣愣地看着林依然后方。

林依然心里一抖，转过身，正好和方路四目相对。她感觉她和方路好像对视了很久，久到周围的空气都凝固了，然后就听到凌夏说："刚想起来，我要去便利店买点东西，依然，我先走了！"

4

<<<

你要不要脸！林依然还没来得及做出反应，凌夏已经落荒而逃。

没办法，她只好从半蹲的姿势站起身，一脸尴尬地面对方路："方……方先生。"

"林小姐。"方路表情淡然地看着她，脸上似笑非笑，"又见面了。"

"啊，我……"林依然一下想到上次她偷听方路打电话的事情，脸瞬间红到耳朵根，"我……我们……下楼来休息一下……好巧啊。"

方路点点头，"是很巧。没想到，林小姐还有在停车场顶着太阳散心的雅兴。"

他明显话里有话。

林依然害臊到不知道说什么，这个时候，装傻显然也没用了，林依然索性眼一闭心一横，先发制人："刚刚那个……是沈德吧？"

"是。"方路说。

"你们在说什么啊？"林依然继续说，"他好像不是很高兴？"

一瞬间，她以为方路会反问她"我们在说什么，林小姐不清楚吗"，连语气她都给方路想好了。但方路只是轻轻笑了笑，"没说什么，一些关于风向资本的事情。"

林依然当然不信，但脸上还是得挂着笑，"哦，那就好，我还以为有什么事发生了。"

有那么一会儿，两个人就这么干站着，眼中都写满了心照不宣。大家都是多年职场混过来的，什么能说、什么不能说，各自都很清楚。良久，方路又笑笑，"林小姐还有什么事吗？没事的话，我先走了。"

林依然一下体会到了徐可那种如获大赦的心情，她赶紧说："好的好的，方先生慢走。"

方路好像想说什么，但没说，转身走了。

林依然本来怀着终于能喘口气的心态目送他离开，看着看着，之前那种不安感又席卷而来，而且越来越强烈。

"等……等一下！"她往前紧赶了两步，叫住方路。

方路站定，不明就里地看她。

林依然觉得自己的声音在发抖，"那个……你们在说的事情，和'宠爱'有关吗？"

方路眨眨眼，神情里看不到一点起伏，"这好像不是现阶段林小姐需要担心的事情吧。"

说完，他又转过身，径自绕过旁边的一辆车，往停车场另一端走去。

大哥，好好说话不行吗？林依然对这个模棱两可的答案恨得牙痒。

同时她也察觉到，方路各种讳莫如深的背后，可能确实有事要发生。她顶着下午四点的烈日站着，内心的不安，更深了。

5

<<<

其实方路很不安。他并没有明确的目的地，只是想躲开林依然的视线。现阶段，他无法心平气和地面对她。

他又想到刚才沈总向他怒吼的样子，"我只要你做这一件事，一件事！你以为我为什么要把你放进凌一科技？"

他也不知道自己怎么了。以前的他总是能高效准确地完成沈总交给他的任务，不管是什么场景、什么条件，他都能冷静地、不带任何感情地出手，甚至不计后果。如果是以前的他，现在已经彻底终止了"宠爱"的开发，把凌一科技带向了沈总最期望的方向——上市，然后瞄准风向资本的下一个目标。

事实上，两天前的他的确打算这样做，但和林依然在电梯里的那次碰面，让他改变了想法。他忽然很想看看，这个有着倔强眼神的女生，到底能做出什么事。他甚至想了很多理由来说服自己，反正前后不过四个月，就算有什么差池，他也有自信能把一切扭回正轨。

只是……这太不像他了。

就像沈总说的，他对凌一科技投入了太多不必要的感情。

但他自己明白，他真正在意的，并不是凌一科技。就像现在，他心里更多的不是对沈总的歉疚，而是对林依然的担心。他知道沈总下一步的举动，只会更强硬。

林依然，她能顶住这些吗？

他站在停车场一侧，远远地看着林依然的背影，看着她慢慢走回写字楼内。良久，他才意识到他在做什么。方路用力摇了摇头，往反方向走去。

林依然回到写字楼里的时候，凌夏正站在侧门的门口，焦急地等她。

林依然一言不发，板着脸直接往前走。

凌夏跟在她身边，连声问："他发现我们偷听了吗……你生气了？哎呀，我也是吓坏了，你说我一个底层员工，被 CEO 助理抓到偷听投资人的商业机密，那我不就完蛋了……"

她一路絮絮叨叨说个不停，林依然都不理她。

"依然，我错了。"凌夏似乎意识到了问题的严重性，认认真真地说，"我请你吃饭！"凌夏迅速表态。

林依然还是不说话。

"请三天！"凌夏加重筹码，"一天两顿！每顿……每顿不低于人均一百！"

林依然"噗嗤"一声笑了，"这可是你说的啊。"

看到林依然笑了，凌夏也松了口气，伸手抱住她肩膀，"原来你没生气啊？我就知道，你不会这么无情。不过，依然啊，我们商量一下，请两天的饭行吗？"

林依然一把推开她，"谁要你请吃饭，你请我吃个冰淇淋吧。"

凌夏正色道："我现在就去买！"

林依然本来也没生凌夏的气，她只是满脑子都在想沈德和方路的事情。

沈德确实是一个非常强势的人。他之所以对方路不满，很可能就是因为这件事。上次方路在楼梯间打的那个电话，应该也和这个有关。

沈德会亲自跑到公司来斥责方路，看来是真的发火了。沈德说"这件事我来解决"，难道他会用别的方法，确保他能达成目的？林依然不敢往下想。

林依然还很介意方路的态度。她总觉得方路和前两天有些不一样。之前他还一心一意地要劝她放弃，但最近他好像不再坚持以前的想法了？

　　直觉告诉她，能让沈德如此暴怒，方路肯定还做了其他让这位知名投资人大为光火的事情。

　　难道那天她骂了方路一顿，骂出了他的良心？

　　算了，不想了。林依然收回思绪，看了眼电脑上的时间，7月20日，明天，她们的战斗就要正式开始。

　　她抬头看着办公室的人，敲了敲桌子，"各位，开个会吧。"

PART 2

第二部分

人 心

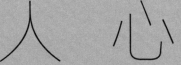

nv wang wuqian

第七章 空 降

2017 年 7 月 20 日 距赌局截止日：120 天

1

<<<

赌局开始的第一天，林依然以为她们可以开个好头。

前一天的会议上，林依然确定了每个人的分工。

凌夏擅长和人沟通，之前就负责维护产品的大多数 KOL，林依然干脆把六十个用来冷启动的 KOL 全部交给了她，由她负责与这些人的合作，在产品上线前筹备好尽可能优良的视频内容，让"宠爱"能第一时间吸引到大众用户。

成孟聆思维活泛，林依然索性把她往产品经理的方向培养，让她继续调研国内外类似 APP 的产品逻辑和运营思路，看看能不能找到新方向。

三个运营里，只有徐可没有单独负责过一项工作内容，林依然打算先带一带她，等她胆子大了，再让她试着独自处理问题。

成孟聆和徐可的工作也是最难的，因为要跟盛一帆打交道。

徐可和前同事做完交接之后,林依然迅速完成了后台需求的整理,发给了盛一帆。这位女工程师看了一眼,就说了一句话:"行,挺好的,放那儿吧。"

林依然被她说得有点蒙——到底谁是谁的上司?可她又必须承认,徐工没有看错人。虽然盛一帆满脸都写着不情不愿,但短短两天时间,她已经根据大家的产品思路,彻底推翻了原来的逻辑,对"宠爱"有了新的、整体的规划,而且争取用最少的工作量、在最短的时间里、最大化实现林依然她们的想法。

林依然目前最大的阻力,是没有预算了。

最开始做"宠爱"的时候,为了积累内容和前期宣传,林依然做主导,同二十个知名的视频达人、宠物博主签订了预付合同,付款时间是两个月后。但现在,她们一分钱都付不起了。

今天一大半的时间,林依然都在键盘上敲敲打打,想找到一个方案,既能留住这些人,又能避开没有预算的窘境。

曾凡之前说得很明白,公司没有多余的钱可以给"宠爱",她们要自己想办法。想到这里林依然不禁要敲自己脑袋,当时怎么就答应得那么爽快呢?现在想反悔都没机会。

这种烦闷一直持续到晚上。回到家之后,她又想了很久,越想越焦躁。

心情低落的林依然,看着寂静的房间,一阵孤独感涌了上来,她迫切地想找个人倾诉一下。

不过能找的人,也只有他吧。

十分钟后,她一股脑地给云先生发去了一大堆信息,只可惜,对方并没有回复。

林依然百无聊赖地躺在沙发上,半个小时后,她的手机终于久违地发出了一声轻响。

她立刻坐起来拿过手机,看到云先生回了她一句话:"你的意思是，你们没钱签用户了？"

看到云先生给了她回复，林依然终于觉得心里好受了一些。

云先生接下来的话又把她拉回了现实，"你们当时签金额这么大的合同，还许诺一次付清，确实有点冲动。"

"当时急着出成果。"林依然叹了口气，"唉，我怎么就那么财大气粗呢……"

云先生说："我朋友的公司之前遇到过类似的问题，他们签了预付协议，但有一笔资金没有按时到账。"

"他们怎么解决的？"林依然赶紧问。

"拆分付款。"云先生说，"他们将预付款拆成了三笔，先拿手头的钱应付了第一笔，等后续资金到了，再分两笔付清的。"

对于这个建议，林依然有点失望。她不是没想过拆分的办法，但就算是拆分，她们也付不起。

除非……她突然愣了一下。

拆分付款的目的，无非就是延长支付时间，等待资金到位。如果她们能大胆一点……她猛地坐直了身子，慢慢打字："我想到办法了。"

"嗯？"云先生问，"说来听听？"

"我们可以延后支付时间。"林依然说，"和用户协商修改合同，把预付款的付款节点放在四个月之后。"

云先生很快明白了她的意思，"四个月之后，你的赌局成功，达成了百万'日活'，就可以向公司申请预算支持了？的确是个办法。"

"但这样一来，我们就必须做成功了。"林依然说。

"难道你想过失败吗？"云先生问。

"没有。"她斩钉截铁地回答。

这一晚和云先生的对话，是意义重大且略带甜蜜的。他随口说的他朋友的事，无形中启发了林依然。她重新写了一个简略的方案，列出了可能会遇到的阻碍和解决办法，也想了些规避风险的小细节。凌晨一点，她上床睡觉的时候，心里已经有了足够的底气，之前的迷茫和焦虑也全部一扫而空。

她甚至是带着笑入睡的，想到刚刚发生的一切，她就觉得很温暖。

她再一次确信了，在这个偌大的城市里，她并不是孤单一人。至少还有一个人，愿意听她说话。

她原本打算等第二天早上上班，团队人齐了，就跟大家讨论这个问题，商议一下具体怎么执行，怎么选择得体的话术劝说用户同意修改合同。

但她的计划，被一封邮件打乱了。

还是曾凡的邮件，这次发给了全公司。

　　Dear all,

　　我是曾凡。由于公司内部的战略调整，现宣布几项重要的架构变动：

　　1. 此前宣布的，由林依然带领新团队继续开发"宠爱"APP的决定不变；

　　2. "看什么"APP原有的资讯组和小说组将拆分为两条产品线，此后"看什么"内的小说连载内容将以单独的栏目形式存在，试水独立运营，由顾蓝全权负责，向雷川报备。

　　另外，欢迎刘思维女士即日起加入凌一科技，担任副总裁一职。刘思维女士曾在出行宝、有戏、无瑕世界等公司担任过重要职务，在内容领域有丰富的经验。今后她将负责现有内容变现等工作，参与所有产品的决策事宜。

　　该邮件为内部邮件，请勿外传，如有外界询问相关信息，请直接移交公关组处理。

　　谢谢大家。

曾凡

凌一科技 CEO

2

<<<

林依然看着这封突如其来的邮件，有几分钟的时间，一句话都说不出来。

乍一看，这封邮件没什么特别的，公司高层变动，多了个副总裁而已。

问题是，出行宝、有戏、无瑕世界……

"这不都是风向资本投资的公司吗？"凌夏在她旁边惊呼，"这是又多了一个眼线啊，一个方路不够用，来个混合双打？"

"还是方路不干了？"她睁大眼睛，"不至于吧，好不容易有一个这么帅的。"

"没有吧。"成孟聆说，"早晨来上班的时候，我在公司楼下见到他了。"

"哦哦，那就好。"凌夏拍拍胸口。

难得今天盛一帆没戴耳机，听到凌夏的话，她鄙夷地看了凌夏一眼。这个眼神被凌夏抓住了，她没好气地问："你看什么看？"

盛一帆冷笑一声，正要说话，她的手机响了。她看了眼屏幕，不由皱起了眉头，飞快地拿起手机，走出办公室。

盛一帆走到一间空会议室，才把电话接起来："妈，怎么了？"

她听着听着，脸色凝重起来，"他又跟你要钱了？我上次不是让你换号码了吗？堵到家门口？你报警啊！妈，你到底打算什么时候跟这个'人渣'离婚？什么叫他是我爸？他尽过一分钟当爸的责任吗？"

盛一帆吸了口气，又说："妈，从我记事的时候开始，他就天天赌，家里能卖的都卖了。你白天上班，晚上还要帮人看店，他呢？输了跟你要钱，不给就打你。我上学凑不够学费，你去求班主任宽限两天，这些事你都忘了？你是上辈子欠他的吗？什么叫怕人说闲话？你跟他离婚，到北京来！我养你！"

她气得头晕，好不容易缓和了一点。电话那头又说了些什么，她咬了咬牙，"行吧，他这次要多少？好，我明天转给你……就明天！他等不及就自己去想办法！你告诉他，这是最后一次了，他再敢骚扰你，我找人打断他的腿！"

盛一帆挂了电话，发现自己的手在抖。她扶着会议室的桌子，等心情平复了，又打开手机，从银行理财转了两万块钱出来。

这些都做完，她从前置摄像头里看了看自己的脸色，确定看不出来什么了，才走回办公室。

没有人知道短短几分钟里，她身上发生了什么。她坐下的时候，大家还在议论那封邮件的事。

"想不通，曾总怎么会同意让刘思维空降呢？"凌夏说。

"他不同意也没用吧？"成孟聆说。

"是不是跟我们也有关啊？"徐可小声问。

"肯定有关啊。"凌夏说，"依然之前不是说，砍掉'宠爱'主要是投资方的意见，曾总让我们接着做，等于跟他们对着来，沈德能乐意吗？直接安插个副总裁过来，还要'参与所有产品的决策'，这意思，以后做什么，都得先经过他们的批准呗？"

成孟聆叹了口气，"真麻烦，就不能让人好好上班么？"

林依然一直没说话。她看着盛一帆一脸烦躁地拿着手机出去，又带着奇怪的表情回来，直觉告诉她盛一帆身上发生了些事情，但她无暇顾及。

此刻，她终于明白那天在停车场，沈德那番话的含义了——他要加强对凌一科技的控制。方路让他失望，那就再来个更可靠的得力干将；曾凡背着他私自下决定，那就空降个副总，大小事都得经过她，看你曾凡还能整出什么幺蛾子。

林依然知道，这个刘思维，不会对她和她的团队有多友好。

想到这里，她有点脊背发凉，打开曾凡的聊天窗口，想问问他具体的情况，想知道这一系列变动会不会影响到"宠爱"的开发。

冷不丁屏幕右下角弹出一条通知，又有新邮件过来了。

新邮件还是曾凡发的，发给了公司的各个副总裁和高级主管，通知大家下午开会。

估计是正式介绍刘思维吧。林依然苦笑了一下，她感觉，下午见到曾凡，恐怕不会有什么好消息。

3

<<<

事实证明，林依然又猜对了。

下午，在公司高层会议上，林依然见到了刘思维，她穿着一身得体的职业装，头发在脑后扎了个干练的发髻，圆脸，眼神干脆利落，姿态优雅地坐在座位上，正在翻看一份文件。

林依然见过的人也不少了，一看到刘思维的气场，她就明白这是一个在职场拼杀了多年的斗士。

但进会议室后，林依然最先寻找的不是她，而是方路。不知道为什么，她特别想知道，对于这起突然的变动，方路是什么感受。

方路坐在刘思维对面，和右手边的雷川聊着天，面色平静，看不出有受到这件事影响。看到林依然进来，他点头打了个招呼，还冲她微笑了一下。

笑什么笑，你这个丧家之犬。林依然恶毒地想。

林依然抱着笔记本电脑，挑了个较远的位子坐下。她进门之后，一直有目光审视她，也有人看到她走进来，赶紧碰碰旁边的同事，然后同时露出意味深长的笑容。

这些人都很好奇，林依然究竟做了什么，不仅让曾凡回心转意，还连着两次的邮件都在强调她团队的重要性。林依然很清楚，此时的她，在众人眼里不会是一个多么正面的形象。

以前开会，都会有人招呼她坐过去，跟她客套几句，但这次，大家都默默地看着她坐在边缘位置，没有人说什么，除了徐工。

"依然你来了？"看见林依然，徐工从雷川旁边站起来，走到她身侧。林依然有一个多月没见过他，感觉这位资深工程师的头发越来越稀疏了。

徐工笑呵呵地问，"盛一帆在你们那边怎么样？"

林依然赶紧站起来："她能力很强，和我们配合得也很好，谢谢你啊，徐工你帮了我们太多了。"

"过了，过了。"徐工说，"你们能接受她就好，她能力确实没问题，就是性格上可能需要你们多包……"

他没说完，附近另一个高管插话了："我才反应过来，徐工你把盛一帆送到'宠爱'去了？"

"是啊。"徐工还在笑。

"哎哟，那还真是……"此人语气中暗含嘲弄，"那'宠爱'可不好做了啊。"

林依然知道他在暗指什么，一瞬间产生了护犊的心态，但她还没来得及反驳，徐工已经转过身去，笑着问："你觉得哪里不好做？"他虽然笑得憨厚，但语气里透着一股强大的压力。

那个高管不自觉地往后躲了一下，会议室其他人也都愣了。

那人转转眼珠，"我是说，'宠爱'只有盛一帆这一个工程师，工作量有点大啊。"

徐工又笑了笑，"确实，先让她做着吧。"他又转头对林依然说，"随后我再想想办法。"

林依然点点头。徐工往前指了指，说："你靠前坐呗，这里是不是有点远？"

林依然只好又摇头，"没关系，我做点东西。"她举起电脑示意。

看她坚持，徐工就乐呵呵地坐了回去。他完全不管周围的人是不是在看他，这让林依然有些羡慕，什么时候自己能修炼到这个地步？

刘思维不知何时抬起了头，目光锁定在她脸上。

林依然心头一阵慌乱，一时不知道该怎么做，只能和刘思维对视。会议室里立刻又是一轮眼神交流，一群职场混出来的人精，对这种风吹草动都非常敏感。每个人都很想知道，空降过来的刘思维对公司来说究竟意味着什么。她这样看着林依然，又代表着什么。

林依然和刘思维隔空对望着，所幸曾凡的出现解放了她。

"大家都来了？抱歉，我迟到了五分钟。"曾凡说着，看见林依然，冲她轻轻点点头。

林依然想从曾凡脸上看出点什么，但他神色轻松，一丝异常都没有。

曾凡径直坐到了刘思维和方路中间的空位上。刘思维也适时收回了目光，但林依然注意到，她和曾凡之间谁都没看谁一眼。

"临时接了个电话，耽误大家时间了。"曾凡坐正，说，"人都齐了，那我们就开会了。"

他头向左侧偏了一下，正要继续开口说话，坐在他左侧的刘思维毫无预兆地自己站了起来。

"大家好，我是刘思维。"她用清晰的语调说，"曾总之前发的邮件，大家应该也看到了，很荣幸能在凌一科技担任副总裁这个职务，以后还请大家多多关照。我会尽我的全力，帮助凌一科技获得更长远的发展。"

会议室里一片寂静，大家都有些诧异。傻子也能看出来，刚才曾凡是要介绍她的，结果她自己先抢话了。

有一瞬间，曾凡脸上也掠过一丝尴尬，但他很快顺水推舟，"嗯，对，这位就是刘思维女士，欢迎她加入我们凌一科技。"说完，他带头鼓了鼓掌。

这时大家才反应过来，跟着一齐鼓掌表示欢迎，林依然混在里面随便鼓了两下。

几秒钟后，掌声停下，曾凡准备继续发言："今天叫大家来开这个会……"

他突然停住了，其他人也愣了，因为刘思维，一直都没坐下。

方路皱起了眉头，他低声喊了一下刘思维，后者并没理他。

很明显，这也不在曾凡的预想之内。他清清嗓子，说："思维，你可以先坐下了。"

没想到刘思维一动不动，甚至没有看他一眼，直接开口说："既然大家都在，有几件事我想先说一下。这两天，我把公司的业务大概了解了一遍，我想说的是，我很不满意。"

会议室又一片死寂，多数人脸上都是同一个表情——大姐，你以为你是谁啊？

但刘思维完全不在乎众人的反应，接着说："公司的各项产品进度以及我看到的你们对产品的理解，都丝毫不是一个互联网公司应该有的样子。"

之后她说的话，林依然基本上没听进去，只能偶尔听到一些"理念落后""错误的用户画像""没有竞争力""在我的公司，这是决不允许发生的事"之类的词句。

曾凡面色阴沉，身体靠在椅背上，一言不发。

林依然这才反应过来，当着所有人的面打断曾凡的话、当着曾凡的面批评公司的做事方式——刘思维是在向曾凡宣战吗？

刘思维的结束语也很耐人寻味："我希望在我的管理下，凌一科技能够摆脱之前低效的问题，全速全力抢占市场，尽快推动上市进程。说完，她还笑了笑，"谢谢大家，我说完了。"

她自顾自坐下，重新开始翻看文件。

林依然看了看周围人的表情，有的人松了口气，有的人若有所思。林依然本来以为，方路会对此幸灾乐祸，没想到方路的表情也非常严肃。

"谢谢思维的意见和建议，思维刚才提到的问题，大家可以酌情思考一下。接下来我还有几件事，想听听大家的看法……"曾凡离开了椅背，向前探身说。

林依然不得不佩服这位 CEO 的定力，如此被挑衅，还能保持一副冷静的态度。

剩下的会议内容，都和公司的几个新产品方向有关，林依然有一搭没一搭地听着，慢慢焦虑起来。敢这样和曾凡叫板，说明刘思维的态度非常明确，就是要强行干涉公司的运作，制衡曾凡的权力。

她有点担心，这样的情况下，曾凡能顶得住资方的压力吗？

她如坐针毡地煎熬着，这场会议终于开完了。听到曾凡宣布散会，大家都像逃命似的，纷纷起身，迅速离开会议室。

林依然也赶紧抱起电脑，正要站起来，就听到一个脚步声越来越近，一双穿着红底高跟鞋的脚出现在她眼前。她抬起头，刘思维笑容可掬地看着她。

"林依然是吧？"她伸出一只手，"你好。"

"啊，你好。"林依然下意识地弹起来，和她握了握手。

"我一直在想你会长什么样。"刘思维笑着说，"原来这么漂亮，难怪呢……"

她似乎话里有话，林依然不失礼貌地笑了笑。

"我总算明白了。"刘思维又说，"形象好，能力强，难怪曾总老是夸你。你们团队的事情我也听曾总说了，我很看好'宠爱'这个APP 的前景，下一步我会给你们更多的支持，你有什么需要帮助的，随时都可以告诉我。"

她这一番话彻底把林依然搞糊涂了，什么意思？她不是来给"宠爱"添堵的？投资人的想法变了？但林依然也不傻，一边微笑着说"其实我们也还在摸索"，一边迅速越过刘思维的肩膀看了后面的曾凡一眼，但曾凡正和雷川说着什么，没注意到她，她反而看到了站在一旁的方路。

刹那间，她以为自己看错了，方路虽然目视窗外，站得笔直，却以不易察觉的幅度，轻轻摇了摇头。

林依然脸上不动声色，又对刘思维笑笑，"那个，你们应该还有别的事要讨论吧？"她胡乱向曾凡那边比划了一下，"我先走了，一会儿还要和团队的人开会。"

"嗯，你们加油。"刘思维用一脸的热情回应她。

林依然一秒钟也不敢多待，转身快步往外走，但刚走到会议室门口，她又被曾凡叫住了："依然！你一会儿去一趟我的办公室，我有事找你。"

林依然点点头，干脆往楼梯间走去。她回头看了一眼方路，似乎想从他脸上再看出点什么来，但方路一脸认真地听着曾凡和雷川的对话，没再看向她这边。

4

<<<

林依然在曾凡办公室门口等了五分钟，曾凡就出现了。

"这个刘思维也太横了吧，就仗着沈德给她撑腰？什么玩意啊。"林依然一走进曾凡办公室，关上门，就忙不迭地吐槽。

曾凡没有回应。他拉开办公桌后的椅子坐下，整个人都显得很疲惫，提醒道："依然，千万不要小瞧她。"

"我知道。"林依然回答，"她能在那些公司都坐到关键的位置，让沈德这么器重，肯定不好对付。"

曾凡向她投去一个赞许的眼神。

"但她这次空降副总裁，肯定不是为了帮助公司发展这么简单吧？"林依然问，"是沈德觉得你不好操控，方路能力又不够，就安插一个更狠的角色在你身边监督你？"

曾凡笑笑，"可以这么说吧。"

"你不生气吗？"林依然追问。

曾凡看了看她，长出了一口气，"我生不生气，不重要。你很聪明，我也不跟你多解释了。总之，你要明白，这次人事调动，是沈总给我的一个强硬的信号。先不说这个了，我有另一件事要和你说。"

"不会又是坏消息吧？"林依然的心都提到了嗓子眼。

"坏消息还是好消息，看你怎么理解了。"曾凡一边说，一边打开了电脑，"是这样，上次内部邮件宣布'宠爱'APP由你们五个继续开发之后，我也让公关组那边适当把消息传了出去，所以这次变动，业界都已经有所了解。一家科技媒体知道之后，对此很感兴趣，想通过我，安排一次对你的采访。"

他打开一封邮件，示意林依然过去看。

"'石锤'。"林依然一眼看到了邮件落款，"是他们啊。"

这是一家业内知名的科技媒体，或者说，是最大的一家，一直以快速、真实、有深度的互联网行业报道为主业务。

"你觉得呢？"曾凡问。

"嗯……我们才刚开始做，现在就接受采访，会不会太早了？"

"就是因为刚开始，我才希望能让外界更清楚地知道你们在做什么。在这个行业，这样的产品变动，很容易被解读为对公司不利的信息，我希望通过这个采访，一是向外界展示我们不会放弃'宠爱'的决心；二是给你一个传达自己理念的机会。"

可能是因为刚才开会太过紧张，精神高度集中，这会儿林依然的脑子反应得非常快。略加思索，她迅速弄懂了曾凡的用意，略带玩味地说："曾总，你让我接受这个采访，其实是为了跟沈德叫板？我看这封邮件都是一周前的了。"

曾凡不置可否，神秘地笑了笑，"伸手打人，还想别人不反击，那是不可能的。"

曾凡的这个举动，也给了林依然一些勇气。沈德和刘思维的确不好对付，但至少，曾凡一直在背后支持她。而且她也想通过这种正面的东西，给团队打打气。

"好，那我就接受这个采访。"她说。

"我把邮件转给你。"曾凡说，"具体采访时间你和他们商议，越快越好。"

林依然又想了想，问："我想和团队一起接受他们的采访，可以吗？"

曾凡摘下眼镜放到桌上，"你决定。"

林依然点点头。她脚步轻快地准备离开 CEO 办公室，却又听到曾凡在她背后说："还有，沈德派刘思维过来，不是因为方路能力不够。"

林依然转回头，错愕地看着他，但曾凡没有解释。

5

<<<

不是因为方路能力不够？那是因为什么？方路真的要离开了？看上去不像呀。

林依然一边吐槽曾凡老是不喜欢把话说明白，一边飞快地走回办公室。说实话，方路走不走，她并不是很关心，她更在意的是，沈德这么阴险、强势，曾凡怎么还放心把方路放在身边？难道是为了麻痹沈德？

想不明白，她只好先放弃了，眼下采访的事更重要。

"石锤"那边似乎很想做这个采访，林依然的邮件发过去还不到十分钟，他们就回复了，并表示他们随时都可以配合，采访整个团队也没问题。

和凌夏她们商议过后，林依然干脆把时间定到了明天下午，地点也定在了凌一科技。

一听要接受采访，凌夏有些激动，忙不迭地问林依然，她的头发怎么样，要不要去修剪一下。

"大姐，科技媒体采访，你是打算当偶像出道吗？"林依然嘲讽她。

不过其他三个人看上去都不是很积极。成孟聆"哦"了一声，表示知道了。徐可小心翼翼地问，她能不能不参与，被凌夏一通威逼利诱，才终于答应。

盛一帆则透出一股"又来浪费老娘时间"的烦躁。

"这个采访要多久？"她很不客气地问。

"最多也就两个小时吧。"林依然温声细语地说。

"我走不开。"盛一帆紧盯着电脑，头也不抬。

凌夏的表情，感觉随时要跳起来和盛一帆打一架。林依然示意她别激动，又往前探了探身子，用她自认为最温柔最和善的语气说："一帆，要不这样，到时候我们先过去，等轮到你了，我给你发信息你再过来，你看行吗？毕竟你是我们唯一的程序员，你不出现的话，那这采访也没什么意义了。"

盛一帆沉默了半响，才说："好。"

林依然给了她一个灿烂的笑容，坐回到电脑前，看到凌夏发来四个字："老奸巨猾"。

林依然笑笑，没说话。

她开始思考，这次采访她要说什么。

关于这件事，曾凡倒是没给她指示，但林依然也不傻，什么可以透露，什么不能告诉外界，她心里明白。这次采访，她要给外界展现的形象必须是积极的，要让别人觉得，"宠爱"APP 将是一个非常厉害的产品。向外界散布这种消息，对沈德会是一种牵制。

　　只是她不确定，媒体会不会对她的话添油加醋，或者故意曲解。

　　毕竟……林依然想到之前的一些事，摇了摇头。

第八章 采 访

2017 年 7 月 21 日　距赌局截止日：119 天

1

<<<

采访当天，从早晨开始，办公室就充满紧张又兴奋的气氛。毕竟，除了林依然，其他人都是第一次接受采访。

凌夏仔仔细细化了妆，还穿了一条大花裙子，整个人看起来像一条一米七的金鱼。林依然笑话了她一上午。

徐可紧张到午饭都没吃，中间说去洗手间，半天没回来，凌夏去看了看，才发现她吐了。

成孟聆表面上很淡定，但林依然注意到，她的头发收拾了，衣服也比平时要"正经"一些。

只有盛一帆，仍旧是一脸的生人勿近，甚至今天看上去更暴躁，敲键盘的声音都变大了。

林依然不知道，盛一帆一早就接到了三个电话，都是她妈妈催她给家里打钱。

最后一个电话，盛一帆妈妈几乎是哀求的语气："一帆啊，还没好吗？你爸爸又问我了，说债主上门了……"

她一说这个，盛一帆就气不打一处来，她没好气地说："我在银行门口等着呢！这么大笔转账，不用等银行上班吗？"

知道她心情不好，她妈妈马上放低了声音："妈不好，妈不该催你……吃早饭了吗？"

"吃了。"盛一帆说。

"好，好。"她妈妈小心翼翼地说，"那个，妈不着急，妈就问问，大城市的银行几点开门啊？"

盛一帆突然鼻子一酸，"行了，开门了，不说了，我一会儿转完告诉你。"

挂了电话，她叹了口气。

其实她不在银行，现在也不需要去银行转账。她早就准备好了钱，但不想这么轻易就给出去。

按照她原本的想法，她打算拿这笔钱当做一个筹码，逼迫她爸妈离婚。如果她妈犹豫，她就直接找她爸，告诉他这是自己最后一次帮他，他想在债主那里活命，就拿着钱，签离婚协议，从此大家一刀两断。但她妈妈的电话一打过来，她又不忍心了。

说到底，还是距离太远吧，盛一帆在心里给自己找借口。就算她爸为了这笔钱，暂时答应了，以后呢？她离家这么远，万一她爸找茬，认为妈妈在自己面前搬弄是非，才让他断了"财路"，继续暴力相向，她又能怎么办？

还是得努力赚钱。盛一帆看着家里洗手间的镜子，对着镜子中的自己，暗暗发誓。"宠爱"是目前最赚钱的机会了，一定要做出来，拿到奖金，这样就能彻底让妈妈脱离那个地狱了。

到公司前，盛一帆用手机给她爸的账户转账了三万。

盛一帆臭着一张脸，但也怕林依然会有所察觉。这个新晋领导虽然性格很好，但她似乎非常在意团队的和谐。盛一帆能感觉到林依然不忙的时候，会悄悄观察她。每当这个时候，她就随便提几个需求上的问题，转移林依然的注意力。

下午，两点刚过，思琪就给林依然发消息说有访客在会议室等候。林依然叫上凌夏她们一起过去。

会议室里坐了两个人，隔着磨砂玻璃，看不清脸，估计一个是负责采访的，另一个拿着相机和三脚架，是负责拍照的。

林依然摆出一张职业的笑脸，推开门，负责采访的那个男生也恰好抬起头，四目相对的一刹那，林依然愣住了。

"是你？"她脱口而出。

2

<<<

林依然"瘟神"的名号，来自一年前的一次采访。

当时她主导的那个项目也是业界紧密关注的一款产品，临上线突然被叫停，自然引起了很大的讨论。

而做一个失败一个、被前东家扫地出门的林依然，也进入了讨论范围。

平心而论，虽然她接连做"垮"了三个项目，但每个项目都是公司策略调整的牺牲品，产品本身并没有问题，也不能说明林依然能力不足。只是一家科技自媒体作者敏锐地发掘出了林依然身上的话题性，找到林依然，提出要给她做采访。

第一次接受采访的林依然低估了媒体对流量的追求，没什么心机的她，基本上问什么就答什么，把自己的工作过往都抖搂了个干净，等到报道文章出来，她整个人都傻了。

文章标题就足够惊悚：《两年做垮三个项目：85 后互联网"瘟神"又要寻找下家了……》，里面添油加醋地描述了林依然是如何把这些项目一个个搞"垮"的。作者巧妙地绕过了公司决策、行业变动这些关键问题，把产品失败的原因全部推到了林依然身上，还给她冠上了"瘟神"的名号，至于她曾经被誉为"救火队员"的那些经历，只字未提。

互联网行业，会讲故事的人永远都不缺观众。这篇文章在公众号一发布，迅速达到了"10W+"的阅读量，刷爆了互联网人的朋友圈。林依然的新外号也不胫而走。

其实很多人都看出了那篇文章的逻辑漏洞，也有不少人提出质疑，但这并不能扭转什么。林依然成了互联网世界的谈资，成了热门话题。

以前她做运营，都是她先蹭别人的热度，结果到最后，她自己成了热度。有一篇逐条批判那个采访的文章，也在一天内达到了"10W+"，那段时间，基本上谁蹭她谁红。

她的前东家也顺水推舟。公司 CEO 出来接受各路采访，借着这件事的热度谈公司规划、谈行业发展、谈创业心得，就是没有人为林依然说话。

林依然想找当初采访她的那个记者理论，结果发现自己被拉黑了。她又向发布文章的平台申诉，也没成功。

有朋友建议她起诉这家自媒体，告它侵犯名誉，把事情闹大，林依然又担心事情持续发酵，只会对她造成更不好的影响。

何况她已经开始领教到了网络传播的威力。

离开前东家之后，林依然去了十几家公司面试，结果每一家都要问她，是怎么做到接手一个项目就失败一个的。

林依然真的想大喊一声：你们睁开眼睛看看好吗？我也做过很多成功的产品，为什么只盯着我做失败的那些？不是我做不好，是条件不允许啊！公司没钱了不想做了，这也是我的错吗？可惜这个世界上的大多数人，从来都只看到自己想看到的。

在面试了不下二十家公司后，林依然放弃了。她甚至想接受这个现实了——她是"瘟神"，是大家唯恐避之不及的对象，她活该找不到工作。

这时，曾凡向她抛来了橄榄枝。

她和曾凡是在她入职的第一家公司认识的。那时候，她是新人，曾凡是部门主管。进公司的第二个星期，林依然就因为一个产品的设计思路和曾凡大吵一架。曾凡拍了桌子，林依然也拍了。林依然拍完，冲出会议室就要写辞呈。

曾凡拦下了她的辞呈，主动请她吃了顿饭。吃饭时，曾凡说了两句让林依然印象深刻的话：第一，冲动行事并不能解决任何问题；第二，她很有能力，但如果不能做出成绩，能力只会变成负担。

那之后，林依然跟着曾凡干了一年，学会了很多，两个人也建立起了默契和信任。

一年后，曾凡辞职，创办了凌一科技，一步步创业打拼，在互联网站稳了脚跟。林依然起起落落，两人再联系，就是曾凡打来的那个电话。

林依然记得，当时她正在一家酒吧和几个朋友买醉，喝到脑子都不清醒了，一个陌生的号码打进来，开口就说："依然，我是曾凡，你想不想来我这里做些大事？"

他好像还提了些薪资、福利、股份之类的事情，林依然一概没听清，只是大声反问："曾大 CEO？你确定吗？我可是'瘟神'啊，专克互联网公司！"

向来话少的曾凡，只说了几个字："没事，我命硬。"

3

<<<

那晚，林依然记得自己哭了，崩溃大哭。可能曾凡并不知道，在林依然走投无路的时候，他那一个电话，对她而言意味着什么。

当然，后来发生的这一系列事情，也超出了林依然的预想。

这一年多，林依然也看开了。就像眼下，她不能左右别人的想法，不能掩盖事业遭遇危机的事实，但她可以选择是躺在地上等死，还是站起来自己爬出去。

不过每次一想到那个把她坑了的自媒体作者，她还是恨得牙痒。垃圾！罔顾事实、不分黑白，为了流量，没有丝毫职业道德，我见你一次打一次——林依然每次都这么想。

而现在，这个她想见一次打一次的人，就坐在她对面。

对方显然知道她是谁，却一点都不觉得尴尬，还很平静地笑着。林依然好奇他怎么还能笑出来，要不是这么多人看着，她可能早把桌子掀翻，拿椅子抡他一顿了。

"林女士，你好。"他说。

"程力。"林依然几乎是咬着牙说出了这两个字，这个名字她不可能忘。

"我现在已经不用这个名字了，叫我大飞吧。"对方说。

"换个名字骗流量？"林依然语带讥讽，"不要脸被打了？"

大飞笑笑，"只是为了和过去的自己做区分。"

"原来你也有羞耻心啊？"林依然冷笑。

这一段夹枪带棒的对话，把在场的人都听愣了。

"依然，你们认识？"凌夏困惑地问。

林依然回答着凌夏的问话，眼睛却死死地盯着大飞，"凌夏，你还记得我那个'瘟神'的绰号吗？"

"记得啊，那篇缺德的文章把你折腾得那么惨。"凌夏说，"怎么了？"

"那篇文章，是他写的。"

凌夏沉默片刻，然后爆发出怒吼："你居然还敢来？"

说完，凌夏猛地一撸袖子，指着大飞就往上冲。

在大飞旁边负责拍照的男生吓了一跳，整个人都弹了起来。一片叮铃哐啷的声音里，凌夏终于被成孟聆拉住了。

"你要不要脸啊？"凌夏继续骂，"你明知道这次采访的是依然，故意来揭她伤疤？欺负我们公司没人是吧？"

大飞坐着没说话。

林依然站起身，面无表情地说："凌夏，孟聆，徐可，我们走。"

凌夏又威胁性地指了指大飞，才跟着林依然往外走去。

刚到门口，大飞说话了："林依然，我确实是为了你来的。"

林依然站住，"然后呢？"

"这次采访机会，是我向公司争取的。"他说，"林依然，你想通过这个采访达到的目的，只有我能帮你。"

林依然斜睨着他，问："什么意思？"

"我对凌一科技和'宠爱'这个产品，做了详细的调查，我很清楚这个采访，对你和曾总意味着什么。"大飞诚恳地说，"不谦虚地说，我是科技媒体圈内最好的作者，我的自媒体也有很大的影响力，只有我，才能真正帮你达到你想要的传播效果。"

"依然你别听他的！"凌夏想把林依然拉走，"他这个人什么德行你还不知道吗？"

但林依然站着没动，眼睛盯着他，"我凭什么相信你？"

大飞摊开双手，"你可以不相信我，但你心里明白，我有这个能力。"

林依然和他对视了很久，大飞神色平静。过了几分钟，林依然往回走了两步，重新拉开椅子坐下了。

"依然！"凌夏急得直跺脚。

林依然冲她笑笑，示意凌夏放心，她心里有数。她转过头，对大飞说："那我们开始吧。"

她为什么要相信他的话？她也说不清。她脑子里一直有个声音在告诫自己：这是差点毁了你一生的人，他不值得信任。但又有另一个声音说：他既然能用一篇文章就让你跌入谷底，那他就有同样的本事，让你重新站起来。

4

<<<

采访和林依然预期的差不多，进行了两个小时左右。她不得不承认，大飞很擅长抓住事物的关键，他在采访里问的问题，每一个都很精准。

大飞之后又采访了成孟聆以及全程都板着脸的凌夏，都还算顺利，只有采访徐可的时候遇到了障碍，无论大飞怎么问，她就是低着头不说话，最后还是凌夏站出来，一通谆谆善诱，才让徐可回答了几个问题。

她们四个接受完采访，林依然才叫了盛一帆过来，没想到这个性格别扭的工程师居然和大飞很投缘，两个人愉快地讨论了一些关于架构和代码的事情。盛一帆说了不少话，最后高高兴兴地走了出去。

采访结束，负责拍照的男生补了几张照片。大飞收拾好电脑，和她们道谢："谢谢大家配合，我会尽快把文章整理出来，发到林小姐的邮箱里。"

他还特意对林依然补了一句，"这次你先审核，你说没问题，我再发，怎么样？能改我文章的人，你是第一个。"

"如果我觉得不行，我会让你重新写。"林依然冷冷地说。

大飞又笑了，"我保证你不会让我返工。"

大飞和同事收拾好设备，起身出门。林依然她们送他们出去。走到六楼的前台，大飞突然转身，神情严肃地说："对了，依然，我还欠你一个道歉。"

在所有人，包括他同事惊讶的视线里，他站定，向林依然深深地鞠了一躬。

"对不起。"他一字一句地说，"之前的我为了追求流量，给你造成了很大的伤害。虽然我知道，现在道歉也不可能挽回什么，但这个错，我必须认。"

他深吸一口气，又说："这次的文章，我会从最真实、最公正的角度来写。虽然就我个人而言，我不是很看好你们要把'宠爱'做成'日活'百万这件事，但我也相信，互联网这个世界，就是一个发生奇迹的地方。"

"祝你们好运，以后有需要我的地方，尽管找我。"大飞诚恳地说。

这个人，出场和离场都非常让人震惊。他坐电梯下楼之后，林依然她们还在原地站了一会儿，不敢相信她们都听到了什么。

回办公室的路上，成孟聆率先打破了沉默，"这人挺有意思的。"

凌夏还是对他过去的举动耿耿于怀，"有什么意思啊，道个歉，就能把以前的事抵消了？你们都被他骗了！"

林依然没说话。她觉得有点累，但不管怎么说，这次的采访和大飞的道歉，终于消除了她一直以来的一个心结。

是啊，她本来就不是什么"瘟神"，只是输给了时机。她的能力，一直都没有问题啊。

"互联网这个世界，就是一个发生奇迹的地方。"她们的未来，还是很有希望的。

5

<<<

放下了心头的一块大石，林依然的好心情也感染了办公室的其他人。在这种难得的愉悦氛围里，她们几个开了个小会，大家都同意林依然的想法，把签约 KOL 的款项支付时间延后四个月。

"凌夏来推进吧。"林依然说，"你这周先和这些 KOL 沟通一下，看看能不能重签合同，我明天会催着法务把新合同改出来。"

　　凌夏叹了口气，"合同都签了，现在突然要拆开付款，他们会怎么看我们啊……"

　　"不管他们怎么看我们。"林依然说，"总之这批用户，我们必须拿下来。有不好谈的，你就说是我执意要改，他们基本都是我拉过来的，关系还可以，我的名字，应该还有点用。"

　　说完这个事，林依然对面的盛一帆忽然从电脑后抬起头来，问："所以，到底为什么叫你'瘟神'？你之前那几个项目，不都是公司层面的问题吗？为什么让你背锅？"

　　凌夏赶紧插嘴："自媒体混淆是非而已。她把'路上'做得多好啊，一个边缘旅行产品，硬生生被做成了那年的黑马！"

　　听到这番话，盛一帆一下睁大了眼睛，"'路上'是你做的？"

　　"也不算我做的。"林依然解释，"原本是那家公司的产品总监开发的，后来他被人挖走了，这个 APP 就被分到我这里，结果瞎猫撞上了死耗子。"

　　"怎么能叫瞎猫撞上死耗子呢？"凌夏说，"你那时候的外号不是'救火队员'吗？多少产品都是你救活的啊。"

　　盛一帆的表情越来越惊讶，"'救火队员'也是你啊？难怪我觉得你的名字特别耳熟。我刚入行的时候在一家小公司，你是那家公司全体产品经理的偶像。2014 年的'大方'、2015 年的'PINK'和'路上'，都是你做的？"

　　林依然点点头。

　　"那就没搞错。"盛一帆说，"当时他们都拿你当正面案例分析，说只要被你接手的产品都能起死回生。'路上'我用了一年，确实跟别的同类 APP 不一样。"

　　她越这么说，林依然越不好意思。

　　"难怪你天天这么焦虑。"盛一帆长出了一口气，"说实话，我本来对'宠爱'不抱什么希望，但现在有点信心了。"

6

<<<

盛一帆的话让其他人都是一愣。

凌夏偷偷给林依然发信息："她这是夸你吗？她还会夸人呢？"

林依然也很意外。看来只要认真做事，总会被人看到的。

接下来，林依然又确认了一下工作安排，一周内，凌夏完成与KOL 的沟通和合同重签，孟聆完成数据调研，徐可两天内完成后台需求收录，盛一帆负责想办法完成前台的设置。

大家迅速冷静下来，林依然正给盛一帆写着需求，忽然听到徐可的声音："我们这样，好像日剧一样啊。"

林依然忍不住环顾了一下她们的办公室，还真有那么点意思。办公室是别人的杂物间，跟日剧的桥段都一样。

凌夏喜滋滋地说："如果有个名字就更像了，不如我们就叫'废人组'吧。"

"你想当废人你自己当。"成孟聆说，"我不当。"

凌夏作势要拍桌子，又放下了手："我们五个都是女生，干脆就叫'女子组'？"

林依然听着，没说话。

慢慢地，大家都能正常沟通了，项目也开始往前推进了，一切都在往好的方向发展。

第九章　争　执

2017 年 7 月 27 日　距赌局截止日：113 天

1

<<<

大飞用实力证明了，他是科技媒体圈里最好的作者。

他用了不到一周的时间，完成了一篇精彩而翔实的采访稿。他发给林依然后，林依然和团队里其他人各自看了两遍，都没有找到什么需要返工的地方。

看完文章，凌夏一把抓住林依然的手腕，满脸同情，"依然，我终于明白，你怎么会被他害得那么惨了，这个人写的东西，能'杀人'啊。"

林依然一脸嫌弃地抽回手，"得了吧，哪有你说得这么严重？"

不过林依然心里明白，她和曾凡做的这次尝试，做对了。

这篇标题为《五个人、四个月、百万"日活"》的文章，效果惊人。文章在"石锤"发出去后不到一个小时，立刻席卷了大半个互联网世界。随后，大飞自己的微信公众号也跟进发布，瞬间又刷屏了无数人的朋友圈。这个人的自信，真的是有底气的。

之后的两天，互联网行业都在谈论"宠爱"APP，林依然的名字上了热门搜索，成孟聆成了"95后职场人代表"，盛一帆作为女程序员也收获了不少关注。还有人在大飞的公众号底下留言说"那个凌夏真好看，想娶"，这让凌夏得意了好几天。

当然，也有很多人对"宠爱"APP进行前景分析，有人觉得宠物主题的短视频并非是一个很好的垂直领域，受众有限；有人认为不能这么简单地看待问题，就算以宠物为主要视频内容，可做的东西还是有很多；也有人觉得只有一个程序员，四个月肯定不可能做完。

综合来看，不看好的人居多，在一个问答网站"怎样看待'宠爱'APP宣称要四个月内做到'日活'百万？"这个问题下，最高赞回答是四个字："痴人说梦。"

凌夏在下面也回了四个字："去你大爷。"

但这些对林依然都没有什么影响，她和曾凡的目的，就是把事件扩散，争议越大，意味着传播范围越广。这样，沈德再想在公司里做什么，难免投鼠忌器。如果一个大张旗鼓宣称要实现"百万'日活'"的产品莫名其妙被中止的话，势必会对凌一科技和风向资本都产生影响，所以这篇采访稿，对她和曾凡是有利的。

刘思维的空降，意味着曾凡在公司的实权被削弱，但曾凡可以用来对抗资方的手段并不多。对曾凡而言，"宠爱"APP是他必须要抓住并且加以利用的棋子。而对林依然而言，保住这个产品，就等于成功了第一步。

2

<<<

"宠爱"的进展顺利而迅速。成孟聆调研了市面上几乎所有的视频类APP，整理出了大量的宝贵数据。徐可完成了全部的后台需求。

在盛一帆高强度的工作下，后台也基本开发完毕，第一批测试的视频已经上传完成。凌夏一边上班一边照顾小天，天天奔波在幼儿园、家和公司的路上，但还是以惊人的速度谈妥了几十个新 KOL 的合作，并和之前那二十个签约 KOL 达成了重签合同的初步协议。

"你什么时候这么拼了？"凌夏把 KOL 名单交给林依然的那天，林依然忍不住问。

"你们不都在拼吗？"凌夏含糊地说。

晚上十点多了，办公室里还坐着三个人。盛一帆在专心敲代码；林依然分析着成孟聆给的数据，调整产品需求；凌夏前一分钟刚跟林依然汇报完和 KOL 签约的进度。

"你快回家吧。"林依然说，"小天都该睡了吧？"

"他睡他的。"凌夏打了个呵欠，又埋头在电脑后，"领导，我先干点别的啊。小天那个幼儿园，让他做什么手工作业，小孩子哪会啊，不都是折腾家长吗？我查查那破玩意儿应该怎么弄。"

林依然看着她满眼的血丝，心里有些歉疚地说："总觉得有点对不起小天。"

"反正就四个月。"凌夏说，"赚了奖金就有钱给他买乐高了。"

盛一帆看她一眼，"乐高哪一款？"

"就四千多的那个，忘了叫什么了。"凌夏随口回答。

"哦，我知道了。"盛一帆立刻说出了那一款乐高的名字。

凌夏睁大眼睛看她，"别告诉我你也喜欢这种小孩子的东西。"

"谁告诉你只有小孩子才玩乐高了？"盛一帆不客气地反驳。

"行行行。"凌夏说，"没力气，懒得跟你吵。"

盛一帆又打算说什么，想了想没说，而是探头看林依然，"老大，三十倍月薪的奖金，是真的吧？"

"是做成了就有三十倍奖金。"林依然说。

盛一帆好像吃下了一颗定心丸，表情缓和了一些。

"你不会也是为了这个吧？"凌夏问她，"你们工程师也缺钱吗？"

盛一帆板起脸没理她。

"我缺钱。"她在心里说了一句。

"宠爱"APP的进度很快，就是要修改的预付合同一直在法务那里，没有反馈。

这天林依然忙了一上午，忽然想起来这件事，跑去问法务的同事。对方表示，因为涉及付款，合同需要经手财务，财务不在合同系统里确认，他也拿不到。

"早就给他们了，他们说要和你商议，没找你吗？"法务同事也很困惑。

林依然赶紧去问财务的人，和她比较熟的一个女生说，合同刚到她那里，就被财务总监要走了，他说他来处理。

林依然觉得有点不太对。说到底就是改一个付款时间的问题，这都快四天了，不至于还没弄完吧？

她和财务总监也不熟，就礼貌地给他留了言，结果等了一天都没人回复。

"凌夏，跟我去财务一趟。"林依然决定直接上门。

3

<<<

林依然和凌夏赶过去八层财务室，门开着，财务总监正坐在最里面的一张办公桌后面。

她们径直往里走。

"康总，打扰你了，我是林依然。"林依然走到财务总监身前，他正在用手机发信息。

财务总监坚持发完一条信息，才抬头看了看她，"哦，我知道，怎么了？"

林依然都被他问愣了，这个人是失忆了吗？但她还是客客气气地说："我昨天给你发了信息，你可能没看到。我们之前有一个合同，要修改付款时间的相关条款，这个合同在你这里吗？"

"嗯，在我这儿。"说完，财务总监又开始摆弄手机，不说话了。

林依然等了等，接着说："请问修改完了吗？法务说还没看到系统里的确认信息。"

"合同啊。"财务总监一边打字一边说，"我看了，有个问题。"

"什么问题？"林依然一愣。

财务总监看都不看她，就说："风险太大。"

财务总监又回了条信息，终于抬起头继续说："你们这个合同，要改成四个月后给用户付款，对吧？据我所知你们没有这笔预算，我不能通过，你找曾总问问吧。"

"就是因为我们现在没有预算，才四个月后付款。"林依然说，"曾总也批准了，我给你发过邮件。"

她庆幸自己事先有准备。

"邮件？我怎么没看到？"财务总监装模作样地开始翻邮箱，最后打开一封"已读"过的邮件。

"啊，这样。"他的语气一下变得和善起来，"但我还是过不了。"

"为什么？"凌夏高声问。

"你们是打算 APP 做成了，申请到预算再付款，这倒是可以。"财务总监说，"可你们要是没做成呢？合同都签了，款就得按时付，不付就是违约，这个财务风险我可担不起。"

林依然耐着性子说："我在合同里加了一条，如果四个月后产品没有正常上线或者遭遇下线的话，我们不需要付款。"

"有这条吗？"财务总监装傻，"哎呀，事情太多了。"

他在桌子上翻了一通，又叫他前面的一个女生："小旭，'宠爱'那个合同，你帮我找一下。"

那个叫小旭的女生头也不抬地回："等等吧，我正对着发票呢。"

林依然看她桌子上有一大摞发票，心想这得等到你什么时候？她走过去，柔声说："实在不好意思，能麻烦你先帮我们找下合同吗？占用你几分钟时间就好。"

"发票也很重要啊。"小旭不耐烦地说，"总得有个先来后到吧？"

林依然被呛得不知道说什么。财务总监这时候又出来打圆场："小旭，你先弄合同的事吧，林主管都来了，不能让人这么等啊。"

他那个声调，林依然怎么听怎么刺耳。

小旭大声叹了口气，把发票往桌上一扔，慢慢吞吞地起身去找合同，嘴里还嘟嘟囔囔："真麻烦，一个小团队怎么就这么多事……"

"你说什么呢？"自打进财务室后，林依然能感到凌夏一直压着火，这下彻底压不住了。

"你喊什么喊啊！"小旭不甘示弱，"这不是在给你们弄吗？"

"你……"看凌夏的表情，下一句估计脏话就要出来了。

林依然赶紧阻止她："凌夏！别再说了。"她努力把凌夏往门口推。

财务总监也起身劝和，他过来拉自己的下属，"小旭，你看你，怎么能这么说话呢？公司产品不分三六九等，'宠爱'也是公司很重要的项目嘛。"

他明显话里有话，但林依然知道这时候不能再火上浇油了。这场争执已经吸引了八层办公区的人，好几个人凑到门口，探头探脑地往里看。

一片乱糟糟里，忽然传出第三个人的声音："怎么回事？"

4

<<<

这还是第一次，林依然像看到救星一样，看着出现在门口的方路。

"你们干什么呢？"方路先看了看周围看热闹的人，"都回去上班，是工作不饱和吗？"

人群迅速散了。方路走进来，他高大的身形自带一股气势。

方路皱着眉头，看了一眼林依然，又看了一眼后面的财务总监，他问："怎么了康总？吵成这样？"

"啊，方助理。"财务总监换了一种正常的语气，"没什么，有一点误会。"

"什么误会？"方路问。

财务部门没人说话，凌夏先开了口："是……"

"确实是误会。"林依然打断了她，又捏了一下她的手，示意她别说话，"我们有一份预付合同模板，需要加急修改一下，等了好几天，今天可能太着急了，没和大家沟通好，吵了两句。"

"对对。"财务总监附和着她说，"是我疏忽了，看漏了一个条款，现在已经没问题了。"

方路端详了一下在场的几个人，转头面对着林依然，"林小姐，你们产品在上线阶段，我理解你们着急的心情，但都是同事，为这点事情吵架，总归不合适。"

林依然顺势点头："我明白。"

"'宠爱'APP的合同我大概了解。"方路接着说，"就改一下付款时间，没有那么复杂吧？需要改这么久吗，康总？"

"那肯定不需要。"财务总监赶紧说，"主要是事情太多了，这样，我现在就来弄这个合同。林主管，几分钟就能改好。你们先回办公室？一会儿我确认了，你在合同系统就能看到。"

事情解决了，林依然也不想在这里多待。她说了声"谢谢"，就拉着凌夏往外走。

"那就这样。"方路说，"我也先走了。"

"等等。"

又一个声音从门口传过来。林依然和凌夏都站住了。

这次站在门口的，是刘思维。

5

<<<

刘思维今天穿的是一套白色的职业装，她神情严肃，抱着胳膊往里走了两步。

"听说这里有人吵架？"她冷冷地说，"你们都不注意影响吗？"

她声音不大，但很有威慑力。财务室的人大气都不敢出。

"刘总，这……"财务总监继续赔着笑，"没想到连你都惊动了。确实是个误会，是我的错，我该检讨。"

刘思维也没理他。她扫视了一圈，厉声问："刚才是谁在吵？"

"我。"林依然没来得及拦住，凌夏就抢先说了出口。

"还有我。"小旭也低声说。

"好。"刘思维点点头，"这两个人各扣发一个季度的奖金，康总你记一下。"

财务总监忙不迭地说："我记住了。"

"凭什么？"凌夏反问。林依然赶紧伸手去掐她，让她闭嘴。

刘思维转身看了凌夏一眼，笑了，"瞧我这记性，我都忘了，你们组现在是独立运营，那我也不方便插手了。不过，依然你得劝劝她，别那么冲动。大家继续工作。依然，你来一下。"

林依然看着她，没说话。她让凌夏先回办公室，然后跟着刘思维走了出去。

刘思维一直走到没人的地方，才转过身来，又是那张笑容可掬的脸，很温和地说："恭喜你们啊，依然，那篇采访我看了，你们的宣传很成功，我都迫不及待想看到'宠爱'APP做出来的样子了。"

林依然平静地笑了一下，"谢谢刘总的认可。"

刘思维脸上还挂着笑，"怎么样？近期还顺利吧？"

林依然不假思索地说："很顺利。按照目前的进度，应该可以按时上线。"

"是吗？"刘思维眼中闪过什么东西，"看来曾总选择你来做这件事，是对的。"

"只要大家都能支持我们的工作，就没问题。"林依然话里有话地说。

"你说老康啊？"刘思维的表情没有任何变化，"他这个人做事丢三落四的，我会跟他说，让他全力配合你们。"

林依然点点头，心想这才几天的时间，就已经"老康"了？

见林依然不说话，刘思维也知趣，"那我就先走了，你们再接再厉，我……拭目以待。"

她转身要走，林依然脑中却迅速掠过一个念头，赶紧喊："刘总！"

刘思维回过头，就看到林依然两小步跑上前，对她深深鞠了一躬，然后很虔诚地说："今天的事确实是我们冲动。我们团队都是年轻女孩子，经验不足，以后还请刘总对我们多加照顾了。"

刘思维很诧异。她扬起眉毛，有几秒钟不知道该说什么。片刻后，她又笑了："依然，我来凌一科技就是为了帮公司有更好的发展，我能帮上的，肯定尽力，你放心吧。"

林依然也笑笑。她看着刘思维快步走远，消失在电梯间，终于松了口气。

6

<<<

刘思维走到电梯间，停下来看了看手机——有一条新信息。

是财务总监发来的："刘总，合同我估计压不住了，得给她们过了。"

刘思维微笑了一下，回复道："没关系，给她们过吧。辛苦了，老康。"

　　财务总监回复："不辛苦。刘总交代的事，我肯定尽力做。就是这个林依然，工作做得的确挺到位，没想到啊。"

　　刘思维没再回应。电梯来了，她收起手机，走进去。想到刚才林依然的一系列举动，她慢慢收起了笑容。

　　这只是一次试探，她想看看林依然到底是不是做事情的人。事实证明，她还真不能小看林依然。

　　沈总派她过来的时候，她还觉得，几个小女生的团队，有什么不好对付的。当年她被派驻到无瑕世界网络公司的时候，无瑕世界上下都对她服服帖帖，何况一个刚刚起步的凌一科技？何况"宠爱"这么一个小小的边缘产品？

　　但这次她发现，她低估了这件事的难度。凌一科技这边，不仅曾凡难对付，曾凡一手培养出的徒弟也是个难缠的角色。

　　还有方路……一想到他，刘思维心里就涌上一股愤怒。

　　在风向资本，方路一直被沈总器重。当年她刚入职，是方路带了她一年，把她培养成现在的刘思维。她亲眼看过他怎么在那一脸阳光笑容的伪装下，一步步改造一家公司，漂亮地帮风向资本实现巨额回报。某种程度上，方路是她努力的目标。

　　现在这是怎么了？方路铁了心要站在曾凡和林依然那边？以前那个方路呢？那个公司利益至上、冷漠严谨、从来不带任何个人感情的方路呢？

　　她不觉得曾凡有这么大魅力，难道说，方路的变化是因为林依然？

　　刘思维觉得心里有点发堵。林依然凭什么？长相？性格？做事方式？难道说还有什么东西，是她刘思维没看到的？

　　刘思维走后，林依然站在原地没动。她心里很不安。

　　今天发生的事情太诡异了。她没少和财务部门打交道，他们以前做事不是这样的，如果非要给一个解释，只有一种可能——这是刘思维授意的。

这两天她一直有种感觉，公司内部正在悄悄发生变化。联想到刘思维刚来公司，就已经把财务总监拉拢到了手中，林依然对她不禁多了一丝防范。

她讨好刘思维，也是一瞬间想到的无奈之举。不管刘思维会不会因为她的请求而对她们团队高抬贵手，只要能保住表面的和平，保证"宠爱"APP 顺利开发，林依然什么都可以做。

她一边想，一边往八楼的楼梯口走，走着走着，她眼角余光瞥到一个正准备下楼的身影。

"方先生！"林依然喊了一声，小跑着追上去。

方路听到她的声音，也停住了脚步，在楼梯转角处站住了。

"刚才……谢谢你。"林依然跑到他面前，喘着气说。她不傻，方路在财务室的一系列举动，其实是帮她和凌夏解了围。

"不用客气。"方路说，"思维和你说什么了？"

林依然不打算和他说实话，她轻描淡写地说："没什么，她问了些关于'宠爱'的事情。"

这番话并没有让方路打消顾虑，不过他没有选择追问，而是提醒道："林小姐还是要小心一些，公司内部现在对你们的产品和团队有很多议论，并不是所有人都支持你们，这个时候吵架是不明智的。"

林依然一下想到，她第一次和刘思维面对面的那天，方路那个神秘的摇头。

"那方先生的态度呢？"她问。

"支持你，还是反对你？"方路没有正面回答，"谈不上，我只相信曾总的判断。"

"哪怕沈总的想法和曾凡不一样？"林依然又问。

方路认真地看着她，"这个问题我没有办法回答你。"

行吧，林依然也不指望他能坦诚地回答。

　　方路转身要走，又停下脚步，提醒林依然："对了，优越科技也要做宠物方向的短视频 APP 了，要注意你们竞品的动向。"

第十章　意　外

2017 年 7 月 28 日　距赌局截止日：112 天

1

<<<

"我是不是不该对刘思维那么低三下四的？"

晚上十点，林依然到家比平时早了一些，刚好有时间和云先生说说最近发生的事情。

也只有在他这里，有些话她才敢说。别人面前，她永远是胸有成竹、宠辱不惊的职场老人，但在云先生面前，她却觉得自己像个小女生，她内心的纠结和焦虑，只会对他表露。

"不，你做得对。"云先生回答了她关于刘思维的问题，"你对她示好，多少都会影响她的想法，她肯定也知道你的用意，不会把事情做得太绝。"

"也是。"林依然回复。

"不过你们还是要小心一些。"云先生又说，"很明显，现在你们公司已经开始站队了，以后这样的事情只会更多，也会有更多的人想抓住你们的把柄，作为向刘思维靠拢的资本。"

他这么一说，林依然有点后怕，还好今天她一直克制自己，没有把事情闹大。

她想了想，又问了一个问题："你觉得在这件事上，方路究竟是什么立场啊？"

云先生隔了很久，才回复了一句话："进退两难吧。"

进退两难？这个说法反而给林依然带来了更多困惑。

"反正我看不懂他。"她说，"凌夏还夸他特别帅、特别靠谱，也不知道怎么看出来的。他长得是挺好，但城府那么深，谁知道他到底是哪一边的。"

云先生有一阵子没说话，半晌才问道："很帅吗？"

"还行吧。"林依然说，"我要是年轻5岁，可能会迷上他这张脸。"

不知道云先生在做什么，林依然发完这句话，他就彻底没回应了。难道他把方路当成了假想敌，不高兴了？不不，林依然赶紧打住这个想法。你们只是网友，互相排解心情的网友，没有感情，她告诫自己。

一聊就又聊到了凌晨，林依然跌跌撞撞地爬上床睡觉。结果她刚躺下，手机就响了，是凌夏。

"喂，怎么……"林依然接起来，拖长声音说。

"依然，出事了！"电话一接通，凌夏就大声喊道。

"怎么了？你别急，慢慢说。"林依然一下坐起来。

"我这边的KOL，突然说要解约！"

2

<<<

林依然强忍着内心极大的恐慌，听凌夏说完了整件事的来龙去脉。

就在半个小时前，那二十个签了预付合同的KOL，突然一个接一个地给她发信息，说要和"宠爱"解约。

　　凌夏苦口婆心地挨个劝说，急得团团转，但不管她怎么解释，那些人都是一个口径：修改合同、延迟付款这件事让他们很失望，他们决定终止合作。

　　"怎么办啊，依然？"凌夏快急哭了。

　　林依然心里也是一团乱麻，她先安慰了凌夏几句，让凌夏暂时不要和这些用户聊了。

　　"你先睡觉，我再想想办法，明天到公司大家一起讨论。这绝对不正常，怎么会所有用户同时和我们提出解约？"

　　她的疑问凌夏根本没听进去，"依然，你说这些用户都不和我们合作了，我们该怎么办啊？推广方向都定好了，就等着他们灌内容了，本来时间就很紧，我们是不是完蛋了？"她说到后来，声音里已经有了哭腔。

　　"你听我的，先去睡觉。"林依然命令她，"一切等明天再说，好吗？"

　　凌夏又哭诉了两句，情绪低落地挂了电话。

　　林依然让凌夏去睡觉，但她自己却睡不着了。她坐在床边，反复地将手机锁屏、解锁，大脑一片空白。

　　怎么会这样？白天还好好的，有的用户已经收到了合同，也没有异议。从那时候到现在的几个小时里，到底发生了什么？

　　她发现自己在盯着微信看，确切地说，是盯着聊天列表里云先生的名字看。

　　不行，太晚了。她强迫自己重新锁了屏，坚定地把手机扔到一边。不能总想着依靠云先生，她也不是那种遇到问题就马上找别人求助的人。

　　林依然一晚上都没怎么睡，早晨六点就醒了。她给凌夏发了微信，凌夏立刻就回复了，可见凌夏也没怎么睡。九点，她俩同时赶到了公司，先试着和几个用户聊了聊，他们还是很坚决，一定要解约。

九点半左右，团队其他人陆续进了办公室。林依然把她们召集到一起，说了整件事的来龙去脉。

徐可和成孟聆都有些不知所措。

盛一帆听完，皱起了眉头，"你们怎么做事的啊？拉不到内容，还做什么 APP？"

"我们做事没有问题！"凌夏依旧一点就着，对她喊道。

"好了好了，不要吵了。"林依然赶紧把这两个人劝住，"我们不能自己乱，我只想知道发生了什么，一下子二十个用户都闹着要解约，你们不觉得有问题吗？"

"要不要查查其他公司的动向？"成孟聆提议说，"比如近期有没有其他公司要做竞品什么的？"

林依然立刻明白了她的话，"你是说，有别的公司在和我们抢人？"

成孟聆说："我是这么猜的。我朋友之前也遇到过这样的情况，竞争对手直接砸钱抢 KOL 用户。"

林依然一愣，她想到一件事，一件最近两天被她忽略了的事。

她敲了敲凌夏肩膀，"让我用下你电脑。"

凌夏一脸迷茫地和她交换了位置。

林依然坐下，在微信聊天窗口中，找到了一个昵称是"方啊方"的人。这个 KOL 用户跟林依然有好几年的交情了。

林依然直接打字过去："方方，我是林依然。我在用凌夏的号，有件事想问问你。"

"哦哦。"方方回复，"上次那个采访我看了，原来你那么好看啊。"

"方方。"林依然没时间寒暄，"我们认识的时间也不短了，我知道你不是那种随随便便就会毁约的人，我能问一句，这究竟是为什么吗？"

方方很久没回话，过了足足有十分钟，才说："一定要回答吗？"

"方方，这对我很重要。"林依然说，"我也不瞒你，算上你，昨天一共有二十个关键用户要和我们解约，理由完全一样，我真的不知道该怎么办了。"

又过了很久，方方再次回复："依然，关于这件事，我就说一句话，这次解约使用的话术，是有人教我的。"

林依然略一思索，再问："但你没有向他们透露过我们的事情，对吗？"

"对。"

"具体是谁，你不能说，对吗？"

"对。"

林依然一下就明白了，"好，谢谢你，方方。"

方方回复："依然，不好意思，之前我找别的 APP 维权，还是你帮的我，现在突然要解约，我也觉得很抱歉，但我毕竟是靠这个吃饭的，还请你理解。"

"我知道。"林依然打字，"你肯回答我的问题，我已经很感激了。"

结束了对话，她抬头看向成孟聆，说："你说对了。我猜，是优越科技。"

办公室其他四个人都不明就里地看着她。

林依然又叹了口气，"这件事是我疏忽了。前两天方路提醒过我，优越科技也在开发一款宠物短视频 APP，我当时还想着去打听些消息，事情一多，就忘记了。是我的错，我应该早点告诉你们。"

林依然非常懊恼，怎么把这么重要的事忘了呢？

几个人的表情都从困惑转为了震惊。林依然理解这种震惊，因为优越科技，是谁都不想碰到的对手。

优越科技是互联网行业四大巨头之一，资金雄厚、实力超群，市值远在凌一科技之上。支付、社交、娱乐、游戏……每一个领域，他们都有统治级的产品，只要你用智能手机，就一定绕不过他们的产品。网上甚至流传着这样一句话："优越科技，总有一款 APP 值得你熬夜。"

他们这时候入局宠物视频 APP 的开发，等于把"宠爱"逼到了悬崖边上。

"完了。"盛一帆摇摇头，一脸沮丧，"这真的……这还怎么玩啊？"

"依然，确定是优越科技吗？"凌夏问。

"应该是他们。"林依然说，"能让这些 KOL 这么快决定不和我们合作，一定是给了预付款的。我们当时签合同约定的金额已经高于正常价格了，对方给的只会比我们更多，除了优越科技，还有谁敢这么砸钱？"

"但是，他们怎么知道我们都和谁签了约？而且正好卡在我们要重签合同的时间，这也太巧了吧？"成孟聆说。

"问到点子上了。"林依然说，"他们似乎很清楚我们是怎么签合同的，也知道我们要签哪些用户，甚至知道我们要通过重新签合同，修改付款时间。如果这是巧合的话，未免过于巧合了。"

凌夏想了想，一下睁大了眼睛，挨个看了看大家，"难道说……我们中间有内鬼？"

3

<<<

一股异样的气氛在办公室弥漫开来。

其实，和方方沟通之后，林依然就第一时间想到了这个问题，但她强迫自己相信团队里的每个人，并表态说："不会的，我相信大家。"

"我也觉得不会。"凌夏说，"但毕竟有人是后来才来的……"

这个指向就过于明显了，加上她还瞥了盛一帆一眼。

盛一帆立刻怒了，她一摔耳机，"什么意思？怀疑我？觉得是我干的？"

"确实你最有这个可能……"凌夏小声说。

盛一帆冷笑，"是，我是新来的，是我给优越科技透露了信息。要不这样，我先回家待两天，你们看看还有没有信息泄漏出去！"

林依然制止了两个人："都别吵了！我相信大家，我不觉得这次信息泄漏和我们有关。我们都在为'宠爱'拼命，真的有人要捣乱的话，不会等到现在。"

"会不会有这种可能。"成孟聆说，"有人和朋友聊到这些，随口一说，但被人利用了？"

"我没空跟别人聊天。"盛一帆说，"你问那个话最多的吧。"

"怎么就是我了？"凌夏也急了，"我也忙啊！凭什么怀疑我？"

"那你怀疑我的时候考虑过凭什么吗？"盛一帆冲她喊。

"说了不要吵了！"林依然将声音抬高八度，压住所有人。

林依然这么一吼，几个人都不敢说话了。

林依然稳定了一下情绪，用平静的声音说："大家可以仔细想一下，这段时间，有没有和其他公司的人提过有关'宠爱'的事？"

"我没有。"盛一帆冷冷地说。

"我也没有。"成孟聆说。

"我也没有啊。"凌夏说，"我拿性命发誓！"

林依然转了下头，"徐可呢？"

徐可脸色惨白，"我……"

"哎呀，她更不可能了！"凌夏说，"她连朋友都没有，能跟谁说啊？"

徐可一言不发，缩回座位上。

"那这件事就到此为止吧。"林依然说，"我还是那句话，我相信团队里的每一个人。我也相信你们一定对得起我的信任，现在我们绝对不能相互怀疑。"

办公室终于安静下来。

"那……我们该怎么办?"凌夏问,"少了这么多KOL,内容……"

林依然深吸一口气,"一定还有别的办法。"

话虽这么说,但她整个人都很乱。她完全没有预料到眼下的情况,只能先抓紧手头的资源了。

"大家正常工作吧。"她努力给其他人一个坚定的笑容,"我们不是还有四十个 KOL 吗?虽然不如那二十个人红,但内容同样很优质,有很大的推广空间。凌夏,你再和他们确认一遍合作意向,这几天务必盯紧他们,维护好关系。至于合同……先放一边吧,要是有财务或者法务的同事问起来,就说我这边有新的变化,让他们直接来问我。"

凌夏点点头。

"一帆,你……"林依然看向盛一帆,有些犹豫。

"我知道。"盛一帆重新拿起耳机,"我不走,我又不傻,这时候走了,不正好让你们更有理由怀疑我了?"

林依然松了口气,"谢谢你。"

不知道她这句话盛一帆有没有听见,因为她又戴上了耳机。

4

<<<

整整一下午,办公室的气氛都有些微妙。大家做事都小心翼翼的,话也不敢大声说。

林依然虽然让大家别再想信息泄露的事,但她自己都没放下。中途她出去冲咖啡,还在思索,到底是哪里出了问题,是谁泄露了"宠爱"的动向?目的是什么?她清楚这不是团队里的某个人做的,她对自己看人的本事还是有信心的。

也许像成孟聆说的,这是谁的无心之举,但巧合的成分也太多了。

这段时间大家都忙得颠三倒四的,谁有精力和别人……她脑子一激灵,差点打翻手里的咖啡,难道说,是他?

林依然扔下咖啡,一口气冲到女厕所找了个空隔间。她打开微信,给云先生发了条信息:"我有一件事要问你。"

她还在想如果对方很久不回该怎么办,云先生已经回复了:"这还是你第一次白天找我,这么严肃,要问什么?"

"我之前和你说的我们产品的各种事情,你对别人说过吗?"林依然问。

云先生敏感地察觉到了问题,反问:"发生什么了?"

"你先回答我的问题。"林依然说。

"不,我想先知道,发生了什么。"云先生坚持。

林依然想了想,把昨天晚上以来发生的种种,全部告诉了他。

云先生立刻领悟了她的想法,确认道:"你怀疑是我把消息泄露给了你的竞争对手?"

"所以,是你吗?"林依然问。

"你怎么会觉得是我?"云先生说。

"对不起,但这些事情除同事外我只告诉过你。而且你也说过,你的工作和互联网行业有交集。"

林依然把这段话发过去,云先生半晌都没回复。

"你生气了?"林依然小心地问。

"没有。你怀疑我,我也能理解。毕竟我是有可能这么做的。假如我别有用心,确实可以利用你对我的信任,从你手上骗取你们APP的信息,再以此向别人换取回报,但我没有。"过了一会儿,云先生说。

他像往常一样,冷静地给林依然分析:"如果是我的话,如果我像你想的那样有交易信息的机会的话,一开始你告诉我'宠爱'这个产品的变动,我就可以直接透露给其他公司了,我不需要等到现在,不是吗？"

他说得也有道理。

"你刚才说，那些事只有你、我和你团队的人知道？"云先生又问。

"是。"

"那你再好好想想，除了这些人，还有谁最有可能接触到你们团队的各项计划？"

林依然心里的恐慌越来越强烈，不是云先生的话，那就只有一个人选了。

"我知道是谁了。"她给云先生发去一条信息，不等他回复就关掉手机，猛地冲出隔间。隔间门在墙上撞了一下，发出一声巨响，把洗手台旁边一个补妆的女生吓了一跳。

林依然脚步不停，径直奔向楼梯间。错不了，一定是他！

5

<<<

她怎么就没怀疑过他呢？明明所有事他都最清楚，而且他有足够的理由和动机去做这件事，以他的人脉，想泄露公司机密的话，不会有任何难度……

林依然一口气跑上八楼，冲向曾凡办公室。离办公室还有几米远的时候，她猛地停住了。

方路正从曾凡办公室出来，随手关上了门，手里还拿着手机在看什么。

看到她，方路也是一愣，"林小姐？你怎么来了？"

"我……我找曾凡。"林依然说。她不打算和这个人有过多纠缠。

方路没有要给她让路的意思，"曾总昨天去美国了。"

林依然这才想起来，昨天曾凡和她说了要去美国三天，还叮嘱林依然，如果出了什么问题，就找方路。他究竟为什么这么相信方路？

方路问："有什么事吗？林小姐，你也可以告诉我。"

林依然恨不得把他脸上的笑容撕下来。算了，既然曾凡不在，那就只能靠自己了。

"我们进去说吧。"她指指曾凡办公室。

方路有点惊讶，但还是点点头，重新打开门，和林依然走进去。

"是你吗？"一关上门，林依然就问。

方路扬起眉毛，"林小姐在说什么？什么是我吗？"

"昨天晚上，有二十个签了合同的 KOL 突然要和我们解约。"林依然也不绕弯子，"理由是我们重新签合同这件事，让他们觉得失望。很明显，这是其他公司在趁机抢人，连话术都帮他们想好了……"

"我懂了。"方路打断她，"是优越科技，我正要找你说这件事。上次你让我去查的那些，我已经查清楚了，他们……"

"方先生现在说这些，还有意义吗？"林依然冷声说，"你觉得我会因此感激你？"

方路看着她，"我不明白林小姐的意思。"

"你不明白？"林依然冷笑，"消息不是你透露给优越科技的？不是你告诉他们我们的进度？不是你帮着他们来抢这些 KOL？方先生，还是你厉害啊，你一直在诱导我，让我以为刘思维才是我们最大的威胁，你却躲在背后，偷偷地给我们布圈套！"

面对她一连串的指责，方路的表情没有任何变化，"林小姐，你……"

"你不要再说了！"林依然喊道，她把这段时间来所有的怒火、委屈、焦虑都发泄在了对面这个人身上，"我还以为你是站在我和曾凡这边的，如果不是今天这件事，你还打算骗我们多久？"

不知道是听到哪句话，方路严峻的神色居然出现了缓和。他笑了。

"你笑什么？"林依然瞪他。

"林小姐。"方路微笑着说，"我知道你在说什么了，我可以用我九年的职业生涯向你保证，真的不是我。"

林依然眼中的怒火并没有因此平息，"只可能是你。'宠爱'APP的进度，我们从没有对外人说过，曾凡也不可能把这些信息透露给其他公司。能第一时间接触到我们内部信息的，只有身为CEO助理的你，只有你能假借帮曾凡整理工作，把这些内容拿到手。"

"林小姐这样想，我没有任何意见。"方路说，"我也知道，林小姐对我一直都不是很信任。我承认，我现在的身份很微妙，但我希望林小姐能好好想一想，作为资方的人，我有无数种方法可以叫停你们的工作，可我都没有做，难道我的态度还不够清楚吗？"

"但……"林依然一时间不知所措，"但你也可以以退为进，找一个最能打击我们的机会。"

"我最看重的是效率。"方路说，"这一点林小姐应该也能感觉到。如果我真的是以退为进，想慢慢坑害你们，我会选择更狠、更隐蔽的方式，你想都不会想到是我。"

方路的逻辑，是说得通的。

林依然沉默了。事实上，对方路的质问，是她现在能抓住的最后一根稻草，但冷静下来想想，这的确不像方路会做的事。她莫名想到那天在停车场，方路被沈德劈头盖脸痛骂的样子。

"会是刘思维吗？"她想了想，又问，"那天在财务室外面，她和我说的话，让我感觉她和财务总监关系不一般，她一定知道我们重签合同的事。"

方路说："以我对她的了解，她不是做这种事情的人。"

"但这样做，她可以直接中断我们的产品开发。"林依然说。

"然后间接帮助优越科技发展？这个成本未免太大了。"方路摇头。

林依然彻底迷茫了，总不至于是曾凡自己吧……

方路看了看她，又笑了笑，"林小姐，说实话，在这件事上，信息泄露可能不是最重要的。"

"什么意思?"林依然抬起头。

"用高额预付礼品牌资源争夺关键用户,本来就是互联网公司很常见的手段。我现在得到的消息是,优越科技投入了大量的人力、物力,要抢占在宠物视频这个垂直领域的优势地位。他们已经组建了一个二十多人的团队,成立了专门的事业部,打算和我们正面竞争。按照正常的思路,他们第一步一定是积累关键用户进行前期造势。就算你们的信息没有泄露,优越科技也一定会砸重金签下这个领域里最出名的博主。"

林依然认真思索着他的话。

方路接着说:"有影响力的关键用户也就那么多,我们能看到,他们必然也会看到。至于他们怎么知道的,也许是内部泄露了消息,也许他们恰好从某个要争取的用户那里听说了,这都有可能。"

"所以,可能并不存在泄密的人?"林依然问。

"不是并不存在,而是不管这个人存不存在,都不重要。"方路说,"优越科技从我们手中抢人是必然的,砸钱是最简单粗暴的手段。哪怕我们付了十万的预付款,违约金赔三倍,凭我对优越科技的了解,他一定敢给关键用户五十万,让他们拿三十万去支付违约金,即使这样关键用户还能拿到二十万。如果是你,你会怎么选?"

6

<<<

方路的这段话,好像一道闪电,一下点醒了林依然,"方先生的意思是我们不该执着于泄密这件事?"

"是不该因为这件事,影响到你们的工作。"方路说,"我不认为这些用户被抢走了,'宠爱'APP就做不下去了,以你们的能力,一定能找到其他的办法。过于在意这个问题,只会打乱你自己的做事节奏。"

林依然看着他，第一次觉得他的形象有些温暖。她点点头，"你说得对，我太在意这件事了。"

"需要我帮你们找找其他用户资源吗？"方路问，"我虽然对这个领域不太了解，但还可以找到人问问。"

林依然摇头，眼神明亮起来，"不用了，谢谢方先生，我们自己的问题，我们自己解决。"

方路也点点头，没说话。

"对不起啊。"林依然又说，"随随便便就怀疑你，给你添麻烦了。"

"这没关系。"方路爽快地说，"曾总不在，林小姐有什么问题，随时都可以来找我。"

林依然冲他笑笑，心事重重地走出了办公室。

等林依然关上门，方路原本轻松的表情又严肃起来。他皱起眉头，在办公室站了一会儿，然后大步走出门，向八层的另一间办公室走去。

他还没走到门口，就有人从门内走了出来，正是刘思维。她第一时间看到了方路，一瞬间脸上掠过一丝惊喜，但立刻就恢复了冷漠的神情。

"你怎么来了？"她冷冷地问。

"思维，是你吗？"方路开门见山。

"什么是我吗？"刘思维哑然失笑，"方助理在说什么？我怎么听不懂了？"

方路简单地说了事情的原委，听着听着，刘思维整个人恼怒起来，"你觉得这是我做的？你觉得出卖公司的信息给竞争对手，这样做对我、对沈总有什么好处？我是你一手带出来的人！你居然会觉得是我做的？"

"我不认为是你做的。"方路解释，"我只是在排查各种可能。"

刘思维冷笑，"排查各种可能？方大助理什么时候这么亲力亲为了？还直接跑来质问我，就因为我上次和林依然发生过冲突？那个女人对你有那么重要吗？"

方路看着她，有些惊讶，"思维，这和林依然无关。曾总不在，具体的工作都由我来代理执行，有什么问题吗？"

刘思维瞪着他，意识到自己的反应的确过激了。她抱着胳膊，平复了一下呼吸，说："这件事的确和我无关，方助理现在弄清楚了？我可以走了吗？我很忙。"

方路点点头，"抱歉，打扰你了。"他转身就走。

刘思维看着他的背影，忍不住喊他："方路，你……"

"嗯？"方路回身。

刘思维张了张嘴，又把口边的话咽了回去，只说了句"没什么"，就不再吭声。

方路走后，刘思维忘了自己本来要干什么。她感觉气不打一处来，狠狠地拍了一下身后的门。

她的手还在隐隐作痛，口袋里的手机响了。看到来电显示，她立刻调整了一下呼吸，接起来："沈总……嗯，您说……对，现在进展得很顺利，曾凡应该还不知道……他最近经常外出……好，我会密切关注他的动向……方路？"她愣了一下，犹豫片刻，才说，"他没什么异常。"

离刘思维不远的地方，方路也在打电话。

"喂，是我。"他拨了个号码，电话一接通就说，"还有件事需要你帮忙。优越科技宠物短视频APP的运营情况，你再帮我打探一下。我想知道他们团队里究竟有哪些人，尤其是新近入职的……对，越详细越好。拜托你了。沈总那边……替我保密吧。"

方路一边打着电话，一边走回自己的办公室。关上门，方路缓缓坐进沙发里，忽然有些想笑。"对沈总保密"——什么时候，他能这么自然地说出这种话了?

　　如果是以前,他一定不会做这种事。现在想想,刚才他没做任何考虑就去质问刘思维,也不是他的风格。在他身上,还会发生多少变化?

　　想着想着,他又想到刚才林依然那张困惑里透露着坚定的脸。但愿她这份坚定,不会消失吧,他心想。

第十一章 肖 全

2017 年 7 月 31 日　距赌局截止日：109 天

1

<<<

和方路谈完的那天晚上，林依然足足用了五分钟的时间，来给云先生道歉。

"对不起""我错了""是我不好""我太冲动""我误会了你"……林依然以前都没发觉，原来汉语里可以用来道歉的词句有这么多，直到她实在想不出新的了，她才停下。

"可以了，可以了。"云先生几次阻止她，"真的不用道歉，这不是你的问题。换成是我，可能也会有所怀疑。"

一股暖流掠过林依然心头，"你也觉得方路说的有道理？"之前她把方路说的那些话，都转述给了云先生。

"我的看法和他一样。"云先生又说，"这件事还没有重要到搅乱你们团队的地步。"

"但我总担心，这件事不能妥善解决的话，以后还会有信息泄露出去。"林依然说。

"你太纠结了。"云先生说,"这种问题,让结果说话吧。我觉得这次只是偶然,真的再有信息泄露,你再去仔细查一查,也不迟。"

优越科技从凌一科技抢走那二十个 KOL 之后,不再有后续动作。可能真的像方路说的,他们争取的是头部用户,其他的小红人,他们看不上。这给了林依然她们一点喘息的空间。

其实,林依然也是有备用计划的。因为担心会有用户反悔或者临时出现意外,她预留了另一份可争取的 KOL 名单,虽然名气和热度略逊色,但也都是宠物视频垂直领域的"大 V"。

"孟聆,你把之前的候补名单重新整理一下。"林依然到公司后立刻开始分配工作,"当时说可争取、可不争取的那些用户全都划进去,扩充到四十人。凌夏,你再去确认一遍现有确定合作的 KOL,一定把他们都稳住,可以承诺上线后的推广资源,靠你了。"

成孟聆和凌夏都满口答应,但凌夏还是有些担忧:"领导,你是想从数量上弥补吗?这样我们确实多了一大批前期冷启动内容,但内容质量上还是没办法跟优越科技竞争啊?"

林依然狡黠一笑,"我有办法,还记得去年做'阅后'的时候,我们手上的那批'大 V'吗?"

除了盛一帆,其他三个人很快就明白了。

"你想把那批人拉进来?"凌夏张大嘴,"但他们不是视频领域的达人啊,这也可以?"

"他们不是视频领域的达人,但他们有流量。"林依然解释,"其中肯定有养宠物的,只要我们能说服他们在'宠爱'发布短视频内容,就一定能引来很大的流量。"

凌夏拍了下大腿,"对啊!他们肯定也愿意尝试不同的内容,多方面发展。谁会跟'涨粉'过不去啊?"

"其他我们没接触过的红人,是不是都可以按这个思路争取一下？"成孟聆说，"我再把各领域的'大V'都扫一遍吧，把养宠物的都列出来。"

"对对！"凌夏也来了精神，"你只管去找，拿下他们的任务交给我！哎呀，这招厉害了，领导。"

林依然又笑笑，"我有自信，优越科技目前还想不到这一点。既然他们要在宠物视频领域和我们抢人，我们就开辟一条新路。换个角度想，优越科技这是帮我们省钱了，我们能做的事还有很多，大家动起来啊！"

林依然的话激励了办公室的所有人。几个人一扫前两天的阴霾，迅速投入到了新的工作中。

成孟聆用了三个小时就整理出了一份长长的可签约名单。

林依然拿到名单后，带着一份紧急做出来的策划案，和凌夏一起同各路"大V"网聊或者约见面，向他们介绍产品思路、运营方式，想各种办法将他们拉入"宠爱"之中。

两天后的深夜，林依然和凌夏从一家打烊的餐厅出来，对视了一眼。虽然两个人都累得不想说话，但她们的眼神里都写着振奋。

她们刚刚和一个美妆博主谈定了合作。算上这个用户，两天里，她们已经拿下了十九个新KOL，都是各分类领域内拥有极高流量和话语权的红人。

如果按目前的影响力计算，这个量级已经远超之前她们被抢走的那些用户。

"唉，还好找到了解决办法。"林依然感叹。

凌夏拍拍她的肩膀，"已经很好了，有了这些人，我们前期的流量基本上就不愁了。但我们的推广方案是不是要重新做？ KOL都换了。"

林依然点点头。

"那……"凌夏扭头看了看林依然，眼睛里透出一丝光。

两个人再次对视一眼，一瞬间产生了一种默契。

"走，回公司！"林依然说。

"好！"凌夏握拳，"反正现在回家小天也睡了，老娘拼了！让优越科技跟我们抢人，都滚蛋吧！"她在大街上咆哮。

2

<<<

以新签约的网络红人为中心，她们很快做出了全新的推广方案，这种"跨界"式的思路也给她们增加了很多运营的可能。对比之前，几个人甚至有了一种因祸得福的感觉。

这两天，林依然也见缝插针，远程指导着徐可做好了 APP 的整体功能需求，现在就等着盛一帆去实现了。但新的问题是：她们缺一个交互设计师 。

现在再跟曾凡要人也不现实，当时初为了把"宠爱"保下来，林依然逞一时之勇许下的承诺,实施起来才发现有很多考虑不周的地方。

"要不我自掏腰包，雇个兼职吧……"林依然想尽快解决问题。

盛一帆打断了她："行了，没这么复杂。老大，你跟徐可不是负责画需求的吗？你们脑子里肯定有过对 APP 的构思，学一学就能做。"

"这……会不会太不专业了……"林依然说着看了看徐可，后者一脸惊恐。

"没事，还有我。"盛一帆说，"上一家公司人少，我被逼着学过，就是我审美不太行，你们俩保证审美不掉线，就没问题。"

盛一帆看林依然和徐可还在犹豫，眼中透出一丝烦躁，"这样吧，你俩负责画你们心目中 APP 交互的样子，怎么实现交给我，总行了吧？画画会不会？"

林依然摇头，但徐可点了点头。

"你会？"盛一帆从桌上找了一支笔和一张纸，"你画个大概模样给我看看。"

徐可迟疑了一下，接过纸笔，很快画了个什么，又递回给盛一帆。

盛一帆接过去看，有一会儿没说话。

"是不是不行？"徐可小声问。

"不不，这很好啊。"盛一帆说，"你以前学过？"

"我大学是学美术的。"对上盛一帆的眼神，徐可声音更小了。

"那你怎么干这个了？"盛一帆一脸大材小用的表情，"你应该去做设计呀。"

"不敢……"徐可说。

"这有什么不敢的！"盛一帆一把拉过徐可，"你过来，我跟你说说交互设计是什么啊……"

她自顾自地给徐可上课，徐可惶恐地坐在一边听。林依然她们三个就默默地看着。麻烦这么容易就解决了？每个人都有点反应不过来。

3

<<<

中午吃完饭，林依然和凌夏有一搭没一搭地聊着天。凌夏说小天好像在幼儿园有喜欢的女孩子了，昨天晚上问她，女生过生日都喜欢什么样的礼物，口红行不行。

林依然笑得肚子疼，"他知道的够多啊。"

"你还笑！"凌夏说，"气死我了，他都是从哪里看来的这些？"

"要不我赞助他一支？"林依然说，"我有还没拆封的。"

"不行！"凌夏一口回绝，"给我可以，不能便宜了小屁孩。"

凌夏忽然想起来自己送林依然的礼物，就问："说到礼物，我送你的生日礼物，怎么都不见你戴啊？"

林依然一激灵，对啊，之前她过生日的时候，凌夏送给她的礼物她还没拆。

她在脚边的储物柜里一通翻找，最后找到一个快递盒子，就是它了。她剪刀都不用，三下五除二把它拆开，结果愣在当场。

那是一个很精致的盒子，有点偏蓝的绿色，盒子上印着……Tiffany。

我的天，这"死"女人不至于吧？这等到她生日，自己该怎么回礼啊？林依然的手不自觉地颤抖起来。她打开盒子，拎出一根白金项链，吊坠是 Tiffany 经典的小钥匙。

林依然提着项链转向凌夏，声音都在抖："大姐，过分了啊……你不是说你没钱了吗？跟我变相炫富呢？"

凌夏一扭头，自己先愣了，"啊？这不是我送的啊……"

"不是你送的？"林依然也懵了。

"你想想也知道吧，我哪有钱给你送 Tiffany！"凌夏咆哮，"我自己都没有好吗？"

"不是。"林依然有点乱，"那这是谁送的啊？"

她看着快递盒子，一下想起来，这是她得知"宠爱"APP 要被砍掉的那天，从前台领回来的快递，确实不是凌夏送的那个。

凌夏从她手上拿过项链，看了看，狡黠地一笑，"哦，我知道了，是谁家小伙子给你送的吧？老实交代！你这是认识哪个富二代了？"

"我要认识富二代，还上什么班！"林依然反唇相讥。

"有道理。"凌夏煞有其事地点点头，"那这是谁送你的？你爸妈？"她小心地托着项链，将它还给林依然。

"更不可能了。"林依然说，"我妈只认周大福，她怎么会去买Tiffany？"

"那就只有一种可能了，你在睡梦中，自己给自己下的单。"凌夏说。

要不是银行卡没有任何大额支出，林依然差点就信了她的话。

凌夏送她的礼物，是个桌面加湿器，形状是她最喜欢的动物——

海豚，温和又可爱。她把加湿器摆在桌子上，加了水，看着它吞云吐雾。

那么，Tiffany到底是谁送的？

会不会是云先生？她立刻掐断了这个念头。不可能的，就算云先生能在网上查到凌一科技的地址，也不会知道她的电话。而且，他为什么要送礼物给她，总不至于看了采访稿里她的照片，就喜欢上她了吧？完全没有道理啊。

或者，真的有人默默地暗恋着她，她却没发现？

4

<<<

林依然把Tiffany的盒子收进了柜子里，但她时不时就会往那边扫一眼。

过了一会儿，她感到有人碰了碰她肩膀，一扭头，又是凌夏。

"怎么了？"她摘下耳机。

凌夏有些扭捏地说："领导，那个……我昨天跟你请假来着，你还记得吧？小天有颗牙不太好，我想带他去医院看牙。"

林依然淡定地说："记得。明天下午嘛，怎么了？"

"我……"凌夏越来越不好意思，"我忘了自己明天下午约了个用户见面，是个开咖啡厅的女生，店里养了两只猫，我想把她拉过来。"

林依然听懂了她的话，"你想让我替你去？没问题。"

"你是我的天使。"凌夏一下就开心了。

"别这么恶心。"林依然说，"跟我详细说说这个用户的具体情况吧。"

凌夏详细地给林依然说了这个用户的信息和特点，末了又带着歉意说："谢谢你啊，领导，这明明是我的工作。"

林依然摇摇头，"没事，我都十八岁了，可以自己见人了。"

凌夏一愣，装模作样地点头，"也是，我就不行，我才十七岁，还没成年呢。"

第二天下午一点，林依然打车去了凌夏说的那个咖啡厅。

咖啡厅在四环外的一个商业区内，林依然刚踩上门口的第一级台阶，门开了，有个男的从里面走出来。

林依然下意识地向旁边让了让，对方没有走，而是站在了门口，有些吃惊地叫她："依然？"

这个声音让林依然心跳停了一拍。她抬起头，正对着一张错愕的脸。这张脸，她一直试图努力忘掉，但可能一辈子都不会忘。

肖全，她前男友。

十分钟后，在街边另一家咖啡厅里，林依然和肖全面对面坐着。

肖全说想和她聊一聊。

四目相对，肖全有些尴尬，林依然则全程板着脸，"有什么话就快说吧，我赶时间。"

肖全试图寒暄："你……怎么跑这里来了？"

"我来见朋友。"林依然简短地说。

"哦。"肖全说，"我是来附近见客户的，客户说那家咖啡厅装修不错……你看，我们还挺有缘。"

他冲她笑笑，林依然没理他。

肖全继续说："那个……礼物收到了吧？"

林依然皱起眉头，"什么礼物？"

"项链，你没收到吗？"肖全又问。

林依然恍然大悟，"那个 Tiffany 是你送的？"

"嗯，是我。"肖全再一次笑笑。

"送我这个什么意思？"林依然冷冷地问，但心里打定了主意，回办公室就把项链扔了。

"没什么意思，就是觉得……"肖全欲言又止，"觉得……对不起你，想……"

林依然冷笑，"补偿我？还是可怜我？"

"依然你别这样……"肖全说。

林依然继续冷笑，"我别这样？我怎么样了？是我有小三吗？是我背叛了你吗？是我在结婚前和别人好了，到分手的时候还假装自己无辜吗？"

肖全低着头一言不发。

5
<<<

"依然，你真的觉得我做出那样的事情，责任都在我吗？"肖全"真诚"地说，"你觉得都是我的问题吗？依然，你永远都是这样，得理不饶人，看不到自己的问题。一开始，我觉得我可以让着你一辈子，但后来我发现我做不到，我累了。真的，这些年，我的耐心已经被你全部耗尽了。"

看着他故作痛苦的模样，林依然忽然想扇自己一耳光，她当初一定是瞎了，才会看上这么一个人，果然，有时候分了手，才知道对方是什么样的"人渣"。

她冷眼看着肖全，"大哥，你觉得我不好，你可以和我沟通啊。你觉得你喜欢上了别人，你可以直接和我分手啊。你怕我赖上你是吗？"

肖全举起双手，"我……我不和你说是因为……"

"因为什么？"林依然微微一笑，"因为下家还没有找好，你心里没底，所以不敢摊牌。我不傻，肖全，你以为我不知道你怎么想的？如果那位没打算和你确立关系，你会假装什么事都没有，继续伪装真爱留在我身边。幸好啊，那位确定了，你有退路了，这才和我分开，不是吗？"

肖全没说话，他甚至不敢看林依然的眼睛。

林依然深吸了一口气，"我说错了，你不是垃圾。你比垃圾还令人恶心。"

说完，她径自站起身，伸手去拿背后的包。她不想再和这个人有任何瓜葛。

"你不想知道我现在在做什么吗？"肖全说。

"不想，我还有事，先走了。"

"我现在在优越科技。"

林依然拿包的手停在半空，她扭头去看肖全。

她这个反应似乎让肖全很满意，他又补充道："任职高级产品经理，主导开发最新的宠物视频 APP。"

林依然慢慢坐下了。她用了整整一分钟的时间，来消化她刚才听到的话。

"依然，我们现在是竞争对手。"肖全说。

"你别误会，我不是因为知道你在做'宠爱'，才故意和你对着干的。"他又补充道，"是公司让我来主导这个新产品的。"

林依然眨眨眼，"所以呢？你想说什么？"

肖全脸上掠过一丝得意，"我看过你之前的那篇采访稿，依然，你是不是过于冲动了？你真的以为，靠五个人，四个月内就能做出一款'日活'百万的产品？"

"这和你有关系吗？"林依然反问。

"有关系。"肖全说，"你知道我手下有多少人？二十七个，光工程师就有十个人。公司给我的预算标准你知道是多少吗？上不封顶。"

林依然面无表情地说："你们好棒啊，要不要给你鼓鼓掌？"

肖全仿佛听不出她话中的讽刺意味，反而开始游说林依然："来我这边吧，我们不能做情侣，但可以做同事。你的才能不该埋没在凌一科技这种小公司。你看不出来吗？曾凡就是拿你当'敢死队'，让你冲在前头,给他造势、给他宣传。凌一科技能给你什么?四个员工?预算少到你们连预付款都付不起,还要求着KOL重签合同,你们……"

"等一下。"林依然一下听出了问题,她打断肖全的话,"这些事,你是怎么知道的?"

6

<<<

肖全转转眼珠,"你们的采访稿里都写了……"

"我们的采访稿里根本没写这些。"林依然死死地盯着他,"肖全,我再问你一次,你是怎么知道的?"

肖全不再笑了,他和林依然对视,说了几个名字:"黄哲、蒋希希、王丹,这几个人你应该还记得吧?"

林依然心里一惊,他说的这三个人,都是"宠爱"APP之前裁掉的员工。

看到她的脸色,肖全知道她意识到了什么,"这些人,现在都在优越科技。你们一共裁掉了多少人来着?十来个?我招了九个。"

林依然表面上强装镇定,心里却有些慌。她怎么早没想到这一点?

"公司交给我这件事的时候,我就想,如果要做一个宠物短视频APP,用这些人打开突破口,是最简单有效的办法。"肖全说,"他们有经验,有成熟的想法,与凌一科技的人还保持着联系,随便让他们去套套话,很多事情就都知道了。"

"没想到你是这么卑鄙的人。"林依然说。

"卑鄙?"肖全笑了一声,又恢复了严肃的神色,"这是商业竞争,只要不犯法,任何有利于公司的事情我都可以做。依然,是你太天真了。而且你们不要的员工,我给他们一份工作,有错吗?"

林依然没说话。

"当然,和你说这些,我也不指望你能理解。"肖全又说,"但我真的是很真诚地向你发出邀请。依然，离开凌一科技吧，到我这边来。你有做这件事的经验，也有能力，不要再给曾凡卖命了，不值得。"

林依然平静地看了他一会儿，坚决地说："不可能。"

说完，她站起来往门口走去，经过肖全身边的时候，她又说："肖全，我瞧不起你。"

肖全坐着没有动。林依然走到门口，才听到他说："那我们就只能变成对手了。"

林依然站住，扔给他最后一句话："我会赢的。"

7

<<<

林依然重新回到上一家咖啡厅时，已经过去了快一个小时。

老板娘还在。林依然向她认认真真地道歉，好在对方并没有介意。

她们选了张桌子坐下，林依然逗着猫，慢慢说服了这个年轻的女孩子来"宠爱"APP发布内容，还跟她的咖啡厅谈了推广上的合作，这一趟总算没白来。只是在林依然心里，总有个阴影挥之不去。

"你觉得我强势吗？"晚上和云先生聊天的时候，她终于忍不住问。

"强势啊。"云先生几乎秒回。

林依然满头"黑线"，"原来我在你心里是这么个形象啊。"

"怎么了？"云先生问她。

林依然不顾他可能会耻笑她，急急忙忙地说："难道我不是一个温柔随和的人吗？我一直觉得我对人很礼貌很和善呀。"

"礼貌、和善跟强势好像不冲突吧？而且，强势有什么不好吗？"云先生发了个问号脸给她。

林依然一下被问住了。

"你今天有点奇怪。"云先生敏锐地察觉到了她的变化，"发生了什么？"

林依然坦白道："其实……我今天见到我前男友了。"

"他这样说你？"云先生说，"我没记错的话，是他犯了不该犯的错吧，怎么反而责怪起你了？"

"他说是因为我太强势，他才选择和别人在一起的。"打这些字的时候，林依然都觉得很委屈。

云先生发了一个冷笑的表情，"就算你很强势，让他觉得压力大，他也有很多种处理的方式，但背叛不在正确的方式里。"

"我知道，就是觉得，万一我真的是他描述的这种人呢？"林依然又问。

云先生说："有些事我不好说，但我始终认同一个原则：两个人之间有矛盾、有问题，应该两个人一起解决，如果无法解决，那就好聚好散，哪怕最后反目成仇，都不该选择出轨作为逃避的方式。出轨之后还把问题归结到另一半身上，更是一种极度自私的行为。他说你不考虑他的感受，然而，他在临结婚前做出的这一系列行为，也根本没有考虑你的感受，不是吗？你应该庆幸，没有和他结婚。"

他这样说完，林依然心里好受了很多。

但转头，林依然又对他产生了好奇："这么懂，你谈过很多次恋爱吧？或者，你就是传说中给别人分析问题好像身经百战、其实自己一次恋爱都没谈过的'单身狗'吧？"

云先生发了个大笑脸，"我谈过一次。"

"那你现在是单身？"林依然问，"为什么分手？"

"我那时候刚开始工作，太看重事业了，忽视了对方也需要陪伴。"云先生说，"我一直觉得，有了事业，才有资本去谈爱情，后来我才知道我错了。两个人在一起，认真过好每一天才是最重要的。"

"那……"林依然想了想，"如果再见到你前女友，你会和她说什么？"

　　隔了一会儿，云先生才回道："不会说什么了，我不会让她看到我，不会让她再想起来那些难过的事情。各自安好吧。"

　　说得这么文艺，林依然撇撇嘴。

　　不过这天晚上睡觉的时候，她心情很好，她也不太清楚是为什么。

第十二章　凌　夏

2017 年 8 月 3 日　距赌局截止日：106 天

1

<<<

林依然和凌夏说了她和肖全见面的经过。如她所料，凌夏一下就"炸"了。

凌夏骂了句脏话："他还要不要脸了？出轨还怪你？你可别听他瞎说啊，赶紧把这些话忘了。"

"我就跟你说一下这个事。"林依然说，"我已经放下了。"

"放下就好，放下就好。"凌夏余怒未消，"为这种人烦心真的没必要。还好，你不用再跟他打交道了，什么玩意啊。"

林依然苦笑一声，"可能我还真的没办法不再和他打交道。"

"啊？什么意思？"

林依然没回答，而是站起身，让大家看她这边。

她犹豫着说："昨天……我偶然地知道了一些事情。优越科技为了和我们竞争，招了九个我们以前的同事去做宠物视频 APP。"

这句话把所有人都听愣了。

"这么狠？"凌夏张大嘴。

林依然继续说："我知道的有黄哲、蒋希希和王丹，其他的还要再去打听一下，大家也可以抽时间找人问问。我想说的是，他们很可能会从我们公司的同事口中套取关于'宠爱'APP 的各类消息，从现在开始，大家一定要谨慎，哪怕是关系很好的前同事，也不要说太多。"

"我现在就把他们都删了！"凌夏咬着牙说。

"也不用搞得这么紧张。"林依然说，"我相信大家的职业素养，但小心一些总没有坏处。你们现在还有在联系的前同事吗？"

"我有几个人的微信。"凌夏说，"但是他们离职后，我没和他们说过话。"

"徐可和孟聆呢？"林依然尽量温柔地问。

凌夏抢着说："她们俩你还担心什么？孟聆跟我们都不怎么说话，徐可就更不用说了，哪有前同事会找她啊，徐可是吧？"

徐可半个脸藏在电脑屏幕后面，默不作声地点点头。

"那……一帆？"林依然看着盛一帆。

"我这边有几个公司的前工程师。"盛一帆说，"不过跟'宠爱'没什么关系，都是很早之前离职的，也不在优越科技。"

"好，但还是麻烦你尽量不要透露我们在做什么，尤其是运营相关的。"林依然嘱咐道。

盛一帆点点头。

"拜托大家了。"林依然说。

她刚坐下，凌夏又扯扯她的袖子，极小声地说："依然，你刚刚说免不了要和肖全打交道，难道他现在就在优越科技？"

林依然点头。

"难不成，他负责的就是我们的竞品？"凌夏继续问。

林依然又点点头。

凌夏不说话了。她看着林依然的桌子，想了半天才开口："依然，我向你保证，我就是死，也不会让你输给他。"

2

<<<

什么死不死的！林依然差点忍不住翻白眼，但凌夏这么说，她真的很感激。

她正准备跟凌夏沟通一下咖啡厅那个女孩的情况，凌夏的手机就响了。凌夏拿起来看了看，一脸困惑地说："这是什么电话啊？"

"快递吗？"林依然问。

"不是，一个座机。"凌夏犹豫着接起来。一开始她脸上还带着随时可能挂电话的表情，听了两句，她慢慢变严肃了，"刘老师，不好意思，我之前只存了您的手机号码……嗯，您说……啊？"

她"噌"一下站了起来，"在哪个医院？好，我马上过去！"

"怎么了？"林依然也紧张起来。

"依然，我得请个假。"凌夏手忙脚乱地收拾包，拎起来就走，"小天的幼儿园老师打来的电话，说小天把头摔破了！"

"啊？"林依然也站了起来，"严重吗？我和你一起去吧。"

"不用不用。"凌夏说，"还不知道具体怎么样，我去看看。我今天下午要出的那个表格，明天再给你行吗？"

"行行，你别管了。"林依然说，"有事随时给我打电话，到医院了说一声，你慢点开车啊！"

她话音没落，凌夏就急急忙忙地冲出了办公室。

办公室其他人都错愕地看着凌夏的背影。

"小天不会有事吧？"徐可小声问。

"应该不会吧。"林依然说，"小孩子打闹，摔一下也正常……"

话虽这么说，她还是有点担心。

凌夏一直没给她发信息，等到快下班，林依然给凌夏打了个电话。万幸，小天只是外伤，缝了两针，没有其他问题。

"那就好。"林依然悬着的心也放了下来，"你们回家了吗？"

"我正在等红绿灯呢。小天睡着了……那个，依然，我不回办公室了，行吗？"凌夏向她请示。

"你还想回来呢？"林依然反问，"就现在这个路况，等你回来，办公室都熄灯了，大姐。"

凌夏笑笑，"对了，我……我年假都用完了。"她吞吞吐吐地说，"我能不能……"

林依然知道她要说什么，"放心吧，我不扣你的工资。"

凌夏说了声"谢谢"，绿灯亮了，她挂了电话。

林依然叹口气，扭头看着窗外。天快黑了，公司楼下的主路上已经堵成了一片。一想到凌夏，林依然也觉得不太好受。虽然她不用像凌夏一样同时面对两边的压力，但她又能好到哪里去？

人渐渐长大，似乎不可避免地就会陷入堵车一样的境地——进退两难。曾经的踌躇满志都变成了为明天的早餐妥协，哪一边一眼望去都不是通途。越着急，越没有方向。

但无论如何，都无法回头了。

成年人，崩溃和振奋，都是一瞬间。不是不想哭，是没有哭的余地。这就是成长的代价吗？

3

<<<

第二天的凌夏，还是以往那副活蹦乱跳的样子。

"那么高的柜子，说往上爬就往上爬！"她给林依然讲小天受伤的经过，夸张地比划了一下柜子的高度，"幸亏摔下来的时候有老师接了一下，把老师的胳膊都拉伤了。老师还挺好的，我要给她出医药费她都没要。"

"算了算了。"林依然拍拍她肩膀，"小天没事就好，让他吃点苦头，估计以后就老实了。"

凌夏嘴上说着这孩子就是活该，心里还不知道怎么心疼。中午她又给家里打了电话，问了问小天的情况，让她爸妈别太惯着他。

"依然啊，你以后能不要孩子就别要孩子，真的，除非你特别喜欢。"挂了电话，她开始给林依然上课。

"你想多了。"林依然说，"我连男朋友都没有……"

"你这么优秀，早晚会有的。"凌夏说，"我要是没有孩子，想买啥买啥，想去哪儿去哪儿，多潇洒啊。而且，我当初要是没怀孕的话……"

她忽然停住了话头，林依然也不敢接话。

"唉，不说了。"凌夏摇摇头，"我干活了。"

一连几天，林依然都忙得焦头烂额，没太多时间关注凌夏，但她能明显感到，凌夏最近的状态不是很对劲。按理说小天都重新去幼儿园上课了，凌夏可以放心了，但她经常电话一响就跑出去接，回来的时候脸色都不是很好。

林依然问她是不是幼儿园那边有别的情况，她说不是，但工作上明显心不在焉，接连出了好几次错误，还差点因为发错信息弄丢一个关键用户。林依然不得已，也说过凌夏几句。

这天中午，天气凉爽了一些，连吃半个月外卖的几个人，各自出去吃饭了。林依然想叫凌夏一起吃饭，凌夏却来了一个电话。她带着倦意看了林依然一眼，咕哝了一句她还不饿，又出去接电话了。

到底发生了什么？林依然满腹疑虑。这种困惑一直持续到她吃完饭回到公司。

吃完饭想稍微锻炼一下，她走楼梯一口气爬到七楼。刚要进办公区，她眼角余光看见凌夏背对着她，趴在楼梯间的窗边。

"凌夏？"林依然喊了一声。

凌夏回头看了她一眼，又默默地把头转了回去。凌夏整个人都散发着一股丧颓的气息，双眼无神，就像换了一个人。

林依然三步并作两步走到凌夏旁边，柔声问："你怎么了？"

"没怎么。"凌夏说。

"没怎么？我又不是看不出来，这几天你不太正常，有什么事和我说说呗。"林依然不依不饶。

"真的没怎么。"凌夏说着，转身想走。

林依然一把拉住她，问："凌夏，我是不是你朋友？"

凌夏愣了一秒，"是啊。"

"我是不是你领导？"林依然又问。

"也是。"凌夏说。

"作为朋友，你最近状态不对，我是不是应该知道发生了什么？作为领导，我就更得问问了，你看看你这几天像什么样，好不容易争取来的用户都快被你弄走了，你要上天啊？"林依然咄咄逼人。

面对她的质询，凌夏沉默了。她轻轻推开林依然的手，向后靠在旁边的墙上，过了好一会儿才开口："我前夫……这几天一直在找我。"

4

<<<

林依然想了几秒钟，才反应过来她说的是谁。她皱起眉头问："他找你干什么？他不是都再婚了吗？"

"他……他想要小天的抚养权。"

林依然愣了，"啊？当初是他自己放弃的小天，说要组建新家庭，不能带着孩子，怎么现在又来要抚养权了？"

凌夏眼圈红了，说："他不知道从哪里听说了小天在幼儿园受伤的事，说我就知道工作，根本照顾不好小天，他要把小天领走……"

说着说着凌夏就哭了，她扶着窗台蹲了下去，哭着说："依然，我该怎么办啊？他说我最好主动放弃，不然就打官司告我，还说他有门路，如果上法院的话，他稳赢。法院肯定会因为我监护不力，把小天判给他……对不起，依然，但我真的太难了，我也想好好工作，可我就是集中不了注意力，万一他真的把小天抢走了，我该怎么活啊？"

因为在公司，凌夏把哭声压得很低，但眼泪扑簌簌往下掉。

林依然心里五味杂陈，她也蹲下去，安慰凌夏："你先别急，你爸妈知道吗？他们怎么说？"

提到她爸妈，凌夏哭得更厉害了，几近绝望地说："他们俩……都觉得该把孩子给他。"

"为什么？"林依然不由抬高了声音。

"我妈说……说我带着孩子，将来也不好嫁人，不如把小天送去他爸爸那边，我只要偶尔去看看孩子就行。我跟他们吵，他们就说我……一个离了婚的女人，嫁不出去，给他们丢脸，说我都不替他们考虑……"

看着她号啕大哭的样子，林依然差点也哭出来。她抱住凌夏，摸摸她的头，安慰说："好了好了，不哭了不哭了。我们一起想办法，没人能抢走小天。"

凌夏哽咽着说："可我能怎么办呢？"

她这么一说，林依然反而冷静了下来。她松开凌夏，站起身，冷笑着说："打官司，他说稳赢是吧？好，那我们就跟他打官司！"

"你别管了，依然……"凌夏擦了擦眼泪，"'宠爱'正是关键的时候，我不能让你分心……依然，要不我辞职吧……"她眼里又涌出了一波新的眼泪，"我不能这样耽误团队的进度，我听说，我们有前同事还没找到工作，我走了，你再招个人……"

"你说什么呢？"林依然声音大到她自己都吓了一跳，"凌夏，你给我站起来！"

凌夏也被吓住了，她乖乖地站起来。

"你听着。"林依然压着火气说，"我当时把你留下，是因为这个团队必须有你！不管是作为朋友，还是作为同事，我都不会让你一个人去面对这些，你敢再提一句离职的事，我就跟你绝交！"

凌夏抹着眼泪，一声不吭。

林依然接着说："这件事你别管了，我来处理。不就是打官司吗？咱们跟他打。"

"不能打……"凌夏低声说，"他说他法院有人……"

"你听他放屁！"林依然说，"他把法院当什么了？他家开的？我现在就给你找律师，找最好的！"

说完她顺势掏出手机，但解锁了屏幕，她一下犯了难。她好像也不认识什么律师啊……难道要淘宝吗？

她只好打开通讯录，从上到下迅速看了一遍，却发现也没什么人能帮上忙。找曾凡？CEO会管这种家事吗？找法务同事帮忙？她该怎么描述，才不会让对方传闲话？还是……找方路？

她也不知道为什么，居然想到了这个名字，但她隐约有感觉，方路一定会帮她的。

试试吧。她打开手机，本来想用公司内部的通讯工具寻找方路，但解锁之后，屏幕上还是上次锁屏前开着的微信界面，几乎是习惯性的，林依然看向了被置顶的聊天窗口，那个她熟悉的昵称——云先生。

5

<<<

陌生人，没有现实交集，就算说了凌夏的事情也不会对凌夏有什么影响，而且，他很可靠。

林依然没有丝毫犹豫地打开了云先生的聊天窗口。

"云先生，实在不好意思，打扰你了。"她不自觉地客气起来，"请问你认识什么比较厉害的律师吗？"

云先生似乎在忙，半晌都没有回应。

"你是不是也没有办法？"凌夏弱弱地问。

"别急。"林依然说，"我问了一个人，看他怎么说。"

等了十分钟，她感觉就像一辈子那么漫长。好在云先生终于回复了。

"你出什么事了？"他问。

这句问话给了林依然勇气，她干脆用上了语音："不是我，是我一个朋友，她最近可能要打官司，具体是这样……"她尽量简明扼要地把凌夏的事情说了一遍。凌夏暂时不哭了，可怜巴巴地看着她。

"我也不认识什么人。"林依然又改打字，"如果你有认识靠谱的律师的话，可以麻烦介绍给我吗？"

林依然说完，云先生立刻回道："我知道了。没问题，我现在就把律师的电话发给你。"

林依然在心里默念了一万次谢谢。

云先生说到做到，很快发来了一个袁姓律师的名片。

"袁律师在这方面是行家。"云先生接着说，"我和他关系还不错。这个电话你先存下来，等我和他打个招呼，再让他联系你。"

"谢谢你。"林依然不知道该怎么感谢他，"总是在麻烦你……"

"举手之劳。你放心，也让你朋友放心，这个官司，没有你们想得那么麻烦，孩子只是摔了一下，是不构成监护不力的。何况还有袁律师，都交给他就好了。"云先生说。

林依然发了个乖巧的"嗯嗯"表情。

云先生又说："至于律师费，因为是朋友，他不会收你们咨询费，之后如果真的要打官司，我也会请他适当给个折扣。"

"钱的事没关系的。"林依然赶紧说，"我们可以全额付。"

"到时候再说吧。"云先生说，"我要去开会，先不和你聊了。最多半个小时，袁律师会给你打电话。"

林依然又发了一堆谢谢过去。

这件事搞定，她长出了口气，转头对凌夏说："好了，没问题了。我朋友说这个官司不难打，不知道你在害怕什么。"

"谢谢你，依然。"凌夏抽泣着，不停地拿手去擦眼泪。

"行了，你别哭了。"林依然翻了翻口袋，找出一包纸巾递过去，"好歹也是当妈的人了，像什么样。"

凌夏抽出一张纸，默默地把眼泪擦干。

"我们就在这里等会儿吧。"林依然说，"你这样回办公室，别人还以为我打你了。"

凌夏笑了一下，把纸巾还给林依然，不好意思地说："对不起，我这几天真的慌了。"

"以后有事呢，第一时间告诉我。"林依然教育她，"我们是朋友，这些事情我有权利知道。还有，不许再提辞职了。你自己说的，就算死，也不会让我输给肖全，你跑了，我拿什么赢他？"

"不提了，不提了。"凌夏赶紧说。

过了大概二十分钟，袁律师的电话打了过来。

他声音沉稳，吐字清晰："你好，是林依然女士吧？我是袁成，刚才……"

他发了一个音，但不知道为什么，立刻滑了过去，"老云，对，老云，他跟我说，你这边有一个法律问题要咨询？"

林依然一门心思都在凌夏的问题上，也没注意到他的语气变化，客气地说："您好您好，给您添麻烦了，是这样的，我有一个朋友……"

她给袁律师描述了一下情况，又打开免提，让凌夏也参与到对话中，好提供更多细节。

这场对话进行了二十来分钟，袁律师问清楚了各种细节，最后对她们说，他认为凌夏前夫不过是虚张声势，没什么可怕的。

他给她们支了些招，并说如果还有什么问题，可以随时联系他。林依然和凌夏对他千恩万谢。

通话结束，林依然看了眼凌夏，发现她气色好多了，眼里也看到了自信。

"我说没事吧。"林依然冲她笑笑，"咱们回去吧。"

她们俩走下楼，回办公室。

路上，凌夏拉了拉她胳膊，好奇地问："依然，你刚才找的那个云先生是谁啊？"

林依然心里一抖，讪笑着说："就一个朋友。"

"不对吧？"凌夏清醒了，女人的直觉重新占据了上风，"看你们的聊天方式，不只是正常朋友这么简单吧？你都把他置顶了。"

"你想什么呢？"林依然飞快地想该怎么把这个话题应付过去，"就一个网上认识的人，置顶是因为……他这个人挺有趣的，有时候要聊几句，找起来比较方便。"

"聊几句？"凌夏表示怀疑，"是偶尔聊几句，还是每天都聊几句啊？"

她补充道："朋友之间要坦诚，这可是你自己说的。"

搬起石头砸自己脚，林依然恨不能让时光倒流，"嗯……就……算是每天聊几句吧。"

凌夏一下站住了。林依然转过头，看到她脸上混杂着一个奇怪的表情，像是震惊，又像是想笑。

"你不会是……网恋了吧？"凌夏问。

第十三章 解　决

2017 年 8 月 9 日　距赌局截止日：100 天

1

<<<

离林依然在曾凡办公室许下豪言壮语，已经过去了半个多月。林依然越来越觉得，当初留下这几个人，是对的。

尤其是徐可。她学会了交互设计的基础内容，正式参与到 APP 的设计中。盛一帆这么苛刻的人，居然也对她赞不绝口，说她既有天分又努力，还很聪明。

既然如此，林依然索性把这部分工作全部交给了徐可去做。徐可听到这个安排的时候，兴奋得满脸通红，一口答应。

但后来林依然又心疼了——徐可像疯了一样，每天趴在电脑前，一刻不停地工作。晚上回家她还要带电脑回去，第二天早上来了，再向盛一帆请教她昨晚遇到的问题。这个非常重视吃的姑娘，现在中午经常随便买些零食对付。

林依然不得不提醒她："徐可，你要注意劳逸结合，别太累了。"

"好。"徐可嘴上说着好，但身体没有任何反应。

凌夏给林依然发信息："这孩子不会魔怔了吧？我怎么觉得她不吃不喝光工作呀？"

林依然猜测道："可能她终于在工作中找到了成就感。"

林依然猜对了。

学交互设计的这些天里，徐可看着曾经学过的知识一点点派上用场，听着周围对她肯定的话语，第一次觉得，原来她也可以这么重要。工作三年，这是第一次，她独自负责一项任务；也是第一次，她可以将自己的想法付诸实现；更是第一次，大家都在认可她。

以前，她的工作就是打杂，哪里缺人，就让她顶上。别人不想做的琐碎的事情，都会扔给她，她没有选择的余地。她害怕别人叫她的名字，因为她知道，大家找她只有两件事：要么是"徐可，我下班有事，这个你帮我做一下吧"，要么是"徐可，这个其他人没有时间做，你加个班吧"。

这一次，终于有人对她说："徐可，这件事你来负责吧。"

在徐可这种全身心投入的状态下，盛一帆那边的进度也快了不少。

盛一帆很快做了个视频界面的雏形，给大家展示："我调整了一些按钮的位置和展示逻辑，设计方面，在向着主流视频 APP 常用逻辑靠拢的基础上，稍微加了些我们自己的东西，主要是为了减少开发的工作量。"

"这样挺好的。"林依然看了看，没什么问题。

"前台的样式我也简单做了个框架。"盛一帆又给她们看另一个东西，"还不太成型，但思路差不多就是这样，跟你们最早计划的可能不太一样，时间太紧了，按那个来的话，真心做不完。"

林依然仔细看了一遍，说："可以。你根据你的工作量调整吧，我对这个没意见。"

"还挺好看的。"成孟聆也说。

"好看这个就跟我没关系了。"盛一帆说，"是徐可设计得好。"

徐可脸又红了。

"你们没意见的话，我就继续照这个思路来了。"盛一帆接着说，"之前那帮工程师真的不行，明明有很多简化的办法……"

凌夏撇了撇嘴。这个小动作没能逃过盛一帆的眼睛，她问凌夏："你没事了？"

"我有什么事？"凌夏反问。

"你前两天那个样子，我又不是看不见。"原来前几天凌夏的状态，盛一帆都看在眼里。

"你管我呢？"凌夏瞪她。

盛一帆笑笑，没说话。林依然看着她的脸，脑海中想到一件事，"一帆，我能问个问题吗？"

"你问。"盛一帆突然有点紧张，"是不是有什么要改的？"

"不是。"林依然说，"我想问问你，你之前在公司打人，到底是为什么？"

2

<<<

办公室瞬间安静了。盛一帆脸上的表情也僵住了。片刻后，她轻描淡写地说："没什么，他找打。"

但林依然不打算就这样放过她，继续说："这不是我想要的答案。"

盛一帆眼中掠过一丝烦躁，她叹了口气，说："有一次开会，徐工让我做事大胆一点，不要怕犯错。然后一个男同事当着大家的面说，徐工不用担心，看盛一帆的样子，会的'姿势'一定特别多。"

"什么！"凌夏第一时间喊出了声，"这男的有病吧？"

成孟聆也愣了，"这是人说的话？"

林依然也窜起了一团火，但她忍着没骂出声。

　　徐可睁着一双圆溜溜的大眼睛，非常惊讶地问："那个……他说姿势多，是什么意思啊？"

　　成孟聆刚喝了口水，听徐可一问，水喷了一桌子。她赶紧跳起来找纸擦键盘。其他三个人都愣在当场，不知道该怎么回答她。

　　凌夏连连摆手，"没什么意思，他就是说……说盛一帆会写很多种代码！"

　　"哦……是这样。"徐可懵懵懂懂地说。

　　林依然擦了把冷汗。徐可，也太单纯了吧？

　　过了一会儿，凌夏又给林依然发来一条信息："依然，后天的谈判，你真的会陪我去吗？"

　　"废话。"林依然打字，"我肯定去，你就放心吧。"

　　"我心里还是没底。"凌夏回复，"那个袁律师，应该靠谱吧？"

　　"人家是相关领域的资深律师，你怕什么？不靠谱的人，云先生不会介绍的。"林依然说。

　　"也是哦。"凌夏转头看了林依然一眼，脸上带着意味深长的笑，"他是谁呀，他是你的云先生呀。"

　　林依然恨不能钻到键盘缝里去。她怎么就这么自然地说到了云先生？那天不小心让凌夏知道云先生的事情后，她也想了很多。她和云先生，算……网恋吗？

　　林依然呆坐在办公室椅子上，怔怔地看着电脑。她跟云先生，就是纯聊天的关系，但她又想起来，那天云先生透露他是单身的时候，她心里掠过的一丝喜悦。难道，她是喜欢他的？

　　不对不对！林依然赶紧把这个念头从脑子里甩出去。现在的她，充其量就是把云先生当作一个无话不说的好朋友罢了。知道好朋友过着优质的单身生活，任谁都会替他高兴的……吧？

3

<<<

两天后的晚上，林依然和凌夏一起去了凌夏家附近的一个茶楼。她们在二楼订了包厢，为的是和凌夏前夫见面。

凌夏的前夫先到了，看到林依然和凌夏一起出现的时候，他愣了一下，有些困惑地问："你是……林依然？"

林依然点点头，皮笑肉不笑地说："你还记得我？"

"记得，记得。"凌夏前夫说，"凌夏的好朋友嘛，之前见过的……你怎么来了？"

"哦。"林依然也不看他，一边说话，一边坐下，"我怕你欺负凌夏呀，所以就来看看。"

她眼神凌厉地看着凌夏的前夫，板着脸在那个男人对面坐下。

对方显然听出了她话里有话，脸色不太好看，想转移话题，他看向凌夏低声问："小天呢？你怎么不带他过来？"

凌夏冷声道："带他来干什么？让你带走？"

前夫不高兴了，"我是小天的亲爸！我想见见孩子都不行？"

"周先生。"林依然攻势十足地说，"我想提醒你一下，当初你和凌夏离婚的时候，判决书上写得很明白，只有每周五下午，在凌夏在场的情况下，你才可以和小天见面。若有违反，凌夏有权不再允许你接近小天，你还记得吧？"

"这是我们家的事，不需要一个外人插嘴！"凌夏前夫冲着林依然说。

"周先生是不是忘了什么？"林依然说，"你和凌夏已经离婚了，现在这件事已经不完全是家事了，我今天是代表凌夏女士的律师来的。"

凌夏前夫还没反应过来，林依然已经从包里拿出了两张纸，一张是袁成律师的简介，一张是委托书。

"律师？"凌夏前夫草草看了眼这两张纸，冲着凌夏瞪大了眼睛，"你还找了律师？"

"你不是要打官司吗？"凌夏冷冷地回答，"我找个律师，不是很正常？"

凌夏前夫有些慌乱，转而用讨好的语气对凌夏说："凌夏，我不是真的要跟你打官司，我们可以再商量一下……"

"没什么可商量的。"凌夏说，"小天的抚养权是我的。你要跟我抢小天，你就去告我，我奉陪到底，但我肯定不会让你得逞。"

"我不是这个意思……"凌夏前夫频繁地变换着坐姿，"我是想说小天在你这里，你工作忙，你爸妈年纪也大了，根本没人管他……"

"你放屁！小天在我这里，过得不知道有多好。"凌夏说。

"那他上次为什么会摔伤？"凌夏前夫喊道，"这明显就是你没有能力照顾好孩子！"

"周先生。"林依然见凌夏气得发抖，抢着开口，"我要说明一下，小孩子平时有个磕磕碰碰的，其实很正常，而且在幼儿园摔伤，主要是园方的责任，跟监护人关系不大，我方律师认为……"

"你别跟我提什么律师！"那个姓周的大手一挥，继续追击凌夏，"凌夏，我就问你，你每天晚上八九点才下班，到家都十一二点了，周末还要加班，哪有时间照顾小天？等他将来上学了，你能看着他写作业吗？你能有耐心听他说话吗？你能给他足够的关心吗？"

"周先生。"林依然发现自己爱上了这个进攻的角色，"如果我没记错的话，你和你现任妻子也要上班吧？你就职的公司，日常工作时间是早上九点至晚上八点，每周单休；你妻子除了有双休，每天的工作时长跟你差不多，你们的情况和凌夏有什么区别吗？"

"我不和你说话！"凌夏前夫的眼珠子都快瞪出来了，"凌夏，你自己说！你到底放不放弃抚养权？"

"不放弃。"凌夏态度很强硬，"你去告我吧。"

林依然继续追击："说到法院，听说周先生在法院有关系？我们真的吓死了！请问是哪家法院，可以告诉我们吗？我们也有个准备。"

她看凌夏前夫又要激动，直接打断他："公平起见，我们愿意提前知会您一下，我们请的袁成律师，去年一共经手了十五件关于抚养权的诉讼，胜诉率是——百分之百。"

凌夏前夫彻底说不出话了，他咬牙切齿的样子让林依然觉得非常搞笑。

她换了温和的语气，却继续把对方往死角逼："周先生，希望你能明白，当初给凌夏造成伤害的人是你，如果你还有点良心，就请不要伤害她第二次。对凌夏来说，小天是她重要的精神寄托，你现在连孩子都要从她身边夺走吗？一个在老婆孕期出轨的人，一个孩子刚出生就和老婆离婚的人，一个孩子两岁前都不闻不问的人，到底有什么底气和她争夺抚养权？"

凌夏前夫神情局促起来，他那股子气势也不见了，脸上夹杂着一阵羞愧。

"算……算了！"他大声说，"我不告了！凌夏，你好自为之！"

他猛地站起身，也不说再见，扭头就往楼梯的方向走。

林依然刚要欢呼胜利，就听到凌夏问："你为什么这么想要抚养权？"

凌夏前夫在楼梯口站住。

"周明。"凌夏直呼他全名，"我很了解你，你来找我闹，绝对不只是因为小天摔伤了。所以，你为什么这么想要抚养权？"

周明叹了口气，整个人终于软下来，"她……不能生育。我爸妈很着急，想把小天要回来，当我们俩自己的孩子。"

凌夏面无表情地说："我知道了。"

周明回头看了她一眼，"对不起，我不会再来骚扰你了。"说完，准备下楼。

"你还是可以每周五来看小天。"凌夏目视前方,开口说。周明的身子震了一下,惊讶地看了看她。

"还有,不能生育对女人来说是很痛苦的事情,你好好待她吧。你已经辜负了一段婚姻了,这一次,请你珍惜。"凌夏接着说。

4

<<<

走出茶楼后,林依然一直没敢说话。凌夏虽然赢了这场争夺,但她看上去不是很开心。

"凌夏。"林依然试着说,"我刚才是不是说得太狠了?"

"啊?你说什么呢?"凌夏转过头说,"你刚才真的帮了我大忙了!要不是得装得高冷一点,我都想给你鼓掌了。"

"那你……"林依然在她脸上比划了一下,"这样?"

凌夏笑笑,"毕竟夫妻一场,说不难过是假的。"

"不说这个了。"她露出一张灿烂的笑脸,"袁律师就是厉害啊,我们就照他说的第一方案吓唬了周明一下,居然就解决了。"

"也是我演得好,好吗?"林依然说,"我紧张得手都出汗了。"

说到袁律师,她拿出手机,给袁律师发短信,和他说明情况,也再次向他道谢。袁律师回复说,这次没能赚到她们的钱,很可惜,下次他要努力。

林依然笑了笑,把手机收起来。

凌夏用异样的眼神看着她,"你不跟你的云先生说一声?"

"一会儿回家和他说。"林依然随口说完,才意识到凌夏话里有话,她推了凌夏一把,"喂!你操心你自己的事,行吗?"

凌夏确实还有事要操心。她回到家的时候已经很晚了,她妈妈给她发过信息,说小天已经睡了。本来凌夏打算蹑手蹑脚进门,赶紧洗漱睡觉,结果推开门,就看到爸妈一起坐在沙发上。

"你们怎么不睡觉？也没看电视……"凌夏朝电视看了一眼，关着的，忙问，"这是干吗呢？"

"小夏。"她妈妈说话了，"妈问你，你今天晚上干什么去了？"

"我……我加班呢。"

"别骗我们了！"她妈妈说，"周明给我们发信息了，说你刚才跟他见了面，你不答应把小天的抚养权给他，是不是？"

凌夏在心里骂了一句脏话，眼看瞒不住了，她只好点点头，"是。"

"这么大的事，你怎么不跟我们说？"妈妈质问她。

凌夏的情绪也上来了，她反问："我跟你们说有用吗？你们不就想把小天送给他吗？对，我拒绝了周明，我就是要把小天留下，再苦再难都要留！小天是我的孩子，我连这种事都不能自己做决定吗？"

"你……"她妈妈有些手足无措，指着凌夏看着她爸爸，"你看她……"

凌夏摆摆手，"妈，我不想再讨论这些了，我累了，先休息了。"

她刚要进屋，她爸突然咳嗽了一声。老爷子放下手机，向前探了探身子，说："小夏啊，爸就问你一个问题，你跟我们说实话。关于个人问题，你究竟是怎么想的？"

"我……"凌夏犹豫了，片刻后，她决定说出她真实的想法，"爸，妈，我这么说可能会让你们失望，但我短时间内真的不想再谈恋爱了。我现在只想好好工作、努力赚钱，有时间多陪陪小天，看着他长大。我没有心思去认识别的男的，也没办法再去相信谁。你们当我任性也好，不懂事也好，别管我了，好吗？"

她接着说："我知道，我都这么大了还住在家里，还要你们帮忙照顾小天，你们也很累。我保证，就这几个月，今年过去，明年我一定找房子搬出去，不给你们添麻烦了。"

她认真地看着她爸妈，二老有一阵子没说话。半晌，她爸又开口："你最近……工作上是不是有些困难？"

"啊？"凌夏一愣。

"我之前看到网上在讨论你们公司。"她爸说，"爸也不是很懂，但我多少能看出来，你们在做的那个项目，现在挺难的。"

凌夏不知道该怎么回答，她不那么自信地说："算……算是吧……但只要做成了就有三十倍月薪的奖金！"

"三十倍？"她妈妈睁大了眼睛。

"做成了才有。"她爸爸不客气地说，"总是听不到重点。"

凌夏妈妈打了他一下，"我脑子不好，行了吧？你也是，你都看到了，怎么不和我说？"

凌夏爸爸咕哝了一句什么，三个人一时陷入了沉默，直到凌夏爸爸又说："我们不是要为难你，我们只是希望你过得好。如果你觉得现在的生活是你想要的，爸支持你。"

5

<<<

凌夏不敢相信自己的耳朵，试探地问了句："爸，你说什么？"

"爸支持你。"她爸重复道，"你放心去做吧，你也不用总是给家里钱，我和你妈的钱够花。你就专心做你的事，小天我们来看。要是失败了也没事，我和你妈养得起你和小天。"

凌夏差点哭出来，"爸……"

她妈妈也叹了口气，"小夏啊，爸爸妈妈就是怕你没人照顾，一个人太辛苦，我们也舍不得小天啊……但是我跟你爸的年纪慢慢也大了，早晚有那一天，到时候剩下你和小天两个，你们怎么办？"

说着说着，她哽咽起来，低下头擦眼泪。凌夏也忍不住擦了擦眼角。

"行了行了。"凌夏爸爸板着脸说，"大晚上的哭什么，一会儿再把小天吵醒了。我去睡觉了。"

他站起来，走向了卧室，凌夏妈妈起身跟上他。

"爸妈，谢谢你们。"凌夏在他们身后说。

她爸又转过身，说："以后那个周明再找你，你让他来找我！什么东西，自己做的事不记得了吗？还敢来争抚养权！"

凌夏心里百感交集，说不出话，只是点点头。

凌夏走进她的卧室。小天睡得很熟。凌夏给他盖了盖毯子，坐在床边，觉得特别累。

她爸妈的那些话，是她没有预料到的。爸妈很少跟她这么推心置腹地说话，她也不习惯和他们聊自己的事，如今三个人终于说出了各自的想法，凌夏也终于发现，不管发生什么，爸妈都会永远在她背后支持她。

想到这个，凌夏放松了一点，但也只是一点。她看着小天熟睡的脸，心里还是很复杂，今天的事情意外地圆满解决了，以后还会不会有别的问题呢？

到她这个年纪，不论男女，都经不起一丝变故，背负着太多，一次打击，可能就满盘皆输。

她又想起办公室里那几个女生，尤其是成孟聆，她应该活得比自己轻松多了。

年轻真好啊，她想。

同样的时间，"活得应该很轻松"的成孟聆从电脑前抬起头来，揉了揉眼睛。

这样应该就差不多了吧……她看着屏幕上的内容，还有几个细节要再找些数据补充一下，做完就可以给大家看了。

不知不觉就做到了这么晚，她拿起手机，看到有朋友在群里叫她。

"孟聆在吗？来王者呗？缺个法师。"

成孟聆看了眼时间，回复："不打了，明天还得早起，我要睡了。"

"你最近都不跟我们一起玩了。"那个朋友说，"老实交代！是不是外头有人了？"

"你想多了。"成孟聆笑着打字，"我最近太忙了，等下个赛季再说吧。"

"你不会加班了吧？"有人随口问。

成孟聆犹豫了片刻，回答："嗯，加了。"

"天啊，不加班少女也开始加班了！终于还是变'社畜'了！""看来你们公司的加班费够高的，还招人吗？""太可怕了，一月份还说要辞职，这么快就被同化了。"群里一下"炸"了。

成孟聆看着，忍不住翻白眼。

"想不到啊，"另一个人说，"我们孟聆也走上这条路了，都不像你了。"

不像我？成孟聆有些恍惚。

确实不像她。如果一个月前，有人告诉她，她会主动加班到这么晚，她一定会觉得这个人疯了。

你再努力也不过是帮老板换车而已——这是成孟聆劝别人的话。但从什么时候开始，她不再把工作当成负担，而是乐趣呢？好像是那次她看着徐可在新的方向上废寝忘食的样子，忽然觉得，人能有一个自己热爱的工作，单纯地为了自己拼命，似乎也是一件幸福的事情。

她抬头看着电脑上方的那面墙，想了想，又笑了。她也被职场同化了吗？变成了自己曾经最讨厌的那种人？也许这才是我吧……她在心里说。

第十四章　餐　厅

2017 年 8 月 10 日　距赌局截止日：99 天

1

<<<

陪凌夏对付完她的前夫周明，晚上，林依然给云先生认真地道了谢，感激他出手帮忙。

"应该的。"云先生说，"我还等着看你们把'宠爱'做出来呢，怎么能让这种事情阻碍你们的工作？我这是在帮自己。"

虽然很感激他，但林依然总觉得心里怪怪的，每和他多说一句，她都会想到"网恋"这个词。

都怪凌夏，她觉得自己的心都变醒醒了，但她却控制不住。

她对云先生，真的是"喜欢"吗？

第二天，凌夏整个人显得非常亢奋，笑声都比以往大了不少，一点小事能让她兴奋半天，最后林依然被吵得头疼，不得不提醒她，时间紧任务重，赶紧好好工作。

"好，听领导的！"凌夏嬉皮笑脸地说。她好不容易安静地坐着看了一会儿电脑，想到什么又弹起来，"哎，我们今天晚上去聚餐吧！"

林依然无奈地看她一眼，"你怎么又想到聚餐了？"

"团建一下啊！"凌夏说，"共事这么久了，大家还没一起吃过饭呢，聚一次吧聚一次吧。"

"我听大家的意见。"林依然心想，你能劝得动剩下的随便哪一位，算我输。

"我不去，没空。"盛一帆先回绝了。

"你爱去不去，不缺你一个。"凌夏翻了一个白眼，转向徐可，"徐可，去不去？"

"我……"徐可欲言又止。

"哎呀，不用问了，你肯定去，我替你决定了。"凌夏飞快地说，又拍拍成孟聆，"孟聆，你去吗？"

能听出来，她自己心里也没底，林依然更不指望成孟聆会同意。

没想到，成孟聆居然答应了。

"好啊。"她转头一笑，"吃什么？"

凌夏扭头对着林依然嘿嘿笑，"领导，大家都同意了，群众的呼声，你说这该怎么办啊？"

林依然只好也笑笑，"那好吧，今天晚上大家一起聚餐，我请客，凌夏你找地方。"

凌夏欢呼了一声，开始在手机上翻附近的热门餐厅。

林依然想了想，伸手敲敲盛一帆的桌子。"一帆，一起去吧。"她说，"我们一共就五个人，再把你排除在外，就太奇怪了。"

"老大，我是真的忙。"盛一帆说，"我还打算这两天再优化一下细节呢。"

"我们都不在，你优化了也没人讨论啊。"林依然谆谆善诱，"去吧，我让凌夏选个离你家近的餐厅，我们尽快结束，不耽误你赶工。你就当休息一下，换换脑子。"

盛一帆想了半天，勉强点点头。"我不吃辣。"她低声说。

"凌夏，听见没？"林依然说，"别再研究你手上那家川菜馆子了！"

2

<<<

最终她们选了一家比较安静的烤肉店。下班后，她们四个先过去，盛一帆又在公司忙了一会儿，第一波肉烤出来的时候，她才姗姗来迟。

"人齐了，我们先来庆祝一下吧。"盛一帆落座后，林依然举着一杯啤酒站起来，"先谢谢大家愿意和我一起做这件不被人看好的事情，也祝我们可以实现最终的目标。"

几个人拿起杯子，都喝了一口，成孟聆直接干了。

"你不用喝那么快。"林依然赶紧说。

"这点酒没关系。"成孟聆说，"我和朋友出去玩喝的比这多多了，徐可这样得被人笑死。"

徐可红着脸看了一眼她几乎没少的酒，又稍稍抿了一口。

"你经常和朋友一起出去喝酒吗？"林依然问成孟聆。

"嗯，什么都玩。"成孟聆说，"蹦个迪啊，唱唱歌啊，密室逃脱什么的，有时候懒得出门，就在家打游戏。"

盛一帆问她："你们都玩什么？"

"王者荣耀。"成孟聆说。

盛一帆眼睛立刻亮了。"我也玩这个！"她说，"给我看看，你什么段位了？"

两个人找到了共同话题，拿着手机聊得很开心。凌夏撇撇嘴，和林依然碰了碰杯子，"依然，我们都是老人了，敬你一杯。"

"你自己是，我可不是。"林依然说，"我好歹也跟人组队玩过。"

凌夏一副吃瘪的表情，又跟徐可套近乎，"徐可，我们来喝！你肯定不玩游戏吧？"

"我不玩……"徐可说，"我回家就是画画。"

"这就对了！"凌夏喝了一大口啤酒，"好孩子都不玩游戏，谁跟她们似的，不好好工作，就知道打游戏。"

"我最近也不打了。"成孟聆赶紧说，"就……挺忙的。"

成孟聆欲言又止，林依然好奇她这句话背后代表着什么，但被盛一帆岔开了话题，"你怎么一口都不喝啊？"她看着徐可说，"在师父面前装矜持呢？"

"你怎么就师父了？"凌夏问。

"我教她学交互，怎么就不能是师父了？"盛一帆瞪她，"徐可自己也叫我师父，是不是，徐可？"

徐可又红着脸点头。

"你这个性格真的是……"盛一帆摇摇头，"不行，我今天必须把你灌醉了！看看你究竟能说多少话。"

她去拿徐可的酒杯，徐可赶紧阻止她。几个人笑着闹着，气氛渐渐活跃起来。凌夏主动承担了烤肉的工作，忙着往每个人的盘子里分肉。虽然她嘴上对盛一帆一直不是很客气，但林依然注意到，她给盛一帆分的肉是最多的。

盛一帆心情越来越好，还给大家讲起了笑话。她们四个嘻嘻哈哈说着什么，林依然喝了两杯啤酒，脸有些热，她托着腮，带着笑看着眼前的场景。

组建这个团队，真的是对的，她想。

她正准备再叫几瓶啤酒，一个声音在她背后响起："哟，吃着呢？"

3

<<<

这个声音好像有点熟悉，林依然还没转过身，凌夏已经喊出了声：

"你来干什么？"

林依然回过头，是肖全。他旁边还有一个女孩子，脸上写满了敌意。

不用说，这应该就是他的现任了。

"这是餐厅，我来吃饭不可以吗？"肖全微微笑着，对凌夏反唇相讥。

"走了走了！"凌夏说，"这地方不能待了，太脏了，来的都是些什么东西啊。"

"你嘴放干净点！"肖全旁边的那个女生也不甘示弱，"说谁脏呢？"

"我说谁了吗？"凌夏假装四下看看，"我说餐巾纸呢，谁这么心虚，自己抢着挨骂啊？"

"你……"女生气白了脸。

"凌夏。"林依然示意凌夏不要吵起来，又转头看肖全，"肖全，我想你不是来吵架的，对吗？"

"当然不是。"肖全还在笑，"我刚好来吃饭，没想到就遇上你们了。"

"那这位是？"林依然面向那个女生，明知故问。

"哦，介绍一下。"肖全指指他旁边的女生，"这是我现在的女朋友，小玉。"

"是未婚妻。"女生纠正他，不无得意地对林依然晃了晃左手，在她的左手中指上，有一枚不大不小的钻戒。"你真是的。"她给肖全撒娇，"我们都订婚了，你怎么总是忘啊？"

林依然脸上保持着礼貌的笑容，"这样啊，那恭喜你们了。你好，我是林依然。"

她向女生伸出一只手，女生没理她。"我们走吧，肖全。"她炫耀的目的达到了，也懒得再假装客气，"我不想在这里吃了，一股酸臭味，恶心。"

"觉得恶心就赶紧走。"凌夏折着一张餐巾纸，说，"也是，看着自己的同类被烤了，心里肯定不舒服啊。"

她刚点了一盘五花肉，现在还在烤盘上"嗞嗞"作响。

肖全脸色一暗，但没说什么。

他向桌前的其他人投去打量的目光，"这就是'宠爱'APP的团队吗？幸会幸会，我是优越科技的肖全，也是我们宠物视频产品线的负责人。"

其他人一下就明白了为什么凌夏说话那么冲，都露出了恍然大悟的神色。但她们没说话，表情都不是很友好。

"什么破团队！"肖全带来的女生又找到了攻击她们的地方，"一个个奇形怪状的。"

"那是不如有些人长得好看。"凌夏大声说，"就是可惜了，长得白白净净的有什么用啊？干的都是些脏事。"

"你骂谁呢！"女生火了，肖全赶紧拦住她，把她往外拉。

"我骂某个破坏别人感情的贱货。"可能是联想到了自己的遭遇，凌夏今天的嘴格外毒，她看向林依然，"依然，有些人是不是很奇怪，怎么别人不要的垃圾，在她那儿就成了宝贝呢？"

林依然又是冲她挤眼又是摆手，凌夏只当看不见，"订婚有什么用啊？能不能结还不一定呢，我要是这女的，我就在男人身上装个摄像头，全天候监视，谁知道他哪天说自己累了，又爬上别人的床……"

"你！"女生要扑过去打她，肖全一步挡在她身前。

"凌夏！"他说，"你不要指桑骂槐。"

"我没有啊！"凌夏看都不看他一眼，"我认真骂着呢，一个不要脸的渣男，一个没底线的贱货，还好意思过来打招呼？"

4

<<<

林依然赶紧站起来，想阻止凌夏往下说，但已经晚了。肖全一下没拉住，他未婚妻猛地冲过来，狠狠推了凌夏一把。凌夏整个人倒在旁边的徐可身上，打翻了一个蘸料碟，调味粉撒了徐可一身。

凌夏也急了，一下跳起来，抓起一把菜叶子就扔过去，然后扑上前揪住了小玉的头发。

"凌夏，凌夏！别打了！"林依然拼命抱着凌夏，把她和小玉分开。肖全挡在中间，"凌夏，请你自重！"他一边护着自己的未婚妻一边说。

"我自重？你要不要脸？"凌夏不知道哪来的火气，她见林依然拦着她，就顺手拿起了酒杯，想要往肖全身上砸。徐可往前一扑，死死抓住她的手。"凌夏姐，不要啊！"一片狼藉中，林依然居然还在想，原来徐可的说话声可以这么大的？

"客人请不要在饭店里打架！"烤肉店的经理带着两个男服务员急急忙忙跑过来，把两边分开，"这是公共场合，不要影响其他人用餐！请你们出去！"

"不是我们先动手的！"凌夏说。

"跟你动手是轻的！"小玉指着她喊，"垃圾公司，还想和我们家肖全竞争，不自量力，一群废物！"

这下就更严重了，盛一帆拎起一个酒瓶子，"你再说一遍试试。"她一边说一边往那边走。成孟聆也站了起来。林依然立刻松开凌夏，过去拦盛一帆，结果她这边一撒手，徐可一个人拉不住凌夏，凌夏又冲了上去，徐可还抓着她的胳膊被她拖着走。

乱了，全乱了。林依然满心绝望，她一只手按住盛一帆，一只手努力去抓凌夏。

"肖全，你快走吧。"她冲肖全说。肖全眼睛里也露出了恐慌，他一直挡着小玉，把她往饭店门口推。

"客人！客人！"饭店经理喊得声嘶力竭，"请住手！你们再打我们就报警了！"

这句话终于让所有人都冷静下来。凌夏披头散发，站在过道里喘着粗气。盛一帆放下了酒瓶子。

小玉也不闹了，她用力甩开肖全的手，头也不回地走出烤肉店。肖全喘了口气，整整身上的衣服，正色道："依然，没想到你的团队是这样的。"

他带着怒意扫了他们一眼，转头要走，又停下，"对了，和你说一声。我们的产品已经初步开发完毕了，一个月，只要一个月，我们就会上线。到时候见分晓吧。"他扔下这句话后便大步往外走。

林依然还在消化他的话，冷不丁听到盛一帆大声问了一句："一个月是吧？"

肖全回头诧异地看她。

盛一帆垂着眼皮，一字一句说："三个星期，只要三个星期，我们就能上线。"

肖全愣了一下，随即嗤笑了一声，脸上写着两个字：荒唐。

他出去了。

林依然转头，看着盛一帆。盛一帆笑笑，没再说什么，她睁大眼睛看着凌夏，凌夏回头也刚好迎上她的眼神。四目相对，盛一帆喃喃地说："原来你真的会打架啊……"

第十五章　盛一帆

2017 年 8 月 11 日　距赌局截止日：98 天

1

<<<

林依然一直担心，这场在饭店里的争执会被人拍下来发到网上，那她们这个团队就彻底出名了，APP 也不用做了，等着被公司扫地出门吧。

好在当时饭店里的人不多，其他客人估计也懵了，谁都没想到要做个记录。林依然早晨起来搜了搜，什么都没搜到。

昨天肖全走后，她给饭店的经理各种鞠躬道歉，允诺会赔偿餐具的损失，也向店里的其他客人道了歉，经理才勉强同意了不追究他们的责任。

她们离开餐厅的时候，谁都没说话。

一晚上睡得都不踏实，林依然早早去了公司。她以为自己去得够早了，没想到推开办公室的门，发现盛一帆已经坐在了座位上。

"你怎么来得这么早？"林依然看看时间，才八点半。

“干活。”盛一帆对着电脑，头也不抬。

林依然想到她昨天说的那些话，“你不会真的打算三个星期就把APP 做出来吧？我以为你说的是气话。”

盛一帆没回答，而是反问：“昨天那个男的，肖全，是你前男友？”

“嗯……是。”

“听凌夏的意思。”盛一帆接着说，“你们本来要结婚的，但他背叛了你，和昨天在场的那个女生在一起了？”

“差不多是这样。”突然和她讨论这样一个话题，林依然有些不习惯。

“输给他，你会甘心吗？”盛一帆又问。

林依然一时不知道该怎么说，“也谈不上甘不甘心吧……”

确实，最初知道肖全在优越科技做“宠爱”APP 的竞品时，她是憋着一口气要赢他的，但昨天那么一闹，林依然忽然意识到，她并不是在为产品争输赢，而是在为感情争输赢，在内心深处，她还是很介意肖全抛弃她这件事，她想证明，他做的是错误的决定。

好在昨天发生的一切让她想通了，她根本没必要这样做。是不是错误的决定又怎么样？一切都回不去了，也就没有意义了。何况肖全这种人，也不值得她这样做。

真正的放下，不是恨，而是遗忘啊。

“但我会不甘心。”盛一帆说，“我不想输给优越科技的人，更不想输给一个‘渣男’。”

她说话的语气让林依然有些诧异，“你……也被伤害过？”

“没有。”盛一帆说，“反正我就是恨这种不负责任的男人。凌夏离婚，是不是也因为类似的原因？”

“她……”林依然斟酌了一下，“她前夫在她怀孕的时候……出轨了。”

盛一帆骂了一句，“这些人，都该去死。”

林依然还是第一次看到她这副模样，一时不知道该说什么。盛一帆的眼神里带着怒气，飞快地敲着键盘，没有要继续这个话题的意思。林依然也只好踏踏实实开始工作。

九点半过后，办公室的人齐了。大家的脸色都不是很好看，也没人说话。

凌夏也是，进门后都不敢看林依然的眼睛。

整整一上午，办公室一反常态，鸦雀无声。到了午饭时间也没人吃饭，屋里的气氛就像守灵一样，死气沉沉。

"你们这是怎么了？"林依然打破了这份死寂，"一上午都没人说话，现在连饭都不吃了？"

没人搭话。凌夏忽然站起来，像给老师认错的小学生一样立正站好，"对不起，依然，昨天是我错了。"她说。

"我也该道歉。"盛一帆也站起来，"对不起，我也冲动了。"

成孟聆一言不发。徐可缩在座位里，大气都不敢出。

林依然看着她们两个，一下笑出了声。

"你们一上午就在担心这个？"她觉得又好气又好笑，"放心吧，我没生气。"

"真没生气？"凌夏不放心。

"真没有。"林依然说，"而且整件事都是因我而起的，肖全是我前男友，没有处理好和他的关系，是我给你们添麻烦了才对。"

凌夏和盛一帆对视一眼，重新坐下了。

"其实我应该谢谢你。"林依然对凌夏说，"谢谢你帮我出头。"

"我也不是单纯地替你出头。"凌夏说，"我是……想到了自己的一些事情。"

林依然知道她在想什么，凌夏被同样的事情伤害过，看到破坏别人感情的人理直气壮地来挑衅，肯定咽不下这口气。

只是办公室其他人不知道，她也不能直说。"我明白。"她说。

"我就是不服气，"凌夏眼里又露出不忿，"为什么这些没底线的人反而活得这么好啊？"

林依然笑笑，"这世上活得好的，不都是没底线的人吗？"

她想了想，站起身。"既然你们都这么介意昨天晚上的事，那我们就这么办吧。"

在众人疑惑的目光中，她从包里拿出一张照片，递给大家看。这是她昨天回家后打印出来的，照片上，凌夏坐在沙发一角，茫然地看着前方；徐可低着头，成孟聆帮她清理着头发上的调料；盛一帆站在桌旁，若有所思。

"我去结账回来的时候随手拍的。"林依然解释，"我们把它贴在办公室墙上吧。"

"啊？不要吧……"凌夏试图阻止她，"我觉得我太丑了。"

"这是为了提醒我们。"林依然走到办公室的小白板旁边，一边用磁铁把照片贴上去，一边说，"口舌之争很爽，但没有意义，我们真的要赢，就在 APP 上赢过他们。"

其他人立刻领会了她的用意。

"也对。"凌夏低声说，"要赢，就在 APP 上赢他们。"

2

<<<

老实说，肖全这么一搅局，林依然反而觉得他帮了自己一个大忙。团队的工作热情从来没有像现在这么高涨过，他们再也没在晚上九点前离开公司，甚至有一天晚上，林依然从电脑前抬起头，发现成孟聆居然还没走，时间已经是八点半了。

"孟聆？"林依然叫她。

"怎么了？"成孟聆问。

林依然指指办公室墙上挂着的钟表，"你不下班吗？"

成孟聆似乎有些局促，"我再多待一会儿。"她小声说。

林依然这么一提醒，凌夏也注意到了。她诧异地看了一眼林依然，林依然回她一个同样诧异的眼神。

"她这是怎么了？"凌夏偷偷给林依然发信息，"前几天她好像走得也很晚。"

"不知道啊。"林依然回复，"这是突然间爱上工作了？"

联想到上次聚餐，成孟聆说她最近忙得连游戏都没时间打，林依然不禁想，也许成孟聆也在慢慢发生变化吧。

不过谁的工作时长都比不过盛一帆，最近的盛一帆简直是一个不要命的状态。每天林依然到的时候，她已经在办公室坐着了，林依然走的时候，她还在电脑前忙活。就算回家，她也在家继续工作，林依然不管什么时候找她，她都在线。

这种状态持续了一个多星期，本来就很瘦的她，已经快要皮包骨了，眼袋几乎挂到了下巴。

"一帆，你最近……晚上都几点睡觉啊？"有一天，林依然忍不住问她。

"没注意，差不多三四点吧。"盛一帆头也不抬地说。

"那你早晨几点起？"

"早晨？"盛一帆噼里啪啦敲着键盘，"七点多。"

"你一天就睡三个多小时？"林依然瞪大了眼睛。

"啊？嗯嗯，大概吧。不是，老大，你能别这会儿和我说话吗？"盛一帆有些烦躁，"我的思路都被打断了。"

林依然赶紧闭上嘴。看着盛一帆浑然一副忘我的样子，她也不确定她的担心是不是多余的，但是……正常人连续两个星期每天晚上就睡三个小时，铁打的也熬不住吧？

她正出神，看到电脑上多了条信息，凌夏发来的。

"你说，盛一帆这么玩命，会不会猝死啊？"

"瞎说什么呢。"林依然回复。

"不是经常有那种新闻吗？"凌夏说，"程序员连续加班熬夜，猝死在岗位上。你还是找机会劝劝她吧，她要是不在了，我就没人可以怼了。"

"你积点口德行吗？"林依然又气又笑，但她知道，凌夏是嘴上刻薄，心里比她还要担心盛一帆。

3

<<<

"这样下去，有点危险。"林依然给云先生说了盛一帆的事情，他回复了这样一句话。

"对吧？你也觉得吧？"林依然回道，"我不知道该怎么劝她，但这样下去我怕她扛不住。"

"你还是多关注一下她的状态吧。"云先生说，"实在不行，强制她休息。"

"强制她休息？怎么强制？"林依然说，"把她捆起来扔床上？这话题怎么越说越刺激了……"

云先生发了个大笑的表情，"具体办法需要你去想，另外，我刚才说危险，不只是担心盛一帆的身体状况，也担心这样下去，'宠爱'APP 很可能不能如期做出来。"

"啊？"林依然的心一下揪起来了，"什么意思？"

"只有一个工程师的话，这个工作量还是太大了。"云先生说，"就算盛一帆体质异于常人，可以做到不眠不休，三个星期要上线也太难了。我甚至担心，就算按照你们最早的计划，9 月底上线，可能都做不到。还有，我记得她主攻的是 iOS 端？那之后的安卓端，你们怎么做？"

隔着屏幕，林依然叹了口气，"这个我也想到了，我跟她沟通过，她说她可以学。"

"如果那么快就能学会，也就不会有安卓工程师和 iOS 工程师的划分了。"云先生说，"更何况，她恐怕也分不出学习新东西的精力了。"

林依然承认，他说的是对的，但这样一想，她心里更难过了。

"唉，太难了。"她悻悻地打字。

"你要是工程师就好了。"她又说。

"饶了我吧。"云先生说，"能跟得上你的对话，已经用完我所有的智商了。"

林依然笑笑，她当然不会指望靠云先生解决一切，他已经帮她够多了。只是只有在他这里，她才能真的放松下来，随口闲聊。

"你也别着急。"云先生又说，"我们一起想办法，也许等一等，事情就能出现转机了。这么长时间你们不都是这样过来的吗？"

不着急？不可能不着急啊……刷牙的时候，林依然看着镜子里的自己，有些沮丧。

不过云先生最后那句话也有道理。起初她和曾凡提出这个赌局，只是为了争一口气，但却得到了曾凡的认可；起初选择团队里的其他四个人，只是一时倔强，但意外地在大家身上发现了很多优点；起初接受采访，只是碰碰运气，但却收获了最好的结果……这一路走过来，几乎每一件事都在计划之外，但每一件事，都在最后得到了解决。

当然，这也是大家努力的结果，何况还得到了那么多人的帮助。

这算是幸运，还是不幸呢……还是说，这就是生活？你只需负责努力，上天会给你时机？

她躺到床上，关了灯，却没有睡意。她在黑暗里瞪着卧室的天花板，总觉得心里有个想法，说不清道不明，好像有什么事情不太对，但她死活想不起来哪儿不对。

是和云先生的对话有问题吗？还是她的错觉？

虽然云先生让她多想想办法，但林依然一连想了两三天，都想不出什么有用的。主要是她不知道怎么将这些问题向盛一帆说出口。

只好先这样了。她一天说好几次，提醒盛一帆注意身体，不要连续熬夜，每次都被盛一帆无视。她自己和团队其他人也好不到哪里去，为了配合盛一帆的进度，大家都在拼命赶工，每天办公室都回荡着"那个做好了吗？""好了好了，我发给你就赶下一个进度"这样的话。

算了，拼吧。林依然看着自己的黑眼圈，心想。都到这一步了，谁也停不下来了。

4

<<<

又是一个星期过去，时间进入了 8 月下旬。离赌局约定结束的日子，还有三个月。

这一天，盛一帆告诉林依然，产品雏形已经做出来了，可以往里面灌内容做测试了。

林依然看着她的模样，尽管瘦得可怕，但精神看上去还不错，大概是因为终于有了初步的成果，整个人都显得很兴奋。

"你们商量一下还需要加什么功能。"她说，"我一鼓作气，争取这周内做完。"

林依然点点头，她叫上凌夏她们，打算最后再过一遍整个产品的思路，抱着电脑走过去的时候，她看见盛一帆坐在座位上，一边敲键盘一边哼着歌。

就那么高兴吗……林依然忍不住笑笑，然后瞥到盛一帆摸了摸鼻子下边，紧接着听见她倒抽了口冷气。

"啊，流鼻血了……"她低声咕哝着，起身拿了张纸。

"大姐，你不会看了什么不该看的东西吧？"凌夏挪揄她。

盛一帆自己也笑了，她擦了擦流出来的鼻血，又团了个纸团堵上。

她见桌上的抽纸用完了，就站起来伸手去拿林依然桌上的。

然后她头一偏，直挺挺地倒在地上。

"一帆！"林依然第一个跑过去。盛一帆仰面朝天，躺在地上一动不动，双眼紧闭，一个鼻孔里还塞着纸团。林依然又喊了两声她的名字，她咕哝了一句什么，应该还有意识。

林依然从盛一帆腋下伸出手，把她架起来，其他人也围过来。成孟聆迅速上前推过盛一帆的椅子，凌夏和徐可帮林依然抬起盛一帆的腿。几个人七手八脚地把盛一帆放到椅子上，又打开椅子的靠背，让她可以斜着躺下。

"一帆，你能听到我说话吗？"第一次面对昏迷的人，林依然也不知道该怎么做。她学着电视里演的那样掐了掐盛一帆的人中，盛一帆抬起一只手，胡乱挥了一把。

"怎么办？要送医院吗？"凌夏着急地问，"她这是怎么了？"

"打 120 吧。"成孟聆拿出手机。

"不用……"盛一帆开口说，"不用去医院，我没事，刚才不小心睡着了……"她睁开眼，强撑着坐起来，

"什么睡着了！"凌夏说，"你刚才明明是昏倒了！"

"依然，还是送她去医院吧。"成孟聆说。

"说了不用去医院！"盛一帆推开身边的林依然，她手上稍微有了点力气，"你们干你们的活，我躺一会儿就好了。"

林依然紧紧地盯着他，"你摔到哪儿没有？"她连声问，"身上疼吗？摔到头了吗？"

"不疼。"盛一帆用力抓着椅子扶手，面色苍白，"哪儿都没摔到。"

"你先喝口水。"林依然拿过她的杯子，让她喝了两口水。

盛一帆的嘴唇渐渐有了血色。"还是去趟医院吧。"林依然又劝她，"你觉得没事，可能只是现在感觉不出来，万一是内伤什么的就

麻烦了。"

"老大，你以为是武侠片呢？还内伤……"盛一帆喘着气说。

"哎，关心你一下，你还来劲了是吧？"凌夏喊他，"去趟医院能要你命吗？"

"没空。"盛一帆强硬地说，"我还有工作。"

说着，她往前挪了挪椅子，准备继续工作。但林依然更快，她猛地上前一步，一把按下盛一帆的笔记本电脑。

"老大，什么意思？"盛一帆问。

"不准再碰电脑了，你必须休息。"林依然说，"不去医院也可以，但从今天开始，你休假三天，给我好好睡觉，休息好了再说。"

"老大，来不及了……"

"那也比你死在电脑前强！"林依然抬高了声音，"晚一点我不在乎，就算优越科技比我们早上线又怎么样？输给肖全又怎么样？我不允许你为了这一个产品，把命搭进去！"

这段话掷地有声，办公室一下安静下来。

盛一帆盯着林依然看了一会儿，林依然严肃地和她对视。两个人互看了几分钟，盛一帆终于妥协了。

"行吧。"她说，"我回家休息，行了吧？"

她站起身，缓了一会儿，要去拿电脑，林依然又拦住她的手，"不准带电脑回去。你的任务就是睡觉，任何工作上的事都不要想。"

"老大。"盛一帆笑了，"你怎么知道我家里就没有别的电脑？"

林依然被问住了。

"怎么那么多废话呢？"凌夏从后面推了盛一帆一把，"我管你家里有没有电脑，你要是还想要命，就老老实实休假去！"

"我们只有你一个程序员。"成孟聆也说，"你这么不在乎自己的话，我们趁早解散算了，反正你不行了，我们也什么都做不了了。"

"是啊，师父……"徐可在一旁小声帮腔。

盛一帆仰面叹了口气，举起双手表示投降，"好，好，我投降，我听你们的什么都不带，但手机总得让我拿回去吧？"

"给你，赶紧拿走。"凌夏从桌上拿起她的手机，"这两天我们不会理你，你也别找我们，已经够烦了，就别给我们添乱了！"

盛一帆撇撇嘴，她放好手机，又简单收拾了一下她的双肩包，甩到背上。

"我送你下去吧。"林依然说。

"真不用。"盛一帆苦笑，"多大的事啊，就是不小心犯了困，一群人大惊小怪的……"

她说着，自顾自推开门，摇摇晃晃地走了出去。

"多睡觉！"林依然在她背后喊，"到家说一声！"

"知道啦……"盛一帆说着，往电梯间走去。

她从来不在意别人的看法，所以哪怕是上班时间刚过去一个多小时，她走得也很坦然。

因此，她自然也没注意到，她晃晃悠悠离开办公区的时候，一道视线一直盯着她。

"……我们也打算在影视层面多引入站外内容，丰富我们的社区……方先生，您在听吗？"距离盛一帆很远的位置，一个人说。

"嗯？哦，不好意思，我想到一点别的事情。"方路收回目光，抱歉地笑笑，"您的提议没问题，内容输出这方面曾总也很感兴趣，我们可以进一步讨论……"

他继续带着外部公司的访客参观凌一科技，一边走着一边不动声色地谈笑，思绪却跑远了。

刚才是……盛一帆？这个时间出公司，是"宠爱"团队发生什么事了？

他向后看了一眼林依然她们的办公室，皱了皱眉，随即转回头，又和访客们说起话来。

5

<<<

盛一帆一走，办公室安静了，几双眼睛都看向林依然，大家都有些手足无措。

"她真的没事吧？"凌夏还是不太放心。

"但愿吧……"林依然说，"她不想去医院，我们总不能绑着她去。我只希望她能意识到问题，在家认真休息两天。"

凌夏哼了一声，"她肯定会偷偷弄后台的。"

"我会每天给她打电话，确认她的状况。"林依然说，"你们别管了，接着工作吧。"

但她心里并没有底，盛一帆真的会老老实实休息吗？她回来之后，会不会反而需要更拼命地赶进度？她做的这个决定，真的是对的吗？

林依然发现，不知不觉间，她已经分别打开了雷川和曾凡的聊天窗口。

还是麻烦这两位帮帮忙吧，至少再分给她们一个工程师，不，半个都行啊。

不管他们怎么说，哪怕是跪下来求他们，她都不在乎。现在，能给盛一帆减轻负担才是最重要的。

但她还没想好怎么措辞，就收到盛一帆的一条信息："老大，别问上头要人，这时候你再往里加人，我恨你一辈子。"

林依然一愣，这姑娘是开了天眼？她怎么知道自己在想什么？

"我不想看到你这么拼命。"林依然只好回复。

"这是我自己的事。"盛一帆写道，"你有你的坚持，我也有我的，你要敢找人，我现在就辞职。"

行行行，你厉害。林依然没办法了，她对着电脑看了一会儿，关上了雷川和曾凡的聊天窗口。

只能希望盛一帆能好好自我调整了……这时候林依然就痛恨自

己，为什么在互联网行业这么多年，都没尝试过擅长领域之外的东西，果然人不能太习惯现有的生活，哪怕学一点儿编程也好啊。

下班的时候，她又遇见了方路。

远远地，她就看见方路站在写字楼大门口，大热天的，他还是穿着整齐的西装，好像一点都不怕热。这栋楼多数是互联网公司和影视公司，大家的衣着和举止都比较随便，一本正经的方路扎在那里，格外显眼。

他似乎在等人，拿起手机看一眼又放下，接着扭头看向室内。看到林依然出现，他眉毛扬了一下，感觉有一些……欣喜？

"方先生？"林依然走上前，和他打了个招呼。

"林小姐。"方路点点头，"下班了？"

"嗯，你在等人？"林依然随口问。

"哦，在等一个客户。"方路说，"林小姐最近怎么样？你看上去精神不太好，'宠爱'不顺利？"

林依然犹豫了。她现在很需要一个能让她倾诉的人，但她能直接告诉他吗？

不过曾凡也说过，有什么事都可以和方路沟通，姑且再相信曾凡一次吧。

林依然索性把最近发生的事情一股脑告诉了方路。方路认真听着，林依然说到盛一帆在办公室晕倒的时候，他显得非常诧异。

"果然还是逃不过……"他几乎是脱口而出。

"逃不过什么？"林依然问。

"没什么。"方路说，"对不起，我想到些别的事情。"

林依然有些狐疑，但方路立刻转移了话题，"林小姐这样一说，我大概明白了。这个问题我之前也和曾总讨论过，现在看来，事情比我们预计得要严重，是我大意了。"

"这不能怪你，"林依然赶紧说，"是我当初没有做好准备。"

"那你们打算怎么办？"方路问，"需要加人吗？现在调一两个工程师过去应该不难，如果林小姐觉得不好意思的话，我可以代你去向曾总申请。"

林依然摇摇头，"一帆不让。"她把上午盛一帆给她发的信息说了一遍。

方路笑了，"她真的很有个性。"

"有个性没用啊。"林依然叹了口气，"她不许我加人，我们剩下的人帮不了她，我也想不出其他办法了。"

方路看着她，思索了一会儿，说道："如果在你们内部做些改动呢？"

"内部？"林依然没懂。

"对，内部，比如产品的框架、形式、运营思路这些。"方路解释，"这些都会影响到开发的工作量，如果能做出调整，或许不加人也是可以的。"

"现在能做的简化，盛一帆都做过了。"林依然说。

"我不是说这方面。"方路说，"我也不太清楚我想到的是哪一点，但总觉得，你们现在的侧重点好像有些偏。我不知道'宠爱'的具体情况，只是感觉你们还没找到一个最正确的方向。"

林依然陷入了深深的思考。这还是头一次有人提到这个问题，她们的方向错了吗？是哪里错了呢？

"不如等盛一帆状态恢复了，林小姐再和她讨论讨论？"方路又说，"她是工程师，肯定有更直观的感受。也许你们一起，能找到问题所在。"

他这样说似乎也有道理。一直以来，林依然她们和盛一帆的共事模式都是她们提出什么，然后盛一帆想办法实现。虽然她只是工程师，总的方向应该由林依然这个产品经理拍板，但林依然好像从没问过她对于整个产品的想法。

"我知道了，我随后和她谈谈吧。"林依然说着，对方路笑了笑，"谢谢你啊，方先生，耽误你的时间了。你等的人还没到吗？"

"没关系，我不着急。"方路又看了眼手机，一脸的气定神闲，"倒是林小姐，你该回家好好休息了，黑眼圈都有了。"

他指指林依然的眼睛下方。林依然不好意思地揉了揉眼皮，"那我就不打扰你了，方先生。"

她带着尴尬和羞愧从方路身边逃开，走出去很远，又回头看了看，恰好看到方路一个人从写字楼出来，直奔停车场的方向。

他不是要等人吗？林依然困惑地想。

PART 3

第三部分

上 线

nv wang wuqian

>>>>>>>>>>>>>>>>>>>>>>

第十六章　电　影

2017 年 8 月 22 日　距赌局截止日：87 天

1

<<<

林依然在反反复复的焦虑中度过了两天。这两天，盛一帆不在，其他人也明显无心工作，"宠爱"的进展陷入了停滞。

这一点林依然倒不担心，她一直在思考方路给她的建议。

她每天固定给盛一帆发几条信息，确认她的身体状况。不只她关心，办公室里其他人也都想知道，问到后来盛一帆都烦了，"我还活着呢，老大，别再问了，行吗？"

第二天的下午，盛一帆主动问她："老大，我就休三天，对吧？后天我就能上班了吧？"

"你休息好了就可以。"林依然说。

她想了想，又发过去一条信息："对了，明天下午，你有空吗？"

"有事情吗？"盛一帆几乎是秒回，隔着屏幕，林依然都能感受到她的急切。

"你想多了，不是工作。"想到盛一帆可能已经摆出了一张失望的脸，林依然就觉得好笑，"我有点事，想和你单独讨论一下。"

"哦，可以啊。"

"我记得你上次说，你住在三里屯附近？"林依然又问。

"嗯。"

"那边有家小咖啡厅，人很少，明天下午两点在那里见吧，我把地址发给你。"林依然发过去一个定位。

盛一帆发了个"OK"的表情。

第三天下午，林依然在那家咖啡厅见到了盛一帆。看得出来，盛一帆这两天确实有好好休息，气色好了很多，脸也圆润了一些。

"休息得不错。"林依然拉开椅子坐下，随口说，"这两天没碰代码吧？"

盛一帆神情复杂，"老大，一定要让我撒谎吗？"

林依然笑了，看到盛一帆精神焕发的样子，其实她就放心了。她也知道，盛一帆肯定闲不住。

"没碰多久，真的。"盛一帆挠挠头，"你们这帮人一天天盯我盯得那么紧，我哪敢啊。"

"你知道害怕就好。"林依然说。

她叫服务员过来点了杯咖啡，服务员一走，盛一帆就正襟危坐地看着她，"老大，你叫我来，要说什么？"

林依然清清嗓子，说："我问你，你确定按照现在的开发量和进度，'宠爱'能如期上线吗？"

盛一帆有些迟疑。

"你说实话。"林依然说，"我把你单独约出来，就是想知道你的真实想法，你不用顾虑我。"

盛一帆沉默了，半晌，她说："说实话……不能。"

"我一开始觉得是可以的，"她又说，"可是这两周做下来，要做的事情还是太多了。能简化的我都简化了，能省精力的地方也都省了，时间还是不够。"

她顿了顿，接着说："但我已经保证过要提前上线了，我不会食言，拼了这条命我也要按时做出来。这两天我也休息好了，接下来……"

林依然摆摆手，"别说这个，我根本不在意能不能提前上线。你就告诉我，以正常的速度做，从现在开始算，还需要多久？"

盛一帆迟疑，"还需要……一个多月吧。"

果然。"那你觉得，进度不如预期，单纯是工作量的问题，还是产品本身的思路有问题？"林依然问出了她真正想问的话，"我想听实话。"

盛一帆尴尬地笑了笑，"你今天这是怎么了？这么严肃……"但看到林依然的表情，她也严肃起来，"说实话……产品的问题更大。先不提开发时间，我觉得，这不像是你会做出来的产品。"

"什么意思？"林依然一愣。

"'路上'那个APP我是用过的，后来我也仔细看了当年的'大方'和'PINK'，你知道你的优势是什么吗？"盛一帆说，"是角度。你懂得打破常规，也很擅长发掘同类APP没有看到的方向，所以这些APP都成功了。你说这是你运气好，但其实这才是你的特点所在。"

林依然认真地听着。

"但是'宠爱'，我看不到这些。"盛一帆继续说，"把'宠爱'扔到一堆现有的短视频APP里，你能一眼看出它和其他APP有什么不同吗？没有。'宠爱'整个产品的逻辑都是沿用正常视频APP的思路，我不知道你之前做失败的那些产品是什么样，我在想，是不是你太过于求稳了，不自觉地抛弃了你自己的习惯？"

林依然明白了她的意思，"这我真没想过，可能潜意识里，我确实有这方面的顾虑吧……"

"你不能这么想。"盛一帆说，"说句不好听的，产品过于同质化会不会也是资方想要砍掉'宠爱'的一个原因？可能你害怕是你做产品的方向有问题，才总是遇到挫折，但你不能被这些东西影响啊。做产品是为了什么？为了不被砍掉，还是为了在市场上脱颖而出，实现别人实现不了的？"

有什么东西在林依然脑子里闪过，她的思维渐渐清晰起来。她终于知道方路想说又说不清的地方是什么了。

"但现在再改产品思路，还来得及开发吗？"她又有了新的担忧。

"这个你不用管。"盛一帆说，"这是我要做的判断。其实现在内容有了，后台也有了，哪怕要大改，估计也就是晚一两个星期上线，不会耽误太多。"

"而且没准我们找到了更好的方向，开发量反而会减少。"她又说。

林依然点点头，她有种茅塞顿开的感觉，这几天一直盘旋在心头的阴霾也散去了。"果然，听他的话来找你，是对的。"她随口说。

"听谁的话？"盛一帆敏锐地抓住了重点。

林依然傻了，"啊，没……没谁。"她打哈哈，"你咖啡喝完了吧？要续杯吗？"

"别打岔。"盛一帆说，"我都跟你说实话了，你也跟我说实话吧。老大，我就觉得你今天有点反常，你是听了谁的建议？"

没办法，林依然只能坦白："是……方路。"

"方路？"盛一帆一愣。

"嗨，也是个巧合。"林依然轻描淡写地说，"那天刚好在外头碰见他，就聊了聊。"

"你说我们做的事不能告诉外人。"盛一帆提醒她，"他还是风向资本的人。"

"他也不能算外人吧……"林依然说，"虽然他是风向资本的员工，但曾凡特别信任他，他好像也很愿意帮我们……唉，我也不知道该怎么说了，总觉得他不像刘思维那样，站在我们的对立面上。"

盛一帆认真地看她一眼，摆了摆手，"算了，你们领导层的问题，我不掺和，我也没兴趣。我就是个小小的 iOS 工程师，干活就是了。"

林依然对她笑了笑，站起身准备走，忽然间一道光从她脑海中闪过。

iOS 工程师……她一下想明白了，前几天她一直觉得不太对的地方是什么。

她从没有对云先生说过，盛一帆是 iOS 工程师。

2

<<<

回归办公室的盛一帆，受到了其他人的热烈欢迎。

凌夏带头，又是鼓掌又是欢呼，凑到盛一帆面前问这问那，还说她胖了，搞得一贯高冷的盛一帆也有些不好意思。

"行了大姐，我就离开了三天，又不是死而复生，你至于吗？"她艰难地躲开凌夏，"闪开闪开，别打扰我工作。"

凌夏丝毫不介意，还是嬉皮笑脸的，"哎呀，你可不知道，平时你在吧，我就烦你，你不在了吧，还真不行。你就跟内裤一样，穿上的时候不觉得有什么，但脱下来……"

她看到盛一帆晴转阴的脸色，迅速闭上嘴，"不说了，不说了。对了，一帆回来了，我们是不是正常开工了？依然，有什么需要我做的？"

林依然和盛一帆对了个眼神，她示意凌夏先坐下，然后自己站起来，对着大家说："关于'宠爱'的问题，我想和大家说一件事……"

她做了个决定，全体停工两天，重新思考"宠爱"的大方向。

她觉得盛一帆和方路说的是对的，现在的"宠爱"缺乏自身的特色，并不能算是一个合格的产品，在找到正确的方向之前，不应该再这样下去。

凌夏她们起初还有些困惑，但看到林依然和盛一帆已经达成了共识，也相信了她们俩的判断。

她们一整天都在讨论产品该如何改动，想出了几个方案，也推翻了几个方案，说得热火朝天。只有成孟聆没怎么说话，在一边若有所思。林依然感觉她可能心里有主意，但觉得还不成熟，所以没提。这种心情林依然太熟悉了，因为她自己刚做产品经理的时候，也是这样。

林依然也觉得她快要找到最优解了，但有些东西一直抓不住。

这天她们下班都很早，虽然说起来也不算是荒废时间，但没能讨论出结果，几个人还是忧心忡忡的。

毕竟，离计划中的上线时间，越来越近了。

林依然最后一个离开办公室，路上碰见几个同样下班的同事，她都跟他们打了招呼，但大家似乎唯恐避她不及，匆匆笑笑，要么快步走了，要么假装有东西没拿又折回去，总之都不愿跟她同行。

林依然知道这是为什么。这段时间，刘思维倒是没再找她麻烦，但她不声不响地，已经在公司拉拢了不少人，据说半数以上的中高层都站了她的队。尤其是最近，她天天给全公司发邮件，制定新规定和新策略，俨然一副公司实质负责人的做派。

曾凡对这些基本上睁一只眼闭一只眼，也不知道这位 CEO 在想什么。他甚至很少出现在公司，三天两头出国，林依然每周固定向他汇报团队工作进度，感觉他也没有很认真看。

要不是林依然很清楚他对凌一科技的感情，她简直觉得曾凡这是准备跑路了。

她顶着周围异样的目光下楼，刚走到大厅，就瞥见方路从另一个方向走出来。

方路还是老样子，走路大步流星、自带气场，好像公司内部的变化对他没有任何影响。他也看到了林依然，原地站住，笑着和她打招呼。

"林小姐。"他说，"今天下班早了？"

"嗯……你好，方先生。"想到前几天的事情还是靠了他的帮助，林依然不免有些拘谨，"你也下班了？"

"有事要做。"方路简短地回答，"林小姐气色比之前好了，你们的产品有转机了吗？"

"算是有吧。"林依然说，"多亏了方先生给的建议。"

她简单说了说她和盛一帆交谈的经过，方路不住地点头，"能帮到你们就好，曾总这阵子不在公司，林小姐有困难可以随时找我。"

林依然也点点头，"我打算和团队的人停工两天，想想接下来的方向。方先生说得对，我们之前确实有些走偏了。"

方路又笑了笑，"所以是打算以逸待劳？也好。说到休息，林小姐接下来有什么安排吗？"

"啊？没有……"林依然下意识回答。

"那要不要和我一起？"方路说，"我要去看个电影。"

看电影？林依然愣了，他这是在约她吗？

方路看出了她的想法，"林小姐别误会，我不是要找你约会，也不是去电影院。"

他神秘地笑笑，"一部普通片子，但我觉得这部电影，可能会对你有帮助。"

3

<<<

半个小时后，林依然总算知道了他到底在说什么。

方路带她去了附近的一个小工业园，里面有一家互联网公司，林依然也听说过，做影视方向内容的，他们每周例行有个电影放映会。照方路的说法，这家公司正在和凌一科技谈内容上的合作，就邀请了方路去看电影。

他们俩一进门，对方就有人热情地迎上来，"方助，还以为你不来了。"那人跟方路握手。

"本来确实来不了。"方路笑着说,"推掉了一个会,专程过来的。于总,我有诚意吧?"

这个叫"于总"的人哈哈大笑,紧接着又注意到了林依然。"这位是?"他倒退一步,仔细看了看,"有点眼熟啊。"

"你应该看过她的采访。"方路说,"林依然,'宠爱'的负责人。"

"哦……"于总恍然大悟,"对,看过看过,林女士您好,久仰大名。你们的采访我看了,你本人可比照片好看啊。"

林依然满心尴尬,她微微欠了欠身子,礼貌地笑笑。

好在这场商业互捧很快就结束了,于总找人带他们去了放映室。林依然挨着方路坐下,突然想起来她还不知道要看什么。

"今天他们放什么电影啊?"她问。

方路指指放映室一角,那里摆着一张小海报,片名《玩命直播》。

林依然眨眨眼,她都没听说过,"好看吗?"

"不知道。"方路坦然地回答,"我也没看过。"

那你还带我来看!林依然敢怒不敢言。她趁方路看手机的工夫,偷偷打开手机搜索了一下这个电影的评分。满分十分,《玩命直播》几万人评价,只有……6.5分。

林依然绝望了。

她收起手机,从侧面看了一眼方路,这还是她头一次离方路这么近,说不紧张是假的。刚才来的路上她就有了一种奇妙的感觉,以前对方路这个人,她更多的是陌生,总觉得他职业的微笑下面藏着太多东西,让人心生防备。但几次接触之后,她又觉得方路对她的笑容,似乎发生了一些变化,好像……更亲近了?

而且他总是有意无意在帮她……林依然看着方路的侧脸,有些出神,心脏"砰砰"直跳。

不管怎么说，这个人长得真的很养眼啊。

她正在发愣，方路猛地转过头，正对上她的眼神，"怎么了，林小姐？"

"没什么没什么。"林依然面红耳赤，假装左顾右盼，"电影怎么还不开始啊？"

方路默默看着她，轻轻笑了笑。这也是他第一次离林依然这么近，第一次亲眼看到她在工作之外，作为女生的一面。

看着林依然佯装研究这间房子的装修，坚持不看他的样子，方路心里也有些触动。

今天的安排，是有意义的，他想。

林依然不知道方路的内心活动，她只觉得尴尬到了极点。林依然啊林依然，你又不是没见过帅哥，怎么今天这么把持不住呢？

好在电影开场拯救了她。

可能是因为看到评分不高，她内心降低了对电影的预期，意外的是，这部电影还挺吸引人，但结尾让她有点无奈。评分没骗人，也就刚及格吧。

散场之后，方路又跟那个于总寒暄了几句，和林依然走出这家公司。

"林小姐觉得电影怎么样？"他主动问。

林依然想了想，"还行吧。"她说。

方路似乎觉得不只"还行"，"林小姐不觉得这部电影有些地方很有启发性吗？"他又问。

林依然本来想说咱俩看的是同一部电影吗，但又觉得方路不会这么随意问这种问题。她认真地回想了一下剧情，"你是说那个直播软件的一些细节，可以被'宠爱'借鉴？"她问。

方路笑了，"不，我想说的是，这部电影展示的是一部分现代人真实的心理。"

林依然睁大眼睛看他。

"女主角第一次知道那个直播游戏的时候，是什么反应？"方路谆谆善诱，"觉得和她无关，也很无聊。但尝试过一次之后，她就完全沉浸了游戏中，如果不是发现事情失控了，可能她永远都不会放弃。为什么？因为她发现，她是可以被成千上万的人关注的，她有吸引别人的能力，也享受这种乐趣。"

"她爱上做直播，不是因为有钱赚吗？"林依然问。

"一开始是的。"方路说，"但后来呢？她冒着生命危险一次次做直播，是为了钱吗？还是对于普通又内向的她来说，这种被人围观、点赞的感觉，是她一生都可能体会不到的？"

林依然心里一动。

"就像一个人，上学的时候成绩一般，毕业了找的工作也一般，生活一般，过去的整个人生都非常一般。"方路接着说，"这个时候你告诉他，只要他愿意，他就有机会被人看到，有人会给他点赞，他生产的内容会上热门，会有很多人天天等着看他更新，你觉得他会发生什么变化？"

"渴望被关注、被欣赏，这就是多数人的想法。哪怕一个点赞，对他们来说都很重要。"方路说，"而互联网的意义之一，就是让每一个人都有了实现这些诉求的可能。"

林依然觉得好像有什么东西被点亮了，这几天来她一直没想通的地方，终于被她抓住了核心。

"方先生。"她强忍着内心的激动，说，"没什么事情的话，我就先回公司了。我突然想到，有件事情要做。"

方路看上去并不惊讶，"好，我要回去取车，陪你走到公司楼下吧。"

林依然飞快地走着，顾不上和方路说话。她的心脏剧烈跳动着，脑中一阵狂喜。对啊，"宠爱"还有另一个方向，而且可能真的是最正确的方向，她之前怎么没想到？

她也不再讨厌方路了，她以前怎么会觉得这个人讨厌呢？他简直就是天使啊，要不是他带她来看这个电影……

等等。

林依然转头看向方路，"方先生，看电影之前，你和于总说你是专程推了会议过去的，那你今天……不会是特意带我来看这部电影的吧？"

方路没有正面回答，"林小姐很细心。"

……这算什么答案？

"是吗？"林依然追问。

方路还是没回答，而是微笑着指指前面，"林小姐，公司到了。"

4

<<<

方路在帮她？还是这只是个巧合？

那之前他做的那些事，都是巧合吗？

林依然无暇多想，她现在浑身充满动力，一个人在办公室精神十足地工作。她也不知道在公司待了多久，起初外面的办公区还有人加班，慢慢地这些人也都走了，后来办公区的灯都关了，黑暗里，只有她们这间小办公室亮着光。

一直亮到早上。

林依然是被办公室开门的声音惊醒的。她睁开惺忪的睡眼，抬起头，发现成孟聆站在门口，正惊讶地看着她。

"孟聆？"林依然有些迷茫，"你怎么……在我家……"

"你家？"成孟聆也迷茫了，"依然你是不是睡懵了？这是公司啊。"

林依然这才反应过来，昨天弄到很晚，她困得不行了，就在桌子上趴着睡着了。

"啊！"她发现自己一只胳膊压在电脑键盘上，立刻弹了起来。幸好,她睡前脑子还算清醒,关了机,做了一晚上的文件也没忘了保存。

成孟聆看怪物一样看着她，"你在公司睡了一晚上？"

"嗯……临时想到点东西，把它赶出来了，本来就想休息一会儿……"林依然揉揉眼睛，逐渐清醒了，昨天晚上发生的事情一点点回到脑子里，那种兴奋感也重新回到了她身上。

"你是不是想到新方向了？"成孟聆看到她的表情，猜出了大概。

"对，想到了。"林依然语气里是藏不住的兴奋，"我做了一个详细的 PPT，等大家都到了，我统一和你们说。"

成孟聆的表情有些怪异，看上去很不自然。她在电脑前磨了一会儿，开口说道："其实我也想到了一点东西。"

不等林依然回应，她又说："我做了个文档，依然你能帮我看看吗？"

林依然满心惊讶。她接收了成孟聆的文档，仔仔细细看了一遍，眼睛越来越亮，"这个很好啊！你什么时候做的？"

"在家……下班在家做的。"成孟聆似乎很难为情。

"在家做的？"林依然更惊讶了，"你不是……"

她立刻明白了什么，"孟聆，你……"

成孟聆知道她要说什么，"专心做自己想做的工作，还真挺有趣的。"她低声说。

林依然盯着她看了一会儿，会心地笑了笑。

"这个真的不错。"她又看了一遍成孟聆的方案，"和我的思路刚好可以合在一起。"

"你想到的是什么啊？"成孟聆问。

林依然神秘一笑，"保密。"

"大部分短视频 APP 的方向，都是主打红人和 KOL 的内容，以他们为核心做推广。"一小时后，林依然站在办公室的投影前，向大家播放她的PPT，"但我昨天做了一些数据分析，这种模式在最近一年内已经开始出现负面作用。现在是自媒体的时代，很多人都觉得，他们的内容并不比红人差，只是缺少机会和平台。所以，'宠爱'的新方向，我想从这个角度入手。"

盛一帆略一思索，差不多领会了她的意思，"就是说，要让普通用户觉得，他们也可以红？"

"不是觉得，是相信。"林依然说，"要让他们相信，在'宠爱'发布内容，是会被人看到的，如果质量足够好，还有机会被更多的人知道。"

几个人默默地思考着。

林依然接着说："我分析了一下今年在各个平台爆红的用户信息，他们中有半数以上是以个人名义发布内容的，其中有少数是营销公司推出来的人，剩下的，爆红之前都是普通用户。因为真实而且有特色，其他用户对这类账号的好感度很高，关注黏性很大。我想的就是，充分利用大家希望被看到、被肯定的心态，彻底去中心化，既能激发用户的积极性，也能发掘出我们平台自己的红人，提高我们的独特性。"

"也是啊！"凌夏说，"平时我发个朋友圈，都盼着点赞越多越好，要是一个平台能让我觉得我也能出名，我肯定愿意试试的。"

"来来去去都是那些已经出名的红人，确实也挺没意思。"成孟聆说。

"但是，我们怎么保证每个人的内容都会被看到？"徐可小声问。

"这就是下一步我们要做的。"林依然说，"之前好不容易谈下来的那些跨界红人，我们继续沿用已经确定的推广方案去推，引爆前期的数据，同时，我们要再设置一套激励大家发布内容的机制，让他们不只是来看有趣的视频，还会有兴趣上传自己的视频。在APP的展示上，我也打算做一次大规模的调整。"

其他人都等着她往下说，她却看向成孟聆，"这方面，孟聆有一个更完善的方案，请她来说吧。"

5

<<<

这句话有些突然，大家都诧异地看着成孟聆。成孟聆一开始也很惊讶，但她很快反应过来，两步并作一步跑到白板前。

看到众人都在看她，她一下又紧张了。"嗯……其实……这个想法，是我和朋友们聊天的时候想到的。"她说，"我们有时候会讨论哪个 APP 好用哪个不好用，总之，大家都觉得现在很多短视频 APP 的功能都太复杂了。"

说着说着，她放下了局促，语言流畅起来，"各种推荐、热门、精选，一打开首页，什么乱七八糟的都有，用户根本不知道该看什么。而且，很多内容都是平台自己觉得会受欢迎的，或者站内最热门的，如果我并不喜欢这些，怎么办？满眼的视频推荐，没有一个能看的，我可能当时就卸载了。"

"你觉得该怎么改？"盛一帆问。

"我觉得我们干脆就不要首页了。"成孟聆转身在后面的一块白板上画了个示意图，"我也不会画画，差不多就这样吧，就是用户一打开'宠爱'，只会看到一个视频，要么是热门流里的，要么是根据他事先选取的喜好标签，推送给他的。如果他喜欢这个视频，可以向左划，然后系统就给他推荐同类的视频，不喜欢就反着划，系统就推荐不同的东西，直到找到他喜欢的类型。"

"靠算法？"盛一帆问。

"靠算法。"成孟聆说，"其实也不全靠算法，还有很多可以做的，比如标签啊、分类啊。我做了一点小调研，年初有一家公司已经试过这种模式了，不过不是短视频类的，是文字内容类的，很成功，我觉得我们完全可以移植过来。"

她找到她手机上一款叫"烟花"的阅读类 APP，给大家展示。

"确实，这比我们现在做的模式，用起来简洁多了。"盛一帆说。

"我还想进一步做简化。"林依然插话，"现在多数公司的运营思路都是做加法，运营手段越多越好、展示位越多越好、功能越多越好。我打算反着来，我们做减法，功能就是那些最基本的，浏览内容、发布内容、点赞、加关注、分享，太花哨的一律拿掉。可能不给用户选择，对他们来说反而是更好的选择。"

"我也这么觉得。"成孟聆说，"手机上可玩的东西越来越多，哪有那么多时间研究一个 APP 怎么用，越容易上手应该越好吧。"

林依然又说："一帆，之前你觉得'宠爱'同质化太严重，现在这个方向呢？这是目前还没有人做的。"

盛一帆思索了一会儿，点点头，"我没意见，就这么来吧，这比之前的思路好太多了。"

徐可和凌夏也表示同意。

"就是有一个问题。"林依然并没急着高兴，"开发上，来得及吗？这基本上把之前的架构全推翻了。"

"开发上问题不大。"盛一帆说，"其实也没有全推翻，核心的地方是没变的，之前的改一改就能用，交互上要改的可能的确比较多，徒弟你可以吗？"

徐可忙不迭地说没问题，"孟聆刚才说完，我脑子里已经有想法了。"

"那就好说了。"盛一帆说，"一个星期吧，一个星期保证上线。"

"你悠着点啊！"凌夏说，"别又把自己搞垮了。"

"你担心你自己吧！"盛一帆反唇相讥，"内容和用户方面肯定也需要重新调整，你还不着急呢？"

两个人你一嘴我一嘴地吵，徐可在旁边不知道该劝谁。林依然懒得理她们，又把成孟聆叫过来："孟聆，这次产品改动，你来主导吧，我给你打下手。"

"你给我打下手？"成孟聆吓了一跳。

"我想看看你做产品经理的能力。"林依然说，"而且这件事，你做起来更有动力，不是吗？"

成孟聆看着她，表情渐渐明朗起来。"我知道了！"她声音里透着一丝雀跃，"那就我来吧。"

她立马跑过去找盛一帆讨论一些细节上的问题，林依然看着成孟聆精神百倍的样子，忽然想到，几年前曾凡带着她做产品的时候，是不是也是她现在这种心情？

那个时候她什么都不懂，只有一颗想做好产品的心，什么都敢尝试，什么都不害怕。

真好啊，那个时候。

第十七章 发 布

2017 年 8 月 30 日　距赌局截止日：77 天

1

<<<

"我点了？"

上午十点，办公室弥漫着一股紧张的气氛。林依然她们四个围在盛一帆的桌子旁边，看着她电脑上的一个页面，大气都不敢出。

"我点了？"盛一帆又问。一贯游刃有余的她，声音居然有些颤抖。

"点吧。"林依然说。

"点吧。"其他三个人也说。

盛一帆咽了下口水，手控制鼠标，缓缓挪向页面上的"提交以供审核"按钮。众人一声不吭，盯着光标的位置，几乎都能听到彼此的心跳声。

好不容易光标挪到了地方，盛一帆忽然又松开了手，"要不我还是再检查一下……"

"赶紧的！"凌夏咬着牙喊。

"好好好，不管了不管了！"盛一帆眼一闭，猛地一按鼠标，"点了！"

这感觉就好像看电影里警察拆炸弹一样，林依然听到周围一阵如释重负的声音。她自己也深吸了一口气，平复了一下心跳。

但徐可接下来的一句话，又让她的心提了起来。

"怎么……没反应啊？"

盛一帆一直双眼紧闭，这下赶紧睁开眼，看着电脑发愣，"不应该啊……"她又按了两下鼠标，页面还是没反应。"不会断网了吧？"她问。

其他人立刻拿起手机，有的打开微信有的打开网页，检查办公室的网络。

"我这儿有网。"成孟聆说。

"我也有。""我这儿也有。"林依然她们纷纷说。

"那是怎么回事啊？"凌夏焦急地问，"不会全都白干了吧？会不会是你电脑死机了？"

"等等！"盛一帆举起一只手，"不用查了，我知道问题出在哪了。"

"出在哪？"林依然问。

盛一帆回过头，笑了笑，"我鼠标没电了……"

在公司其他人听到盛一帆的惨叫之前，林依然及时制止了凌夏要暴打盛一帆的行为。

"好了好了。"她强忍着笑，把凌夏拉开，"一帆，你赶紧弄吧。"

"我已经弄完了。"盛一帆指指电脑屏幕，"已经提交了，提交了。"

"然后呢？"凌夏厉声问。

"然后就等呗。"看了看凌夏的表情，盛一帆又小心翼翼地补充道，"新 APP 在应用商城上的初次审核大概要四到七个工作日，如果没问题的话，我这边会收到通知，我们就可以上架了。"

"如果有问题……"徐可小声说道，随即捂住自己的嘴。

"应该没什么问题。"盛一帆说，"我仔仔细细检查过，提交流程也是严格按要求来的。就算有问题，照他们的反馈改一改，重新提交审核就是，第二次审核就快多了。"

"啊！终于结束了！"凌夏双手高举，发出愉快的喊声，"苍天啊！"

"离结束还早吧。"成孟聆冷静地说，"我们还有安卓版没做，而且，我们的目标不是百万'日活'吗？"

凌夏愣了片刻，"也对。"她悻悻地放下了手，"唉，我还以为能休息一天，接着干活吧……"

"一帆，安卓端你有眉目了吗？"林依然问道。

盛一帆说："我问了问做安卓工程师的朋友，情况不是很乐观，要学的东西很多，我朋友又很忙，帮不上我。我尽量快一点吧，但我估计安卓端很难跟 iOS 这边一起上线了。"

"半个月有希望吗？"林依然又问，"最晚不能超过这个月底，可以吗？"

"应该可以。"盛一帆说着可以，脸上的表情却很凝重。看到她的模样，其他人也担心起来，刚刚新产品提交审核的兴奋，转眼间荡然无存。

2

<<<

但不管怎么说，她们算是成功了第一步，虽然只是一小步。

赌局开始后的一个半月，她们提交了 iOS 端的"宠爱"，比预期整整提前了十五天，加上审核时间，应该也能赶在优越科技前面。

肖全那边的人力物力都是她们无法相比的，一旦优越科技的竞品

APP 上线，势必是一场恶战。能早一天上线，就等于给"宠爱"多争取了一点运营的时间。

为了这一点点优势，过去的一周她们都在超负荷工作，几个人每天晚上都在公司待到将近凌晨十二点，盛一帆住得最远，为了省时间，她索性搬了全套的毯子枕头和洗漱用品到公司，睡在办公室。平时很在意形象的她，硬是五天没洗头洗澡，以致于后来凌夏早晨到公司的第一件事就是开窗通风。

林依然都记不清她说了多少次"大家辛苦了"。她本来还想这一版 APP 提交了，给大家放一天假，结果发现，她们连一天的休息时间都没有。

运营上还有很多东西要做、安卓端还没有眉目、推广的渠道也还没开始找……要做的事太多了。

何况新的麻烦，还接踵而至。

中午，林依然吃完饭出去转了一圈，缓一缓紧张的脑子，回来就看到办公室几个人都呆呆地看着她。

"怎么了？"她不明就里。

"依然，出事了。"凌夏说，"你看邮件。"

林依然带着满心的困惑打开电脑，有一封新邮件，是曾凡发给全公司的。

> Dear all,
>
> 我是曾凡。现宣布几项公司最新的人事变动：
>
> 1. 原副总裁徐新博正式于今日离职，工程师团队将由申宣负责，向雷川报备；
>
> 2. 原产品总监雷川职务调整为副总裁，分管工程师团队和产品方面的一切事宜；
>
> 3. 原行政总监张恺职务调整为副总裁，分管所有职能部门

的业务；

4. 原负责商务部门的副总裁余杉杉和负责运营事务的副总裁汤明哲，职务不变；

5. 原副总裁刘思维职位变更为高级副总裁，四位副总裁均对其报备；

6. "看什么"的小说连载栏目正式开启独立运营，产品定名为"我读"，和"宠爱"团队同为单一产品线，负责人由我直接管理。

该邮件为内部邮件，请勿外传，相关信息公司会出具官方文件说明。如有外界询问，请直接移交公关组处理。谢谢大家。

曾凡

凌一科技 CEO

3

<<<

"怎么会这样……"看完邮件，林依然缓缓直起身子，目光还停留在屏幕上。

"你也觉得不能理解，对吧？"凌夏说，"我都无语了，怎么就高级副总裁了？公司什么时候有过这种职务？"

"这意思是说，之后公司所有的业务都归刘思维管了？"成孟聆问。

"可不就是吗！"凌夏说，"曾凡是不是傻了？到底怎么想的啊？"

"徐工也走了……"盛一帆看着电脑屏幕愣神，"他不是元老吗……还把申宣提了上去，这孙子懂个屁啊！"

"疯了疯了！"凌夏说，"现在投资人权力都这么大了？可以直接影响人事？之前有传言说刘思维要架空曾凡，我还不信，这……曾凡是不打算干了？"

　　林依然心里也一团乱麻。公司这段时间的传言她也听过，只是没往心里去。她一直相信曾凡是有办法的，但现在……徐工走了，刘思维上位了，张恺、汤明哲这种据说暗地里支持刘思维的人地位也升高了，曾凡几乎把半个公司拱手让给了沈德，他想干什么？

　　还有，这对"宠爱"会有什么影响？

　　她猛地站起来，吓了众人一跳。

　　"你们继续工作，我去找曾凡。"林依然说。

　　虽然她一鼓作气冲上了八楼，但她并不确定曾凡在不在。好在他今天没有外出，林依然敲门进去。曾凡看到她，神情一下变得很复杂。

　　林依然一时没说话。她站在门口，紧盯着曾凡，过了片刻才开口问："高级副总裁？"

　　就像一个半月前，她来这间办公室一样，曾凡显然知道她的来意。他叹了口气，"我知道，依然，我也没办法。"

　　"你也没办法？"林依然莫名有一股火气，"是没有办法，还是你妥协了？"

　　"依然。"曾凡说，"我是不是轻易妥协的人，你应该明白。"

　　林依然很想说她并不明白，但她忍住了。

　　"我很想和你说，事情还在我的控制范围之内。"曾凡又说，"但你都看到了，公司的现状你应该也有耳闻。有些事，已经脱离了我的控制，好在目前来看，它还不会影响到你们团队的工作。"

　　"那你呢？"林依然问，"你一手创立的公司变成现在这样，你自己的想法呢？"

　　"我的想法就是你一定不要被这些问题影响，尽快完成你该做的事。"曾凡说，"很多事情，我不想和你说得太详细，总之情况没有你认为的那么严重，虽然我不得不给刘思维放权，但大层面上，公司还在我手里。相信我，依然，我是曾凡，我永远都有办法。"

　　他冲林依然笑了笑。林依然反而不知道该说什么。

"你真的有办法？"她问。

曾凡又笑了，"你还和以前一样，关心别人超过关心自己。我没有骗你，我有办法。"

林依然冷静了一些，但还是不放心地说了一句："但……徐工都走了……"

曾凡的表情又严肃起来，"老徐啊……他……我确实欠他的。"他说，"公司变动太大，工程师那边也出现了一些不太好的现象，老徐觉得……他没法待下去了。我试过劝他留下来，他没有同意，现在的我也给不了他什么承诺。放他走，可能对他也好。"

他的语气有些落寞，徐工应该是他最亲密、最信任的人之一了。当初凌一科技刚成立，就是徐工、曾凡还有另一位合伙人一起做出了"看什么"这个产品。后来，那个合伙人退出，只剩下徐工和曾凡，从两个人，发展到十个人，又发展到上百人，最后才有了现在的凌一科技。

公司的每一款产品背后，都有徐工的影子，半数以上的工程师和产品经理都是徐工一手培养出来的。这个不修边幅、有些邋遢的资深程序员，这么多年一直坚定地站在曾凡身边，但如今，他也终于要走了。

虽然已经见惯了行业内的人事变动，但林依然还是又一次真切地体会到，什么叫做职场的残酷。

"他离开对公司会有什么影响吗？"林依然问。

"理论上没有。"曾凡说，"老徐没有带走任何一个人。有几个工程师估计也会离职，但不是因为要跟老徐走。技术部门这边会有比较大的人员调整，不过不会影响到公司的业务。老徐对公司还是有感情的，只是……这已经不是以前我们两个人的时候了。"

林依然很少看到曾凡这样流露真情的一面，一时也有些难过。

"徐工离职，是不是和刘思维有关？"她问。

"这个就不是你该考虑的了。"曾凡几乎立刻调整好了情绪，"你还是集中精力先把'宠爱'做出来。"

"我们已经提交应用商城审核了。"林依然说，"不过目前只有 iOS 端。"

"哦，是吗？"曾凡露出一丝欣喜，"比之前计划的要快，这是个好消息。"

"但愿吧。"林依然还是高兴不起来，"还不确定运营和推广该怎么做。"

"我会尽我所能，敦促公司其他部门配合你们上线后的宣传。"曾凡说，"你有什么需要我帮忙的，就随时告诉我。"

林依然点点头。她也没什么理由继续待在这里了，就跟曾凡说了再见，走了出去。

出门前，她看到曾凡摘下了眼镜，像往常那样靠在椅背上，只是身体好像比平时更沉重。

她从没见过曾凡这么疲惫的样子。

4

<<<

"依然，怎么样了？"她一进办公室，凌夏就扔下工作迎上来。

仔细想想，和曾凡的聊天并没有打消林依然心里的任何一个顾虑，但她还是努力对大家笑笑，"没问题了，曾凡和我保证，这次人事变动是正常调整，不会影响到我们，公司还是他说了算。"

"啊，那就好。"凌夏拍拍胸口，"把我紧张得啊，就怕我们要干不下去了……CEO 就是 CEO，没让我失望，他才是老大嘛，那个刘思维，什么东西，曾总一脚就能把她踩扁。"

"你刚刚还说曾凡是不是傻。"盛一帆戳穿了她。

"你……谁让你听我说话的！"凌夏喊道。

盛一帆破天荒地没有和凌夏吵。她似乎心情不佳，一直很用力地敲着键盘。林依然大概知道为什么，盛一帆刚来的时候，每次听到别人提起徐工，她都会认真地听，林依然编造了徐工的话骗她，她也毫不怀疑。虽然她和徐工之前闹过矛盾，但对于一直都很照顾她的徐工，盛一帆心底肯定是感激的。

想到徐工，林依然总觉得有件事在她脑子里盘桓不去，但她却想不起是什么。

她正打算好好想想，却发现办公室里少了个人。"徐可呢？"她问。

"哦，她说有点头晕，想吐，去洗手间了。"凌夏说，"也该回来了呀，我去看看吧。"

"头晕？"林依然皱起眉头。

"嗯，可能是饿的吧。"凌夏说，"她最近减肥减得有点狠，今天中午好像也没吃饭。不行，我还是赶紧去看看，谁有零食？我拿点给她。"

成孟聆从桌子上拿了包薯片递过去，凌夏接过来，急匆匆地出门了。

"说到徐可，你们不觉得她最近有点反常吗？"成孟聆说。

"怎么反常了？"林依然问。

"她最近精神不太好。"成孟聆说，"不怎么和我们交流，反应也很慢，问她什么都不说，刚才我要跟她一起去洗手间，她还不让我跟着，不知道怎么了。"

"确实。"盛一帆也说，"这两天看她总觉得她有心事。"

林依然不禁担心起来。难道是这阵子工作压力太大，把徐可累到了？

她正想着要怎么减轻徐可的工作量，办公室门又开了。徐可一脸苍白地走进来，脚步有些虚浮。凌夏跟在她后面，一直在劝她吃两口薯片。

"你就吃一片，不耽误你减肥。"凌夏絮絮叨叨，"身体最重要啊。"

徐可低着头不说话,一路走回办公桌。林依然冲凌夏扬起眉毛,凌夏摇摇头,一副恨铁不成钢的表情,"说什么都不吃,就一口薯片,没那么严重吧?"

林依然看着徐可缩在座位上的样子,也不忍心说什么,私下给凌夏发信息:"她没事吧?"

"没事,好像就是不太舒服。"凌夏回复,"跟她说要科学减肥,就是不听,我也不想管了。"

林依然想了想,抬起头叫她:"徐可。"

徐可猛地抖了一下,这种反应林依然有段日子没见过了。"那个……"她斟酌了一下词句,"今天你早点下班吧,这段时间你比较忙,早点回家休息一下。"

徐可似乎并不情愿,"我没事……"

"让你早下班你就早下班!"凌夏不耐烦地说,"听依然的,APP都提交了,今天你又没什么要忙的,早点回家怎么了?家里有鬼啊?"

徐可又往后缩了缩,她偷偷看了眼盛一帆。盛一帆眼盯着屏幕,但知道徐可在看她,"我这边暂时不需要你,你不用操心这个。"

"那……好吧。"

"这就对了嘛!"凌夏说,"听话,回家好好吃点东西,早点睡,你以为你是盛一帆呢,这么扛折腾?"

盛一帆扫了她一眼,凌夏不甘示弱地瞪回去。

不过大家都累了,也没精力吵闹。几个人继续干活,半个小时后,凌夏一拍桌子,说:"唉,干不下去了……"

"依然……"她哼哼唧唧地说,"你说这都是什么道理啊,干活干得再好,也不如站队站得好。徐工给公司做了多大贡献,说走就走了,结果便宜了雷川。"

"便宜了雷川？"林依然问。

"你不知道吗？"凌夏说，"公司里都传遍了，这段时间雷川真的是拼了命地讨好刘思维，一个劲巴结她，可恶心了。还是他有水平啊，不声不响的就混到副总裁了……"

林依然一愣，她看到了雷川的人事调动，原本还以为是高层空缺，雷川补上了位置，没想到背后还有这一层原因。

看来他早就意识到了最后谁能拿到公司的话语权，早早做好了准备。林依然完全看不出来，平时看上去很憨厚的雷川，还有这种见风使舵的本事。她以前还一直觉得，雷川虽然对职场女性有很深的偏见，但本性应该不坏。

垃圾。她在心里说。

这样想着，她也有些心浮气躁。她不是没经历过这种靠站队上位的事，在职场这也是司空见惯的现象，但就这样发生在她认识的人，或者说关系还可以的人身上，她总有一种无力感。

还有，方路。

在曾凡办公室，她忘了问方路的情况。看曾凡的邮件，方路的职位似乎没有变化，看来他还是 CEO 助理。

不知道为什么，想到方路还在，林依然就安心了一些。

只是刘思维如今在凌一科技混得风生水起，估计会得到沈德更多的信任，这会不会对方路产生影响？

这一个半月来，方路对她、对"宠爱"的态度明显在慢慢转变，虽然不知道他这种转变的原因是什么，但林依然已经渐渐习惯了有这样一个人在离她很近的地方，每当她走不下去的时候，都会拉她一把。这段时间他经常会问问林依然这边的情况，"宠爱"提交审核，林依然也是第一时间给他留言，尽管他还没有回复。不知不觉间，她已经把方路当成了盟友一般的存在，甚至觉得他更像是自己身边的另一个"云先生"。

这种状态，会因为凌一科技的剧震，发生变化吗？

5

<<<

这一天注定不安生。虽然曾凡在邮件里说要严格保密，但内部消息还是很快就传了出去，闻风而动的各路媒体当然不会放过这种"热点"，一篇篇分析此事的文章飞快地出现，对于凌一科技的种种猜测也甚嚣尘上。林依然的微信每隔一会儿就弹出一个提醒，都是其他互联网公司的人来打探消息的。

包括大飞。

自打那篇采访稿后，两个人一直没有联系过。大飞也没说废话，直截了当地问林依然手里有没有其他媒体没有说到的信息，但林依然把那些文章看了一圈，发现她知道的，基本上这些媒体都知道了。

何况，她就算知道什么不一样的，也不可能告诉大飞。

半小时后，大飞所在的"石锤"也发布了他们的文章，没有第一时间赶上热度，这篇文章写得再好，都激不起什么水花。大飞的观点和其他人也没什么区别，大家都能想到，凌一科技这次突如其来的人事变动，是个很明显的信号——沈德终于要全面夺权了。

有好事者甚至在猜，面对沈德的宣战，曾凡会做出什么样的回应。

如果他们知道，曾凡目前还不打算做任何事，恐怕能写出更耸人听闻的东西吧。

"刘思维变成你们的高级副总裁了？"

晚上十点，云先生忽然给林依然发来一条信息。

"连你都知道了？"林依然问。

"我平时会关注些互联网行业的新闻。"云先生说，"这个消息确实还挺突然的。"

只是因为关注互联网行业吗？林依然忍不住想。

她很多天没和云先生联系了，一方面是因为确实太忙，另一方面是，她开始有一种不敢和他多说什么的感觉。

上次和盛一帆聊天之后，林依然越来越怀疑云先生的身份。她认真思索了一下这段时间来两个人的对话，发现云先生对她的了解，似乎真的过于详细了。不仅仅是盛一帆的 iOS 工程师身份这件事，还有很多细节，都说明云先生可能不只是一个"网友"这么简单。

但他会是谁呢？如果是认识她的人，谁有这个机会，能知道关于她的各种事情，又有足够的智商，能把自己隐藏得那么深？他的目的是什么？

不过林依然没有问他为什么会知道盛一帆身份的问题，也没有说出对他身份的怀疑，她有预感，这些问题肯定会被他搪塞过去。

"对了，我们的 APP 今天提交审核了。"她最后只说了这么一句。

"这么快？"云先生发了个"惊喜"的表情，"但感觉你不是很开心？"

"嗯……要做的事情还很多，安卓端到现在都没有眉目，最重要的推广也要继续摸索。"一说到心情问题，林依然就忍不住打了很多字，"公司最近又这么乱，实在是开心不起来。"

云先生那边沉默了几分钟，林依然看着对话框上方"对方正在输入"的字样过了好一阵子，"我看媒体曝出来的消息，你们内部人事发生了很大的变动？徐新博这种元老也离职了？确实很突然，我能理解你的感受。"

"但我总觉得，这些变动里面，有你可以利用的东西。"他接着说。

对，就是这种感觉。林依然心中的异样感又涌上来。他总是这样，看上去好像不太了解情况，看上去好像随口给她提一些建议，但林依然总觉得，其实他什么都知道，他心里已经有了完备的方案，只是故意一点点引导着林依然往正确的方向去思考。

他这么做，究竟是为了什么？

　　她看着云先生那个平平无奇的微信头像，长时间地发呆。她头一次觉得，这个人在她心里，居然是这么陌生。

　　一天之内发生了太多事，林依然也累了，没有和云先生说太多话。她连护肤的力气都没有，刷了牙洗了脸就打算直接睡觉。

　　但她躺下没几分钟，电话就响了，是个陌生号码。

　　"喂，您好。"林依然迷迷糊糊地接起来。

　　"林小姐你好，我是方路。"一个熟悉的声音响起。

　　"方……方路？"林依然坐了起来。

　　"对，是我，我现在正在去医院的救护车上，大概还有几分钟到医院。"方路飞快地说，"稍后我会把医院的具体位置短信发给你，请你尽快赶到医院来。"

　　"医院？"林依然听得一头雾水，"你在说什么呢？"

　　"哦，对不起，一时着急忘了和你说明。"方路的语气一如往常的理智镇定，"你们组的徐可，半个小时之前在一家健身房里晕倒了。"

第十八章 徐 可

2017 年 8 月 31 日　距赌局截止日：78 天

1

<<<

凌晨十二点多，林依然疑惑又焦急地赶到了方路说的那家医院。

事发突然，她只来得及和凌夏说了一声，就匆匆换衣服出了门。直到坐上车，开始往医院飞奔的时候，她才想起来一个关键问题：徐可晕倒，方路为什么会在救护车上？

还有，为什么徐可是在健身房晕倒的？

进了医院，她飞奔到急诊科，远远地就看见方路靠在走廊的墙上，闭目养神。

"方路！"林依然冲过去，"徐可呢？"

方路睁开眼，指指对面的一间病房，"在病房里，还没醒，但医生说问题不大，挂了水了。"

"怎么会突然晕倒？"林依然又问。

"应该是低血糖。"方路说。

"你怎么会遇到她？"林依然接着问。

"我刚好也在那家健身房健身，看到跑步机那边有异样，就过去看了看，我也没想到居然是她。"方路慢条斯理地解释，"是健身房的工作人员叫的救护车。当时的情况我也问了，有个健身教练说，他注意到徐可在跑步机上已经高强度运动了两个小时以上，还提醒过她注意休息，但徐可没有听。急诊医生的初步诊断，是低血糖和脱水导致的昏厥。"

林依然彻底迷茫了。徐可？去健身房锻炼？而且这么晚了还跑步？不是让她早点回家休息吗？

她想起来白天徐可在办公室的样子，难道说，她头晕、恶心，也和这个有关？

"林小姐想到什么了吗？"方路问。

"嗯，今天……不对，应该算昨天下午了，她就说身体不舒服，我们还以为她是因为最近节食吃得太少了……没听说她最近在健身，早知道我当时就应该问清楚的。"林依然有些自责。

"你问了也未必会有结果，她不会和你们说实话的。"方路一针见血地说，"她的状态有些奇怪，就算是减肥，这些做法似乎也太偏执了，她也许是受了什么影响。"

成孟聆也说过同样的话，林依然的内疚感更深了。明明看出来徐可的情况不对，为什么她没有先问个明白？

"林小姐也别怪自己。"方路看出了她的想法，"我们现在都只是猜测，具体的原因，还是等徐可醒了，好好问问她吧。"

林依然用力点头，"方先生，谢谢你啊。这次又麻烦你了。"

"林小姐这是什么话，怎么说都是同事，这是应该的。"方路说。

"还好你当时在场。"林依然又说，"徐可爸妈不在北京，她又没什么很好的朋友，要不是你在，真的不知道会发生什么。"

"我也是凑巧，今天刚好在那边。"方路轻描淡写地说。

估计是困了，他远不像平时那么健谈，重新闭上了眼。林依然也不知道该怎么开启新的话题，只好假装玩手机，掩饰尴尬。

她随手打开微信，习惯性地点开了云先生的聊天窗口，随即，她意识到了自己在做什么，赶紧把窗口关闭。

这么晚了，还是不打扰他了，也不是什么大问题。

她又把手机锁屏，忽然听到方路说："对了，你给我的留言，我看到了。"

林依然还以为他睡着了，扭头看了他一眼。又一次这么近距离地看他，医院走廊的灯光下，林依然能看到方路关切的眼神和细长的睫毛，刹那间觉得……他怎么越看越帅？

累了，一定是因为累。林依然迅速赶跑了脑子里这个莫名其妙的想法，又听到方路说："但没来得及回复，今天……发生了一些事。先恭喜你，林小姐。"

林依然知道是因为什么。"谢谢。"她说，"我估计你应该挺忙的，就是和你说一声，感觉你……感觉你一直很在意这件事。"

她本来想说"感觉你一直在关注我们这边"，临到嘴边换了说法。

方路点点头，"我的确很在意。"

他普普通通的一句话，却让林依然心里泛起一丝波澜，她的脸不自觉红了一下。

但方路没有察觉，接着说："你们 iOS 端快上线了，安卓端那边，林小姐怎么打算的？"

林依然被强行拉回残酷的现实，叹了口气，"一帆那边还在加紧开发，但她有点忙不过来，我也在想办法。"

方路又点点头，"今天曾总还问我，是不是该给你们调一个安卓工程师，我和他说你们可能有自己的想法和安排，我们暂时还是不要干涉。"

林依然感激地看了他一眼，"这个时候加人，一帆肯定会杀了我。"

"我也再想想办法吧。"方路也叹口气，又往墙上靠了靠，"不过你们已经做得很好了，看样子你们会抢在优越科技前面上线。我听说他们也在加紧开发，产品名字也定了，叫'哎哟视频'。"

什么鬼名字……林依然在心里翻了个白眼。

"还有……"方路又说，"我找人去打听了一些事情，发现优越科技招了几个被我们裁掉的'宠爱'员工，我想，之前你说的信息泄露，会不会和这个有关？"

"这个我已经知道了。"林依然说，"我关照过团队里的同事，让她们不要再和这些人联系。"

"那就好。"方路点点头。

"谢谢方先生还想着这件事。"林依然想了想，又开口，"公司最近的变动……对你有影响吗？"

除了徐可的事，这是她现在最关心的问题。方路也扬起了眉毛，似乎对这个问题很意外，"林小姐在担心我吗？"玩笑里带着认真的意味。

谁担心你啊！我是担心你的立场！林依然很想咆哮，但说出口的却是："我是想知道近期发生的事情，会不会让你改变之前的想法。"

"我的想法？"方路笑笑，"我的想法一直都没变过，我只做我认为正确的事。"

林依然腹诽，这个人太谨慎了，说话总是滴水不漏、讳莫如深的。她本来想再组织一下语言，套套他的话，但一个声音打断了她的思考。

"依然！"凌夏风风火火地在他们不远处出现了，"怎么样了？徐可没事吧？"

"你怎么来了？"林依然立刻忘掉了刚才的对话，快步迎上去，"这么晚还没睡？"

"正失眠呢，就收到你的信息。"凌夏说，"徐可是怎么了？怎么在健身房晕倒了？她去健身房干吗？"

"还不清楚，好像是锻炼太狠了，导致了低血糖。"林依然说，"她现在在病房里呢。"

"还没醒啊？"凌夏一如既往的大嗓门。

"你小点声。"林依然说，"这是医院。"

凌夏立刻拿手捂住嘴，心虚地四下看看，结果她就看到了方路。

"依然，我是不是出现幻觉了？"她看着方路，拍拍林依然，"我好像看见方路了。"

"就是他。"林依然忍住笑，"徐可晕倒的时候他正好也在，就是他给我打的电话，不然你以为我是怎么第一时间赶过来的？"

"怎么这么巧……"凌夏正愣神，方路突然走了过来。

凌夏瞬间站得笔直，"方助理，你好。"

"凌小姐好。"方路微笑着说，他又转向林依然，"林小姐，既然你们都来了，那我就先走了。"

末了，又加了一句："要是还有什么事情需要我的话，就给刚才那个号码打电话吧。"

"哦，好。"林依然下意识回答。

方路冲她们俩点点头，大步沿着走廊往外走去。林依然呆呆地看着他的背影，过了好一会儿，她又想起来什么，拔腿追上去。

"方路！"在走廊拐角处，她叫住方路，"谢谢你。你是不是垫付了医药费？一共多少？我转给你。"

"不用了，没多少钱。"方路说，"林小姐还是先去弄清楚具体情况吧。你不介意的话，之后也可以告诉我一声。"

他就这么走了。林依然也不好再坚持，何况她又听到凌夏压着嗓子喊她："依然！依然！快来，徐可醒了！"

2

<<<

"徐可，没事吧？你吓死我们了。"凌夏一进门就三步并作两步走到病床前。

徐可躺在床上，一脸茫然地看着焦急的两个人，好像一时间没搞清楚状况。

"凌夏姐，依然姐，怎么是你们？我这是在哪儿？"她小声问。

"你在医院。"林依然说，"你之前在健身房晕倒了，正好方路也在那儿，是他送你来的。"

"方路？"徐可努力回忆当时的场景，"好像是……我就记得我摔了一下，然后就有人喊打 120……"

"你可能是低血糖。"林依然向她解释道。

凌夏一脸严肃，"徐可，我问你，你跑健身房去干什么？减肥？晚上你吃饭了吗？不是让你回家好好睡觉吗？不要命了？"

徐可没说话。林依然示意凌夏别问了，"你觉得怎么样？要喝水吗？我去给你拿。"

没等徐可回答，一个护士走进来，"你们是徐可的家属吗？"她问。

"不是，我们是她朋友。"林依然说。

"那你跟我来一下吧。"护士说。

林依然和护士走到病房外面，"她应该就是低血糖。"护士抱着一个手写板说，"病人之前有低血糖史吗？"

"应该没有吧。"林依然说。

"其他的病症呢？"

"也没听说过。"林依然回答。

"验血结果还要等一段时间才能出来，"护士说，"但看样子也没别的问题，先挂水吧。晚上就让她在急诊科住着，明天其他科室上班了，看看还要不要做别的检查。"

"好，谢谢你。"林依然总算松了口气。

送走护士，她回到病房里，凌夏还是没忍住，追问了徐可很多问题，徐可貌似都没回答，只是看着天花板。

林依然给两个人转述了护士的话，又给徐可倒了杯水，扶她起来喝了两口。

"依然姐，凌夏姐，你们先回去吧。"徐可说，"我没事了。"

"那怎么行？"凌夏说，"我得守着你。"

"你回去吧，凌夏。"林依然劝她，"我守着就行。要等到明天早上呢，你在这儿，小天怎么办？你不送他上学了？"

凌夏只好同意先回家。林依然嘱咐她明天去公司给成孟聆和盛一帆说一声，免得她们担心。

凌夏走了。林依然本来想试探着问问徐可到底发生了什么，但一问到健身房的问题，徐可就抿着嘴沉默。最后她也放弃了，看着徐可睡下，她坐到走廊里，靠着椅背，一阵阵犯迷糊。

她就这样坐到了天亮，医院的人渐渐多起来。中间医生来了一趟，看了看徐可的情况，拔了输液管。等到八点钟，护士又过来，安排徐可去别的科室检查，林依然陪着徐可做了一圈检查，万幸，看来许可就只是低血糖。

睡了一觉，徐可的精神状态看上去好了些。林依然在一间科室外面和她等最后一项检查结果。她本来还在想，工作那边该怎么安排，凌夏他们会不会着急，结果过了一会儿，凌夏又回来了。更让林依然意外的是，后头还跟着盛一帆。

原来凌夏送完小天去幼儿园就想来医院看看，怕耽搁太久，就在群里说了一声，结果盛一帆就说她也要来。

"我就看一眼，一会儿就走。"盛一帆咕哝了几句还有很多工作之类的话，林依然知道她是担心徐可这个小徒弟，但没说破。

"徐可你怎么样？"凌夏一边把早饭拿给林依然，一边问徐可，

"舒服点了没？"

徐可低声说她没事了。盛一帆没再说话，看了看徐可，就在旁边等着。

林依然正给凌夏说都做了哪些检查，一个医生走过来，打断了她们："病人是叫徐可是吧？"他递给林依然一张单子，"检查结果出来了，没事啊，吃点东西，回家休息一下就好了。"

"谢谢您，大夫。"林依然说。

"就是有一个问题。"医生又说，"这姑娘是这几天都没怎么吃过东西吗？"

所有人都看向徐可，徐可有点慌，似有似无地点了点头。

"这可不行啊！"两鬓斑白的医生语重心长地说，"不好好吃饭，身体怎么受得了？年轻人，减肥归减肥，还是要适度，健康才是第一位的，是不是？"

林依然看向盛一帆和凌夏，三个人眼里都是一样的困惑。她们也不好说什么，又跟医生道了谢。等医生走远了，三个人又同时看向徐可，徐可坐在座位上，一言不发。

"徐可，你是想把自己饿死吗？"凌夏质问她，"不吃东西就去健身房跑步？还好只是低血糖，万一出点别的事怎么办？"

徐可还是闷头坐着。林依然拉开凌夏，半蹲在地上，面朝着徐可，双手轻轻地在她的手背上摩挲着，"徐可，我们都很担心你，你这几天都在做什么，为什么突然去健身房，可以告诉我们吗？"

"你们不要管我了。"徐可的声音微弱得几乎听不见。

"你说什么？"凌夏没听清。

"你们不要管我了！"徐可忽然大喊，"让我一个人待一会儿不行吗！"

她从来没这么喊过，林依然她们都愣了。

"徐可，到底怎么了？"林依然皱紧了眉头，不安地问。

徐可盯着脚边的地面，眼圈泛红，眼泪啪嗒地滴到了林依然的手上，终于，委屈地大声哭起来。

3
<<<

事情发生在"宠爱"提交审核的前几天。

那天下午，凌夏要打印一个合同，打完发现打印纸快用完了，正好徐可要去洗手间，就自告奋勇去前台那里做登记。

恰好思琪也在七楼前台，正和两个行政的同事在弄公司给一批客户准备的礼品。徐可小心翼翼地凑过去，小声地说："你好……"

思琪快速转过身，"徐可呀！怎么了？"

"我们办公室缺打印纸了，可以帮我们登记一下吗？"徐可说。

"稍等，我记一下。"思琪说着，同身去电脑上做登记。等待的时间里，其他两个行政同事在旁边小声说着什么，不时对徐可投来异样的目光。徐可隐约听到，她们在说一些"还穿着长袖""热不热啊""黑色显瘦"之类的话。

"哎，你是叫徐可吧？"一个同事说。

徐可点点头。

"问问你啊，你的上衣是在哪儿买的呀？"她指指徐可的上衣，"好显瘦哦。"

"都看不出来你多少斤了。"另一个帮腔，"你差不多有……180 斤？"

第一个行政同事笑得花枝乱颤，"你怎么说话呢，180 斤那是大象吧？"她说，"最多也就 150，是吧徐可？"

徐可不傻，她听出了她们话里的嘲讽意味，一时间大脑一片空白，站着动也不动。

"你们别这么说。"登记完的思琪起身，皱起了眉头，又转向徐可，"已经登记好了，你先回办公室吧，一会儿我找人给你们把纸送过去。"

徐可赶紧转身要走，那两个行政同事又叫住了她。

"别走嘛。"一个人说，"我还有个问题，你是'宠爱'团队的？你自己养宠物吗？"

"养。"徐可下意识回答。

"什么品种啊？"对方接着说，"是不是柯基？肯定是柯基，腿长，随你。"

"你们说完了吗？"在一旁听不下去的思琪瞪了瞪她们俩，"礼品还弄不弄了？"

"我们就和她聊聊，你干吗呀？"两个行政同事还在笑，"思琪，你不觉得吗？她走路的样子跟柯基特别像，可好看了，我们就喜欢柯基……"

"别说了！"思琪喊了一声，打断了她们的话，"你们怎么回事啊？"

她用眼神示意徐可赶紧走。徐可这才反应过来，她快步向办公室走去，但还是能听到身后那两个女生在说："我们说实话，思琪你生什么气啊……"

回办公室短短的路上，徐可整个人都在发抖。她很想哭，但她知道这个时候绝对不能哭，她不能让林依然她们看到自己这个样子，也不能让她们知道发生了什么。以依然她们的脾气，肯定会去找那两个同事算账，"宠爱"马上就要做出来了，不能再节外生枝了，她必须忍着。

她只要拼命减肥就是了，不管工作再忙再累，不管付出什么代价，都不能懈怠，一定要迅速瘦下来。只有瘦了，别人才不会再拿她开玩笑，瘦了就一切都会好了。

所以，当她迷迷糊糊地走进办公室，凌夏问她怎么看上去失魂落魄的时候，她只是说有点累。

所以，就等她减肥减到精神恍惚，大家都关心她的状况，她也什么都没说。

坚持一下就好了，不是说减肥都要经历这个阶段吗？

4

<<<

听完徐可说的，林依然强作镇定地问："这段时间你就一直在锻炼？"

"我……我不想再被人说胖了。"徐可呜咽着说，"我想变好看，我想在工作和生活上一起进步……我每天节食，晚上下班了就去健身房跑步，我……我还催吐过，可就是瘦得很慢。我什么时候才能变成你们这样？依然姐，减肥好辛苦，好辛苦啊……"

林依然眼睛一热，扭过头去，不知道说什么。

"你想什么呢？"凌夏忍不住吼她，"至于吗？别人说什么让她们说就是了，你不会假装听不见吗？"

"你不懂！"徐可又喊了一声，"你根本就不懂！你又不胖，没有人说你什么，我呢？那次采访，大家都在夸你成熟漂亮，夸依然姐知性优雅，说一帆有个性很酷，说孟聆青春有活力……我呢？没有人提到我！一个都没有！我就是一个可有可无的人！"

她猛地咳嗽了两声，林依然赶紧给她递上一张纸。

"从来没有人夸过我。"徐可继续说，"就算是夏天我也要穿着长袖长裤，我不想再这样了……"

"好了好了，别再说了。"林依然拍拍她的手，心里很不是滋味。

"我要说！"徐可执拗地说，"依然姐，你……你能不能辞退我？我受不了了，我不配在公司上班，上次泄密的事，也是我做的……"

林依然愣了，她抬头看着凌夏，显然，凌夏也不知道徐可在说什么。

"你说什么？"林依然问，"什么是你做的？"

"我本来还不知道……"徐可的眼泪滴滴答答掉在地上，"后来你说蒋希希去了优越科技，我才明白……那段时间她天天找我聊天，说……说我们是朋友，和我聊了很多'宠爱'的事……我已经把她拉黑了，可是，是我让大家丢了那些关键用户。"

她大声抽泣着。林依然整个人陷入了震惊中，她不是震惊徐可泄密了，而是震惊居然有那么无耻的人，对徐可下手。

"你……"凌夏听明白了徐可的意思，气得话都说不出来，"她怎么就和你是朋友了！"

"凌夏！"林依然瞪她一眼示意她别再说下去。

"凌夏姐说得对。"徐可说，"她不是我的朋友，我从来都没有朋友，我就适合一个人孤独终老。"

"好了！"林依然打断她，"别说了，徐可，你怎么会没有朋友，你有凌夏，还有盛一帆这个老师，孟聆也很关心你，你不嫌弃的话，再算我一个，虽然我承认，我对你的关心远远不够……"

"我不会辞退你的。"她又说，"你不用自责，关键用户的事情和你没什么关系，就算你什么都没告诉蒋希希，优越科技也会用别的手段从我们手上抢人。我说过了，这件事绝不能影响到我们团队的工作，我也不允许你再拿这个责怪自己。"

"我要向你道歉。"她深吸一口气，"明明大家都在一个办公室，我却没有及时察觉到你的情绪变化。你节食、健身，我都没有发现，这是我的疏忽。幸好这次还有方路，你没出什么事，不然我会恨自己一辈子。"

"还有我。"凌夏紧接着说，"我也该注意到的，对不起，徐可。"

徐可擦了擦哭得满脸都是的眼泪，哭声小了一些，瘪了瘪嘴，委屈巴巴地看着她们。

"我问你。"林依然接着说，"你还记得那两个行政同事是谁吗？"

"我不认识。"徐可说，"就记得一个扎马尾，一个个子很高。"

林依然大概知道是谁了。

"好了，不哭了。"她冲徐可笑笑，扶徐可站起来，"医生都说没事了，我们送你回家，你好好休息两天。"

"可是，工作……"

"没关系，不怕耽误这一两天。"林依然说，"有一帆在你怕什么，她……"

她往后一指，才意识到身后没人了。"等会儿，一帆呢？"

凌夏也环顾四周，"不知道啊，刚还在的，跑哪里去了？"

"哦，我知道了。"林依然拍拍徐可的肩膀，"你还说没人在乎你，你看你师父都听不下去了，估计在门口买了吃的等你呢。"

她和凌夏搀扶着徐可，带她走出医院。凌夏絮絮叨叨给徐可说昨天方路有多帅、多可靠，处事不惊、临变不乱，简直就是男神。

林依然懒得听，刚走到楼梯间，她手机响了，一个陌生号码。

"依然，我是成孟聆！"一接通，成孟聆焦急的声音就传出来，"你快来公司吧，出事了！"

"怎么了？"林依然猛地站住。

"一帆把行政的俩姑娘给打了！"

5

<<<

林依然赶到七楼办公区一角的时候，那里已经围了十几个人，还好是午饭时间，公司人不多。她从人群中挤进去，一眼就看到方路站在一间会议室门口，会议室里侧翻着一张桌子，一地的外卖盒和食物残渣，两个男生在帮忙收拾。

她侧过身，看到这件事的始作俑者——盛一帆，她昂着头，手插着口袋，靠在后面一堵墙上，成孟聆站在她旁边。她们俩对面，是几个行政的同事，有个女生还哭了。两拨人隔着方路怒视着对方。

"方路。"林依然走过去，十个小时之前两个人刚见过，在这样的场合再见面，林依然多少有些不自在。

"你来了。"方路倒是一脸严肃，好像在医院的那个人不是他一样，"你知道发生了什么吧？"

"嗯，差不多知道了。"林依然说。

成孟聆一说盛一帆打人，还是打的行政同事，吓得林依然出了一身冷汗。最后才知道，不是打人，是盛一帆不知道什么时候回了公司，找到了正在这间会议室吃午饭的行政团队，冲进去掀了桌子。

"依然。"方路说，"这是你团队的人，我想知道这都是为什么。"

"你问她们！"盛一帆眼中怒意未消。

"我们怎么知道！"对面的人显然也不知道缘由，"你神经病吧？"

"都不要吵了！"方路身上透着一股不怒自威，"依然，我想听你说。"

林依然清清嗓子，尽量不带情绪地客观陈述："前几天，在七楼前台，行政的两位同事嘲笑我们团队的一个女生，给她造成了很大的困扰和伤害，间接导致她昨天晚上突然晕倒，进了急诊室。"她看到方路皱了皱眉，若有所思，知道他明白了她说的是谁。"我想……"林依然接着说，"一帆可能是为这个女生打抱不平，才做出了这样冲动的举动。"

人群中一片窃窃私语。

"当然！"林依然抬高声音，"不管因为什么，她的做法都是不对的。我代表她，向行政的同事道歉。"

"我们不接受！"行政那边一个女生说。

"你们接不接受是你们的事。"林依然说，"如果有必要，我可以以团队名义，向全公司发邮件致歉。但我现在也想听到你们的一句道歉，尤其是那天在场的两位女生。"

她紧盯着扎马尾的那位和个子很高的那位,那两个人都涨红了脸。

"凭什么啊?"扎马尾的女生说,"我们又没说什么,是她自己玻璃心,我们怎么知道她为什么会晕倒,为什么要怪我们?"

"你确定吗?"林依然冷冷地看她,"你们没有说嘲讽她的话?没有拿她的身材相貌开玩笑?"

"没有!"马尾女生强行否认。

"当时还有谁在吗?"方路面向人群问,"那天七楼前台值班的是谁?"

"是我。"一个声音平静地说。

6

<<<

思琪从人群后面走了出来。

"思琪,既然你在场,那我想问问你,林依然刚才说的,是不是真的?"方路说。

"是真的。"思琪不假思索地回答。

人群又一阵骚动,"思琪你是哪边的啊?"行政同事里有人喊。

"我哪边都不是。"思琪并不看她们,"我只说事实。"

"她们当时都说了什么,你还记得吗?"方路又问。

"她们说……"思琪顿了顿,大概是回想起当日她们说的那些难听的话,心里头觉得不舒服,"她们说徐可应该有 180 斤,说大象也就这么重。"

她吸了口气,"她们还说……还说她适合养柯基,因为柯基的腿和她一样长。"

人群彻底炸开了锅。又听了一遍这些话,林依然感觉一字一句都非常刺耳。她注意到,方路也露出了厌恶的表情。

"我们就是随口一说!"马尾女生辩解,"平时我们自己聊天也会这样说呀，谁知道她听不了这些？"

"你们聊天，是你们。"林依然有点儿压不住火了，"你们考虑过她的感受吗？是，你们当然觉得无所谓，因为被嘲笑的是她！说话之前，请你们站在别人的角度想一想！"

她怒视着马尾女生，继续说："我知道，你们觉得自己长相不错，身材也好，所以瞧不起徐可那样的女生。但你们有没有想过，你们在歧视其他女生的时候，也是在歧视你们自己！只有瘦的女生才有资格活着吗？只有好看的女生才有资格活着吗？那如果有一天，你们也胖了，老了，没有现在这么漂亮了，你们该怎么办？全靠整容吗？"

场面一下安静得仿佛空气都凝固了，马尾女生和高个子女生都低着头，一言不发。

方路面带赞赏地看了林依然一眼，又看了看发生冲突的两拨人，"既然已经弄清楚了，这件事就到此为止，在公司公然发生冲突是不允许的，希望大家谨言慎行，不要再发生类似的事情。"他指了指马尾女生和高个子女生，"你们俩找个机会向徐可道歉，我也不希望在公司里再听到诋毁同事的话。具体情况我会向曾总做报告，今天就散了吧。"

成孟聆劝了盛一帆两句什么，盛一帆脸色有些缓和，离开了她靠着的那面墙，行政那边互相安慰了一下，也准备走了。人群正要散开，忽然间一个声音传了出来："谁说可以散了？"

听到这个声音，林依然的心一下沉到了谷底。很多人往后看了看，倒吸了一口冷气，默默让出了一条路。刘思维带着一个小助理，从人群中走过来。

"谁说可以散了？"她站在离林依然两步远的地方，神情严肃，"闹出这么大的事情，就这么完了？方助理，你平时就是这么做事的？"

方路似乎无意和她计较，"思维，这件事并没有那么严重……"

"我在上次发给全公司的邮件里说得很清楚了。"刘思维抬高声音说，"凡是在公司公开吵架、闹矛盾，影响其他员工办公的，严惩不贷！怎么，我说话不算数是吗？"

没人说话。

"这些是谁干的？"刘思维指着会议室里还没收拾完的一地狼藉，问。

"我。"盛一帆说。

刘思维看着她，"你叫盛一帆是吧？好，现在开始，你被公司开除了。"

"为什么？"不等盛一帆说话，林依然先问道。

"因为她违反了公司规定。"刘思维说，"依然，我没记错的话，盛一帆是你们组的？那你应该知道，之前她就在公司出手打人，那次公司没和她计较，但不代表她可以在公司胡作非为！"

她的话说得快速而坚决，慌乱中，林依然拼命寻找缓和的办法，"刘总，你维护公司秩序的心情，我懂，但这件事真的是有原因的……"

刘思维潇洒地一转身，打断了林依然的话："我不管有什么原因，规定就是规定，以前的凌一科技就是太散漫了，现在我作为公司的高级副总裁，决不允许公司再发生这样的状况！"

她扬起头，清晰地说："依据公司规定，我正式宣布，员工盛一帆被开除了，请盛一帆女士立刻去人事部门领取书面通知，邮件通知我会安排人下午发给你，公司财产和业务工作，也请你在下午下班前做好交接。你可以走了。"

林依然一时间手足无措。怎么会？怎么会这样？怎么几句话的工夫，盛一帆就要被开除了？

不行，一定还有别的办法的！她求助式地看向方路，方路紧皱着眉头，好像也没想到应对的措施。盛一帆盯着地板一动不动，成孟聆脸上露出了慌乱。

"不走是吗？"刘思维斜睨了盛一帆一眼，"要我叫人来帮你吗？"

"不必了。"林依然万念俱灰之际，另一个声音，又从人群后面传来。

第十九章　变　故

2017 年 9 月 1 日　距赌局截止日：77 天

1

<<<

此刻的曾凡，在林依然眼里，就像个驾着七彩祥云而来的盖世英雄。

不知道他是什么时候来的，又在人群后面听了多久。看到是他，刘思维的气焰明显减弱了一些。

"曾总刚才说什么？"刘思维微笑着问。

"我说不必了。"曾凡站在离她很近的位置，扶了下眼镜，说："盛一帆不需要去人事部领辞退通知，当然也不需要走人。我不认为她的举动是应该被开除的。"

林依然在心里松了口气。

"曾总。"刘思维的笑容变得有些僵硬，"我有权在人事变动上做决定，这是您给我的工作，您不会忘了吧？"

"我没忘。"曾凡对她微微一笑，"但我也记得，我目前还是公司的 CEO，这点小权力，思维你不会不留给我吧？"

刘思维愣了一下，又立刻恢复了官方微笑。

"所以曾总觉得这样在公司大吵大闹，没有什么不好的影响？"她话里有话地问。

"是有不好的影响，所以……"曾凡看着盛一帆，"盛一帆，你要写一封邮件发给行政团队，向她们诚恳道歉，还需要将邮件抄送给公司其他部门，作为你这次冲动行事的处罚。"

盛一帆老老实实地点头。

"依然。"曾凡又看向林依然，"这件事你也要负连带责任，这封邮件，以你和盛一帆两个人的名义来发。"

林依然也点点头。

"还有……"，曾凡一脸严肃地扶着手臂转向行政的那些人，"你们当中有些人背地里嘲笑诋毁同事的行为最好收一收，今天是提醒，下次再出现这种情况，后果自负。"

刘思维看上去非常不高兴，"曾总，我不能接受这样的处理方案。"

曾凡看向她，"你的意思是？"

"我认为这个处罚太轻了。"刘思维说，"这不得不让我觉得您是在有意袒护她们。"

林依然能感到人群中扩散开一股兴奋的情绪，毕竟，副总裁在公开场合和公司 CEO 叫板，这种大戏可不是每天都能看见的。

曾凡却没有丝毫怒意，"那你觉得该怎么处理？"

"处理权在您，我不干涉。"刘思维清清嗓子，说，"您觉得不该开除盛一帆，我也同意，但'宠爱'团队三番五次对公司造成财产和名誉上的损害，需要更明确、更严格的处罚，让她们意识到问题的严重性。恕我直言，您做出的处罚，太轻了。"

林依然心头涌上一股怒火，她莫名觉得刘思维是在刻意针对她。

"刘总……"她想说什么，但曾凡摇了摇头，示意她别说话。

"如果是别的组发生这样的事，您会这样从轻处理吗？"刘思维还在说，"我知道，'宠爱'是公司很看重的产品，但我不得不说，从创立以来，这支团队得到了太多特殊待遇，不管您怎么重视她们，我始终觉得，她们不该有这么高的特权。"

"特权？"林依然实在忍不住了，"你说特权？"

她指指盛一帆的方向，说："我们'宠爱'的团队，是公司所有产品里成员最少的；我们的预算，还不到一个正常 APP 开发预算的零头；我手下的员工，都是各部门不要的人；分给我们的办公室，是商务部门的杂物间……我们到底有什么特权！"

虽然曾凡一直在用眼神制止她，但林依然彻底压不住自己的愤懑了。几个月来的压抑、苦闷、屈辱、打击，她全部释放了出来："我们五个人，承担着一个三十人团队的工作量，我的组员被冷嘲热讽、人身攻击，唯一一个工程师，忙到在办公室晕倒，连能接替的人都没有。你自己说，公司哪个部门的待遇不比我们好？我们到底有什么特权？"

刘思维冷笑一声，"觉得做不下去了，你们可以不做，没人逼你们。一个边缘产品，真把自己当业界黑马了？"

气氛一下凝重起来，曾凡皱起了眉头，方路上前一步，拦在林依然身前，一场更大的争执眼看就要爆发。

人群中再次冲出一个人，拉住了刘思维，是雷川。

"刘总刘总，不吵了，咱们不吵了。"他微曲着身，拉着刘思维的手臂，一脸谄媚的笑容，"她一个小丫头片子，懂什么啊？犯不着跟她动气。"

他这样一打断，刘思维似乎也意识到她失言了，她看了眼曾凡，把到嘴边的话咽了回去。

"不吵了，都不吵了啊。"雷川笑着环视全场，摆了摆手，"既然曾总已经给出了他的意见，咱们就按曾总的意见来办，也到办公时间了，都回去工作吧。"

刘思维的表情缓和了一些，她转过身，对曾凡说："那就按曾总说的办吧，我还有事，先走了。"

她不等曾凡回答，径直离开了现场。雷川一路小跑跟在后面，脸上赔着笑，不断地劝她消消气："刘总您别跟这几个女的一般见识，她们就是心里不平衡……"

一切总算恢复了平静。曾凡一言不发，回头扫视了人群一眼，围观的同事很识趣地散了，行政那边也赶紧回她们的办公室。方路长出了口气，向曾凡的方向走了一步，"曾总……"

曾凡举起一只手，示意他别说话。"你跟我来。"他对方路说，"我有事要和你讨论。"

"曾凡，我……"林依然想说些什么。

但曾凡没给她这个机会，他的目光有些冷峻，"依然，我还是那句话，你别忘了对现在的你来说，最重要的是什么。"

林依然愣在原地，话到嘴边终于还是没有说出口。方路回头看了她一眼，眼神里透出一丝安慰，似乎想说话。

但他很快挪开了视线，又恢复了以往的样子，跟着曾凡走了。

2

<<<

完了，曾凡这次估计是真的生气了，林依然心想。

她很后悔刚才的做法，她为什么要和刘思维说那些？曾凡明明提醒过她好几次了，不要和刘思维发生冲突，为什么她连几分钟都忍不了？

她站着一动也不动，周围经过的同事都用异样的眼光看着她。不知道过了多久，林依然感觉有人拉了拉她的袖子。

是成孟聆，"依然，我们走吧。"

一直到进办公室，坐下，林依然都一言不发。成孟聆和盛一帆也都不敢说话，小心地打量着她的神色。后来盛一帆实在忍不住了，站起来走到她旁边。

"老大，今天是我做错了，对不起。"盛一帆头一次这么示弱和委屈。

林依然看她一眼，摇摇头，"不用道歉，你做得没错。"

"不，是我冲动了。"盛一帆还是坚持道歉，"我觉得徐可不该被那样对待，一时没压住火。我被开除倒没什么，但给团队造成了麻烦，我心里很过意不去。"

"我说了，你没有错。"林依然认真地看着她，"如果我在你这个年纪，可能也会做出一样的事，也许比你更冲动。我反而觉得你做得对，徐可被伤害了，你替她出头，没有问题。我们团队五个人，就应该保护彼此。"

盛一帆眼睛一热。

"要说错的话……"林依然叹了口气，"我的错更大。今天的事情，应该有更好的办法去处理，但我差点造成更严重的后果，我不该这样。"

她抬起头，发现成孟聆和盛一帆都用一种看亲人的眼神看着她。"你们俩这样看着我干什么？"林依然失笑，"干活干活，一帆，既然你觉得你做错了，就给你个小惩罚，曾凡说的那个邮件，你来写。"

"我写我写。"盛一帆一边说一边走回自己的桌子，"现在就写。"

"写完帮我署个名，直接发了吧。"林依然又笑笑。她有点累了，一晚上没怎么睡，到公司就是和人吵架，简直抽干了她的精力。

"对了，徐可没事了吧？"成孟聆忽然想起来。

"应该没事了。"林依然说，"你给我打电话的时候她已经出院了，这会儿应该在家休息了吧？我问问凌夏。"

她拿起手机，给凌夏发信息。

徐可一切正常，凌夏跟着她回了家，照顾她睡下，又给她做了点吃的，才赶回公司。林依然把中午的事情一五一十告诉了她，凌夏很生气，骂了盛一帆一顿。盛一帆低头听着，一句都没反驳。

骂完盛一帆，凌夏又开始骂刘思维，到最后骂得实在太难听了，林依然不得不制止她。

"好了！"林依然摆摆手，示意她回到座位上，"这件事就这样吧，骂她，也不会改变什么。"

"啊，太气人了！"凌夏坐下，气得直拍桌子，"敢顶撞我们CEO！她个……"

她咽了咽口水，终于还是忍住，没说出到嘴边的脏话。

"你就在这里把气都撒了。"林依然说，"出了这个办公室，就别再说了，大家也都不要再说什么了，有我犯这一次错误就够了。"

凌夏又气鼓鼓地喘了几口气，才安静下来。"我觉得我们组是'水逆'了。"她说，"先是盛一帆，又是徐可……下一个不会轮到我了吧？"

"你已经'水逆'过了。"林依然提醒她，"比盛一帆还早。"

估计是想到上次她哭着喊着要辞职的事，凌夏脸有点红，"也对。那……会不会该你了……"

"我？我就没顺过。"林依然看着电脑屏幕，平静地说。

比如现在，她一回办公室就给曾凡发了信息，郑重地向他道歉，但曾凡始终没回复她。

她当然不觉得她会因此失去曾凡的信任。她是害怕今天发生的事，对曾凡产生负面影响。她能想象到刘思维气急败坏地向沈德报告的样子，沈德会采取别的行动吗？会对"宠爱"下手吗？

想着想着，她又想到徐可。明天是周末，她本来打算让徐可多休息一天，但下班前徐可给她发了信息，说她感觉恢复得差不多了，明天就能正常上班。

林依然也不和她假客气，眼下这个情况，总感觉朝不保夕，能赶一天进度就赶一天。

但第二天上午，徐可没有来。

大家都以为她可能睡过了，结果等到下午，她还是没出现。凌夏给她发了信息，没回，又给她打电话，不接。

"这孩子怎么回事啊？"凌夏不由得着急起来，"不会又在家昏倒了吧？"

"我们去一趟吧。"林依然边说边站起身，"我和凌夏去就行，孟聆和一帆接着工作。你还记得徐可家地址吧？"她问凌夏。

"记得记得！"凌夏说，"我去把车开出来，你到楼下大门口等我！"

说着，她拿起手机和车钥匙就走。林依然正要跟上，手机响了，来了一条新信息。

她打开看了一眼，愣了。

"等一下！"她叫住凌夏。

凌夏猛地站住，不明就里地转头看她。

"不用去了。"林依然翻转手机屏幕，举到凌夏眼前。写着"徐可"的聊天窗口里，发出来这么一句话："依然姐，我真的要离职了。我妈来北京了，让我回老家。"

3

<<<

徐可家在南方，来北京四年，一直保持着每天和家里通一个电话的习惯。

原本她不打算让家里知道她晕倒的事情，昨天给家里打电话的时候，也一直强装精神，但她声音里的虚弱终究没有瞒过她妈妈，在妈妈的再三追问下，她不得不坦白了这件事的整个过程。

她妈妈一听就急了，要求徐可不要在北京上班了，辞职回家。

徐可当然没答应，结果她妈妈当晚就买了火车票，坐了一夜的火车赶到北京，直奔徐可的住处。

她的意见非常明确：徐可必须立刻辞职，跟她回老家，托她爸的关系找个事少离家近的"铁饭碗"，然后相亲结婚，不能再折腾了。

林依然开着手机免提，和办公室其他人一起听完了徐可在电话里的描述，谁都说不出话。

"还有商量的余地吗？"林依然问。

"没有。"徐可的声音里透着一股沮丧，"我妈让我今天就辞职，明天找房东退房，后天就走。"

"后天就走？"林依然很吃惊，"也太急了吧？"

"我妈说，留几天结果都是一样的，早解决早回家，正好我爸朋友的单位在招人。"徐可叹了口气，无奈地说，"我妈说我在北京四年了，工作也没什么突出表现，既不升职也不加薪，26 岁了还找不到男朋友，再不相亲结婚就晚了。"

林依然心里一阵刺痛，同样的话，她妈妈也说过八百遍了。

徐可顿了顿，接着说："我妈还说……"

"你别总是你妈你妈的！"凌夏听得不耐烦了，"你自己怎么想？"

电话那头的徐可转头看着窗外，眼里无限的不舍，"我想留下。"

"那你就跟她说啊！"凌夏大声说，"你的生活你的工作不该由你自己来决定吗？你妈说什么你就听？你还是小孩吗！"

"凌夏！"林依然瞪她一眼，让她别说了，"这种事她能不懂吗？"

"那也不能让家长决定自己的人生啊。"凌夏小声嘀咕，"这么大人了……"

"没关系的，依然姐。"徐可说，"凌夏姐说得对，我就是太软弱了。我不敢和我妈说，也不敢反抗她。我要是能像你们一样勇敢就好了。这件事我仔细想过了，我妈说的也是对的，我在北京这么多年，什么成绩都没有。我胆小、懦弱、自卑，在公司没有什么价值，别人也都不认可我，可能我确实不该继续待下去了。"

大家心里酝酿好的安慰此时怎么开口都显得苍白无力，只能静静听着，心情复杂。说到后来，徐可已经有些哽咽，"谢谢你，凌夏姐。"电话那头抽泣了一下，"你是我在公司的第一个朋友。谢谢你，依然姐，谢谢你愿意招我加入'宠爱'的团队。也谢谢你，师父……"

"你在这儿说临终遗言呢！"凌夏一声大喊，"这是你感谢我们的时候吗？"

"徐可，你先不要想这些。"林依然说，"你很优秀，我们都认可你，但现在的当务之急是……"

她还没说完，电话那头突然传出一声轻响，好像是关门声，然后是一个女人的声音，"囡囡……"

"啊，我妈买菜回来了。"徐可惊慌失措地说，"依然姐，不说了，我先挂了！"

电话"嘟"的一声被急促地挂断了。

林依然不知道该说什么。她无力地揉了揉头发，抬起头，看到周围的人也都是一副垂头丧气的样子。很难说徐可那番话，有没有让大家想到自己。只有土生土长的凌夏骂了句脏话，狠狠地拍了一下墙壁。

"这都哪儿跟哪儿啊？什么年代了,还搞早点回家结婚那一套？"她气呼呼地说。

"你是北京孩子，你不懂。"林依然平静地说，"我妈也是这么想的。她们都觉得女孩子一个人在北京这种大城市，工作不牢靠，离家又远还单身，不如回家找个稳定的单位，结婚生子，在他们的照拂下我们能活得更好。"

"但你没有听他们的话啊！"凌夏说，"你在坚持做自己想做的事啊。"

"但徐可不是我啊……"林依然叹了口气，"她的性格，你又不是不知道。"

凌夏看上去有一肚子火发不出来，她在办公室转着圈子，一声不吭。

"我们还有别的什么办法吗？"成孟聆说。

"能有什么办法？"凌夏不客气地接话，"徐可自己都已经妥协了，难不成让我们绑架她？"

"实在不行，依然你就找她妈谈谈？"盛一帆说，"怎么说你也是徐可的领导，家长应该都比较信孩子领导的话吧？"

凌夏表示赞同，"也是啊，要是徐可妈妈觉得依然级别不够，我们就把盛一帆打扮一下，假装这是我们公司总裁。"

"有这么年轻的总裁吗？"盛一帆冲她翻了一个白眼。

"你这长相还年轻呢？"凌夏咧嘴，"你是不是对年轻这个词有什么误解？"

"不说这个了。"林依然制止她，"一帆倒是提醒我了，我觉得我们应该试试她说的这个办法，但我自己不行，我需要大家都在场。"

她挨个看看在场的人，问道："你们愿意吗？"

大家不约而同地点点头。

林依然心里稍微踏实了一些。她拿起手机，给徐可发信息："徐可，明天晚上，你和你妈妈有没有时间？"

第二十章 方　路

2017 年 9 月 3 日　距赌局截止日：75 天

1

<<<

晚上八点，徐可家附近的一家餐厅里的开放式包厢，坐着林依然她们四个，还有徐可和她妈妈。

徐可妈妈估计对林依然她们没什么好感，出现之后就一直板着脸不说话。徐可也不敢说话，打了声招呼，就默默地坐到了一边。

面对长辈，大家多少都有些拘谨，向来大大咧咧的凌夏也安静了，悄悄拿手指戳了戳林依然，示意她先开口。

林依然强行挤出一个自认为长辈喜欢的微笑，"阿姨您好，我是徐可的团队主管，我叫林依然。"她向身边几个人比划一下，"我们都是徐可的同事。"

"我知道。"徐可妈妈拿起水杯喝了口水，不咸不淡地点点头。

林依然一时不知道该怎么接话，包厢里又一次陷入了安静。

场面尴尬到只差一只乌鸦在她们头顶飞了。林依然只好硬着头皮接着说："阿姨，今天我们听徐可说……"

"好了你也别说了。"徐可妈妈打断她，"我知道你们为什么来，想劝我不要把徐可带走，要她留下来继续给你们打工，是吧？"

"不是，阿姨，徐可不是给我们打工……"

徐可妈妈明显提高了音量，"小姑娘，我先问问你吧，我们囡囡这次出事情，是不是你们让她加班了？是不是没给她好好休息过？"

"妈。"徐可赶紧拉住她妈妈，"我都和你说了，是因为我自己减肥……"

"那你为什么减肥？"徐可妈妈厉声问，"是不是她们说你胖？"

她又转向林依然他们，"我们囡囡是胖了点，但是健康呀，从小到大都没生过什么病的。你们知道她这一出事，我和她爸多着急吗？好好的孩子怎么到你们这里就变成这样子了？"

"阿姨，这话就是您不对了。"凌夏不服气了，"公司里确实有人嘲笑徐可，但不是我们啊！我们也替徐可出过头了。"她指指盛一帆，后者瞪了她一眼，"就这大姐，为了徐可跟那些人闹了一场，差点被开除。是，我们也有没做好的地方，但我们对徐可一直都很友善。或者您可以想一下，要是我们真的又是嘲笑她又是贬低她，那我们也没必要特意安排这次见面吧？"

徐可妈妈愣了一下，"真的吗？差点被开除了？"她问盛一帆。盛一帆随便点点头。

"是真的，阿姨。"林依然接话，"不过已经没事了。"

徐可妈妈的表情缓和了一些，但语气还是很强硬："我不管你们怎么说，这次我是一定要把我们囡囡带回去的，她在北京这么久，工作也没什么起色，没有男朋友，无依无靠的，还是回家待在我们身边安心！"

"我不回家。"徐可低头小声嘟囔。

"你讲什么？"徐可妈妈扭头问她。

"我不回家！"徐可抬高了嗓门，又说了一遍。

徐可妈妈难以置信地看了她一眼，夸张地捂住了心口，"你们看看，北京害人呐！以前多听话的孩子，来北京几年就学会跟我反着来了。"

"这跟北京有什么关系？"凌夏又要着急，林依然按住她的手示意她别冲动。

林依然努力让气氛缓和，"阿姨，以前怎么样，我们不知道，但这一次，您让徐可自己做主，不好吗？"

"她做主？她自己怎么做主呀？"徐可妈妈冲着徐可点了点下巴，"大学毕业的时候就是让她自己做主，现在怎么样？还不是一事无成。由着她自己的性子，这次是晕倒，那下次呢？我们做家长的怎么能放心呀？"

"但她已经有了四年的工作经验。"林依然试图说服她，"这样放弃太可惜了。我们的团队在慢慢进步，她也会有更大的发展。"

"发展？"徐可妈妈笑笑，"来，阿姨问问你，你多大了？"

"我……30 岁了。"林依然说。

"结婚了吗？有男朋友吗？在北京有房吗？"徐可妈妈问。

林依然没想到战火会引到自己身上，"没有。"

"你看看，30 岁，没结婚，没对象，房子买不起，拖着拖着就老了，这就是你的未来呀，囡囡！"

林依然对这种话倒是已经产生了免疫力，但她能感到，她旁边的三个人已经开始不爽了。

"阿姨，话也不能这么说吧？"凌夏说，"看一个人过得好不好，不能只看她结没结婚吧？您怎么能这样评价别人呢？"

"我说的是事实呀。"徐可妈妈冷哼一声，一副过来人的口吻，"我知道你们年轻人不在乎这个，但社会就是会这样看你呀。"

"你多大了？结婚了吗？"她又问凌夏。

凌夏被问得一愣。

"我……离了，可我是……"她想给自己辩解一下，但徐可妈妈摆出了一副"那你跟我聊什么"的神情，直接把目光投向了盛一帆。"你呢？"她问。

"我？我家里人不着急。"盛一帆冷冷地说，"他们不爱管闲事。"

她话里带着刺，却完全没有影响到徐可妈妈。她朝向成孟聆，"那你……哎呀，你肯定不着急的，你看着那么小。"

"但你们现在不着急。"徐可妈妈顿了顿，"将来也一定会着急的，你们都听阿姨一句劝，能找男朋友的现在就找，早一点结婚抱孩子，你们父母也高兴，对不对？"

林依然觉得话题越跑越偏了，"阿姨……"

"你不要讲了。"徐可妈妈放缓了语速，"我已经下定决心了，我们家囡囡，这次我是一定要带走的。作为长辈，阿姨也要说一说你们，女孩子还是要有家有室才是真的幸福，你们这样在大城市待着，也不找男朋友，讲得好听一点，叫打拼，讲得不好听一点，就是浪费时间。你们再看看你们的工作，加班、熬夜、饭都吃不好，压力又大、节奏又快、环境又复杂，什么事都有可能发生的……"

"但这也是大城市的魅力，不是吗？"

2

<<<

这个声音传出来的瞬间，所有人都吓到了。

林依然也傻了。她机械般地扭过头去，就看到方路带着他那张职业微笑脸，站在她们身边。

"方路？"她脑子都不会转了，他怎么会在这里？

"依然。"方路冲她点点头，又对包厢的其他人点点头。

"你是谁呀？"突然出现了一个高大帅气的男生，徐可妈妈也没反应过来。

"阿姨您好,我叫方路,是凌一科技,也就是徐可就职公司的CEO助理。"

"CEO,就是你们老板的助理?"徐可妈妈看着徐可,徐可默默点点头。

"哎呀,方先生你好你好。"徐可妈妈飞快地站起来,紧张地抓着手,"你怎么会在这里?我们家囡囡在你手下工作,给你添麻烦了。"

"那倒不会。"方路笑着说,"严格来说,她的工作,和我并没有交集。"

见到"徐可老板的助理",徐可妈妈明显有些不知所措,脸上也出现了笑容。她赶紧招呼方路,"方先生快请坐!还没有吃饭吧?要不要一起吃一点?"

"不必了。"方路欠了欠身,微笑着回绝,"我今天刚好在这里跟朋友吃饭,不巧听到你们的谈话,才冒昧地过来,打扰你们了,阿姨。"

"你坐下说吧。"直觉告诉林依然,方路肯定不只是过来打个招呼这么简单。她站起身,又拍拍凌夏,示意她挪个位子。

方路整整衣服,向凌夏说了声谢谢。看凌夏的表情,感觉魂都要飞出去了。

方路坐下,又说:"我听你们谈话的意思,阿姨是打算带徐可回老家去?"

"是的呀!"徐可妈妈忙不迭地回答,"方先生你不要误会,我对你们公司没有什么意见的,就是我们家囡囡吧,在北京待得也挺久了,我和她爸爸都觉得这样下去对她不好,不如早点回家乡发展。我们那儿也是省会城市,不比北京差多少的。"

方路又点点头,"您说得确实有道理。"

林依然差点昏过去,大哥你哪边的啊?

"但阿姨我想问您一个问题。"方路话锋一转，"您年轻的时候，是在哪里发展的？"

"我？"徐可妈妈睁大眼睛，"我以前就在自己家乡呀，一个小镇子，读到中专就不读了，进了个小企业，谈不上什么发展。"

"那您后来为什么到了省会城市呢？"

"这个啊？也很巧的，当时我们企业正好在扩张。"方路仿佛有一种魔力，让徐可妈妈打开了话匣子，"职工可以自愿申请去省会的分部工作。我就觉得，人总不能一辈子都待在一个地方吧？就主动申请去那边了。"

方路似乎很满意这样的对话，"那您和徐可父亲，是怎么认识的？"

"就在单位里。"徐可妈妈说，"我去到省会分部，第一年认识的他，第二年结婚，第三年就有了徐可。"她不好意思地笑笑，"我们当年什么都不知道，稀里糊涂就这样过来了，现在讲起来，也算快的。"

"那如果，我是说如果。"方路慢慢引导着话题，"当时您在的单位要撤掉分部，你们都要跟着单位回到家乡的小镇，您会愿意吗？"

林依然脑子一激灵，她明白方路要说什么了。

3

<<<

"哦哟，那不可能的！"徐可妈妈完全没察觉方路给她下的套，连连摆手，"省会的资源，肯定是小镇子不能比的呀，徐可将来要上学，我们两口子也想生活得好一些，真的像你说的那样，我们换工作也是要留下的。"

方路仍然微笑着说，"所以，阿姨您也想追求更大的发展、更好的资源,您当时做的事情，和徐可现在做的事情，难道不是一样的吗？"

徐可妈妈眨眨眼，想了一会儿才明白方路的意思，"这……这不一样的。我是在那里成了家，所以才……"

"那您怎么就确定，徐可不会在北京成家呢？"方路谆谆善诱，"阿姨，其实您跟徐可，并没有什么区别。您说徐可现在过得很苦，但我想当年您和徐可父亲在省会城市扎根，也不是一件轻松的事情。这条路确实不好走，我也是在北京一点点奋斗过来的，我懂。但正因为它不好走，我们才能得到更好的成长，您说是吗？"

这一番话把徐可妈妈彻底说懵了。凌夏偷偷在桌子底下鼓了鼓掌。

"这……你说得也有道理。"徐可妈妈说，"但我们囡囡年纪不小了呀，再拖下去，以后要嫁出去就不容易啦。"

"结婚真的那么重要吗？"方路反问她，"如果当年您的父母和您说，不许跟着单位走，必须要留在家乡早点结婚生子，您会同意吗？您做的这一切，说到底都是不想让徐可受苦，想让她过得好一些，但您有没有想过，这样强行安排她的人生，徐可会开心吗？"

徐可妈妈一时哑口无言。

"我理解您的苦心。"方路顺势说，"女孩子离家在外，身体出问题，做父母的肯定会着急。但这件事情，说到底不过是偶然。我和徐可接触不多，但我知道，她在这个团队里是很重要的一员，在她的事业刚开始有起色的时候，您是不是应该给她更多的支持？"

他顿了顿，接着说："您说大城市压力大、节奏快、人心复杂，这我承认，但徐可回到你们身边，就可以一帆风顺吗？我不是说别的城市不好，是我们既然选择这条路，一定是因为它带给了我们一些独特的东西。您年轻时也是勇于尝试的人，站在您自己的角度，您是希望徐可像您一样勇敢，还是一切都听父母的，一生都处在家长的保护之下？"

徐可妈妈动了动嘴唇，但没说话。

"阿姨，您应该能明白。"方路说，"不管在什么地方生活，人都会遇到难处，但自己选择的困难，和被动接受的困难，心态会完全不同。如果以后遇到了麻烦，徐可埋怨你们，指责你们毁了她的人生，您会不会后悔当初没有让她留在北京？"

"我……"徐可妈妈欲言又止。

4

<<<

这段对话，几个人都认真听着。林依然心里也有些感触。是啊，谁不知道只要自己肯努力，在哪里都可以活得很好，虽然在家乡可能会轻松一些，但如果人生只图一个轻松的话，还怎么继续往前走呢？

她突然很想给自己妈妈打个电话，告诉她，妈，我知道我一个人在这里打拼很辛苦，也知道早一点找到一个人陪伴的话，生活也许会更快乐。但这是我想要走的路啊，让我坚持走完不好吗？

擦擦眼角，她也加入了"战局"，"阿姨，我虽然和徐可认识不久，但这段时间，我真的看到了她身上的很多改变。她以前在公司几乎不和别人说话，可她现在完全不同了，不仅会和大家主动交流，还会主动学习和承担全新的工作内容，我们团队的人都很喜欢她。"

她旁边的三位忙不迭地点头。

"也许今天这顿饭，您会觉得我们是多管闲事。"林依然接着说，"但我们真的不希望徐可就这样放弃，一旦放弃了，她可能又会回到以前那种走路都不敢抬头看人的状态了，这真的是您想看到的吗？"

徐可妈妈扭头看看徐可，轻声问："囡囡，是这样子的吗？"

徐可含着眼泪，用力点点头。

"我和徐可她爸爸年轻的时候忙着工作，也不懂怎么教小孩，孩子大了，更不知道怎么沟通了。"徐可妈妈呆坐了片刻，叹了口气，"她在北京这几年，又总是对我们报喜不报忧的，我们不知道还有这些事情。对不起，囡囡，是妈妈冲动了，妈妈向你道歉。"

徐可终于忍不住哭出了声，抱住妈妈，"妈，我知道你们是为我好，但我真的不想走。"

"好了好了，不哭啦，妈妈不带你走了。"徐可妈妈摸着她的肩膀说，"方先生说得对，妈妈像你一样年轻的时候，也愿意多打拼打拼的。"

林依然瞬间松了一口气，感觉整个人都要瘫软下来。凌夏她们脸上也有了笑意。

"不好意思啊，方先生。"徐可妈妈擦擦眼角，转向方路，"你是来跟朋友吃饭的，还让你看到这样子的事情……"

"阿姨没关系的。"方路理解地摇了摇头，"能帮上你们的忙，我也很高兴。"

"哎呀，你看我……"徐可妈妈忽然意识到什么，"坐了这么久，我们都还没有点菜！来来来，点菜啊！"她把桌上的菜单分给大家，"今天阿姨请客，你们随便点！"

"既然事情解决了，我也不打扰你们了。"方路见此，顺势站起身，"我先走了，你们慢慢吃。"

"方先生一起吃吧。"徐可妈妈挽留道，"您正好也可以跟我们囡囡说说话。"

这是要相亲的节奏吗？林依然强忍住狂笑的冲动，转过头看着方路，"方先生也不好让朋友等太久吧？"她冲方路眨眨眼。

方路尴尬地应了一声，"阿姨我还要去我朋友那边，真的不能多待了，有机会我们再一起吃饭吧。"

说完他又对在场的人点点头，拔腿就走。

"哎，方先生，那你什么时候有时间呀？"徐可妈妈在他身后略带不甘心地问。

但方路已经走远了。

5

<<<

这顿饭接下来的时间算是愉快的，她们还喝了一点酒。就是凌夏被徐可妈妈教育了一番婚姻观，让她很不爽，但这些小情绪也很快被她扔在了一边。

因为要赶地铁，徐可和她妈妈先走了，临走时她向林依然道了谢，并说她明天请一天假，她妈妈第一次来北京，她想陪妈妈逛一逛，后天上班。

林依然一口答应。

母女两个走了之后，林依然和凌夏她们在饭店门口等着出租车。凌夏一直叽叽喳喳地跟成孟聆说着"方路刚才真的太帅了"之类的话。

她兴奋得几乎要飞起来，"他冲我笑的那一下，你看到了吗？老夫的少女心啊！"

她还清了清嗓子一本正经地说："现在我单方面宣布，方路就是我唯一的男神了。"

"你消停一会儿吧。"林依然被她气笑了，"你一个月已经换了三个男神了，上一个是周杰伦。"

"梦想还是要有的！"凌夏一点都没有被打击到，"不过我是没什么机会了，不如依然你大发慈悲，把这么可靠的方路给收了？我觉得他挺关注你的，没准对你有意思呢。你看你以前都叫他方先生，今天居然改叫方路了，他也直接叫你依然了，是不是有什么事啊？"

林依然作势要踹她，"怎么那么多话！"她有点脸红，"赶紧滚！你车呢？"

"我车限号啊。"凌夏说，"不然我敢喝酒？我叫车了。"

好在她叫的车先到了。她坐进车里，还不忘了冲林依然喊："依然，你加油啊！不要错过这个好机会！"

林依然假装什么都没听见。

成孟聆叫的车也到了，她简单地跟林依然和盛一帆说了再见便上了车。

路边只剩下林依然和盛一帆。林依然有点尴尬，好像她真的要对方路干什么似的，总觉得心虚。

盛一帆倒是神色如常，她看了看车会来的方向，忽然问："那个方路，真的是刚好和我们遇上的吗？"

"嗯？"林依然反问，"你觉得哪里不太对吗？"

"也谈不上。"盛一帆若有所思，"就是觉得，每次你遇到麻烦，他都会及时出现，上次在三里屯，你也和我说他给了你有用的建议，你觉得这会不会太巧了？"

林依然沉默了。其实这个念头，从方路出现在她们包厢的时候她就有了，只是她一直不愿意往这个方向去想。

好像确实太巧了。

刚才走出饭店，她还特意在饭店里找了一下，并没看到方路的身影，她们附近的桌子都空了。

她不禁怀疑，方路真的像他说的那样，是和朋友来吃饭的吗？

他出现在这里，真的只是个巧合吗？

盛一帆意味深长地看了林依然一眼，"说不定他真的对你很关心哦。"

刚说完，她叫的车到了。盛一帆向林依然道别，上车离开，留下林依然一个人在风中凌乱。

方路关心她？不至于吧。他图什么呢？为了保障"宠爱"顺利开发，证明他违背沈德做的这些事情是对的？

还是说，他……

她一边胡思乱想一边等了很久，车却迟迟不来，林依然打开手机查看，发现司机居然取消了订单。

林依然赶紧打电话过去，得到的却是车被刮蹭了，来不了的回复。

司机态度很诚恳，一直在道歉，林依然也不好意思多说什么，只好重新叫车，但可能刚好赶上一波高峰，居然要排队轮候二十分钟。

她想到路边伸手拦出租车，过去几辆都没有空车。

她正打算走到地铁站看看地铁停没停，一辆黑色的车停在了她身前。

副驾驶一侧的车窗摇下来，里面是方路的脸，"林小姐要搭车吗？"

第二十一章 搭 车

2017 年 9 月 5 日　距赌局截止日：73 天

1

<<<

休假了一天，徐可终于回到了公司。她向团队其他人转达了她妈妈的谢意，说她妈妈很感激大家对自己的帮助，知道自己有这样的同事，她妈妈也放心了。

徐可妈妈还炖了一大锅排骨，装了好几个饭盒，让徐可拿给大家吃。

"我妈妈觉得挺过意不去的。"徐可悻悻地看了看林依然，"前天那顿饭本来她要请，结果依然姐偷偷把钱付了。"

"阿姨好不容易来一趟，我付是应该的。"林依然说。

"行了，今天的午饭有了。"凌夏看着饭盒里满满的肉，笑得眯起了眼，"中午我们一起吃吧，我再叫点素菜和米饭，这么好的东西可不能浪费了。"

"除了吃你还能想点别的吗？"盛一帆吐槽她。

"有本事你别吃！"凌夏翻了个白眼。

吵吵嚷嚷中，凌夏抱起饭盒，挪到一张空桌子上。林依然低头拿手机叫外卖，余光瞥见成孟聆扔给徐可一个小本子，"徐可，这个给你。"

"这是什么？"徐可拿起本子问。

"你不是要减肥吗？"成孟聆解释，"我有个朋友是营养师，我找她帮你做了个科学减肥的食谱，三餐都有，你按这个吃就好，别再乱节食了，真的会生病的。"

徐可惊讶中掺杂着感激，她翻了翻那个本子，眼圈有点泛红，"这个好详细啊，谢谢你。孟聆，做这个花了你不少时间吧？"

"没花时间。"成孟聆说，"都是我朋友做的。我送了她一个游戏皮肤，她就答应了。"

"什么皮肤？"徐可没听懂。

"游戏人物的形象装饰品。"盛一帆接过话茬，"你还说大家都不关注你，自己长点心吧，看完那些赶紧过来，有东西教你。"

很快，外卖到了。凌夏第一个跑出去拿了外卖，又把徐可的饭盒搬出来，招呼大家吃饭。

"徐可，看不出来，你是学美术的啊？"吃饭的时候，她一边吃一边问。

徐可点点头。

"那你怎么想到进互联网公司的？"凌夏又问，"不做设计，也有很多别的专业相关工作可以选吧？"

"就是喜欢。"徐可夹了一块排骨，"我美术学得一般，不知道能做什么，觉得互联网还挺有意思，想知道平时用的那些 APP 都是怎么做出来的，正好那时候公司在招人，就这么进来了。"

"结果也做得一般。"她小声说。

"行了，谦虚也要有个限度。"盛一帆打断，"你做得很好了，才学了几天交互就能上手，我那时候可是学了整整一个月。"

"那是你傻。"凌夏习惯性地怼她。

盛一帆正要回嘴，林依然迅速转移了话题："对了，孟聆你大学是学什么的？"

"我？我学会计的。"成孟聆轻笑了一下。

"会计？厉害了。"凌夏惊叹，"咱们这个团队藏龙卧虎啊，再来个学法律的，都能开公司了。"

"你不会是学法律的吧？"她问盛一帆。

"不是。"盛一帆冲她翻白眼。

凌夏刚想说什么，林依然继续打岔，"那你是怎么到互联网行业来的？"她又问成孟聆。

"我本来就对会计没兴趣。"成孟聆撇了撇嘴，"我爸妈一定让我学，说毕业了好找工作，没办法，妥协了。我也不知道自己想做什么，毕业前试了好几个工作的实习，觉得互联网公司人际关系最简单，就选了这里。"

"互联网公司人际关系还简单？"凌夏皱起眉头。

"相对而言嘛。"成孟聆说。

"也对。"凌夏点点头，"和有些行业相比，我们算比较单纯的了。"

"依然姐，你是学什么的呀？"徐可问，"你和凌夏姐是大学同学，对吧？"

"我们俩学英语的。"凌夏快人快语，"没什么意思的一个专业。我学得也不好，依然比我强多了，她当年是个学霸。"

"我学霸？"林依然推她一把，"我那时候经常逃课跟你去做指甲弄头发，你忘了？"

"你成绩好啊！哪像我满脑子都是谈恋爱结婚，倒是如愿以偿了，结婚挺早的，可结果呢？不到30岁，离了。"

"啊？"徐可第一次知道这件事，很震惊，"我还想着早点结婚……"

提到这个话题，盛一帆冷笑了一声，"结婚有什么好的。"

"怎么？你也离过啊？"凌夏睁大眼睛。

林依然以为盛一帆会吐槽凌夏两句，但盛一帆只是说："我不相信婚姻。"

"对，上次提到肖全，你也说你痛恨'渣男'，是遇到过什么事吗？"林依然忍不住问。

盛一帆犹豫了，脸色不太好看。她沉默了半天，才说："我爸是个混蛋。"

2

<<<

盛一帆慢慢说道："他是个赌棍，每天睁开眼就要去赌，赌到三更半夜才回家。他不上班，家里什么都不管，全靠我妈一个人操持着。钱赌没了，他就伸手问我妈要，我妈不给就打。不然就偷偷卖家里的东西，要不是买卖人口犯法，估计他早就把我也卖了换钱了。"

她说得很平静，林依然她们听得却心惊胆战。

"这什么爹啊！"凌夏震惊到合不拢嘴，"不可以报警把他抓起来吗？"

盛一帆笑笑，"进去过两次了，出来还是接着赌，没用。"

她长出了口气，说："我很早就不把他当我爸看了。小时候我们家附近有个公园，里面有那种儿童娱乐设施，我同学们都去过了，就我没去过，我问他什么时候能带我去，他给了我一巴掌，说我攀比。"

"后来上初中，有一年交学费，我妈好不容易凑了一笔钱，结果他转手就偷去赌博了，我妈跪着求学校宽限两天，借钱给我交的学费。"盛一帆接着说，"我家是个小地方，这种事情传得快，我有几个同学知道了我爸赌博，手拉手围着我转圈跳舞，说我爸是个垃圾。从那个时候起，我就恨透了他。"

看着大家一张张瞠目结舌的脸，她又笑了笑，"总之，我很小就下定决心，以后一定要赚钱，赚很多很多钱，带我妈离开那个地方，离开他。高考完报志愿的时候，听人说程序员工资很高，我就学了编程。一开始徐工让我来你们这里，我不想来，他说做成功了有三十倍月薪的奖金我才来的。有这笔钱，加上之前攒的钱，我差不多就能付个首付了，到时候就把我妈接过来。"

听着她的故事，林依然终于明白了，为什么她那么在意别人对她的评价。她那些骄傲，其实也是为了掩饰心里的自卑吧。

"我的妈啊，太可怜了。"凌夏说，"我以为我前夫已经够渣了，跟你爸一比，小巫见大巫啊。"

"就这样，我妈还是不愿意离婚。"盛一帆无奈地叹了口气，"我真不知道她在害怕什么。现在他们两个人已经分居了，我爸还是天天找她要钱，要不到就打她。我帮不上忙，只能他要多少给多少。有时候接到我妈的电话，我真的会慌。"

"我想起来了。"林依然说，"就刘思维空降那天，你出去打了个电话，回来脸色就很不好，是因为这个吧？"

盛一帆点点头，说："那次给了三万。"

"三万？"成孟聆喊出了声。

"嗯，三万。"盛一帆自嘲似的摇摇头，"最近他没再要了，但早晚还得来。"

"所以你们问我为什么这么拼命做'宠爱'，我就是想尽快做成拿到钱，可能你们会觉得我太功利吧，但这对我来说，真的很重要。"

"师父，我不觉得你功利。"徐可认真地看着她。

"我也不觉得。"凌夏附和，"钱多好啊，我也爱钱。"

"反正我不相信婚姻。"盛一帆说，"这就跟赌博一样，运气好能安稳一辈子，运气不好呢？可能整个人就完了。"

"就是！"凌夏表示感同身受，"我前夫是在我孕期出轨的，发现的时候，我真的想死的心都有了。要不是觉得为这种人死不值，自己挺了过来，现在你们可能都见不到我了。"

"孕期出轨……"徐可听傻了。

"我这算不算教坏小孩子啊？"凌夏看着林依然，"她们这么年轻，是不是该给她们一点希望？"

林依然不知道该怎么说，此刻她想到的是肖全，是他出轨后她消沉的那些天，直到现在她都还在受这件事影响。她也不确定，她该告诉徐可她们什么。

几个人都不说话了，各自若有所思。

"算了算了，不说这些了。"凌夏打破了沉默，"都吃完了吧？我来收拾，收拾完干活了，我还等着拿奖金呢！"

大家同时站起来收拾桌子，凌夏又说："唉，我还是觉得，早几年遇到方路这样的人就好了，颜值又高、人又可靠，依然，你真的不考虑把他拿下啊？"

林依然觉得脸一下烧了起来，对啊，她们还不知道，昨天晚上她是坐方路的车回家的。

3

<<<

其实她也没和方路聊太多。因为之前凌夏和盛一帆的调侃，她总觉得自己心里有鬼，在方路的车上，一路都很紧张。

方路倒是很放松，他时不时从后视镜看林依然一眼，脸上挂着微笑。

"林小姐要是渴了，后座有矿泉水。"他说。

林依然向右侧扫了一眼，还真的有。"你平时开网约车吗？"她忍不住问，"后座还备着水？"

方路笑笑，"以前在风向资本上班的时候，偶尔要用这辆车接沈总，就备了水，后来就习惯了。"

"方先生对沈总，很忠心啊。"她话里有话地说。

方路听出了她的意思，但并没生气，"既然选择了做一件事，当然就要把它做好，也谈不上对谁忠心，说到底，都是对自己负责。"

林依然有些好奇，"那你当初为什么选择风向资本？"

"当初是被沈总的理念打动了。"方路看了眼后视镜里的林依然，"我之前在一家投行，和沈总有业务往来，接触过几次，他当时的投资观念我很感兴趣，正巧他在招人，我就跳槽去了那边。"

林依然仔细消化着这段话，"所以你现在站在曾凡这边，是因为曾凡的理念更合你的口味？"

方路一愣，轻笑了一声，"也没有这么简单。"

他话说得含蓄，反而激起了林依然的好奇心。"方路。"她向前倾了倾身子，问出了她一直想问的话，"我一直很想问，你现在是支持我们的吗？"

前面路口亮起了红灯，方路把车停下。"林小姐觉得呢？"他反问。

"我觉得是。"林依然坚定地说。

等红灯的八十秒，方路一直没说话。车子重新开了，他才说："我一开始确实不认可'宠爱'，我认为从当时的情况来看，'宠爱'的团队过于臃肿，开发成本较大，前景也不明朗，砍掉它对凌一科技有好处。至于后来你和曾总做的赌局，在我看来更是天方夜谭。"

"但和你接触了几次之后，又看到你们团队的发展，我慢慢觉得，你们也许真的能做成，所以能帮忙的地方，我就帮一把。"他说，"可能我被你们感染了吧，我也想看看，这个赌局最后会是什么样子。"

"你不会觉得亏吗？"林依然试探着问，"本来你是沈德最信任的人，现在为了我们，你跟他有了隔阂，他派刘思维空降凌一科技，肯定也是对你有防备吧？你难道就不想再争取一下他的信任？"

她暗有所指，方路也聪明，一下就听了出来，"林小姐不必担心，我既然决定了支持你们，就不会突然变卦的。"

谁知道你会不会，你对沈德，不就是突然变卦的吗？林依然腹诽。

两个人一时沉默。过了一会儿，林依然又想到今晚发生的事情，"对了，方先生，还没有好好谢谢你。今天真的多亏有你。也不知道怎么回事，最近总是给你添麻烦。"

方路摇摇头，说："林小姐别客气，其实也是我唐突了。因为不小心听到你们的对话，总觉得身为 CEO 助理，还是应该出面一下。"

"还好你听到了。"林依然语气里透露着庆幸，"帮了我们大忙。"

"你不会觉得我在跟踪你们就好。"方路一语中的，"我今天确实是和朋友去吃饭的，刚才也是先送了他回家，结果回来就又碰见了你。"

发现自己心思被猜中，林依然脸红了，"没有没有，我没往那个方向想，今天确实挺巧的。"

车子拐了个弯，林依然打量着方路的侧脸，感觉有些迷醉。"哦，还有……"方路打断了她的思绪，"上次你和刘思维在公司发生争执的事，曾总没有生气。他之所以当时没和你多说话，是怕会在公司有不好的传言，并不是因为责怪你。林小姐可以不用担心了。"

"你怎么知道我在担心这个？"林依然睁大眼睛。

方路笑笑，说："察言观色，这是我的专长。"

"曾凡怕什么啊？"她说，"我们是他的直属部门，他不是也发了几次邮件说明了吗？"

"邮件是一回事，公开为你讲话是另一回事。"方路解释，"尤其是思维点破之后，她在那么多人面前直接提到曾总给了你们特权，哪怕很多人知道不是这样，也难免会产生一些想法。我必须说，思维这一步走得很高明。"

"心机。"林依然忿忿地说，"她就是存心针对我。"

方路忍不住回头看她一眼，"你喝酒了？"

"你怎么知道？"林依然问。

"你每次喝了酒，胆子都很大。"方路说。

"每次？"林依然糊涂了。

"嗯，我听曾总说的。"方路解释。

林依然还是有些困惑，她好像就和曾凡喝过一次酒啊，都八百年前了……

她刚想追问，突然整个人缩了一下，"哎哟。"她捂住肚子，忍不住喊出了声。

"怎么了？"方路立刻减慢了车速，后面一辆车不满地鸣笛，呼啸着超过了他们。

"没事没事。"林依然示意他别分心，"胃有点疼，老毛病了，一到秋天就这样，真没事。"

她强忍着胃里的灼烧感，坐直身子，手还按在肚子上。方路从后视镜看了看她发白的脸，慢慢把车子靠路边停下，在手机里敲了几个字，接着，他重新发动汽车，猛打方向盘，在前面路口掉了个头。

"方先生，路错了……"林依然提醒他。

方路没理会，又踩了一脚油门。

4

<<<

十分钟后，方路从路边的药店走出来，拉开林依然一侧的车门。

"给你胃药。"他说着，递给林依然一盒药片和一杯从药店借来的温水，"放心，没什么副作用，我以前也有这个毛病，都吃的这个药，见效比较快。"

"我知道。"林依然接过来，"我吃过。"

　　胃疼得厉害，她也顾不上多说什么。拿出一片药，接水的瞬间，林依然的手碰到了方路的手指，不由得往回缩了一下。方路似乎也有些迟疑，他停了停，又把水送到林依然手里。

　　林依然默默吃完药，再一抬头，正对上方路温柔而担心的眼神，一下又不好意思了。"那个，其实你不用专门来药店的。"她小声说，"我家里也有药，回去吃也一样。"

　　"没关系，药店比你家近。而且……"

　　"嗯？"林依然等着他往下说。

　　但方路没有继续，"你胃不舒服，还喝酒？"他岔开话题。

　　"我就喝了一点点。可能还是季节的问题，每年都是，秋天快来了就这样，冬天就好了。"

　　方路又笑了笑，"有时间还是去医院检查一下吧。"

　　"忙完这阵子再说吧。"林依然喝完水，说，"睡觉的时间都快没有了，哪有时间去医院啊。"

　　两个人沉默了一会儿。药慢慢起了作用，林依然觉得没那么难受了。方路又坐进车里，载着她往原来的方向开去。

　　林依然的脸还是有些红，她偷瞄了一下方路，心底渐渐浮起一些异样的感觉。

　　方路明显感受到了她的视线，"林小姐不要再和我说谢谢了，最近我听得已经够多了。"

　　"谁要跟你说谢谢。"林依然脸更红了，"我是想问，这个方向你回家顺路吗？很晚了，不能耽误你回家。"

　　"顺路。"方路简单地回答。

　　林依然彻底不知道该说什么了。她心里有点乱，也不敢再看方路，只好盯着窗外，一直到车子停下。

　　"林小姐，你到家了。"方路说着，解开安全带，向后座的林依然探过手来。这个动作吓得林依然的心脏几乎都要停跳，但方路只是从她手里拿走了纸杯。

"这个就不留给你了。"他微笑着说，"你记得把药带走。"他指指林依然身边放着的胃药。

林依然迅速回过神来，"药我就不拿啦。"她轻快地跳下车，关上车门，对着车里愕然的方路眨眨眼，"你不是偶尔也会不舒服吗？"

方路会意地笑了笑，"明天公司见。"

他开车走了。林依然在原地傻站了一会儿。

"明天公司见。"挺普通的一句话，但她总觉得方路好像另有所指，是表示他很期待明天在公司见到她？

说实话，她也有点期待。

一股夜风吹过来，吹醒了林依然。她拍了拍自己的脸。什么时候了，还在想这些，不会真的被凌夏那些话影响了吧？方路只是关心一下她而已，并不能说明什么啊。

这样说服着自己，林依然失魂落魄地走进小区，胃疼的事早被她忘了。

方路的车并没有开远，他转过一个弯，在小区一侧停下。林依然看不到他，但他能看到林依然，他看着她在下车的地方愣了一会儿，进了小区。等到完全看不到林依然，他才松了口气，调低座椅靠背，向后半躺着。

今天他是不是有些冲动了？

徐可那件事他完全可以不出面的，但看到林依然，他还是忍不住走了过去。送完朋友，他也是准备回家的，但看到林依然在路边打车，他还是忍不住要去载她。

加上最近发生的各种事，他觉得越来越无法控制自己了。

林依然胃疼的时候，那一瞬间他什么想法都没有，只想着迅速找家药店，哪怕要绕路也无所谓，甚至觉得能以这样的理由多和她待一会儿，还有一点庆幸。

方路用力摇摇头，他调直座椅，发动了车子，往反方向开。

回想起刚才林依然小心翼翼偷瞄他的样子，他又露出了笑容。

5

<<<

方路，好像真的挺不错的。回家之后，林依然一直在想。

而且方路越来越给她一种熟悉感和亲切感，好像两个人认识了很久一样。到底是什么给了她这种感觉？难道说，她和方路确实很合得来？

不行不行，林依然你不能这么想，林依然劝自己。

不能纠结这些了，还有很多事要考虑呢，比如"宠爱"的推广渠道还没有眉目，安卓端的开发问题迟迟没有解决……

这几天盛一帆一直在抓紧时间研究安卓端的开发，看得出来，这方面的工作量超出了她的预期。林依然倒不怀疑盛一帆的能力，只是她有些担心，如果安卓端迟迟不能上线，和iOS端错开太长时间的话，会很影响她们整体的运营。

但她还是没想出来，之前她差一点就想到的那个办法是什么。

下午，她去茶水间冲咖啡。一走进茶水间，她就后悔了——雷川正在咖啡机旁边站着。

看到是她，雷川笑着冲她打了个招呼："依然。"

林依然还是礼貌地笑一笑。她觉得屋里的空气都变得恶心了，径自走到饮水机那里接热水。

"哎，你们最近怎么样？"雷川居然又凑过来，"还顺利吧？马上就快两个月了，来得及吗？"

林依然笑眯眯地点点头表示"不用你担心"，接完水转身就走，把雷川扔在原地。

刚走到门口，身后传出一声怒喝："林依然，你给我站住！"

林依然本来打算一走了之，但想了想，还是站住了。她想听听他会说什么。

她重新转回身子，冷冷地看着雷川。

"怎么着？"雷川质问她，"我哪里得罪你了？我是你的仇人吗？"

"对不起，我还有别的事要忙，雷副总裁。"林依然语带嘲讽，特意加重了"雷副总裁"这几个字的语气。

雷川一下明白了她话里的意思。他双手叉腰，表情一半无奈一半愤怒，"行，我知道了。你这是瞧不起我了，觉得我是个见风使舵的人，特恶心、特垃圾，对吧？"

"那我怎么敢啊，雷副总裁。"林依然继续火上浇油。

"这职位不是我自己要来的。"雷川说，"徐工走了，总得有个人接下工程师团队吧？我不接手，能交给谁？"

"是是，不是您自己要来的。"林依然皮笑肉不笑，"您是什么人啊，雷副……"

"别再提这个词了！"雷川皱着眉头低吼着。

话一出口，他也觉得语气有点重，"你跟我过来！我有话说。"

6

<<<

他找了一个封闭的会议室，林依然神色平静地跟进去。

一进门，雷川就一拍桌子："说说吧，是不是觉得我没底线没原则，背叛了曾总？我知道，公司最近一直在传我的流言，说我讨好刘思维，你也这么觉得吧？"

"你自己觉得呢？"林依然反问。

"你以为我愿意吗？"雷川双手叉腰，来回走着，"这是职场！我能怎么办？曾总现在自身难保，如果我再跟刘思维对着干，会怎么样？明天你可能就看不见我了！那我的产品呢？我的团队呢？我是在凌一科技第一次招聘的时候进的公司，现在已经过去了三年，这三年里，你看到的多数产品里都有我的心血，这些就像我的孩子一样，我能说扔就扔吗？"

他猛地喘了一口气，接着说："是，曾总对我很好，我也很感激，我不是恩将仇报的人。你觉得我为什么这么做？就为了自己往上爬？你自己想想，公司四个副总裁，余杉杉是商务那边的，掌握公司的命脉，自主性很强，不需要站队。张恺摆明了就是刘思维的走狗，汤明哲又是个墙头草，我再不努力保住工程师和产品这些重要的方面，你觉得会怎么样？整个公司就都变成刘思维的了！你希望看到这种情况吗？"

林依然默默看着他，没说话。

"我讨好她，甚至当着曾总的面讨好她，我自己心里也不舒服，但我没办法。"雷川又说，"我知道，人要有骨气，要有坚持，然后呢？徐工有没有骨气？刘思维是不能直接动他，但给他来个釜底抽薪，拿走他手下的人，让他什么都做不了，结果你也看到了，公司元老被逼得走人，这教训还不够深刻吗？"

他说急了，咳嗽了两声，"徐工走之前，你知道他跟我怎么说的？'工程师团队就交给你了'，交给我了，依然！我身后这么大一摊子，我可以赌气不要，但徐工托付给我的，我能扔吗？当初是他把我招进来的，是他给我上的第一堂产品经理课！"

雷川说得激动，眼圈甚至有点泛红。林依然意识到，对于雷川，也许她真的想错了。

"雷川，我……"她欲言又止。

"你啊你！"雷川又指指她，"你跟我不一样。你那个小团队，风吹草动你都看得清楚，你不用担心刘思维搞鬼。你背后又是曾总，出了事他也能一次次把你保下来。但你不能因为你很顺遂，就不考虑别人的难处啊。"

林依然被他说得百感交集，"对不起，雷川。我不知道你和徐工还有这一层关系，我应该向你道歉。"

"算了算了，我不在乎你道不道歉。"雷川摆摆手，"总之，我就一句话，我不是你的敌人。你要怎么想我，我管不着，但我必须把话说清楚，我不是你想的那样，对于公司，我也是有感情的。"

林依然点点头，"我明白了。"

"你明白就行。"雷川一口气说了这么一大堆，似乎也累了，随手拉了把椅子坐下来，"你也不用觉得我好像跟个双面卧底一样，这些事，我没跟曾总说过，但我估计他心里也明白，否则我不觉得，他会这么放心地把这么重要的东西都交给我。"

他看看林依然，忽然笑了，"行了，光说我了，你那边怎么样？"

林依然也笑笑，"没什么问题，挺顺利的。"

"赶得及么？"雷川露出关切的眼神。

"赶得及。"林依然点点头。

"那就好。"雷川松了口气，"盛一帆呢？她自己忙得过来吗？我前两天还想起来这件事，她是做 iOS 出身的，安卓端她做得了么？还是你们就不上安卓版了？"

"要上的，一帆说她有办法。"

雷川扬起眉毛，"她这么说的？这个盛一帆，还真的没白把她分给你们。"他啧啧两声，"不过你也别硬撑啊，实在搞不定，我偷偷找俩工程师帮你们一下，也帮不上太多就是了，我这边人手也紧。徐工一走，有四五个人也要走，全乱了。公司安卓端的开发以前都是徐工统管的，他是资深安卓工程师，底下那些程序员都服他，我可没这个本事啊，把我愁得……"

"雷川，你刚才说什么？"林依然仿佛抓住了什么重点。

"说我愁啊。"雷川焦急地捋了捋头发，"都跟我要人，我最近都开始失眠了。"

"不对！是前面那句。"林依然焦急地说。

"前面那句？"雷川想想，"程序员都服徐工？徐工是资深安卓工程师？"

"就是这个！"林依然忍不住喊了出来，吓了雷川一跳，"我知道了，我知道该怎么办了！谢谢你，雷川！"

雷川一脸迷茫，"不是，你说什么呢？"

林依然顾不上回答他，"我得走了，不跟你聊了。"她满心兴奋，转身就往门口走，"今天的事我不会说出去的！"她补充了一句。

"等等，这到底什么意思啊？"雷川完全摸不着头脑，但林依然走得飞快，转眼就只剩背影了。雷川愣愣地站在原地，还是一副茫然的表情。

第二十二章　成　果

2017 年 9 月 7 日　距赌局截止日：71 天

1

<<<

"宠爱"的 iOS 版本，顺利通过了审核。

这个消息让所有人都很振奋。盛一帆计划再做一次测试，如果没有问题，"宠爱"就将在三天后，9 月 10 日正式上线。

"和安卓端一起？"林依然问。

"和安卓端一起。"盛一帆双眼炯炯有神。

两天前，他们终于搞定了安卓端的问题。

和雷川的交谈，让林依然想明白了她之前若无似有的那点想法。她们不是孤立无援，还有一个人，一个各方面都最合适、能帮到她们的人——徐工。

"他是安卓的高级工程师。"林依然对盛一帆说，"找他帮忙，会不会更好？"

盛一帆眼睛一亮，"对啊！我之前怎么没想到？"

林依然也很想问自己这个问题。曾凡早就和她说过，在安卓开发领域，徐工是业界数一数二的人物。只是要考虑的事情太多，她一时忘了这一点。

"我这就问问他！"盛一帆激动地说。

只过去不到一个小时，她就带来了好消息，徐工最近有空闲，他可以帮忙。

更好的消息还在后面。

盛一帆在电脑上敲了几个字，又抬起头来，一脸错愕。

"徐工说……"她似乎不敢相信她看到了什么，"他说，这件事可以完全交给他来做，比他教我会更快。"

"他全部都做了？"林依然也愣了，"一个人？"

"不是一个人。"盛一帆说，"他说他刚好在组建一个新团队，预备创业，手底下有几个厉害的安卓工程师，闲着也是闲着，只要我们信任他就行。"

"那他需要多久？"林依然紧张得心怦怦直跳。

盛一帆又敲了几个字，再次带着一张震惊脸抬起头，"三天。"

"三天？"林依然不知道是该狂喜还是该惊讶，"真的假的？"

"我也不知道。"盛一帆说，"他说可以，那应该就是可以吧。"

"依然。"凌夏戳戳林依然的肩膀，"你打我一巴掌行吗？我想知道我是不是在做梦。"

"不是梦，不是梦。"盛一帆紧接着说，"徐工都给我们计划好了，三天时间开发，然后提交审核。安卓端审核比较快，顺利的话，10 号之前就能上线，正好赶上 iOS 端。"

林依然挨个看着办公室其他人，大家都如坠梦里一般。"等一会儿……"她努力清醒了一下，"这样会不会不太好？他们肯定要加班加点去做，但做成了，成果都是我们的，我们也没有什么报酬可以给他们，等于让他们白辛苦了。"

"我说了。"盛一帆说，"他说，这跟我们没关系，就当他给曾总的告别礼物。"

林依然瞬间对徐工充满了感激。

"怎么办，依然？"盛一帆问，"要做吗？"

"做吧。"林依然用力点头，"既然他这么说了，我就不和他客气了。只要对'宠爱'有利，我就当这个无耻利用别人的恶人吧。"

"你现在说话比较像个资本家了。"凌夏取笑她。

林依然笑笑，没说话。她一边按照盛一帆给的指导，把徐工那边需要的数据和资料提供过去，一边心花怒放。

这一切都仿佛冥冥注定。

如果当初她们不坚持把"宠爱"做下去，沈德就不会发火。沈德不发火，刘思维就不会来。刘思维不来，公司就不会有现在这些权力斗争，徐工就不会走。徐工不走，她们的问题就不会这么快解决。

总之，林依然忍不住想：如果刘思维知道她在公司明里暗里搞的这些权力斗争，却间接帮了林依然她们一个大忙，会不会气到吐血？

2

<<<

9月8日，徐工和他的工程师团队几乎不眠不休，按时兑现了承诺。"宠爱"安卓版开发完成，提交各大应用市场审核，不出意外，10日，就可以和 iOS 端同步上线。

眼下只剩一个问题：推广。

以往公司的任何一个 APP 上线，都有一套完整的推广流程，运营、商务、市场、公关，几个部门协作，进行第一轮宣传。

但现在，林依然一个部门都指望不上。

刘思维掌控公司的后果，比她想像中更严峻。她本来还抱着一丝希望，找几个部门的负责人沟通了一下，但得到的结果是凄惨的。

分管运营和市场的汤明哲，给的理由是"相关员工休假了，没人"，公关部门给的理由是"没空"，商务那边，林依然干脆都没见到余杉杉，助理的说法是"出差了，不知道哪天回来"。

要么是站队刘思维、等着看她们笑话的，要么是不想掺和这场内部斗争的，林依然带着大家的期望在公司折腾了一下午，又带着失望回来。

"我们能不能绕过这几个负责人呀？"徐可提了个建议，"直接找经手业务的人？就算他们不能直接帮忙，能给我们提供一些联系方式也行，不会大家都只听刘思维的吧？"

"也有道理。"林依然点点头，"我再去试试，也不知道之前比较熟的那几个人，还在不在公司。"

"算了，我们自己做吧。"凌夏忽然说。

林依然回办公室之后，凌夏一反常态的一句话没说，她这突然的插话让林依然一时没反应过来，"什么意思，凌夏？"

"我们自己做吧。"凌夏抬起头，"公司不是不给我们资源吗？我们自己来。我刚才理了一下，我这边认识两个安卓应用商城的人，依然和一帆估计也有认识的，就算没有，我们找徐工问问，肯定也比求着公司那帮人好使。"

包括林依然在内，所有人都认真地看着她。

"我们自己想办法去和他们谈。"凌夏接着说，"能争取到推荐位的尽量都争取到，至于 iOS 那边，一帆你应该有办法吧？"

盛一帆想了想，说："我没跟他们沟通过这种问题，不过我知道怎么做，可以尽力试试。"

"那就这样。"凌夏一拍桌子，"我们把能用的资源都用起来，这种推荐又不是纯靠关系，我们的 APP 做得这么棒，应用商城肯定愿意给我们展示，我们虽然是小团队，但我们有特色呀。"

徐可忍不住笑了一声，周围紧张的气氛缓和了一些。

凌夏接着说："依然，那个大飞不是说有需要就找他吗？媒体宣传就找他吧。他平时写那么多稿子，肯定也缺素材，这么有话题性的东西，他不会拒绝的。"

"嗯，有道理。"林依然点点头，忙了一天，她居然把这一点给忘了。

凌夏说："只要'石锤'那边发了，其他媒体肯定会跟风，不怕没有传播量。况且我们刚组建团队的时候就是他采访的我们，现在再出一篇我们上线的稿子，也算是全程跟踪了。"

"我这就找他。"林依然已经拿起了手机准备联系大飞。

"那就解决啦。"凌夏摊了摊手，"能试的我们都试试，应用商城那边大家就各自去联系，最后汇总给依然，接下来该怎么谈，依然拍板吧。"

林依然看着她镇定自若的样子，有些感动，"凌夏，这么长时间以来，我第一次觉得，有你真好。"

"那是！"凌夏很得意，"我是谁啊，我……"

然后她一下反应过来，"等一下，什么叫'第一次'？依然你什么意思啊！"

3

<<<

林依然第一时间联系了大飞，大飞果然很有兴趣。听林依然说完这近两个月来的艰难历程，他更有兴趣了，还半开玩笑地说，幸好林依然先找的他，如果林依然把发这个稿子的机会给了别的媒体，他一定会写一篇文章来"黑"她。

说实话，林依然不觉得他做不出来这种事。

"那就拜托了。"她认真地说。

"放心吧！"大飞宽慰她，"五个人的边缘团队，披荆斩棘两个月开发出一款重磅 APP，这种有噱头的稿子，哪个媒体不喜欢？你不说我也会全力去写的。"

应用商城那边，她们五个人分成三组，各自出击，轮番和对方谈合作。因为不熟悉业务，实际谈起来她们才发现，时间上已经晚了，但经过不懈地游说和争取，她们还是拿到了几个推广位置。

两天后，9 月 10 日，"宠爱" APP 正式上线。

有不少业内人士记得当初她们五个人的采访，如今"宠爱"真的面世，立刻引发了一波下载潮和新的热议。大飞紧随着 APP 上线出炉的文章，也又一次展现出了他过人的业务能力。一篇《为了这款 APP，她们五个女生在公司杂物间待了两个月》在"石锤"发布后，多家媒体迅速转载，一下把"宠爱"的热度提到了新高度。

用"杂物间"这个词是大飞的主意。起初林依然只是随口提了一句，她们的办公室之前是商务部门的杂物间，却被大飞敏感地抓住了切入点。从标题和文章内容大肆渲染的氛围看，不知道的还以为林依然她们真的是在一间脏乱差的小破房子里搞出来的这个 APP。

林依然看着她们窗明几净的工作环境，总觉得好像有点对不起这间办公室。

不过大飞的切入点是成功的。五个女生组成的团队、恶劣的工作环境、职场歧视、绝地求生、最终做出了"宠爱"这个"无可挑剔"的 APP，这一系列元素凑在一起简直就是一个标准的当代女性励志故事。

而她们全新的首页设计、独特的交互理念也引起了大范围的关注，绝大多数是好评。之前那个问答网站上，又出现了新的问题——"怎样看待'宠爱'这款 APP？"

当初那个说她们"痴人说梦"的答主，这次口风变了，肯定了她们的成就，但也"理性分析"，认为她们只靠这么个小团队，很难做到"日活"百万。

凌夏和盛一帆齐刷刷地在底下评论了四个字："去你大爷。"

这一天，"宠爱"APP 单日下载量破五万。

整个办公室都充满了兴奋和喜悦。凌夏每隔半个小时就问一次盛一帆"我们的用户有多少了"，一开始盛一帆还高高兴兴地回答她，后来被问烦了，大吼一声："大姐，你等一等再问不行吗？"

她们自己也在上线后重新做了测试，除了有一个漏网的小 bug，其余全部正常。

盛一帆立刻着手开始修复 bug；徐可审核着 APP 里涌进来的视频，筛选优质内容推广；凌夏盯着新来的用户，从中选取优秀的账号；林依然和成孟聆则不断统计着 APP 内的各项数据变化以及截取各个网站、媒体的宣传页面，筛选用户对内容、操作体验和 APP 设计上的反馈。

虽然要做的事很多，但大家的精神都很饱满，持续上涨的下载量和用户数让她们兴奋不已。

只有林依然始终保持着冷静。对这个局面她有预期，她在等待的，是另一边的消息。

按照肖全之前说的，这两天应该就是优越科技"哎哟视频"上线的日子了。

4

<<<

"紧张吗？"方路问。

晚上十点，林依然和他两个人在公司附近的一家酒吧的二楼吧台肩并肩坐着。

说不清是谁邀请的谁。半个小时前，林依然最后一个离开办公室，刚巧遇到同样下楼的方路，内心又欣喜又慌乱，片刻的对视中，两个人立刻读懂了对方眼神的含义，方路心照不宣地问了一句："去喝一杯吗？"

林依然没有拒绝。她不想拒绝，她很高兴。

什么时候，他们之间开始有了这种默契？

就像"宠爱"全面上线后，她最先告诉的人是他一样。这几天里，为了"宠爱"奔波忙碌之余，林依然一直和方路保持着联系，求得徐工相助、在公司受阻、团队自己寻找推广手段、请大飞写文……这些，方路都比曾凡更早知道。

他提了很多建议和办法，通过他的人脉网联系了几个渠道，也给了林依然更大的精神支撑。两个人从交流工作到交流心情，林依然感觉，她和身边这个人越走越近了。

她也能察觉出来，方路对她，渐渐有了不一样的情感。

"不紧张。"林依然摇摇头，"兵来将挡，水来土掩呗，他们要上线就上线吧，我不觉得我们会输。"

方路微笑着看她，"你认输过吗？"

林依然认真地想了想，"有一次吧。"

"什么时候？"

"是……发现我前男友出轨的时候。"林依然晃了晃酒杯，"也不算认输，就是一开始还想把他争取回身边，后来就看开了，有些人不值得你这么做。"

方路扬起了眉毛，"还有这种事？愿意说给我听听吗？"

"方助理对这种八卦也感兴趣？"林依然调侃。

"我想多了解你一点。"方路看着她的眼睛说。

林依然心跳停了一拍，"其实，他现在是我们的竞争对手……"

总是重复这个故事，林依然自己都觉得无聊了，但她还是仔仔细细地说明了整件事情。方路听着，表情慢慢严肃起来。

"嗯，人是不怎么样。"方路算是听明白了，"但有时候越是这种人，作为竞争对手就越可怕。"

"对吧，你也这样觉得吧？"林依然表示认同，"不紧张归不紧张，我还是不会放松警惕的。抛开感情因素，我也要让他看看，不用那些肮脏的竞争手段，我一样可以赢！"

她鼓起嘴，一手握拳，给自己打气。方路看着她这种不常见的烂漫的一面，眼神愈发柔和起来。

"难得啊，方先生。"林依然没有看到他的神情变化，冲他俏皮一笑，"我们现在都有观点一致的时候了。"

方路还是微笑，"我希望以后会有更多这种时候。"

这句话里似乎包含着另一层意思，林依然的脸一下红到了耳朵根。她借着喝酒，把视线挪到窗外，假装在观察楼下的人。这家酒吧是方路挑的，据说是个明星开的店。酒吧靠近一条繁华的路，这个时间了，还有很多人在街上，有的走路，有的等车，一张张行色匆匆的面孔下是各自隐藏起来的心情。

看着看着，林依然有些触动。"你说，这些人里，有多少也是北漂？"她问方路。

"怎么想到了这个问题？"方路反问。

"就是在想，这么多人离开家乡来北京工作，大家都是想成就什么呢？"林依然说，"我最近一直想不通，你说我吧，说起来也算混得不错的，但仔细想想其实什么都没有，没有房，没有车，没有太多存款，也没有男朋友，只有所谓的一些成就，也很容易就会失去，那我奋斗的意义，到底是什么？"

方路有半晌没说话，他也看着窗外看了好一阵子，才开口说："其实这个问题我也想过。"

"那你的答案是？"

方路转过头，一字一句说："我们选择做一件事，难道只是因为它有意义吗？"

林依然被问住了。她呆坐在座位上，想了许久，用力点点头。

不是每件事都硬要冠上一个意义，只要是自己想做的事，只要能从中找到精神寄托，那它就永远有意义。

是不是赚钱，是不是有足够的回报，当然也很重要，但人一生中总要有些时候忘掉这些，单纯地、认真地去追求自己想要的吧。

想着想着，她的心情好转起来，刚巧她点的第二杯酒送到了桌上。林依然顺手端起杯子喝了一口，眼睛一亮，径直把杯子推到方路面前，"这个好喝！你尝尝。"

方路却愣住了，林依然思忖片刻，也愣住了。

她怎么就把自己的杯子推过去了？

这个举动，好像很暧昧啊！

现在收回来也不合适了，林依然脸色无比尴尬。好在方路反应很快，他拿起一个空杯子，往里倒了一点酒，一口喝掉。"是很好喝。"他说。

"我就是觉得太好喝了才……"林依然赶紧解释。

"没事。"方路笑着说，"我明白，你喝酒了。"

林依然愣了一会儿，才反应过来方路又在说她"喝醉了胆子会变大"的事。她一只手挡住脸，摇头苦笑，"完了，我觉得这要成为我一辈子的把柄了。"

她是随口说的，却让方路心头一凛。尽管知道林依然其实根本没注意到她自己说的话，但"一辈子"三个字飘入耳中，方路还是觉得自己心里有什么被触动了。

他很想取笑自己，这么大人了，还会被这么一个词扰乱理智，可看着林依然的侧脸，他又觉得，哪怕是误会，好像也不错。

只是，林依然还不知道。她还不知道，他其实……他脑中闪过一丝恐慌。

要告诉她吗？此刻也许是最好的机会了，但如果说了，一切还能保持现在的样子吗？

"依然。"他犹豫着开口。

"嗯?"林依然快速转过头来,眼睛闪闪发亮,"怎么了?"

方路顿了顿,指指她的手边,"你……你的酒好像洒出来了一点,小心别沾到衣服上。"

"哦,好。"林依然抽了张纸擦干了桌上的水渍。

"方先生还是这么细心呀。"她笑着对方路说。

方路笑笑,心有余悸。

他本来要说的不是这个,只是话到嘴边还是没能说出口。他害怕他说了之后,所有的东西就都被打破了。

他又悄悄看了眼林依然,这么多年,他还是头一次觉得内心这么煎熬,也是头一次觉得,一个普通的地方,一个普通的位置,可以这么美好。

如果时间停在这里,就好了。

5

<<<

林依然又何尝不这么想?

虽然她每次遇到方路,不是踩空楼梯,就是胃疼,虽然每次她好像都要出点丑,但最近和方路相处的时间,她都很珍惜。

难得有这种放松的感觉,和一个又温柔又聪明的人在一起,不用考虑工作,不用考虑她的赌局,她也希望,干脆让时间静止得了。

"宠爱"上线第二天,各项数据都在飞快地上涨,大家的心情都非常振奋。曾凡给她们全组发了邮件,鼓励她们继续努力。不断有各方渠道联系她们商议合作,好消息一个接一个,她们带着巨大的动力一刻不休地往前跑,停都停不下来。

晚上八点半,林依然从电脑前抬起头,感觉腰酸背疼。其他人还在紧张地工作,她静悄悄地站起身,打算到楼梯间去活动一下。

七层没剩几个人了。楼梯间黑漆漆的，林依然懒得把声控灯喊亮，就在一片黑暗里打开了手机。

她看着微信里"云先生"的名字，愣了很久。

八天，她已经有整整八天，没有和云先生说过一句话。

云先生联系过她，五天前，他给她留言，问她近况如何，怎么都不和他联系了。

林依然没有回复。

徐工的事情，让林依然彻底对云先生产生了防备。她自然感激云先生又给她指出了一个可靠的方向，是他给她暗示，让她多想想公司的人事变动中有什么可用的资源，才帮她想到了徐工的事，但反复想想这个过程，她却开始恐惧。

她确信，云先生的身份绝不单纯。如果真的像他所说的，只是"工作和互联网有一点交集"，那他知道的就太多了。他每次都装作不经意地给林依然提供建议和帮助，但其实他什么都明白，每一个细节他都算了进去，就像他就在林依然身边一样。

可如果他真的是林依然身边的人，为什么要以这样的方式和她相处？她想不出来会有谁愿意这样接近她，目的又是什么。

林依然原本打算就这样慢慢和他断联，不管他是什么身份，只要林依然坚持不回复，过上十天半个月，她和"云先生"这个名字，应该就会从此再无关联了。看云先生的处事风格，也不会死缠烂打，大家都是成年人，都清楚长时间不回微信代表着什么。他一定会慢慢淡出她的生活。

这样也好，林依然就不需要再纠结什么了，两个萍水相逢的人就此远离，再也没有瓜葛，对她来说也许更轻松。何况现在的她，足够强大，足够镇定，也有其他人能给她支持。

但自始至终都不知道云先生的真实身份，她真的甘心吗？

林依然想了想，有了一个主意。

她打开云先生的聊天窗口，打字："我们的 APP 上线啦！"

这段话刚发出去，她就听到楼上传来一声轻响，很像是手机接收到信息的提示音。

有人在楼上？林依然屏气凝神地听了听，没听到别的声音。估计是哪个跟她一样苦哈哈加班的小可怜也在楼梯间透气吧。

正想着，云先生给她回复了："我已经知道了，这两天到处都是你们的新闻。"

"你没第一时间告诉我，看来这阵子真的是挺忙的。"他又说。

"嗯，忙疯了。"林依然面不改色地回答。

又一声轻响。

林依然刚打算再说些什么，忽然觉得有些异样。

不对啊，她发一条信息出去，楼上就是一声手机提示音，这是不是过于巧合了？

等了片刻，她随便找了个表情发过去，第三声轻响。

她再发一个表情，第四声轻响。

一股凉意从林依然背后爬上来，真的不太对。如果不是巧合的话，难道说云先生，就在她楼上？

林依然蹑手蹑脚地走上两级台阶，伸头去看。那个人好像站在八楼楼梯间门口，从她这个角度只能看到微微一点光。

云先生又给她回复了："恭喜你们，'宠爱'我已经下载了，做得很棒。"

林依然无心打字，她发过去一张笑脸。

第五声轻响，非常清晰，而且分秒不差。

错不了，就是他！

"谁在那里？"林依然大声问了一句。

问完她就后悔了，林依然，你为什么要出声啊！

但已经晚了。楼上那个人马上关掉了手机，猛地向楼梯间门口冲去，大门被拉开，一片强光射出来。

"等一下！"林依然喊着，大步跑上楼。她只看到一个人的衣角在八楼门口一闪而过，伴随着凌乱的脚步声，门重重地向后弹回去。

林依然拼命踩着台阶往上爬，几乎是扑到门前，用力拉开门。那个人已经不见了，但听声音他跑向了电梯间的方向。林依然喘口气，继续往那个方向跑。等等啊！她在心里喊，等等我，让我看看你是谁，为什么要这样躲着我？

眼看就要跑到电梯间，冷不丁离她最近的一台电梯门开了，里面走出来一个人，林依然刹不住车，和对方撞了个满怀。

"啊！"林依然被撞得天旋地转，向后退了两步才稳住身子。对方被弹到旁边的墙上，狠狠地碰了一下，疼得弯下了腰。

"对不起对不起！你没事吧？"林依然赶紧过去赔礼道歉。她抬头看了前方一眼，这么一耽搁，刚才楼梯上的那个人已经消失了。

"你这人怎么回事？"被她撞到的人飞快地转过身来，"走路不长眼睛……林依然？"

林依然愣了，对方也愣了，被撞的人是刘思维。

6

<<<

有半分钟的时间两个人谁都没说话，彼此都有些诧异。

"刘总。"林依然先开口说。

"你怎么在这里？"刘思维上下看了她一眼。

"啊，我……"林依然迅速想着说辞，"我有点急事，要找个人，走得太快了，没反应过来。不好意思，没伤到你吧？"

"没有。"刘思维冷冷地说。看表情，如果撞她的不是林依然，可能她就发作了，但不知道出于什么目的，她没有跟林依然翻脸。

"那就好，实在是抱歉。"

刘思维没说什么，她从地上捡起自己的手机，站起身，打量着林依然，看得林依然心里有点发毛。

"刘总没事的话，我就先走了。"林依然刚转过身，就听到刘思维在她背后说："你等等。"

林依然转头看刘思维。

"听说你们的 APP 上线了？"刘思维不露声色地问。

林依然心想您这是装什么呢，还"听说"，好像一点都不在意似的。但她表面上还是客客气气的，"嗯，昨天上线了。"

"恭喜你呀。"刘思维露出官方微笑。

林依然不禁笑出了声，"刘总是真心的？"

"当然是真心的。"刘思维说，"能在短视频的垂直领域打开新市场，对公司是好事。"

虽然她说得很自然，但林依然也没有就此掉以轻心，"那就谢谢刘总了。"她轻描淡写地说。

"但要实现你们'日活'过百万的目标，可能还有点难吧。"刘思维又说。

林依然又笑了，"确实不容易，但我们会努力去做。"

"嗯，挺好。"刘思维点点头，"加油吧。"

走出八楼办公区，林依然才发现她出了一身汗。一部分是因为刚才跑得太急，一部分是因为和刘思维这场"对峙"，让她紧张到了极点。

刘思维的表现让她有些担忧。她要是真的气急败坏，林依然还觉得无所谓，反而出了口恶气。但她刚刚明显是一副胸有成竹的样子，好像早做好了万全准备，而且留有后手。这才是最可怕的。

可她和沈德还能怎么做？林依然一时想不出来。

想着想着，她的思绪又回到之前那件事上。林依然在楼梯上站住，回头看了看八层楼梯间的门口。

就在那里，十几分钟前，云先生就站在那里和她互发着信息。就差一点，她就能知道云先生究竟是谁。

还是说，其实她已经知道了？

林依然想起楼梯间大门关上的一刹那，她看到的那个衣角。

那是她见过的一件衣服。

第四部分

百　万

nv wang wuqian

>>>>>>>>>>>>>>>>>>>>>>

第二十三章 谷 底

2017 年 9 月 13 日 距赌局截止日：65 天

1

<<<

"宠爱"APP 上线后第三天，下载量突破了四十万，注册用户超过了二十五万。"日活"也是水涨船高，第一天四万出头，第二天十万。这天早上一上班，盛一帆宣布，"日活"已经达到了二十万。

"三天就二十万！"凌夏第一时间喊出了声，"那半个月岂不就……"

"你想多了。"林依然给她泼了盆冷水，"这是刚上线，很多人图个新鲜，这个数据很快就会回落的。"

盛一帆也跟着落井下石："对，还是得过两天看一下留存率，才能得到真实的结果。"

凌夏撇撇嘴，"唉，你们俩真没劲。"

林依然笑笑，没说什么。

虽然"宠爱"目前的表现很好，看样子甚至有希望再上一个台阶，但她一直都没敢真正放松过。产品还有很多要调整的地方，盛一帆也在准备新版本，现在还不是庆祝的时候。

更何况，优越科技这个强大的竞争对手，还在对她们虎视眈眈。

这几天她都是在忐忑中度过的，隔一会儿，她就上网看看"哎哟视频"上线没有，可让她意外的是，网上没有任何关于"哎哟视频"上线的新闻。

"依然，优越科技那边怎么还没动静啊？"凌夏显然也在关注这件事，她低声问林依然，"肖全上次那句话，不会是个烟幕弹吧？"

林依然皱着眉头想了想，她感觉不像，以她对肖全的了解，他不是这种虚张声势的人。

"你们那边有关于'哎哟视频'的消息吗？"她问办公室其他人。

大家都摇摇头。"可能开发上遇到麻烦了吧？"盛一帆猜测道，"我找徐工打听打听，他认识的人多。"

"不行就找方路！"凌夏冲林依然挤挤眼，"他人脉也广。"

林依然知道她想说什么，没理她。

她们都不知道她现在和方路之间微妙的关系，也不知道，短短两天时间里，她内心发生的变化。

方路，一想到他，林依然就觉得胸口一阵抽痛。两天前，她还觉得她找到了幸福的可能，但只过了一天，这些就被打碎了。

她也想过，是不是她搞错了，是不是她的记忆出现了偏差，这只是个误会。

但如果她没错呢？

她们一直等到晚上，盛一帆给出了答案。

"都别等了。"她大声说，"'哎哟视频'这两天肯定上不了了，他们临上线前出了 bug，正在修复。"

"bug？"林依然下意识地问。

"对，好像很严重。"盛一帆说。

"老天开眼了！"凌夏欢呼，"让肖全那么嘚瑟，这回他估计要被骂了吧？哎呀，我怎么这么开心呢。"

"那我们又多了几天时间，可以专心积累用户了。"成孟聆说。

盛一帆笑了一声，"千算万算，都没想到会来这一出啊。这些人都什么水平……"

林依然也有些懵。她想过"哎哟视频"上线后他们会面临的各种情况，唯独没想过这种事。这就好像两个人赛跑，还没开始呢，另一位传来消息，说他拉肚子了。

她心里燃起一分雀跃，立刻把其他事情抛到了一边。

没准这真的是个好机会。这多出来的几天时间，她们可以充分消化用户，快速抢占市场，等优越科技开始发力时，她们可能已经远远冲在前头了。

当然，前提是，一切真的可以这么顺利。

2

<<<

虽然林依然和盛一帆在"日活"这件事上都很谨慎，但"宠爱"随后的表现还是给了她们惊喜，不仅各项数据稳步上涨，两天后，在几个红人的带动下，又引发了一波新的热度。

配合着这轮传播热潮，她们很快发布了新版本。"宠爱"的"日活"一度冲到了四十万的峰值，尽管后续不可避免地遭遇了下降，但经过几天的监测，这个数据差不多稳定在三十万。

在互联网世界，这样的数字不是什么了不起的成就，但对于林依然她们来说，上线这么短时间，拿到这个成绩，已经足以让整个团队看到希望。

她们得到了几家应用商城的重点推荐，很多视频都成了"刷爆朋友圈"的常客，也出了几个"一夜爆红"的新人，一切似乎都顺风顺水。

　　甚至公司内部对她们的看法也悄然发生了改变，之前林依然她们在公司里出现，几乎人人唯恐避之不及，现在居然有一部分同事明里暗里表达了对她们的支持。林依然偶尔和他们打招呼，也有人笑了。还有人偷偷对林依然说，他也在用这个 APP，但他的内容数据很差，能不能"走个后门"？

　　只有一处小隐患，在"宠爱"发布视频的用户，不如她们预期的多。

　　"正常正常。"凌夏毫不在意，"大家肯定都在研究学习，做视频也需要时间嘛，等他们发现了这个乐趣，发布视频的就多了。"

　　林依然也觉得暂时没必要担心这个问题，毕竟，数据是不会骗人的。

　　她们趁热打铁，继续在内容上发力，在9月下旬，"宠爱"的"日活"最高到了五十万，似乎离百万的目标，真的不远了。

　　然后，在"宠爱""日活"达到五十万的第三天，9月25日，"哎哟视频"上线了。

　　对于竞争对手的实力，林依然她们从来没有小瞧过，始终紧张地等待着优越科技出手。

　　但"哎哟视频"真的上线了，她们才发现，她们还是低估了资本的力量。

　　铺天盖地，全网都是"哎哟视频"的通稿，各大应用商城在最显眼的地方给了他们长达一周的重磅推荐。他们上了热搜，买了各种资源，还争取到了不少明星的入驻，这给他们带来了惊人的话题热度和流量，一个知名男星养的小猪都火遍了全网。

　　他们的广告也迅速渗透到了各个角落，优越科技旗下的重要APP 都在给他们引流，新播的网剧也冠上了他们的赞助。林依然有一天去坐地铁，看到他们的广告在地铁站占据了一面墙，三位当红女明星一人抱着一只小猫，下面几个大字，"哎哟，萌化了！"。

　　林依然站在那里看了半天，恨不能把他们的二维码一把撕下来。

"哎哟视频"做的，还不仅限于此。

和林依然在同一家公司工作的时候，肖全就很擅长用一些擦边球的方式做宣传。到了优越科技，他继续套用了他擅长的方法。在大层面的推广上，"哎哟视频"看上去很正经，但在一些更"接地气"的渠道里，他们悄然把更能吸引眼球的内容作为了重点。

林依然不止一次地看到过，"哎哟视频"在某个论坛打广告，图片是个半露酥胸的女孩在地铁里旁若无人地刷手机，周围的人都盯着她的"事业线"看，配文："是什么，让小姐姐如此痴迷？"

说实话，林依然觉得这种推广很低级，也很无聊。

但她也承认，这是有效果的。

3

<<<

本来林依然她们都觉得，"哎哟视频"这么大的阵仗不算什么，"宠爱"已经占了先机，用户黏性十足，不会轻易丢失市场。

何况她们对自己的产品很有信心，看了"哎哟视频"平淡无奇的首页之后，她们丝毫不害怕被抢走用户。

可惜，她们又想错了。

"哎哟视频"上线仅仅三天，下载量就高达三百万，"日活"也迅速突破了五十万，而且势头非常猛烈。与此同时，"宠爱"的新用户增长速度开始急速放缓，留存率和"日活"同时回落，拉都拉不住。

五天后，"宠爱"的"日活"，跌回了二十万。

林依然和盛一帆还保留着一些残存的信心，盛一帆坚持说没有关系，这很正常，他们不能被动摇，等"哎哟视频"的这波热潮过去，数据还会回来的。

这份希望激励着大家度过了十一假期，假期七天里，她们一天都没休息。

"哎哟视频"的人似乎也没有休息，十一期间，他们发布了第一次更新。

这次更新，真正击碎了林依然和盛一帆的自信。最新版里，"哎哟视频"加入了激励分享的机制。用户每分享一次视频，就会得到金币奖励，金币收集到一定数量，可以按比例直接提现。

这一招太狠了，狠到林依然她们完全无从招架，甚至连复制这种办法都不可能。

因为她们没有钱。

两周过去，不到十月中旬，"哎哟视频"的体量已经远远超过了"宠爱"，并且还在持续攀升，至于他们的用户数，林依然都不敢去了解。

而"宠爱"APP几乎被人遗忘了，二十万左右的"日活"，低到可怜的用户增长，很多活跃的KOL用户眼见平台发展不力，也开始纷纷转投"哎哟视频"。

林依然不怪他们，他们也要打造知名度，要赚钱，必然是哪个平台火，就盯紧哪个平台。

她只怪自己没有做足充分的准备，高估了自己，也低估了对手。

她庆幸她已经把肖全的联系方式都拉黑了，不然这时候，他一定在得意洋洋地向她炫耀吧。

当然，林依然没有服输。她没忘记当初的目标，她们不是为了和优越科技争斗，是为了实现百万"日活"的约定，只要能达到百万"日活"，她们就是成功的。

只是，这个目标，看上去越来越遥不可及。

4

<<<

过了一个周末，时间来到10月16日，离她和曾凡的那个赌局

结束的时间，只剩一个月了。

周一一大早，林依然到了公司，发现除了盛一帆以外所有人都在，但是没有一个人说话。成孟聆困得眼睛都睁不开了。徐可和凌夏有气无力地和她打了声招呼，继续埋头在工作上。

大家都在等。

过了半个小时，盛一帆终于来了。她一进门，所有人都抬起头来紧张地看着她。

盛一帆知道这是什么意思，她摇了摇头。

"十九万。"她说，"昨天的最新'日活'。"

一股绝望的情绪在办公室弥漫开。林依然不敢相信自己的耳朵，十九万，近期的最低谷，她们已经走到了一个不能再差的境地。

还是没有人说话。林依然察觉到四周向她投来的目光，她抬起头，发现大家都在盯着她，眼神里是掩不住的慌乱。

林依然不知道她该说什么，给大家打打气加加油？喊两句鼓舞人心的鸡汤？说这些都是暂时的，一切都会变好？

最后她只是叹了口气，"开会吧。"

这是她们团队组建以来，她开得最长、也最令人沮丧的一个会。

她们几个围在办公室的白板旁边，一个接一个方案被提出来，又一个接一个被否决。大家的精神明显都不太好，她们不知道到底是哪里没做好，也不知道接下来该怎么办。好像能做的她们都已经尽力去做了，但又好像什么都不对。

"啊，烦！"会开到后来，凌夏绷不住了，直接坐在地上，"我们到底是哪里没做好啊，我们的产品是最特别的，内容质量也很高，为什么就是起不来？"

"再想想，再想想。"盛一帆说，"肯定还有办法。"

"我在想，是不是我提出的方案，方向上就错了？"林依然头一次开始否定自己，"用户发布视频的意愿还是不高，火的多数还是已经出名的那些人。或者我们简化得太狠了，用户并不习惯？"

"不会啊。"凌夏说，"我们的交互方式是得到大家肯定的，评价都很好啊，也有普通用户红了的例子，我觉得我们的方向没错。"

"那是宣传力度不够吗？"徐可说，"我妈都问我，为什么经常能看见'哎哟视频'的广告，但看不见我们的。"

"所以还是要砸钱？"凌夏叹了口气，"没有不砸钱的宣传办法吗？"

成孟聆一直在听，听到这句话，她抬起头，看了看林依然。

"你想到什么了？"林依然问她。

成孟聆又摇摇头，"不太确定。"

"不确定就别说了。"凌夏闷声道。

这个会开了三个小时，最后也没什么进展，林依然她们只得出了一个结论：继续想。

大家的失望都写在脸上，没人再说话，都对着电脑发愣。

林依然回到自己座位，心里也很难过。之前上线遇到阻碍，起码她还知道该往哪个方向发力，也都能想到办法，现在却像是往大海里扔石头，不知道要打中什么，完全找不到思路。

难道，她们就要这样失败了？

她随手拿起手机，才发现有一个未接来电，一个小时前妈妈打来的。

5

<<<

"喂，妈，我刚在开会，没听到电话，怎么了？"

林依然悄悄走出办公室，到楼梯间打电话。

直觉告诉她，她妈妈这个电话的目的跟以前一样。平时她都会通过微信跟家里人联系，偶尔视频通话一下，妈妈有急事的话，电话打不通也会习惯性地发微信给她。一般来说，只有电话，没有别的信息，只说明一件事：她认识的人里，又有人结婚了。

果然，妈妈随便问了两句她的近况，就直奔主题。

"依然啊，你还记得你高中的那个同学吗？就是经常跟你一块玩，还来家里吃饭的那个。"

"哦，记得。"林依然说了个名字。

"对，昨天我去超市碰见她了。哎哟，真是女大十八变，我都认不出来了，她叫我我才想起来她是谁。"

"妈，你等一会儿，让我猜猜啊，她也结婚了，是吧？"林依然在心里叹了口气。

"不光结婚了，她嫁得可好了。"妈妈兴奋地说，"老公是做什么高科技生意的，特别有钱。我看她穿着一身名牌，也不上班了，家里还住着别墅，开着一辆大车，你爸说那车得值五十多万吧。你说说，真看不出来啊，你们上高中的时候，她看着也不好看，天天跟在你屁股后面，你去北京上大学，她考了个大专，还羡慕你成绩好。没想到，现在她不仅有气质了，还会打扮了，跟以前真不一样了。"

林依然听得心里不是滋味，"妈，你想说什么，直接说吧。"

妈妈犹豫了一下，说："依然啊，妈还是觉得，不行你就回来吧。你也不小了，妈单位里的阿姨们都问你什么时候结婚，我都不敢说。对女孩子来说，事业有那么重要吗？嫁得好才行啊。你看你的老同学们，都回家结婚了，过得也挺好的，你不比她们差，肯定能找到更好的，你再想想……"

"妈，我同事叫我有点事。"林依然不想再和妈妈继续这个话题，"我先挂了啊，回头跟你聊微信。"

"哎，依然……"妈妈还想说什么，林依然迅速挂了电话。

她长出了口气，看看手机，苦笑了一下。

早知道她就不接了，偏偏在她心情最坏的时候，来这么一个消息。

她记得她妈妈说的那个同学，高中时她们俩关系确实很好，去年还联系过。如果是之前，林依然听到她嫁了个有钱人的事，心里估计没什么波澜，也不会受任何影响。

那时候她有底气，她的事业有了新进展，她在公司地位很高，工资也不低。

但现在……

林依然的心情沉到了谷底，她也不想回办公室，看了看七楼和八楼的拐角处，她一步步走上去，像上次凌夏一样，靠在窗边。

她当初的决定，真的是对的吗？

决定做"宠爱"，是对的吗？坚持要以五人团队继续下去，是对的吗？她入这一行，是对的吗？

留在北京，是对的吗？

说实话，她现在有些羡慕那个同学。她每天的生活，应该很舒服吧？不用担心收入问题，在家想做什么就做什么，家务活有保姆负责，闲下来就开车出去逛街、健身，有老公宠，不宠也还有钱，不会像她一样，30 岁了，还是没车没房的孤家寡人。

就算她可以不和他人做比较，可以安慰自己，有的人爱安稳的生活，有的人爱事业，她应该为她的老同学高兴，但她的事业却也濒临崩溃。

也许，那天在曾凡办公室，她就该认命吧。

如果她当时可以坦然接受"宠爱"被砍掉的命运，接受曾凡的安排，安安心心去做别的项目，也许她现在只需要每天上班认真工作，下班享受生活，而不是为了一个产品的命运搭上自己的一切。

如果她没有坚持说服曾凡做"宠爱"，曾凡就不会和沈德闹翻，至少不会这么快闹翻，公司不会乱，方路也不用在维护凌一科技和无条件听命于风向资本之间做选择，刘思维不会来，徐工不会走，公司的同事们也不用站队，一切都会风平浪静。

　　当然，这样的话，她现在的团队就没有了，凌夏、徐可、成孟聆和盛一帆就都要重新找工作了。

　　但谁又能说，她们离开凌一科技，就一定会过得不好呢？

　　也许她们的新东家也能发现她们的价值，徐可会找到自信，成孟聆能发挥她的长处，盛一帆也能证明自己，凌夏可能还会拿到更高的工资，凭什么她林依然就认定，只有她才能拯救她们呢？

　　仔细想想，公司近四个月来所有的动荡、所有的不稳定，归根结底似乎都是她造成的。假如"宠爱"如她和曾凡所愿，取得了成功，林依然还能说服自己，这个选择没有错。

　　但现在，"宠爱"眼看就做不下去了……

6

<<<

　　林依然这样一个人想着，眼睛有点发酸。她听到七楼楼梯间的门开了，赶紧收拾一下表情，转头看了一眼，随即又扭过头去。

　　是凌夏。

　　她不愧是最了解林依然的人，连她会在哪儿都知道。

　　凌夏小心翼翼地踩着台阶走上来，站到林依然旁边。"大家都担心你，不知道你去哪儿了。"她说，"我猜你应该是在这里。"

　　林依然没说话。

　　"依然，你没事吧？"凌夏又说，"你也别太难过，我们还是有希望的。"

　　"凌夏。"林依然缓缓开口，"你觉得我是一个靠不住的人吗？"

　　"不会啊。"凌夏毫不犹豫，"没有你，哪有的'宠爱'APP？哪有现在我们这个团队？别人我不敢说，但我当时决定和你一起做，就是觉得跟着你，我放心呗。"

　　凌夏"嘿嘿"笑了两声。林依然却一点都高兴不起来。

"但我把这件事搞砸了。"她垂着头,神情无比沮丧,"我口口声声说,要和你们一起做一个'日活'百万的APP,要打败优越科技,要让所有人不敢再小瞧我们,但我还是失败了。我不是一个好领导,我也没有做出一个成功产品的能力。我失败了,凌夏。"

凌夏终于意识到了什么,她凑到林依然身前,认真地看着她,"你怎么了?依然,这不像你啊。"

"我也不知道我应该是什么样了。"林依然的声音变得哽咽,"我觉得我什么都做不好,现在的'宠爱',还有以前那些失败的产品,还有我的人生……我现在觉得,从一开始,我留在北京就是个错误。"

她顿了顿,又说:"大飞当年没说错,可能,我真的是个'瘟神'吧。"

凌夏没说话,她看了林依然一会儿,突然间一声大喊:"林依然,你给我站起来!"

"你干吗?"林依然吓了一跳,"我本来就站着的啊。"

凌夏瞪着她,然后又笑了,"上次我在这里哭,你就是这么冲我喊的,我一直想报复你一下,终于让我找到机会了。"

林依然哭笑不得,"神经病。"

"我很正常。"凌夏正色道,"林依然,现在是你沮丧的时候吗?你问过我们怎么想吗?徐可和我说过,她很感激你把她收入团队,这几个月她学到了前几年工作都没有学会的东西。盛一帆也说过,你是她佩服的人。虽然我没怎么和成孟聆聊过,但我猜她也很高兴能被人重视,让她找到了努力的方向。我们都相信你、支持你,你自己在这里瞎琢磨什么呢!"

林依然默默地挨骂,一言不发。

"你觉得公司变成这样是你的错?"凌夏继续说,"明明是沈德的错!明明是曾凡要和沈德争夺公司的控制权,我们只是牺牲品!是因为你的坚持,现在的曾凡才有和沈德叫板的资本,你能不能不要把什么事都揽到自己头上？你还没有那么重要！"

可能是意识到话说重了，凌夏缓和了一下语气，"依然，你刚才说我们失败了，可我们没有啊！四个月的期限到了吗？公司说不让我们做了吗？没有啊！我们只是暂时被优越科技超过了，可我们还有接近一百万的用户，我们还有二十多万的'日活'！你怎么就能确信，我们没有机会反超呢？"

林依然脑子里一激灵，"你说得对。"她看着凌夏，眼神逐渐坚定起来，"我们还有机会。"

"对嘛！"凌夏点了点她的脑袋，"永远不放弃，这才是我认识的林依然。你觉得留在北京是个错误？是不是还觉得从事互联网行业也是个错误？你和我说过，这个行业让你找到了自己的价值，这是你喜欢的工作啊，遇到点困难就想打退堂鼓，你凭什么说你喜欢它？"

林依然眼眶一热，"其实，也不只是因为'宠爱'。"

她把她妈妈打电话的事情告诉了凌夏。

"就因为这个？"凌夏冷哼一声，"你什么时候也相信'女人嫁得好才是真的好'这一套了？我结婚的时候也有不少人夸我嫁得好，现在呢？"

"当然，我也不是诅咒别人离婚，但你好好想想，让你们俩互换，你去过她的日子，你乐意吗？她付出的，肯定不是你愿意付出的。退一万步说，就算你不想奋斗了，想找个有钱人嫁了，但感情还得看缘分啊，真的有个有钱人摆在你眼前，你确定他一定能看上你？"

林依然轻轻笑了，"我太傻了。"

"别胡思乱想了。"凌夏拍拍林依然的肩膀。"依然，我们认识这么久了，其他的话我不敢说，但我可以向你保证，你绝对不是'瘟神'。'宠爱'有我们一起努力，会成功的。"

"走了，回去了，大家都等你呢。"凌夏挽着林依然的手。

林依然点点头。

7

<<<

她和凌夏刚要离开窗边，就听到楼上传来一个声音："依然？"

听到这个声音，林依然心里一抖。

她转过头去，方路出现在她的视线里。他正从八楼大步走下来，"你们怎么在这里？"他冲凌夏打了个招呼，神色有些困惑，又有些紧张，"出什么事了？"

"没什么事。"凌夏看了一眼林依然，立刻读懂了她眼神里的意思，"我们太累了，来这里透透气。"

"嗯，没事。"林依然也说。她的目光在方路的风衣上停留了片刻，又挪回到方路脸上。

方路微微皱着眉头，看了她一眼。一瞬间，林依然从他眼中看到很多，有关切、有疑问、有担心，也有他一贯的温和，唯独没有心虚和责怪。林依然不禁想，难道她真的弄错了？

方路没有对刚才的问题过多纠缠。"你们还好吧？"他说，"优越科技最近势头很猛，我看了你们昨天给曾总发的周报，'宠爱'的数据下降了。"

"的确受了些影响。"林依然滴水不漏地说，"但我们已经在找应对方法了，我们不会让事情这样发展下去。"

"那就好。"方路点点头，"我个人认为，你们的内容方向和运营思路没有什么大问题，数据暂时下降说明不了什么，现在离你们当时定下的期限还有一个月，时间仍然是充足的。"

"谢谢你，方先生。"林依然坚定地看着他的眼睛，"也麻烦你向曾总转达，我们一定会实现百万'日活'的目标。"

方路赞许地笑了笑，"那我不打扰你们休息了，还有什么是我可以做的，随时找我。"

"你，你们……加油吧。"他深深地看了一眼林依然，似乎有千言万语说，但最终什么都没说，自己下了楼。

　　林依然差点就被这双眼睛攻陷。看来的确是她搞错了，如果真是她之前怀疑的那样，方路应该不会这么平和吧？

　　凌夏盯着方路的背影看了一会儿，等方路的脚步声差不多听不见了，才小声说："哎，依然，你有没有觉得方路现在看你的时候，眼神都特别温柔！"

　　"没有。"林依然赶紧掩饰。

　　"这你都看不出来吗？"凌夏不信，"很明显了！"

　　"真没看出来，你想多了。"林依然推她，"快走快走。"

　　"哦。"凌夏百无聊赖地向楼下走去。两个人走出去几步，她还是不死心，扭头又看看林依然，"依然，方路真的挺不错。我知道你有云先生了，但那毕竟是网恋，不靠谱。"

　　"能聊点别的吗？"林依然笑得有气无力。

　　"我说真的呢！"大神经的凌夏丝毫没听出林依然的异样，"多好的男人啊，又帅气又聪明又礼貌，还有钱。正好，实现了你想嫁有钱人的隐藏心愿。"

　　"你又知道他有钱了？"林依然随口问。

　　"你没注意到他的大衣吧？"凌夏说，"跟你说啊，上次我表弟回国，我和他去逛街，他就看上这款大衣了，结果一问价钱，你知道几位数吗？"

　　凌夏说了个令人咂舌的数字，"可怕吗？店员说了，这是限量版，全北京一共也没几件。"

　　林依然一下愣住，"你说什么？"

　　"我说全北京一共也没几件。"凌夏沉浸在感叹和羡慕中，"CEO助理就是不一样啊，我这种普通小员工，不吃不喝两个月都买不起……"

　　她自顾自说着，完全没注意到，在她身边的林依然，脸色渐渐暗淡。

第二十四章　成孟聆

2017 年 10 月 18 日　距赌局截止日：30 天

1

<<<

这两天，林依然召集大家开了两次会。心情好转，她的思维也活跃起来，慢慢找到一些可能对"宠爱"有用的细节修改，总算发掘出了几个新方向。

或许是她们的运气也跟着好转了，这两天，"宠爱"的数据有小幅增长。在这些积极信号的帮助下，几个人的情绪多少得到了改善，办公室的笑声也渐渐多起来。

但林依然清楚，这些修改，只是杯水车薪，她们还是没能找到最准确的爆点。

离最终期限还有 30 天。这一天她们下班早了些，长期的精神紧绷，大家的状态都不是很好。林依然决定让她们暂时缓一下，不到晚上九点，就赶着几个人下班回家休息。

成孟聆家离得最近，她打算在办公室做完数据分析再走。突然，她的手机响了。

"孟聆！"她一接起来，就听到一个大大咧咧的声音，"你在哪呢？我们都到你家楼下了，怎么按门铃没反应啊？"

成孟聆一愣，她忘了今天约了朋友到家里拿东西。

"抱歉抱歉。"她赶紧起身，一边打电话一边飞速收拾包，"我在公司加了一会儿班，已经出门了，马上就到！"

十五分钟后，她气喘吁吁地跑着，出现在朋友们面前。

"还说马上就到。"两个女生，其中一个撇撇嘴，"给你打电话的时候，你还没出门吧？"

成孟聆吐吐舌头，"我错了我错了，最近太忙了，我给忘了。"

"你慢点跑啊！"另一个女生温柔地笑笑，"不用那么着急，我们等一会儿没关系的。"

"太想见你们了呗。"成孟聆和她们有说有笑地聊着，一路上楼到家。她开了门，第一个说话的女生迅速冲了进去，直接扑在成孟聆家的沙发上，"啊，这一路累死我了！"

"月月，你换鞋！"成孟聆无奈地喊。月月冲她翻了个白眼。

另一个女生换了鞋，站在门厅，把手里拎着的东西递给成孟聆，"给你买了点蛋糕，记得吃。"

"心怡，你这么客气吗？"成孟聆接过蛋糕。

"总不能空着手来吧。"心怡有点不好意思，"而且是跟你借东西呀，这是费用。"

她和成孟聆一起往里走，"就借个相机，你跑这么远过来干吗？我给你们发快递不就好了。"成孟聆嗔怪。

"不安全呀！"心怡说话糯糯的，"而且我们也好久没见面了，正好来看看你。"

"就是！"月月帮腔，"都几个月没来你家了，我们还可以打游戏，交流交流感情。"

"不行。"成孟聆一口回绝，"我忙着呢，你们拿了相机赶紧走。"

"孟聆，你变了！"月月一个"大"字型躺在沙发上，大声控诉，"以前你都……"

她没说完，心怡打断了她，"孟聆，这是什么啊？"她指着屋里的一面墙问道，眼里写满了震惊。墙旁边摆着成孟聆的书桌，书桌上方有一张很大的白板，上面写满了字，还画着各个方向的箭头。

"没什么，随便写着玩的……"成孟聆像被人发现了秘密，有点局促。

"这是你工作的东西吗？"心怡好奇地问，"什么运营、页面之类的。"

"嗯，是。"瞒不过她，成孟聆只好承认。

"哦。"心怡拖长了声音，"难怪你现在都不怎么和我们联系了，原来每天下班回家还要弄这些。你们公司要求的？"

成孟聆赶紧解释："不不，这是我自己弄的，用来帮助思考。遇到思维卡壳的时候，写下来能想得更明白一点，写着写着就写了这么多……"

"你不是吧？"月月张大了嘴，"完了完了，孟聆你完了，你彻底变成公司的走狗了，是因为你上次说的那个很优秀的领导吗？她这么厉害，把你洗脑成这样。"

"你才洗脑。"成孟聆反驳，"我不能有点别的追求吗？"

心怡看着她，领会了什么。

她转过身，对着月月说："拿了相机我们就走吧。"

"为什么？"月月哀嚎。

"我没见过这样的孟聆，"心怡说，"我们不要打扰她。"

2

<<<

成孟聆脸红了，"我开玩笑的。你们先坐一会儿，我去给你们拿相机。"

她去书柜里翻找，另一边，月月又大声问她："对了孟聆，你们的 APP 怎么样了？数据好吗？"

"不太好。"成孟聆实话实说。

"我觉得你们的 APP 挺有意思的啊，怎么不火呢？"月月自顾自地说。

"我们也纳闷啊。"成孟聆找到了相机，拿在手里走回去，"可能是宣传不够，你看我们的竞品'哎哟视频'，广告都做疯了，但我们没钱，也做不了。"

"那就弄点不那么花钱的推广呗！"月月刷着手机不经意地说，"雇水军去论坛发发帖子，微信群搞一搞宣传，还可以跟一些小型的字幕组谈合作，把广告贴在他们做的视频里……能做的可多了，也没几个钱。你们甚至可以去热门微博的评论里蹭热度打广告，这些都可以做呀，你们不会不知道吧？"

"还真不知道，你给我看看。"成孟聆立刻放下相机，快步走过去。月月从手机里找了找什么，拿给她看。

"你们可以把'宠爱'里有趣的视频做个动图，加上水印后发在微博评论或者微信群里，就算有人看不懂水印，他问这是哪里的视频，你们一回复，不就多了个潜在新用户吗？"月月说。

成孟聆听着，思路渐渐清晰起来，"对啊，还可以这样做。"她喃喃地说。

"明白了吧？"月月很得意，"这些我平时见多了，很多小型 APP 就靠这些来推广。你们啊，就是以前太有钱了，典型的不当家不知柴米贵。"

"对了心怡。"她又说，"你怎么不去孟聆她们的 APP 发视频啊？你家不是有猫吗？"

"不知道怎么发。"心怡说，"感觉别人发的都很有趣，我拍的都太一般了。"

"随便发呗！"成孟聆说，"拍了什么就发什么。"

"那给谁看呀？"心怡撅了噘嘴，"我还是想有个主题。"

"孟聆你们发起几个话题呗。"月月打开了"宠爱"，"你现在让我发，我也不知道该发什么，这些点赞高的视频技术水平都太高了，我学不来。你们发起一些普通人也能随手拍的活动，让大家都参与进来呀。"

"对，就像'我家猫的睡姿'之类的。"心怡说，"那我就愿意发了。"

成孟聆呆呆地看着她们，"我知道了……"她想着想着，整个人跳了起来，"我知道了！"

心怡和月月都吓了一跳。成孟聆看着四周，一把拿过桌上的相机，塞进月月怀里。"好了，相机你们拿到了，快走吧。好好对它，我要开始工作了，忙完了和你们说！"

"孟聆你怎么这样，我还没躺够……"月月还在抱怨，成孟聆已经把她和心怡推出了门。

她关上门，冲回书桌前，心脏跳得厉害，刚才的对话不断在她脑子里打转。

月月一说她才想起来，以前下载电影看的时候，偶尔会看到 APP 或者个人自媒体品牌的推广，她当时还觉得这招挺不错的，怎么后来就忘了？

果然就像月月说的，她们这段时间太关注产品本身了，忽视了太多细节，能做的其实还有很多，比如更简便的推广、更精准的内容分类、更能吸引用户的热点和话题模式、更有趣的推送文案……

又仔细思考了一下,她打开电脑,在"宠爱"大群里发消息:"都在吗?有急事。"

"什么事?"林依然很快回复。

成孟聆发了一个"机智"的表情,"我知道我们该做什么了。"

这一晚,她们五个人讨论到凌晨两点。

林依然最先从这阵激烈的争辩中冷静下来,要求所有人都去睡觉。讨论结束后已经很晚了,但躺在床上的时候,成孟聆还是很兴奋,就像她第一次决定为"宠爱"构思新页面时那样。

还有什么没想到的?话题、内容、激励手段……她睁眼看着天花板,飞快地想,想着想着,又想到什么,她下意识地爬起来,冲到书桌前找马克笔。

她拿起笔就要往白板上写字,却发现眼前一片乌黑,原来她连灯都忘了开。

她愣在原地,忽然笑了。

我这是在干什么?她一下想到月月晚上说的"孟聆你完了",她真的彻底变成所谓的"公司的走狗"了吗?

但她心里明白,她现在的样子,不是为了公司,不是为了奖金,甚至也不是为了什么成就感,她只是纯粹地享受这个过程。

能找到一份自己热爱的工作,不计成本不考虑结果,就是单纯地沉浸在其中,这是她一直在追求的乐趣。这和她喜欢踩着滑板听着风声去上班,没有什么本质上的区别。

在黑暗中站了一会儿,成孟聆又笑了笑。她拧亮台灯,继续埋头在那块白板前。

3

<<<

几天后,林依然她们搞了个大新闻。

她们先悄然做了一版更新，然后又在全网发布了一个视频。

视频是盛一帆和徐可花了一天一夜的时间剪辑出来的，为了这个视频，两个人几乎两天没睡觉。

视频的内容来自"宠爱"的第一次话题视频征集——"身边的有爱瞬间"。

简单说，只要是用户觉得有爱的事情，都可以拍下来，发到"宠爱"上。

这个征集配合着新版本一起推出，在新版本里，她们加入了话题功能，也就是成孟聆从她的朋友那里获取的建议。

成孟聆说了她朋友的意见之后，林依然才意识到，大概是她在这一行太久了，习惯了站在从业者的角度去思考，从而忽视了一个关键点：她们的 APP，不管是内容还是形式，虽然都得到了很高的评价，但对于那些不太了解互联网的用户群体来说，还是有门槛。

而这个群体，才是真正的大多数。

徐可和成孟聆几乎整个重看了一遍 APP 里现有的视频内容，找出了一批时长较短、拍摄简单的视频，盛一帆则用算法加重了这部分视频的展示比例，让更多人可以看到。随后，她们重新调整了方向，把话题作为下阶段的重点。

单是确定第一批话题，她们就花了整整一天。几个人热火朝天地讨论，想到一个合适的就写下来，然后再开始筛选。林依然分析了过去半年里全部的热点，综合了用户的关注趋势，力求每一个选出来的话题，都能戳中用户的痛点。

一个一个话题被拿掉，随时又有新的话题替换进来，讨论到口干舌燥，最后她们确定了十个话题，并把"身边的有爱瞬间"作为全范围推广的第一个话题。

之后又是一轮不眠不休的人工作业。她们先手动把贴近这个话题的热门视频内容进行打标签和归类，盛一帆又更新了系统，用户再发布视频的时候，就可以直接打上标签，让视频自动出现在相关话题页面里。

一切筹备完毕，她们正式推动了新版本的上线。

最初大家还没有抱特别大的期望，结果版本更新之后，短短一天之内，"身边的有爱瞬间"这个话题下就积累了几百条短视频投稿，有宠物相关的，有情侣间甜蜜秀恩爱的，有抓拍路人的，有的温馨，有的感人，有的搞笑，感觉每个用户都在用心地分享生活。

征得发布者的同意，她们精选了一部分热门内容，剪成了那个公开发布的推广视频。

这个视频，彻底引爆了"宠爱"的热度。

视频冲上了各个平台的热搜，关于"宠爱"的讨论热度值不断升高，看搜索网站的数据，最近三天，她们新版本的火爆程度远超旧版本。

视频爆火的当天，她们拿到了接近三十万的下载量，第二天，又是三十万。"身边的有爱瞬间"话题下，视频内容已经超过了一万条，最热门的几个视频，浏览量达到了百万级别。

10月23日，新版本发布的第三天，"宠爱"的"日活"数达到了史无前例的七十万。配合着她们在各个论坛、网站、微信群上做的"不怎么花钱"的推广，大量的新用户开始涌进来。

这些推广基本上是林依然和凌夏做的，两个人申请了各种小号，自卖自夸、自问自答。

用凌夏的话说："不知道的以为我们多高大上，其实跟街上贴小广告的也没多大区别。"

"有用就好了。"林依然笑笑。

"我有空了就帮你们。"成孟聆说，"我朋友这两天一直在给我出主意。"

"不用。"凌夏摆摆手，"你就告诉我们该怎么做就行，你现在是我们的'锦鲤'，可不能把你累着了。"

成孟聆难得一见地脸红了。

有过前车之鉴，这一次面对数据的疯长，林依然她们没有特别激动，只是在办公室叫了个外卖，"聚餐"庆祝了一下。

大家默默地达成了共识——在"宠爱"达到"日活"百万之前，最好不要太兴奋。

4

<<<

"宠爱"的急速发展，很快引起了优越科技的警觉。

"哎哟视频"也做了改版，一定程度上模仿了"宠爱"的模式，不过他们不敢大范围改动现有的布局，只是在页面里加入了一个类似于"宠爱"首页的"探索"入口。

他们也开始试着做话题，推出的第一批话题，在调性上和"宠爱"非常接近。

对此林依然并不是很关心。她已经不再在乎"哎哟视频"会怎么做，她在乎的，只有怎样在最后期限冲到百万"日活"。如果说最初她还有一丝想和"哎哟视频"一较高下的心思，现在也完全打消了。

但让所有人都没想到的是，突变，再一次发生了。

10 月 24 日，程序员日。

林依然她们提前给盛一帆准备了一份礼物，一个很高级的腰垫。盛一帆特别开心，和她们说了谢谢，第一时间就把腰垫认认真真地放在了椅子靠背上。

本来林依然还特许她放假半天，不计入年假，但她拒绝了，"等目标实现了，再给我放假吧。"

她一说"目标"，林依然忍不住环视了一圈办公室。看到大家默默工作的样子，她不禁有些感触。

她们的目标终于有希望实现了，林依然却不觉得多么激动。她更在意的，是这一路走来，大家身上的变化。

每个人都得到了成长，没有方向的找到了方向，没有动力的拥有了动力，团队全员从一开始的自我怀疑变成了现在的无所畏惧。而公司也在短短几个月里变得物是人非，熟悉的面孔离开了，以前见面能打个招呼的疏远了，她们有了朋友，也多了很多敌人。

还有，他……

想着想着，林依然觉得有点失落。

她解锁手机，打开微信，向下翻了翻，看着那个被她置顶的名字，想着这个名字代表的不同身份。

片刻后，她晃了晃脑袋，你想什么呢？她在心里质问自己，干活去吧，现在不是你伤春悲秋的时候啊。

她正在内心天人交战，旁边的凌夏突然大喊了一声，差点把她吓出心脏病。

"凌夏！"她敲敲凌夏的桌子，"你能不能不要一惊一乍的？"

"不是，你来看这个！"凌夏似乎很生气，"这都是什么啊？"

她把电脑转了个方向给林依然看。屏幕上是几张宣传图，每张图上都有一个胸大腰细腿长人美的女生，她们一人举着一个牌子，牌子上印着一句宣传语，林依然看了两张，就有点看不下去了。

第一个牌子上写着："程序员哥哥今天不加班,房已开,等你来。"

第二个牌子上写着："程序员哥哥别太辛苦了,晚上下面给你吃。"

配合图上风情万种的女生，这已经算是赤裸裸的性暗示。林依然不禁感到一阵恶寒。

"这是什么啊？"她皱皱眉头，发出了和凌夏一样的疑问。

"'哎哟视频'今天做的程序员日宣传。"凌夏指了指图片下面"哎哟视频"的图标和二维码，说，"厉害吗？这还没完呢，你再看这个。"

她又打开了另一个页面，看样子是"哎哟视频"和某个知名两性用品公司联合做的推广。林依然以为之前那组图片已经够赤裸了，没想到这个活动的宣传语更狠。

也是几张图片，暧昧的配色和引人遐想的图画下面，他们用的宣传语包括但不限于"今天少出力，晚上更用力""我的事业线，是你最好的鼠标垫""今夜，不打开电脑，打开我"……

每张图的最下方还有一行大字——"程序员·日"。

林依然看完，冷哼一声，"挺好，很符合肖全的风格。"

"我真的服了。"凌夏一脸嫌弃，"好好一个关怀程序员的日子，一定要用这种'下三滥'的手段吗？"

"怎么了？"听到她们俩的讨论，其他三个人也产生了好奇。凌夏把这两个推广发给她们之后，她们全都沉默了。

"垃圾。"盛一帆毫不掩饰内心的厌恶。

"网上都'炸'了。"凌夏说，"估计他们自己觉得挺机灵的吧，但我看几乎所有人都在骂他们，这也太不尊重人了，程序员过节，女生就要送上去给他们睡？还能更恶心一点吗？"

林依然翻了翻网上的讨论，网友几乎一面倒地批评"哎哟视频"这次的推广，有比较敢说的女性"大V"甚至直言这是"文明的倒退"。随着言论的发酵，已经有人说要抵制"哎哟视频"，还上传了卸载的截图，连带着那个两性用品品牌都受到了攻击，逼得他们不得不迅速发布道歉声明。

"营销文案侮辱女性"这个话题，也迅速冲上了全网热搜的第二名。

但林依然能想到肖全的反应，他不会觉得这有什么问题，估计他现在正得意呢，觉得自己又做了一次漂亮的营销，给产品带来了极高的热度。

想到之前肖全为了和她们竞争做的各种事情，林依然不得不承认，他这种为了达到目的不惜一切的做法，也许真的是有用的。

只是这种事情，她可能永远都学不会。

她也不想学会。

5

<<<

中午，林依然趴在桌子上休息，迷迷糊糊快要睡着的时候，一阵手机铃声把她惊醒了，再一看来电显示，她彻底不困了。

居然是曾凡打来的电话。

"曾凡？"林依然赶紧接起来。

"依然，是我。"曾凡的语气很平静，似乎并不着急，"你看到我给你发的信息了吗？"

信息？林依然赶紧打开电脑，果然有一条未读信息。"不好意思，我刚才睡着了。"她愧疚地解释，"我现在就看。"

"没事。"曾凡宽慰道，"事情出的比较突然，我觉得有必要知会你一下，那你先看，我等着。"

他没挂电话，林依然带着满脑子的问号点开曾凡的信息，里面是一个链接，她点进链接，只看了两分钟，就明白了曾凡为什么要给她发这个。

又是一个热搜，名字是"哎哟视频色情内容"。

看时间，这个热搜差不多是紧跟着上午批判"哎哟视频"的宣传文案出现的，这件事的热度非但没减，反而愈演愈烈。有几个"大V"找出了"哎哟视频"里一些涉及色情的内容，挨个发了出来，图文并茂，非常详细。

不用想也知道网友是什么反应。"哎哟视频"上一个热搜还留在前十，这个热搜已经迅速冲上了前五，一时间全网都是批评和指责的声音。而且，随着加入讨论的网友越来越多，被挖出来的不良内容也越来越多，看得林依然触目惊心。

　　如果只是网友的批判，曾凡估计也不会这么急迫地发给她，更关键的还在后面。几个"大V"的微博下面是一个政府官方微博的转发，配文："视频网站乱象，谁该为此负责？"

　　短短一句话，算上标点符号也就十四个字。

　　但林依然在这个行业里摸爬滚打了这么多年，很清楚这意味着什么——"哎哟视频"要出事。

　　"看完了吗？"曾凡在电话里问。

　　"看完了。"林依然说，"你的意思是，我们趁这个机会做一些正面的宣传，把'宠爱'的知名度打起来？"

　　"不。"曾凡严肃地说，"现在有个更紧急的事需要你们去做。你们五个今天下午最好暂停手上的其他工作，把'宠爱'里的所有内容再仔细审查一遍，有涉及违规的内容立刻删掉。"

　　林依然领会了他的意思，"上面有消息了？"

　　"还没有正式的文件。"曾凡说，"但刚才内容审核组的人告诉我，监管部门给他们发了临时通知，要求各个视频网站展开自查，杜绝再出现这样的情况。"

　　"我明白了。"林依然说，"我马上就开始弄。"

　　"好。"曾凡顿了顿，又说，"你们最近的数据很不错，这次改版很成功。"

　　"准备好给我们发奖金吧。"林依然和他开玩笑，"我们离百万'日活'可不远了。"

　　曾凡低声笑了笑，"你先忙，等你们实现了最终的目标，我有事情要告诉你。"

　　说完他就挂了电话，留下一头雾水的林依然还举着手机。

　　有事情要告诉我？那就说啊！林依然在心里吐槽，遮遮掩掩的干什么？

　　她一边在群里发了一条"休息好了赶紧回来"的信息，一边想，曾凡要告诉她的，究竟是什么呢？

他还有别的产品构想？要给她们别的工作安排？还是他觉得三十倍月薪的奖金配不上她们的辛苦付出，要加钱？

6

<<<

"哎哟视频"的这场风波，持续了整整一天。

被政府官方微博点名之后，估计他们也慌了，终于正式出来道歉，并表示要立即整改。半个小时不到，他们就删光了那些被网友找出来的敏感内容。

但针对"哎哟视频"的批评还在继续，不同领域的媒体人都加入了口诛笔伐的大军，也有政府媒体发布了长文，对视频网站的审核机制提出了质疑。

"活该。"凌夏看着电脑说，"让他们这么没底线，遭报应了吧？"

没人说话。除了盛一帆，团队里剩下的四个人都在紧锣密鼓地审核"宠爱"APP里的视频内容，一刻也不敢放松，生怕漏掉什么。只有实在累得不行了，大家才刷刷网上的最新动向，权当换换脑子。

好在上次改版，她们对每个视频的时长做了限制，还一直鼓励用户上传更短的内容，这大大减小了一部分审核压力。尽管是这样，工作量仍然很大。她们四个从下午两点审核到晚上十点，也只看完了一半的内容。

林依然从电脑上挪开视线，活动了一下脖子，感觉头晕眼花。

"依然，我看不动了。"凌夏有气无力地说，"我脑子都快不转了。"

"我要出现幻觉了。"成孟聆说，用力拍了拍自己的脸。

"今天就到这里吧，我们明天再继续看，也没有那么着急。审了这么多视频都没发现违规的，感觉'宠爱'里应该没有多少危险的东西。"林依然看着大家疲惫的神情，给她们下了"赦免令"。

几个人纷纷松了口气，伸懒腰的伸懒腰，关电脑的关电脑。"下班咯！"凌夏喊道。

"那我们之后怎么办呀？"徐可收拾着桌上的东西，开口问，"照现在这个速度发展下去，'宠爱'将来的内容只会更多，我觉得我们可能会审不过来。"

"不是可能，是肯定审不过来。"凌夏帮腔。

"我也不知道。"林依然摇摇头，"暂时只能这样了，希望等我们实现了百万'日活'后，产品稳定了，曾凡能给我们调几个审核的人过来吧。"

"我怎么觉得这么不靠谱呢。"凌夏说着，又看向盛一帆，"盛一帆，你就不能做一个自动审核视频的软件吗？我们都要疯了。"

"我要是能做出一个这样的软件，早就发家致富了。"盛一帆敲着代码，面无表情地说，"我还上什么班？"

凌夏带着怨恨地瞪了她一眼，"早知道就不给你送腰垫了，累死你。"

可能是因为白天太累，林依然居然"因祸得福"，难得睡了一个好觉，第二天还不小心错过了闹铃。等她到办公室的时候，其他人都已经在了。林依然带着歉意推门进去，却发现她们四个人都用奇怪的眼神看着她。

"怎么了？"林依然下意识地去摸自己的脸，"我把口红涂歪了吗？"

"依然，你还不知道吗？"凌夏的声音既震惊又兴奋，"'哎哟视频'下架了！"

第二十五章　成　功

2017 年 10 月 25 日　距赌局截止日：23 天

1

<<<

林依然用了十几秒的时间，才反应过来她听到了什么。

"下架了？"她睁大眼睛问，"为什么？"

"还不知道呢！"凌夏说，"总之是下架了，所有渠道都下架了。"

看其他人的神情，不像是开玩笑。林依然赶紧打开电脑，果然，全网都在讨论，"哎哟视频"从凌晨开始，在各个应用商城都搜不到了。有的渠道没有给出解释，有的渠道回应称"暂时下架，上架时间待定。"

林依然顺手拿起手机，又听到盛一帆说："别搜了，我早晨已经把每个应用商城都搜了一遍，全都没有'哎哟视频'。不仅如此，他们的 APP 也打不开了。"

"APP 也打不开了？"林依然露出难以置信的表情。

"打得开。"成孟聆回答，"但没有任何内容。"

林依然找到她手机上的"哎哟视频"，确实能打开，但开屏界面之后，首页是空白的，紧接着弹出了一个提示："您好，系统升级中，请稍后再试。"

"这是什么意思？"林依然皱起眉头。

"可能有两个原因。"盛一帆说，"要么是应用商城怕担风险，强行让他们下架，等内容整改完之后再上；要么是他们发现违反政策的内容太多，一时半会审核不完，就自己关闭了内容访问，申请各渠道下架，等全部筛查完再说。"

"这是有多少敏感内容啊……"林依然不禁叹道。

"玩脱了呗。"凌夏耸耸肩，"依然，你应该高兴啊，我们的竞争对手垮了，我们的机会来了呀。"

林依然总觉得心里不踏实，"不说这个了，我们先赶紧把我们的内容审完，争取下午之前搞定，可以吗？"

其他人都点点头，继续紧锣密鼓地投入战斗。

过了一个多小时，林依然等到了"哎哟视频"的官方声明。看这个声明的意思，他们在紧急展开自查后，"发现大量利用审核漏洞发布的违规内容"，所以"暂时在各应用商城下架"，并且"停止用户访问"，请用户们耐心等待，近期会给出重新上架的时间。

其余的都是些套话，什么"期待一个更洁净的'哎哟视频'"，什么"呈现一个正能量的全新产品"。

凌夏读着这则声明，冷哼一声，"'利用审核漏洞发布的违规内容'，说白了就是没怎么审核吧？"

林依然把声明反复看了两遍，从电脑后探出头去，"一帆，你估计他们需要多久才能重新上架？"

"不好说。"盛一帆说，"单从程序的角度来说，不会太久，但出了这么大的事，他们的口碑基本上完了，肯定要躲一阵子舆论，重新上架之后能不能回到之前的体量，也是个未知数。"

"那他们的用户会到我们这里来吗？"徐可怯怯地问，"同类型的 APP，目前只有我们了吧。"

"肯定会的。"林依然说，"但我们不能寄希望于用户自己过来，我们要主动出击。"

其他人看着她，都严肃地点点头。

林依然又露出一个鼓励的笑容，"我们按照原有的进度去做，希望下一次更新，就是我们胜利的时候。"

2

<<<

虽然"宠爱"的进度很顺利，虽然最大的竞争对手已经歇业，虽然大家都做出了十二分的努力，但残酷的现实还是告诉了她们，想实现目标，没有那么容易。

"哎哟视频"下架后，如同林依然猜测的，确实有一批新用户涌入了他们的平台。经过凌夏不懈的游说，几个此前活跃在"哎哟视频"的红人也转到了她们这边。与此同时，林依然也争取到了一些新的宣传资源，又做了一轮推广。在这些动作下，"宠爱"的"日活"又出现了一个上涨的小高峰，三天时间，冲到了九十万。

但她们的好运气，似乎到此为止了。

根据盛一帆看到的数据，"宠爱"的下载量还在上升，新用户也在不断地进来，每天也都有大量新的内容发布，可她们的"日活"数据，始终锁定在九十万上下，无法往上突破。

又过了一天，她们做了第四次版本更新，在第三版的基础上，加了更强大的算法和更新颖的设计。为了这个新版本，盛一帆和徐可几乎搭上了半条命。

然而，这个她们寄予厚望的版本，却没能达到她们的预期。

版本更新当天，"宠爱"的"日活"一度超过了九十五万，第二天，又回落到了九十万。

林依然她们没有放弃，继续尝试着各种方案，但这最后的十万"日活"，就像一道深深的壕沟，她们无论如何都跨不过去。

更要命的是，团队成员能够承受的工作量都到了极限。

她们的工作量早就超过了"饱和"的概念，大家全靠一口气撑着。凌夏经常没来由的心慌，每次要大口喘一会儿气才能稳定下来；徐可整个人瘦了十斤；成孟聆开始忘事，注意力迅速下降；盛一帆一天要喝三杯咖啡，脾气变得异常暴躁。

林依然自己也好不到哪里去，她用了各种办法试图晚上快速入睡，但还是整晚整晚地失眠。一合上眼，她脑子里全是"宠爱"的各项数据，甚至会在梦里惊醒。

林依然知道，这些都是焦虑导致的，但她也不知道能怎么办，每天光是强打起精神逼自己起床，就几乎耗尽了她所有的能量。

最先崩溃的是徐可。有天下午，几个人正在紧锣密鼓地分析数据，徐可突然往桌上一趴，放声大哭。

"徐可！"林依然立刻冲上去，"你怎么了？"

徐可一句话都说不出来，只是哭，哭得浑身颤抖。成孟聆也跑了过来，又是给徐可倒水又是安慰她，过了好一会儿，徐可才止住了嚎哭，改成了不断地抽噎。

"到底怎么了？"林依然担心地问，"发生什么事了吗？"

"我不知道。"徐可抽抽搭搭地说，"就觉得……心里很慌，控制不住自己……"

"累了吧？"盛一帆说，声音听上去有气无力，"正常，我现在也很想找个没人的地方大声喊一喊。"

"你们能不能不吵了！"结果凌夏先喊起来，"我正跟人谈合作呢，你们一吵，发错窗口了！哭什么哭啊！有哭的力气多干点活不行吗？"

"你怎么说话呢！"盛一帆也怒了。

"什么我怎么说话呢？"凌夏喊回去，"马上就没时间了！你们不急，我急！"

"凌夏！"林依然瞪她，"别再说了，我们都着急啊。"

凌夏气鼓鼓地闭上了嘴，徐可吸着鼻子又回到电脑前。

"徐可，你休息一会儿吧。"林依然劝她。

但徐可摇摇头，"没时间了，依然姐，我不能休息。"

办公室弥漫着一股焦躁和消沉的气氛。林依然不知道该怎么劝徐可，她自己也很乱，很想原地躺下，一了百了。

"依然，我觉得这样下去不行。"成孟聆站起身，皱着眉头看了林依然一眼，"这样还没到百万'日活'，我们自己就先倒了。"

林依然当然知道这样下去不行，"我再想想办法。孟聆，之前的那些小推广，你都做了吗？"

"做了，昨天又全铺了一遍。"

"再去铺一遍。"林依然说，"每天都要弄，一个地方都不能漏。"

成孟聆神色复杂，但还是点了点头。

"一帆，前两天找出来的那几个 bug，你改了吗？"林依然又问盛一帆。

"改了啊。"盛一帆说，"你不是都看了吗？"

"好好。"林依然说，"你在做新版本？"

"对。"

"再快点吧，争取这两天就能发新版，新版对数据提升作用比较大。"林依然说道。

盛一帆想说"你把我当神仙呢"，但也忍住了，回复了一句："我尽快。"

林依然继续把头转向凌夏，"凌夏，再拉几个红人过来，最好今天就搞定。徐可，你那边的推广渠道再扫一次，能要的位置，全都要过来，让我们怎么配合都可以！"

"依然。"凌夏抬起头，"这些我们都在做，做了两轮了，效果真的一般，没有别的办法了吗？"

"我知道，我知道，我在想。"她挨个看着办公室的人，几个人的脸上都写着麻木和绝望。林依然深吸了一口气，反复地揉着头发。的确，能做的她们都已经做了，她也想不到什么更好的办法了，现在她越是逼自己去想，心里就越慌乱。

难道，她们要止步于此了？四个月的努力，就这样功亏一篑？

她不可能奢望曾凡说"九十万'日活'已经很好了，给你们打个折，就算你们完成了任务吧"，他不是这样的人。

林依然的自尊，更不允许她有这种得过且过的想法。

3

<<<

11 月 10 日，赌局进入最后十天。这十天过后，将决定她们五个人的命运。

徐可崩溃之后，唯一的好处是，经过一次发泄，大家的情绪似乎稳定了一些。虽然"宠爱"还是卡在那个关键的节点上，但她们至少能正常沟通了。

只是这些对于现状，没有任何帮助。

"我们还能想点别的办法吗？"凌夏叹着气说，"这么多天了，'日活'一直是九十万，这样下去不行啊。盛一帆，你是不是算错了？其实我们早就破百万了。"

盛一帆冷哼一声："来来来，你算得准，你来算，我给你让位子。"

她作势要站起来，凌夏赶紧低下头，假装什么都没发生。

"依然。"成孟聆想了想，说，"我在想，我们是不是想办法做一点置换？现在我们体量大了，和其他 APP 做流量置换，他们应该会乐意。我们没钱做广告，这是最不需要花钱又最有效的办法了。"

"来不及。"林依然摇摇头，"我们这边没接触过其他平台，光是敲定合作，可能都不止十天。"

说着，她扶住额头，"之前只顾着做 APP，忘了推广这部分了，我应该早点去谈的。"

"要不我们自己凑一点钱，买些广告得了。"凌夏说。

"不行。"林依然不同意，"你们给公司开发产品，还要给公司垫钱？没有这种道理。"

"这不是特殊时期吗？"凌夏说，"也不用很多，之后做成了，让公司还给我们就是……"

"我说了不行。"林依然斩钉截铁地说，"别想了。"

凌夏还想说什么，办公室的门突然被人敲响了。

"请进。"林依然说。

门开了，进来的人是他们谁都没想到的，雷川。

这位副总裁把门推开到一半，倚在门上，看上去心情非常好。"都在呢？"他乐呵呵地问，"来，你们出来一下，有好事跟你们说。"

好事？几个人都向林依然投来疑惑的目光，林依然自己也是一头雾水。

"怎么了？"她问。

"你们过来就知道了。"雷川卖关子，"快快，赶紧的。"

众人互相看了看，迟疑着站起来。林依然第一个走过去，其他人跟在她后面，她跟在雷川后面。走出办公室，拐了个弯，没走几步，雷川就停下了。

不知道什么时候，七层的办公区换了格局。以前林依然她们办公室外面坐的是商务的人，现在他们好像都搬走了，十几张擦得干干净净的桌子前，坐了别的同事。林依然能认出几个，但反而更困惑了，这些人按理说并不是一个部门的啊。

这些人似乎都在等林依然她们，看到她们出现，一群人"呼啦啦"全站了起来。

"来来来，介绍一下。"雷川高高兴兴地抬起一只手，指着林依然她们的方向，"这位是林依然，这几位是凌夏、成孟聆、徐可、盛一帆，也就是'宠爱'团队的成员。"

他大手一挥，又指着对面的十几个人对林依然他们说，"那这边呢……就是'宠爱'团队的新成员了！"

新成员？林依然她们五个面面相觑。

见林依然一脸迷茫，雷川拉了她一下，"别愣着了，我再给你详细介绍一下。这边是运营的同事，这段时间就由他们做'宠爱'的运营，有事尽管交给他们。这边两位是工程师，旁边那个是给你打下手的产品经理，再旁边是设计，都是精英啊。对了，这边还有两位，是咱们负责商务拓展的同事，业务都很熟练，你需要什么渠道的推广，告诉他们，他们帮你搞定。"

"从今天起，你们就是一个团队了。"雷川接着说，"虽然只有十天的时间，但还是希望大家能好好合作，一起把'宠爱'做好。"

他一口气说完。林依然对面这群人都冲她点头微笑，有的人还鞠躬，好像都清楚是怎么回事。

只有林依然她们，什么都不明白。

"怎么都不说话？"雷川看着她们，"太高兴了，懵了？"

林依然眨眨眼，她大概弄懂了什么。"雷川，你来一下。"她低声和雷川说，指指旁边的一个会议室。

4

<<<

"哦，好。"雷川点头，还不忘招呼"宠爱"的"新成员"们，"你们先收拾一下东西，看看网络什么的有没有问题。"

那群人都坐下了。林依然头也不回，径直往会议室走。雷川紧跟着她，凌夏她们紧跟着雷川，一行人又走进了会议室。

"这是怎么回事？"会议室门一关，林依然就问，"怎么突然要给我们加人？"

雷川喘了口气，表情平静了一些。

"说实话，我也不知道。"他摆摆手，说，"我前两天收到通知，让我给你组织一帮人手，我好一顿忙活啊，好不容易凑起来，昨天就让他们搬过来了。你们都没发现吧？"

林依然盯着他，"给你下通知……刘思维吗？"

"可不是吗？"雷川说，"除了她，谁还有这个权力？运营、拓展那边的几个人，是汤明哲让我挑的，工位变动这些事，是张恺亲自安排的，不是刘思维发话，他们俩能这么配合？"

他身后，凌夏她们面面相觑。林依然紧皱着眉头，不敢相信她听到了什么，"所以……刘思维想帮我们在最后十天做到百万'日活'？"

"那八成就是了呗！不然她费这么大劲干什么？哦，对了，她还跟我说，预算上不给你们设限，你们想怎么花就怎么花，拿给她报批就行。"

林依然彻底迷惑了，"刘思维的态度，不就是沈德的态度？"

"对啊，不然呢？"雷川反问。

"沈德要把'宠爱'做出来？"林依然继续问。

"哎哟，你可别再问了，依然。"雷川连忙打断，"你管他要干什么呢，这是好事啊。你看你们这一个个的，都跟刚从地里挖煤出来的一样，一下子多这么多人手，你们也轻松了，能做的事也多了，想那么复杂干吗？"

林依然没说话，她脑子里一时间有太多的想法。

"只剩十天了，姐姐。"雷川又劝说道，"别想了，干活吧。你就当沈德良心发现了，行不行？先把百万'日活'完成，一切之后再说，好吗？"

林依然想了一会儿，"行。"她换了个友好的表情，笑了笑，"那先这样吧。谢谢你，雷川，给你添麻烦了。"

"别别……"雷川反而不好意思了，"我也没干什么，还需要我再带你们见见新人吗？"

"不用了。"林依然说，"我们一会儿自己去认识一下，正好拉近拉近关系。"

"行，那我就忙我的去了。"雷川说着，转身往门口走，"我这边也忙着产品改版呢，把我累得啊……"

"雷川！"林依然又想到了什么，她上前几步，在门外喊住他。

"怎么了？"雷川转身。

"这件事，曾凡知道吗？"林依然问。

"知道。"雷川点点头，"我都跟他汇报过了。"

"他怎么说？"

"他？他什么都没说，就说让我照办，然后就出门了。"雷川似乎也很不解，"不知道他在想什么，按理说这件事是有风险的，万一刘思维使坏，不就全完了？不知道他葫芦里卖的什么药。"

林依然也猜不透曾凡的想法，"所以你也觉得会有风险？"她问雷川。

雷川低声说："当着你手下的面我不好直接说，我是不敢百分百相信刘思维。不过你也别紧张，分给你的人，都是我一个个认真筛选的，最大限度帮你避开了雷区，不保证绝对没问题，但八九不离十，你们多少小心一点。"

林依然点点头，"真的太谢谢你了，雷川。"

"别别，好歹我们也共事过，我不能坑你啊，是不是？"雷川憨笑着，又想起来什么，"对了，你这几天是不是没什么工夫看信息啊？"

"怎么了？"林依然问。

"方路找我好几次了，问你们的情况，说给你发信息你都不回。"雷川接着说，"姑奶奶，您有空给他回一下吧。我哪知道你们的具体情况啊，问了我一篓子问题，没问出个所以然，还批评我，好像我工作没做好似的。你体谅体谅我这个夹在两头做人的卧底吧。"

林依然点点头，"我知道了，不好意思，这阵子确实太忙，漏看了不少信息。"

但她心里明白，她不是漏看，她就是不想回复。

5

<<<

林依然回到会议室，凌夏她们迅速朝她凑了过来。

"我没听错吧？"凌夏问，"刘思维帮我们加人手？"

"还有预算。"盛一帆提醒她。

"她这是卖的什么药啊？"凌夏小声说，"这女的之前不是天天跟我们对着干吗？沈德又什么时候跟我们站在一条战线上了？"

"不过我觉得雷川说得对，这是好事，我们有希望完成目标了。"成孟聆撑着下巴说。

"但你们不觉得很诡异吗？"凌夏看看大家，又看看林依然，"依然，你觉得呢？"

林依然一直在低着头思考，这下总算抬起头来。"是很诡异。"她顿了顿，"但也是好事。"

她看着大家，笑了笑，"不管沈德的用意是什么，总之，我们缺人，现在人有了，缺钱，钱也有了，时间看起来也足够，让'日活'再涨十万，我觉得没什么问题。"

盛一帆也点头，"孟聆，你不是想投广告吗？这下我们能投了。"

但凌夏好像还不是很踏实，"我总觉得心里没底。"

"不想了！"林依然挥挥手，"就这样吧，我们出去和新同事们见见面，认识一下，再看看怎么分配工作。这十天我们什么都不要想，就全心全意把'日活'冲到百万吧。"

她们各自带着困惑跟新同事们开了个会。一下子多了这么多人，林依然居然有些不习惯。幸好就算加上这些人，总人数也不过是"宠爱"团队"巅峰"时的一半，她重新熟悉了一下情况，很快就抓住了节奏。

雷川没说大话，在人员的筛选上，他确实费了不少心力。调到林依然这边的人都是业务熟练的优秀员工，做事非常仔细，而且不知道他们是从这次临时的岗位变动里嗅到了什么，还是他们各自的上级给了他们绩效要求，这十一个人动力十足，完全服从林依然的安排。

四个月来，林依然第一次有了一种有条不紊、游刃有余的感觉。她调了五个人去帮徐可筛选内容，分给凌夏三个人做运营和拓展。盛一帆则带着两个程序员马不停蹄地研究更好的算法。

最后还剩下一个男生，他也是十一个人里唯一一个正牌产品经理。林依然过去和他合作过，是个很靠谱的年轻人。他在凌一科技的两年里成长迅速，公司的人习惯叫他的外号"小熊"。

看到林依然，这个25岁的男孩子露出了一个阳光的笑容，"依然姐。"

"还叫我姐？"林依然瞪他，"我上回怎么和你说的来着？"

"习惯了。"小熊挠挠头，"那个，我要做什么？"

林依然想了想，指指成孟聆，"你跟着成孟聆吧，产品方面的事情主要是她在负责，你有什么想法就和她讨论。"

小熊点点头。林依然又把头转向成孟聆，"孟聆，这是小熊，产品经理，你带他吧。"

成孟聆向这边转过身，随意笑了笑。小熊直勾勾地看着她，一下子好像忘了该干什么。

凌夏敏锐地捕捉到了八卦的气息。"哎哟，脸红了？"她调笑道，

"怎么？没见过这么好看的女孩子？"

小熊赶紧摇头，"见过……不是，不是说她不好看……挺好看的……不是……"

他语无伦次，脸更红了。

盛一帆"扑哧"笑出了声。成孟聆倒是毫不在意，大大方方地观察了小熊几眼，看得小熊越发紧张。

"你好好干活啊！"凌夏故作正经，"孟聆可是我们组的宝贝，你敢惹她生气，看我怎么收拾你！"

小熊连说了好几遍"不会不会"。

看他手足无措的样子，林依然有些于心不忍。她笑着说："行了，你别欺负他了。小熊，你去孟聆那边吧，先了解一下产品。"

两个年轻人互相打了招呼，小熊半蹲在成孟聆旁边，一说起工作他就把刚才的紧张扔到了一边，认认真真听着成孟聆给他介绍"宠爱"的产品细节。凌夏偷偷看了看他们，转回头对林依然说："依然，你觉得他们两个般配吗？我觉得特好。"

林依然不说话，斜眼看着她。

"我知道了，我不说了。"凌夏坐正身子，"我干活了。"

接下来的几天，一切都可以用"扶摇直上"来形容。

林依然大胆地尝试了以前她们没有精力去做的所有方案。全新的话题、全新的内容机制、全新的算法和全新的界面……"宠爱"的每个细节都做了优化，配合着大面积铺开的宣传推广，长时间没有突破的数据终于开始有了明显的起色。

她们五个人从来没有这么高兴过，忽然间什么都不缺了，新同事和她们配合紧密，也从多个角度给她们提供了新思路和新办法，完善了"宠爱"的整体构思。

不过雷川说的话，林依然也记在了心里。产品的核心部分，她并没有让后来的人插手，把潜在的影响降到了最小。

内心深处，她还是对刘思维有所防备。

当然，该利用的她也在利用。刘思维说预算不限，林依然也没客气，直接签下了几个短视频领域最火的红人。在商务拓展同事的帮助下，她们的第一轮广告也以最快的速度投了出去。

如果说有什么小插曲，那就是小熊。因为外面没有足够的桌子，林依然她们五个"元老"这几天还在原先的小办公室里工作。小熊天天往林依然她们办公室跑，一会儿说要和成孟聆分析数据，一会儿说要和成孟聆讨论新想法，有时候还和成孟聆一起吃午饭。林依然她们都心照不宣地看在眼里，后来小熊每次一出现在办公室门口，凌夏就一脸坏笑地说："又来看我们孟聆啦？"

小熊自然红着脸说一些"讨论工作"之类的话。

这多少给林依然她们紧张的工作提供了一点乐趣，而更大的满足，则来自于"宠爱"不可阻挡的壮大。

九十三万、九十五万、九十八万……"宠爱"的"日活"飞速攀升，数据全面上涨。终于，在七天后，11月17日，离最后期限还剩三天，她们的"日活"突破了一百万！

盛一帆在团队的工作群里宣布了这个消息，一时间群里全是各种庆祝、撒花的表情。伴随着群里的回复，她们听到一阵欢呼声，隔着办公室的玻璃门，她们能看到外面的人夸张的肢体动作，有的人还站了起来。

相比之下，最该欢呼的五个人，却出奇的安静。

6

<<<

徐可趴在了桌子上，盛一帆保持着平时的姿势没动，林依然、凌夏和成孟聆几乎同时向后仰靠在椅子上。几个人互相看着对方，都轻轻地笑了笑，表情既疲惫又轻松。

凌夏指指办公室外头，"这帮人还欢呼呢！一共就干了七天活，有什么好激动的？"

"别这么说。"林依然说，"他们也是暂停了手上的工作，专门来帮我们的。没有他们，我们也实现不了目标呀。"

"还有小熊。"盛一帆附和。

徐可"噗嗤"笑了一声。成孟聆瞪了盛一帆一眼，自己也无奈地摇摇头笑了。凌夏短暂地兴奋了一下，又叹了口气，"唉，好累。"

"你不激动吗？凌夏。"林依然问她。

"不知道。"凌夏说，"我觉得有点不真实，我们真的就这样完成了？"

"你要是希望再来点挑战，我可以在程序里加个 bug。"盛一帆习惯性地怼她。

"你闭嘴吧。"凌夏白了她一眼，"别说不吉利的话。"

她扬起头，说道："我形容不出来现在的心情，高兴是挺高兴的，但总觉得特别空虚。"

"其实我也是。"盛一帆难得同意她的看法。

"我也有一点……"徐可也说。

"是吧？"凌夏若有所思地说，"目标完成了，反而觉得没有奔头了。"

说完她又笑笑，"不过，这说明一件事，为了这个目标，我们真的都拼了。"

凌夏发了一会儿呆，又一骨碌爬起来。

"不行，不能这么颓废。"她说着，站起身，又拿起手机和包，"有人想吃蛋糕吗？公司楼下新开的那家甜品店好像还不错，我打算去试试。"

她这么一说，其他人也被鼓动了。盛一帆难得露出了活泼的一面，在她的循循善诱下，徐可暂时放弃了今天的减肥计划，跟着凌夏和她师父下楼吃蛋糕。

成孟聆和林依然没有去。林依然懒得走路，成孟聆拎起了滑板，说要自己去活动一下。

办公室一下安静了下来。林依然靠着椅子，看着办公室的天花板，一动不动。

说实话，她的感受和凌夏她们是一样的，很高兴，但又很空虚。就好像上学时候的体育课考试，好不容易跑到终点，大脑却累得只剩一片空白。

就这样赌赢了？就这么平常地结束了？她以前还想，真的实现了百万"日活"的目标，她会不会跳起来兴奋地抱着凌夏原地转两圈。但如今，好像也没什么波澜，就这样了？

这四个月就像一场梦一样，起起落落，大喜大悲。她和无数人吵架、闹翻，又和很多人和解，牺牲了所有，付出了所有，甚至想过放弃，但还是在团队其他四个人的陪伴下走到了最后。

真的完成了吗？

她一激灵，猛地离开椅子靠背，拿起手机，打开了"宠爱"APP，一进去就是她们近期最热门的视频，右下角显示着浏览量和点赞数，这是四个月前的林依然，绝对想不到的数字。

看着看着，林依然的嘴角浮起一个微笑。

真的，完成了。

7

<<<

但她放下手机，又感到一阵不安。

这种不安，其实从七天前就有了，但她一直强迫自己不去想它。

她还是很想知道，沈德授意刘思维帮她们完成目标的背后真实的用意。

内心深处，她并不相信沈德"改邪归正"了，她总感觉他还有别的目的，但她也想不出来，这个目的究竟是什么。

他要拉拢自己，作为和曾凡对抗的筹码？

他通过刘思维在"宠爱"里埋了个地雷，她们都没看出来？

又或者，他还做了别的布局？

她是不是应该找曾凡问问？她还没告诉曾凡她们达到了百万"日活"的事。

还是……找方路？

林依然用力摇摇头，把这个念头从脑海中赶出去。

绝对不能再依靠方路了，她劝诫自己。

林依然有些难过，她不想在办公室待着了，太压抑了。她决定去楼梯间散散心。

两分钟后，站在熟悉的窗口位置，林依然有些感慨，这个不算宽敞的楼梯间，真的发生了很多事。凌夏哭过，她哭过，偷看过别人吵架，也差一点，就遇到那个人。

她默默地看着窗外，看着写字楼下行色匆匆的人，站了很久，直到听到有人叫她的名字："依然？"

林依然回过头，成孟聆正抱着她的滑板，在七楼楼梯口看着她。

"你和凌夏平时就在这里散心呀？"成孟聆走到林依然身边，学着林依然的样子双手搭在窗边，"也没什么特别好的风景啊。"

"但比在办公室坐着舒服多了。"

"那倒是。"成孟聆说着，顺手把窗户推开一条小缝。今天是大晴天，有风透进来，但不算冷。她眯着眼吹了吹风，脸上带着一丝笑意，浑身上下透着一股少女气息。

林依然看着她，叹了口气，"唉，还是年轻好啊，我看见你，就想到几年前的我。"

成孟聆回头看她，"你现在也很好啊。"

"我在你们眼里，难道不是老阿姨了吗？"林依然自嘲地笑了笑。

成孟聆摇摇头，"谁不会老呢……"她用手撑着头，说，"我觉得你这样挺好的。漂亮，有气质，有事业，有自己的生活，性格好，对人很温柔，也善解人意，我要是 30 岁的时候还能保持这个状态，我就知足了。"

"等你到 30 岁就不会这么想了。"林依然说，"而且我没有你说得这么好。"

"依然，你太看低自己了。"成孟聆搂住她的肩膀，"说真的，你已经很厉害了。没有你，我们不会有现在的成就。你做事有自己的风格，也会发掘大家的才能，愿意信任我们，不管发生什么事，都会站在我们这边。"

她顿了顿，又说："你知道吗？今年 1 月份，我本来要辞职的。"

"辞职？"林依然很惊讶。

"嗯。"成孟聆点头，"当时觉得工作好无聊，也不知道自己能做到什么高度，就天天上班、下班，领导交给我什么就做什么。这不是我想要的东西，我想要挑战，想要不一样的乐趣。"

"那后来为什么没辞？"林依然问。

"因为发现再过半个月就该发年终奖了。"成孟聆笑着说。

林依然也笑出了声，"拿完年终奖再走人吗？很合理的想法。后来呢？"

"后来……过完年回来，听到一句话，又不想走了。"成孟聆说。

"什么话？"

"你可能不记得了。"成孟聆又笑笑，"新年开工第一周，有一次我们开会，有人提到我工作时间的问题，质疑我的工作态度。你说，我的工作时间你无法替我辩解，但我的工作态度，绝对不会有问题。"

"我还真的不记得了，我说过吗？"林依然愣了愣。

"那次我没在，是别人和我说的。"成孟聆说，"我还听说，去年年终评价,雷川想给我一个C,你说他有偏见,坚持给了我一个A。"

林依然扬起眉毛,"这我倒是记得。其实是雷川太小心眼了,我故意气他的……"

"但我很感激,"成孟聆说,"我第一次有种被欣赏的感觉,所以,因为你,我就留下来了。上次裁员,如果不是你继续带这个团队,我肯定也会走。""

"你说得我都不好意思了。"林依然抓抓头发,"我是觉得你效率这么高,能用几天是几天,我也有私心。"

"不过我还挺惊讶的。"她又说,"这四个月的时间,你居然会主动加班,甚至回家还在工作,和以前完全不一样了。我可以理解为,你找到你想要的了吗?"

成孟聆点点头,"找到了。"

"和徐可有关吗?"林依然又问。

成孟聆惊讶地看看她,说:"是的,那次看到徐可废寝忘食地学交互,我才发现,原来工作的意义是通过工作找到自己喜欢的方向。我以前觉得公司对员工普遍没什么感情,需要你的时候让你加班,不需要你了就随便把你打发了,但现在我觉得,我想错了,我不应该是为了公司工作的,我是为了自己的将来工作的。我想了很久,我到底喜欢什么,后来慢慢看着你工作的样子,我才明白了。"

"做一个厉害的产品经理,就是我现在喜欢的工作。"她仰头看了看窗外的天空,"我想像你这样,能做出别人都佩服的产品,所以就算辛苦一些,我心里也是开心的。"

林依然突然有点恍惚,她想起来,当年她和曾凡,也说过类似的话。她也是因为看到曾凡为了一个产品一点点抠细节、反复打磨,才有了她的目标。

找到自己想做的事,告别迷茫,可能这就是一种成长吧。

想着想着,她拍了拍成孟聆的肩,"所以你看,凌夏说的是对的,你不爱工作，是因为没找到热爱的工作，你觉得你不会喜欢任何人，也是因为你没遇到喜欢的人呀。"

成孟聆一愣，随即露出了腼腆的表情，"你怎么和我妈一样，说什么最后都能拐到谈恋爱上去。"

林依然狡黠地笑笑，"你觉得小熊怎么样？"

成孟聆翻了个白眼，"现在你真的就是我妈的翻版了。"

"我说真的。"林依然一脸八卦地说，"他喜欢你，我看得出来。"

"我知道。"

"你知道？"林依然睁大眼睛。

"我又不傻。"成孟聆说，"我是没谈过恋爱，但谁喜欢我我还是看得出来的。而且……他昨天向我表白了。"

林依然震惊得合不拢嘴，"表白了？真的表白了？小熊可以啊，才认识你几天，胆子够大的。"

成孟聆不好意思地低下了头，"我应该答应吗？"

"你觉得呢？"林依然反问。

"我不知道。"成孟聆摇头，"我觉得太快了，只是认识六七天，就对别人说喜欢，这种喜欢是真的吗？"

林依然认真地想了想，"不好说，但是……唉，说起来挺不好意思的，我刚认识肖全的时候，才接触了两三次，就觉得自己喜欢上他了，也是我先表白的。"

"倒是很符合你的个性。"成孟聆笑着说。

"所以说啊……"林依然说，"他刚认识你几天就觉得喜欢你，这种可能性的确是存在的。"

成孟聆陷入了思考。

"你喜欢他吗？"林依然问。

"也不知道。"成孟聆又摇摇头，"喜欢一个人，是什么感觉呢？"

"就是在那个时间点，特别特别想和他在一起吧。"林依然说，

"他笑的时候，你会跟着高兴，他不开心的时候，你也会跟着难过。想了解他更多，想走进他的世界，也想带他走进你的世界，大概是这样。"

"那我还没有。"成孟聆撇撇嘴，"我就是觉得，对他有好感。他和我以前认识的男孩子都不一样，有开朗的一面，也有内向的一面，很认真，也很真诚，不会油嘴滑舌的，你看着他他还会脸红……但我不确定是不是要和他在一起。"

"那就再观察观察吧。"林依然说，"既然你对他有好感，那就再接触一下看看。也许你慢慢地就发现他是你喜欢的那一款，即便最后没有动心，也很正常，顺其自然就好了。"

"我就怕人是会变的。"成孟聆说，"我一直单身，不知道恋爱是什么样，也不知道怎么和喜欢我的人相处，而且他现在喜欢我，以后不喜欢了怎么办？你之前被迫分手的时候，想到以前那么喜欢这个人，不会很痛苦吗？不会后悔最初的决定吗？"

林依然想了想，摇摇头，"不后悔。"她异常坚定，"哪怕他没变，以后也说不准会发生什么事。谁也不能保证可以和另一个人在一起一辈子，但至少以前的那些开心的回忆，都是真的啊。"

成孟聆又陷入了沉思，"你这么一说，我也想试试了。"

"那就试试吧。"林依然说，"我和小熊也没打过太多交道，不过他给我的印象是不错的。"

"他昨天说，我们的目标实现了，就找我约会。"成孟聆害羞地低下了头。

"去呀！"林依然鼓励她，"反正是他追你，你又不是一定要答应，就用朋友的心态去相处，看看他能不能打动你。"

说完她露出一个微笑，"哎呀，突然为小熊捏了一把汗，他可得加油啊，我们孟聆这么优秀。"

成孟聆也笑了，沉默了一会儿，她又转头看了看林依然，"一直在说我，依然，你现在有喜欢的人吗？"

　　林依然一愣，一股异样的感觉涌上心头，让她的心脏一阵刺痛。一瞬间，她想到的是那张总是挂着微笑的脸。

　　但她还是摇了摇头，"没有。"她平静地回答。

第二十六章 决 定

2017 年 11 月 20 日   赌局：完成

1

<<<

连续三天，"宠爱"的"日活"都稳定在了百万以上，保持着快速增长的势头。林依然她们终于可以放心大胆地确定，她们真的成功了。

林依然给曾凡写了一封加密邮件，告知了她们实现百万"日活"目标的事，也问了问之后她们该怎么做。

这也是盛一帆她们最关心的，百万"日活"实现了，下一步做什么？朝两百万努力，还是公司另有安排？"宠爱"APP 的方向呢？沿用现在的思路，还是公司有别的想法？

还有外面的那些人，按雷川说的，目标达成，他们就该撤了，那之后公司还会不会给她们团队加人？

以及凌夏最关心的："奖金什么时候发？"

但邮件发出去，直到下班前，曾凡都没有回复。

这是又出国了？林依然有些困惑。她本来还打算当面去和曾凡汇报，亲眼看看他高兴的样子，但曾凡办公室的门紧锁着，他和方路都不在。

按理说"宠爱"突破了百万"日活"，眼看要成长为一个有影响力的APP，曾凡应该第一时间有所行动才对啊。

到底发生了什么？

下午，临时加入她们团队的那些同事跟她们做完了交接，都撤走了。雷川过来说了些恭喜她们的话，也乐呵呵地走了。最后一个离开的是小熊，他抱着自己的电脑，敲开林依然她们办公室的门，犹犹豫豫地说，感谢她们这段时间对他的信任，和她们共事非常高兴，期待以后还有这样的机会。

他说话的时候，眼睛时不时地瞄着成孟聆的方向。

大家故意装作什么都不知道，直到小熊涨红了脸，说："孟聆，我能和你说句话吗？"

凌夏差点兴奋得跳起来。成孟聆看着林依然，林依然憋着笑点点头。在几个人的注视下，成孟聆也红着脸跟小熊走了出去。

几分钟后，她又红着脸回来。

"他说什么了？小熊说什么了？"凌夏着急地说，"跟我们分享一下呗。"

"没什么。"成孟聆脸上有笑意，但强行掩饰着心情，一本正经地坐回电脑前，不管凌夏怎么问，就是不回答。

林依然大概能猜到小熊和成孟聆说了什么，她忽然有了一种女儿出嫁的心情，趁凌夏没看见，她给成孟聆发了条信息："加油"。

她们闹了一会儿，办公室又慢慢安静下来。目标完成的兴奋劲过去，每个人的脸上都是满满的疲态，甚至没有人提议聚餐庆祝一下。林依然也没有这个心情，她的心里有太多疑虑，只想回家休息。七点刚过，她就宣布下班。

凌夏她们欢呼了一声，陆续离开办公室。林依然独自一人走出公司，晃到了附近的一个超市。事情做成了，她打算放纵一晚，买些零食和酒，回家躺着看电视。

她心情非常好地推着购物车，车上迅速堆满了各种吃的喝的，她本以为今天无论发生什么，都不会影响她的心情。

但她错了。

就在她买完东西，准备去结账的路上，她遇见了肖全。

他也是一个人，正在货架上拿东西，察觉到旁边有购物车过来，他下意识让了一下。

"不好意……"他边说边转过头，愣了，"依然？"

林依然同样很惊讶，"肖全，你……怎么在这里？"

"哦，我来买东西。"肖全说，可能是想到上次见面的不欢而散，他有些尴尬，"一会儿要去朋友家，买点酒带过去。"

"你今天不上班吗？"林依然问。

优越科技离这里有十几公里，还是 996 工作制，看时间，现在还不到八点。

肖全看上去更尴尬了，"嗯……我不上班了。我被优越科技辞退了。"

2

<<<

又听他说了几句，林依然才知道发生了什么。

上次"哎哟视频"的推广问题，直接导致优越科技股价跌停。高层震怒，启动了内部问责，相关负责人全部被扣了奖金，"哎哟视频"暂停开发，团队解散，而肖全作为团队主管，自然担负了主要责任，被狼狈地扫地出门。

说着，肖全叹了口气，"依然，我还挺羡慕你的。"

"羡慕我？"林依然不明白。

"你知道吗？"肖全又说，"其实做这个推广决定的，并不是我。"

"不是你？什么意思？"

"名义上我是主管这个项目的人，但我上面还有一个总监全权管理这一切。当时定推广策略的时候，我只是提出了一个方向，拍板的是总监本人，实际执行的是他最信任的一个骨干，文案都不是出自我的手。但事情一出，他们立刻把自己撇得一干二净，把责任都推给了我。最后，他们只是扣了一个季度的奖金，但我……"

他苦笑了一下，"真的，我很羡慕你。你有凌一科技的 CEO 给你撑腰，手下的员工也都信任你，我招的凌一科技的前员工们，都说你的好话。我没有后台，也没有那么多帮手，产品出了事，我第一个被处理。总监是老板的人，所以没关系，骨干是总监的亲信，所以也没关系，只有我背了这个锅。"

"我算是看清了。"他哼了一声，"工作再努力，给公司创造再大的价值，也没有用。'哎哟视频'是我拼了命做出来的，是我把它做到千万用户的体量，但公司只看利益，根本不会考虑我的付出。"

林依然看着他义愤填膺的模样，居然有些想笑。

"不。"她否认了他的想法，"你走到这一步，是你自己的问题。"

肖全一愣，不解地问："怎么就是我的问题了？"

"你刚才说了，这个方向是你提出来的。"林依然说，"你明知道这样做会有风险，明知道这种擦边球的内容并不是正常的推广方式，却还是一直在做。你敢说这个过程里，你没有提供任何建议？你敢说那些恶心的文案，没有一个出自你的手？你敢说'哎哟视频'得到现在的结局，和你一点关系都没有？"

肖全没有回答。

"你说大家都说我的好话，都支持我。那你有没有想过，为什么你有能力有眼光，却没有人站在你这边？"

"别再把错误都推给全世界了。"林依然接着说，"是，你没有错。你出轨是因为我不好，你被公司辞退是因为公司垃圾，你在优越科技做不下去是因为你没有后台。麻烦你偶尔也反思一下自己吧，一出问题就推卸责任，你还要这样自欺欺人吗？"

肖全好一会儿没说话，神情复杂，"可能……你是对的。"

"之前伤害了你，再次向你道歉。是我做了错事，如今这个局面，可能是上天给我的报应吧。"他又说。

林依然不想和他多说什么了，她终于理解了上次见凌夏前夫，凌夏说的那些话。

"你……好自为之吧。好好对你现在的未婚妻，我也希望我们以后不会再见面了。"她说完便径自推着购物车离开。

"对了依然。"肖全又喊住她，"恭喜你们终于实现了百万'日活'的目标，作为曾经的竞争对手，我必须说，你们的 APP 做得很好，很有前景。"

林依然纳闷，"你怎么知道我们实现了百万'日活'？谁告诉你的？"

肖全似乎很困惑，"晚上刚出来的新闻啊，你不知道吗？"

3

<<<

看着林依然飞奔去结账的身影，肖全有些困惑。不过他来不及细想，跟朋友约好的时间快到了，他挑了些啤酒，快步走向收银台。排队的时候，一个女生站在他前面。这个女生个高腿长，肖全忍不住多看了两眼。

女生戴着耳机，似乎在打电话。

"我知道了，离婚协议他签字了？"肖全听到她说，"你们明天去民政局？行。房子也别出租了，赶紧卖了吧，省得他又找你麻烦……

你打算什么时候来北京？啊？不都说好的吗？别想了……对我能有什么影响？你先来住着……找工作？养你我还养不起吗？我可是盛一帆。而且你能吃多少？就这么说定了，过几天我回家一趟，帮你收拾东西……妈，你别跟我说这些了，我要结账了，先挂了啊。"

她挂了电话。肖全注意到她眼角有些湿润，但人看上去很高兴，好像心头卸下了一块大石。

听起来像是父母要办离婚？他正在想，冷不丁女生回头扫了他一眼。肖全立刻低下头，移开视线，假装去挑口香糖。

女生结完账大步流星地走了。肖全看着收款员一样样扫着商品条码，忽然觉得这个女生有些面熟。

在哪里见过吗？他想了半天，是了，这是上次在烤肉店那个举着酒瓶作势要打他的女生。

回家的车上，林依然找到了肖全说的新闻。

这是一篇题为《五人四个月实现百万"日活"！风向资本沈德：一直在支持他们》的文章，"石锤"首发，署名：大飞。

这篇文章看得林依然七窍生烟。

这几乎就是一篇沈德的专访，文中，对于林依然她们拼了命才做出的成绩只是一句带过，剩下的全是沈德在侃侃而谈，什么他从一开始就很看好这个产品，什么缩减人员是出于公司需要，但他一直在给这个五人团队提供帮助，什么让刘思维入驻凌一科技是为了加强内部管理，什么风向资本在背后默默做了很多。

话里话外的意思，"宠爱"APP能走到今天这一步，主要是他的功劳，林依然她们不过只是执行者。

林依然怒火中烧，迅速把这篇文章转发到了她们五个人的微信群里。

群里一下就"炸"了。

"什么意思？"凌夏怒了，"合着我们努力了半天，都是给他脸上贴金了？"

"太过分了吧？"徐可也很气愤，"明明要砍掉'宠爱'的就是他啊。"

"真不要脸。"盛一帆骂了一句。

"我感觉这是他早就预谋好的。"成孟聆稍微冷静一些。

预谋？林依然想到她之前内心的不安感，看来她猜对了，刘思维莫名其妙地给她们加人、加预算，都是早有预谋。

沈德不愧是沈德，估计在林依然和曾凡的赌局开始之前，他就在做各种衡量了。他先是给方路和曾凡施压，让曾凡把"宠爱"停掉，眼见没达到想要的结果，他又安插刘思维进公司，试探凌一科技的虚实。发现公司内部对曾凡没有那么忠心之后，他就通过刘思维一步步把公司控制权拿到自己手里，同时观察着林依然她们的情况。

最后，他感觉"宠爱"真的能成功，就出手推了她们一把，然后堂而皇之地将整件事变成他高瞻远瞩的成果。

厉害，如果林依然不是受害者，她真的要赞叹一句，确实厉害。每一步都留了余地，每次出击都有后招，不管这个局里有谁，他都能确保自己是最终受益的那个。

但眼下林依然只想把他吊起来打。

"依然，我们要反击！"凌夏在群里愤慨地说，"我们马上就写一篇通稿出来，明天全网发，揭露沈德的真面目！"

"不行。"林依然想了想，说，"这对'宠爱'的损害太大了，我们刚刚起步，经不起这样的折腾。"

"那怎么办？"凌夏问，"我们就这样忍着吗？"

"先别急，我问一下曾凡。"林依然说，"看他有没有什么办法。"

此时此刻，她真的很需要曾凡给她一点帮助，但她给CEO发了一堆信息过去，却迟迟没有收到回复。

大哥，你在干吗呢？林依然急得摇手机，好像这样就能把曾凡摇出来一样。哪怕在美国，现在那边也是白天啊，你究竟在忙什么？

等了一会儿，尽管心里很不情愿，她还是给方路发了信息。她想知道究竟发生了什么，她该怎么做。除了曾凡，她能指望也只有他了。

但一个多小时过去，方路也依旧没有回复。

你们俩是私奔了吗？林依然简直想对着手机大吼。

一直到睡前，她都没有得到任何回应。带着愤怒和不解躺在床上，她一晚都没有睡好，早上七点就醒了。

她还是没等到曾凡的信息，但等到了他的一封邮件。

邮件是凌晨五点发的，发送对象是全公司。

> Dear all,
>
> 我是曾凡。很抱歉地通知大家，由于身体不适，公司高级副总裁刘思维于即日起卸任所有职务，并暂停一切工作。与大家共事的这一段时间里，刘思维女士为公司做出了很多重要贡献，我代表全公司感谢她的付出和努力，很遗憾无法同她继续合作，但也尊重她离开岗位的选择。
>
> 其他重要人事变动宣布如下：原副总裁张恺离任，原副总裁汤明哲离任，原工程师团队高级主管申宣离任，原运营总监姜格职位调整为副总裁，原副总裁雷川职位调整为高级副总裁，原副总裁余杉杉职位不变。
>
> 详细的人事调整，请以人事部门后续发布的全体邮件为准。
>
> 另外，公司此前推出的两个产品"宠爱"和"我读"，上线后均取得了不凡的成绩，在此向两个团队的成员表示感激和祝贺。
>
> 公司近期将有多项人事变动和策略调整，以加强内部管理、加快工作节奏。希望大家能牢记初心，也希望在我们的共同努力下，凌一科技可以继续稳步发展。

　　该邮件为内部邮件，请勿外传。如有外界询问，请直接移交公关组处理。谢谢大家。

曾凡
凌一科技 CEO

4

<<<

　　一小时之后，林依然早早出门，打车去了公司。

　　那封邮件让她对"震惊"这个词有了更新的认知，她完全不知道该怎么去理解了。短短几个小时的时间，居然就发生了这么多事？

　　邮件写得很简练，但包含的信息量却非常庞大，四个中高层直接离任，一大批人员调动，明眼人都能看出来，凌一科技要发生一场巨变。曾凡对刘思维和她的人开刀，等于彻底和风向资本决裂，后续会发生什么，林依然想都不敢想。

　　和投资方分道扬镳，公司会怎么样？她们的"宠爱"团队会怎么样？

　　还有……方路又会怎么样？

　　在车上，她终于有时间认真看了看手机里的其他信息。方路还是没回复，曾凡则给她发来了一句话："我下午回公司，你有时间就到我办公室来。"

　　然后就是她们五个人的群里对那封邮件的讨论。除了林依然，凌夏明显起得最早，发了一连串信息。八点过后，其他人也陆续睡醒了，看上去受的惊吓都不小。

　　但令林依然意外的是，大飞居然联系了她。

　　"对不起。"他发来的信息只有三个字。

　　林依然明白他想说什么，回复道："如果是说沈德专访的那件事，不用道歉，我知道那篇文章不是你写的。"

过了几分钟，大飞回复了："你看出来了？"

"一看就不是你的文风。"林依然打字，"和你合作过两次了，我了解你写东西的习惯。"

"但我还是要向你道歉，那篇文章确实给你们造成了很大的影响。"

"别这么说。"林依然表示理解。你要是知道那件事之后发生了什么，估计能跳起来，她在心里补充。

"那篇文章，是你公司强行给你署的名吧？"她又问。

"是。稿子是风向资本那边提供的，不知道他们和'石锤'的高层达成了什么协议，总之主管不允许我做任何修改，只能照着原样发。我不想发，这违背了我一直以来撰稿的初衷，结果他们绕过我，安排底下的人直接发了。"

"你也不容易啊……"林依然感慨。

大飞发了个憨笑的表情，"不过这都无所谓了，昨天晚上，我已经辞职了。"

"啊？"林依然立刻问。

"你没看错，现在我回归自由撰稿人的身份了。我打算自己成立一家小公司，继续做我的自媒体。"

"这么决绝吗？"林依然打字。

"实在不想再这样被人利用了。"手机另一头的大飞表示无奈，"我在'石锤'待了一年半，有几十篇稿子都是这种收钱发文的通稿，累了，想自己专心做点事。"

"但你做自媒体，免不了要收钱发点广告和软文吧？"

"还是不太一样吧。单干后至少自己有决定权，也有选择权，能保持一定的自由度，不想接的活就可以不接，给钱也不行。"

"给多少钱都不行？"林依然打趣。

大飞犹豫了，"也看具体是多少吧。"

林依然"噗嗤"笑了一声。

大飞停了一会儿，又发过来一条信息："给别人打工和给自己拼命，区别确实挺大的。自己做，吃了亏、受了累，也觉得无所谓，可能还是一种成长。之前从自媒体转到'石锤'底下，是觉得平台比较大，能学到点别的东西，后来发现，能学的有限，倒是被公司榨取了不少。有这个时间和精力，不如再自己试试。"

林依然看着他这段话，感觉心里有什么地方被触动了。正想着，大飞忽然问她："说正经的，林依然，你真的不考虑自己创业吗？"

"我？"林依然哑然失笑，"我哪有你这么强的能力啊。"

"不，我觉得你可以的。"

"现在不觉得我是'瘟神'了？"林依然开玩笑。

大飞回她一个羞愧的表情，"说真的，以你和你团队四个人的能力，再招几个人的话，完全具备独当一面的资本。现在的你们名声在外，有好的产品构思，应该可以拿到投资。一直待在凌一科技的话，你们的发展很有限。"

林依然不笑了，她认真思考着大飞的话。

"其实有句话，之前我一直忍住没和你说。你觉得你和曾凡关系好，他是你的后盾，但在我看来，曾凡这么器重你、维护你，核心原因还是你有可用的价值。"

这句话让林依然一愣。

"我知道，以我的立场，不该说这些。"大飞继续打着字，"我也没有资格质疑你们的友情。但我还是想说，CEO 永远是 CEO，永远只会考虑 CEO 需要考虑的事情。不管是谁，只要坐到那个位子上，最看重的永远是公司利益。"

林依然沉默了，其实看到早上的那封邮件之后，她也想了很多，多个细节都在表明，大飞的话，也许确实有道理。

大飞可能觉得自己说多了，很快结束了话题，"好了，知道那篇文章对你们没什么影响，我就放心了，以后常联系。依然，有什么重磅消息，可想着我啊！"

林依然本来想说我现在就有一个重磅消息给你，但忍住了。她随便寒暄了两句，和大飞结束了对话。

出租车刚好在公司大楼前停下，林依然下了车。本来她以为这一早上发生的事情已经够多了，但她刚走进写字楼大门，又看到一个熟悉的身影，是思琪。

这姑娘抱着一个大纸盒子走出来，看到林依然，她用一只手稳住盒子，笑容灿烂地冲林依然打招呼。

"思琪？"林依然一愣，"你这是……"

"依然。"思琪笑了笑，"我还以为见不到你了呢，真好，在这里碰见你。"

"什么意思？什么以后就见不到我了？"林依然问。

"因为以后可能真的就见不到了呀。"看着林依然错愕的脸，思琪又笑了笑，轻声说，"依然，我离职啦。"

5

<<<

说实话，这个结局，林依然不是没想到。

虽然成孟聆说，互联网公司人际关系比较简单，但有人的地方，人际关系从来就不可能简单。

思琪当面和行政团队作对，让她们下不来台，就算她不走，以后的日子也一定不会好过。

所以在受到排挤之前，她选择了自己辞职。

"你之后打算去哪儿？"林依然陪着思琪走了一段，"这个我来帮你拿吧。"她试图帮思琪抬一下那个盒子。

"不用不用，一点都不沉。"思琪说，"里面其实没什么东西，就是我看电视剧里，大家离职都是抱着个大盒子出去，好像挺有意思的，我就学了一下。"

林依然愣了一下，随即笑出了声，"原来你是为了这个。"

思琪也有点不好意思，"以后啊……"她抬头想了想，"我也不知道，先休息一段时间好了。"

"其实……我挺喜欢这家公司的。"她心里还是有些遗憾和不舍，"多数时候大家都很和善，也没有因为我是前台就看低我，虽然最后的结局不太好，但这段时间，我真的很开心。"

"对不起，思琪。"林依然感到一阵愧疚，"当初是我们团队惹出来的事情，却害你这样……"

"没有，不是你们的错。"思琪赶紧安慰她，"其实应该说对不起的人是我，当时徐可被嘲笑的时候，我就应该强硬一些，制止那些人的。如果我那个时候就站出来的话，也许就不会发生之后的事了。"

"你能说明事实，我们已经很感激了。"林依然认真地说。

"总要有人说实话呀。"思琪的眼睛里有亮晶晶的东西，"我不想当一个虚伪的人。"

"不说这个了。"林依然强装轻松地笑笑，拍拍她的肩膀，"这次算我欠你的，之后有什么需要我帮忙的，就告诉我。我不是假客气啊，只要你一句话，我随叫随到。我记得我加过你的微信。"

"嗯，好呀。"思琪对她露出一个灿烂的笑容。

她们俩很快走到了路边。"你叫车了吗？"林依然问。

"叫了，在路口等着呢。"思琪冲她挥挥手，"就到这吧，依然，我自己过去就好。"

林依然点点头，"那……常联系。"

"嗯！"思琪笑得很暖，"依然，听说你们成功了，恭喜你们啊。我从一开始就觉得，你们五个人都很厉害，人也都很好，一定可以做成的，你们以后肯定会很棒。"

林依然回她一个坚定的笑容，"谢谢你，思琪。"

思琪向她道了别，抱着大盒子往远处走去。林依然看着她的背影，不知道该说什么。在这家公司，除了曾凡，她认识的第一个人就是思琪，这个女孩子从来都带着温暖的笑，在她们最落魄的时候，也没有歧视过她们，反而在力所能及的范围内给了她们许多帮助。

林依然有些伤感，为什么一家公司里，容得下那些勾心斗角、别有用心的人，却容不下这样善良真诚的人？

这就是职场的本质吗？还是说，是有另外一种可能的？

她不禁又想到大飞的那些话，大飞决定离开"石锤"，是不是也有这方面的原因？

如果她想坚持现在的自己，她的未来，团队的未来，又会是什么样？

林依然站在路边，抬头望着大楼上"凌一科技"的标志，看了好一会儿。

过了许久，她才抬脚往大楼走去。

6

<<<

她在办公室坐了没几分钟，其他人陆续都来了。公司出现这么大的变动，几个人自然少不了议论，办公室一下变得非常热闹。

"刘思维真的要走人了吗？"徐可第一个发问。

"那不然呢？"凌夏摊摊手，"什么身体不适，明摆着是给她个台阶下啊，曾凡总不能说'今天起，刘思维被我赶出公司了'吧？"

"直接把刘思维赶走，意思就是说……"成孟聆皱着眉头说，"公司要和风向资本决裂了？"

"很有可能。"盛一帆点头，"什么张恺、汤明哲、申宣，肯定都是被辞退的。公司明显是在清理刘思维那边的人，估计最后人事的详细名单出来，还有更多的人要走。"

"清君侧啊……"凌夏啧啧道，"还是 CEO 狠，让你们'墙头草'，让你们瞎站队，让你们跪舔投资方，这回都傻了吧？"

"那公司还有钱吗？"徐可又问。

"CEO 又不傻，能做得这么决绝，八成已经有了新的投资方吧？"盛一帆说。

"那我们之后怎么办？"成孟聆问，"公司会给我们更多的支持吗？"

"那必须的呀。"凌夏说，"上回雷川给我们介绍新成员的时候，我就看出来了，这大哥演的是个卧底，肯定是曾凡安排他打入敌人内部的。现在人家不是升任高级副总裁了吗？站站队就有这种好处的话，我们只会更爽吧？我们可是 CEO 的直属团队，依然还是曾凡的朋友，说白了，以后我们就是'御林军'啊！"

她的话鼓舞了徐可他们，大家瞬间对"宠爱"的前景产生了新的期待。

"我终于可以把 APP 里的搜索功能提上日程了。"盛一帆的脑海里已经有了远大计划。

"你急什么，还没确定之后的方向呢。"凌夏又转向林依然，"依然，曾总有说我们下一步该怎么走吗？"

"依然？"见林依然没反应，她又喊了一声。

林依然猛地抬起头来。

"你想什么呢？"凌夏嗔怪，"一直不说话，怎么了？"

林依然看着面前的电脑，没有回答。她也不知道她在想什么，进办公室之后她一直在沉默，她脑子里一会儿是肖全那句"公司只看利益，根本不会考虑我的付出"，一会儿是大飞那句"CEO 永远是 CEO，永远只会考虑 CEO 需要考虑的事情"，一会儿是成孟聆曾经说过的"公司对员工普遍都没什么感情"。

　　她想到徐工，想到和徐工一起离职的工程师，想到雷川，想到因为"宠爱"被裁员，又因为有利可图被肖全拉进优越科技的前同事们，想到这些年她被砍掉的每一个项目，还有每一个和她共事过的人，最后想到工作的这些年里，她见过的、听说过的那些被公司榨取完价值之后，就被无情抛弃的员工们。

　　"依然，你怎么了？"凌夏看到她神情凝重，关切地走过来，"身体不舒服吗？"

　　林依然再次抬起头，挨个看了看办公室里的人。

　　"我想和你们讨论一件事情。"她一字一句郑重地说。

第二十七章　创　业

2017 年 11 月 21 日

1

<<<

下午三点，林依然敲响了曾凡办公室的门。

还是那句熟悉的"进来"，还是曾凡熟悉的脸。看到是林依然，他难得笑了笑。

"坐吧。"曾凡指了指自己对面的椅子。

这次林依然没有拒绝。有段日子没见，曾凡的头发长长了一点，面带倦容，但眼神里透着光，精神很饱满。

"我还没好好地向你祝贺。"曾凡开口说，"祝贺你，依然，我们的那个赌局，你赢了。"

"这不是我一个人的功劳。"林依然平静地说。

曾凡简单地点点头，"你一定有很多事想问我吧？"

"不。"林依然想了想，却摇了摇头，"我没什么特别想问的。"

"你全都清楚了？"曾凡看着她，"也对，我这些动作，在这个行业待久的人，应该都能看明白。"

"你真的打算和风向资本决裂了？"林依然试探着问。

"嗯。"曾凡不置可否，"以前的事情，我都可以忍。沈德要安插亲信进公司，我忍了；他要公司的一部分控制权，我忍了；他插手公司的各项事务，我也忍了；但昨天晚上发生的事，我没办法再忍了。'宠爱'是你们五人团队的心血，他不该试图把成果都揽到自己手上。"

这段看上去很暖心的话，却没有激起林依然心里的一点波澜，"是因为不能忍了，还是因为你有退路了？"

曾凡错愕了一秒，又笑了。

"果然，什么都瞒不住你。"他没有掩饰自己的真实目的，"的确，我找到了一条新的路。我不是和你说过，我在见一些新的投资方吗？前段时间我几次跑去美国，也是为了这个。我已经为凌一科技找到了新的投资公司，达成了初步的协议，风向资本全面退出之后，他们会接手，并为公司注入新的资金。"

林依然点点头，没说话。

"你看上去心情不太好？"曾凡面带微笑，关切地说，"别担心，不管之前我们的路走得多困难，这些都过去了。新投资方没有沈德这么强势，我们会有更多的自主权。公司这边我也打算大刀阔斧地改革一下，你也看到了，和刘思维走得近的中高层，我都辞退了，之后公司会有全新的面貌。我会加强管理，调整发展策略，虽然短时间内人手会比较短缺，但我有信心让凌一科技重回正轨。"

"我仍然很需要你，依然。"曾凡一脸真诚地看向她，"对于你我还有别的计划，你我一起，可以做很多新的事情，创造更大的成就。"

但林依然只是冷静地看着他。

"曾凡。"她提高音量，"我想问一件事，你和新投资方是什么时候达成协议的？"

曾凡几乎要下意识地回答，但他迅速反应了过来。"我……"他只勉强说了一个字。

"是在'宠爱'快要达到百万'日活'、'哎哟视频'出事之前，对吗？"林依然穷追不舍。

曾凡沉默以对，但这就等于承认了。

林依然的声音听不出起伏，"所以，那个时候，其实你就可以和沈德分道扬镳了，那个时候，其实我们就不需要再拼了命地去做'宠爱'了。我一直以为只有达到百万'日活'才能保住'宠爱'，但现在我发现不是，只是你向我隐瞒了这件事。你想看到'宠爱'如期实现百万'日活'，因为这样的话，一定会引起媒体的大面积关注，这对凌一科技有好处，对你有好处，对新的资方而言，也是一个利好消息。"

一道阳光从窗户透进来，照在曾凡脸上，遮盖了他的表情。

"而且……"林依然顿了顿，"你应该早就猜到了沈德会怎么做，和他相处了这么久，你很了解他的性格，熟悉他的行事方法，他没有辜负你的预期，也终于给了你一个向他发难的理由。"

她又说："'宠爱'和我的团队，只是你的一个武器，对吗？换句话说，我们被你利用了，对吗？"

阳光被一片云彩阻断了，曾凡的脸重新露出来，但他的神情，还是难以捉摸。

"我刚才是不是不该告诉你，我已经为公司找好了出路？"他兀自笑了笑，笑里听不出善意还是恶意。

"不，是你当初不该告诉我，等我们做到百万'日活'之后，你有事要和我说。"林依然回答，"我也许没有太高的天分，但我的记忆力还可以，那句话我一直记得，今天凌晨那封邮件一出来，我立刻就想明白了。这一切，你早有准备。"

曾凡面无表情地和林依然对视了一会儿，半晌，他又问，"你恨我吗？"

"恨?"林依然扬起眉毛,"那倒没有。换我是你,我可能也会这么做。我不恨你,相反,我还有点感激你,如果我知道有退路,可能就永远不知道,我可以为一件事做到什么地步。我的团队也不会知道,她们的能力到底有多强。"

曾凡又看看她,然后笑了,"先不说这个了,我还欠你们团队一大笔奖金,对吧?等我几天,等公司这边稳定下来,我一定会兑现三十倍月薪奖金的承诺。"

林依然也看着他微笑了一下,"我今天来,也是想和你商量这件事,奖金我们当然是要的,但我想跟你多要一样东西。"

2

<<<

"多要一样东西?"林依然进门以来,曾凡第一次皱起了眉头。

"对。"林依然继续微笑,"我代表团队的所有人,郑重地请你帮忙,为我们寻找一个合适的投资方。"

看着曾凡更加困惑的脸,林依然一字一句地说:"曾凡,我们想创业。"

曾凡先是不由自主地向前探了一下身子,随即冷静下来,胳膊抵在办公桌上,双手撑着下巴,"你不打算继续做'宠爱'了?"

"'宠爱'还能做下去吗?"林依然反问。

曾凡又一次用沉默回答了她。

"从我进你的办公室以来,你并没有给我任何要继续把'宠爱'做下去的感觉。"林依然说,"你只是说我们可以一起做新的事,但你没有说'宠爱'该怎么办。你已经准备放弃它了。其实你和沈德是一样的,你并不看好'宠爱',是吗?"

曾凡低头笑了一下,"这四个月,你成长了,依然。"

"是吗?"林依然追问。

"不完全是。"曾凡说,"我很看好'宠爱'。如果是在一家更大的公司里,它会成为现象级的产品。但和新的资方商议之后,我们达成了共识,'宠爱'按现在的势头发展,必然需要更多的人力和更高的成本。这个成本,是我们目前承担不起的。"

"和当初沈德的说法一样。"林依然冷笑一声。

"是一样。"曾凡叹了口气,"可能这是眼下凌一科技的命门吧。我们不像优越科技有雄厚的资本,有些决定,我也是无奈之举。"

"我刚才说要和你一起做新的事,是打算把你和你的团队划拨进'我读'的团队。这个产品的运营成本要低很多,现在也已经看到了流量变现的可能,下一步我会把它作为公司战略的重点。我还想让你做公司的运营总监,给你更大的权力。至于'宠爱'……按照我的思路,会转为日常维护状态,等过段时间,时机成熟了,直接并入'看什么'下面的视频栏目,'宠爱'在运营上的一些独特思路,也会沿用到'看什么'里。"

"嗯。"林依然点头,"所以我们尽全力想出来的东西,就要被别人直接拿走了。"

"依然……"曾凡试图解释。

林依然骄傲地抬起头,"没关系,反正我们也决定放弃了。我和团队的人商量了一上午,我很高兴最终我们达成了一致。我们要创业,我们想再试试我们的能力。这样放掉'宠爱',我们很不舍,但我们也相信,既然我们能在短短四个月内就做出一款成功的产品,那我们也一定能做出第二个。这期间发生了很多事情,大家都有些心寒,我们想,给别人打工,最后落得一个被利用的命运,那还不如为自己拼一拼。"

她看着曾凡,莞尔一笑,说:"刚才说的找投资的事情,你愿意帮我们一把吗?"

曾凡认真地打量着她,几分钟后,他点点头,"也好,这样对你们来说，可能是最好的决定。"顿了顿，他略带歉意地说，"这件事，是我对不起你们，我会帮你们找投资。你们现在在业界名声很好，会有很多人对你们感兴趣。我认识不少相关的人，我来负责牵线吧。"

"你也不用觉得自己是狮子大开口。"曾凡接着说，"奖金本来就是我之前承诺给你们的，哪怕你不要我也一定得给。至于帮助你们创业，你可以当作是一个朋友支持你的事业，也可以当作……是我给你们的补偿。你说得对，某种程度上，我的确利用了你们，这是我欠你们的。"

"我还是当作是朋友的支持吧，不然压力也太大了。"林依然笑了笑，"你不欠我们什么，我们要成长，这些就必须经历。当然，我们也不会说走就走，'宠爱'这边的事情，我们会做好交接，不给你多添麻烦。谢谢你，曾总。"

她突然变换了口气，让曾凡有些不适应，"依然，你……"

"怎么说也是拜托你帮忙啊！"林依然笑着说，"正经的事，就得有个正经的样子，不是吗？"

曾凡也笑了，"好。"

"我还是想再争取一下，"他沉吟片刻，又说，"依然，你真的一点都不想留下吗？我可以给你比现在更高的薪资、福利、股份和自由度，你可以继续带着你的团队在凌一科技发展，我能帮你的，也比你们独立创业之后要多得多。"

林依然毫不犹豫地摇摇头，"曾凡，我很感激你对我的信任。这四个月来，你为我们做的一切我都很感激。但我很抱歉，我们已经决定了，谢谢你的好意。"

林依然站起来，向他欠了欠身，然后转身向门口走去。刚摸到门把手，曾凡又在她身后说话了。

"依然……"他犹豫着说，"我们……还是朋友吧？"

林依然睁大眼睛，"肯定是啊，你想什么呢，这就要和我绝交了？"

曾凡摆摆手，"没有没有。"

林依然又笑了一下，她拉开门，出门的一刹那，又想到什么，转回头问："对了，刘思维和她的人都走了，那……方路呢？"

"他啊……"曾凡的表情捉摸不定，"我也不好说，这要看他自己的意思。"

3

<<<

看他自己的意思？

是说方路可以选择留在凌一科技还是回风向资本吗？

他在这件事上完全没有对风向资本起到什么作用，他还回得去吗？沈德还会给他机会吗？

方路最近好像也没有在公司出现过了。她试探着问过雷川，雷川说方路似乎在休假，具体他也不清楚。

是休假，还是已经失去了工作？

林依然突然意识到，她在情不自禁地担心方路，于是赶紧把思绪拉回来。

不能再想他了，林依然对自己说，他不值得你这么做。

她向团队里的人宣布了她和曾凡交涉的结果，得知曾凡会施以援手，大家一齐欢呼起来。

"那奖金呢？奖金呢？"凌夏问出了她最关心的问题。

"没问题，我们还是能拿到。"林依然笑着说，"曾凡说他会遵守承诺。"

凌夏高兴得破了音："曾总真的是我的男神！"

"这是你的第四个男神了。"林依然提醒她。

想到这笔钱，林依然也有些兴奋，"一帆，你也可以买房子了。"

"我想缓一缓。"盛一帆说，"现在房价不稳，我得再观望观望。

而且我妈已经跟我爸离婚了，我跟她再好好商量商量。"

"终于离了？"凌夏问。

"嗯，离了。"盛一帆点点头，"上次打完钱，我爸又找我妈闹，让她再跟我要钱，说我能这么轻松拿出三万，肯定还能拿出更多。我妈彻底生气了，她不想我一再被拖累。"

"当妈的，还是心疼孩子啊。"凌夏叹道。

"我妈这个月就会搬到北京来和我一起住，说真的，我从来没有这么放松过。"盛一帆笑着说。

"恭喜你。"林依然由衷地说。

盛一帆的好心情也感染了其他人，大家热烈地讨论了奖金该怎么规划的问题，但很快，气氛又沉寂下来。林依然知道，她们心中还是有不舍。

"我们真的要放弃'宠爱'了吗？"凌夏抱着她平时休息用的抱枕，眼巴巴地看着林依然。

徐可坐着一言不发，眼圈发红。

林依然心里也难受，但还是安慰地说，"只能这样了，我们猜的是对的，曾凡并不打算把'宠爱'做下去。"

"我宁愿我们猜的是错的。"成孟聆黯然。

"即便我们现在没有丢下'宠爱'，早晚也要被迫放弃吧？那我们的决定没毛病。"盛一帆宽慰大家。

"没毛病是没毛病。"凌夏撇撇嘴，"就是心里难受。"

"不过仔细想想，我们要创业了，就把这当成是一个学习的过程吧！"成孟聆自我开解，"以后我们就不用像现在这样，什么都要看别人的脸色了，也不用被公司找理由扫地出门了，这是好事啊。"

"也是。"凌夏听着，心情好转起来，"说实话，奖金现在对我的诱惑都没那么大了，这可是创业啊，对我来说就像人生重启一样。我这两年一直担心，等我年纪再大一点，公司觉得我没什么用了就辞退我，我该怎么办？现在好了，也算是有自己的事业了，而且我们赚了大钱，依然你不得给我们开高薪啊？"

"我？你是要我来当老板吗？"林依然赶紧摇头，"我不干。"

"你不干还有谁能干……"凌夏正说着话，办公室的门被推开了。

几个人抬起头，同时愣了一下。

刘思维站在门口。

"哎，你这人怎么回事？"知道她要走了，凌夏也不跟她客气，"不知道敲门啊？有没有家教？"

刘思维不理她，她的目光锁定在林依然脸上，"林依然，有时间聊两句吗？"

林依然和她对视了一会儿，片刻后，点点头。

她示意办公室其他人稍安勿躁，自己起身跟着刘思维出了门。

她很好奇，这个时候，刘思维会和她说什么。

4

<<<

刘思维踩着高跟鞋，大步往前走，找了个会议室进去。看到她还在公司，有几个人投来不友善的目光，她全装作没看见。

林依然也走进会议室，随手关上门。刘思维抱着胳膊，还是一副居高临下的样子，好像林依然才是那个要被赶走的人。

两个人各自心怀鬼胎，良久，刘思维先笑了笑，"恭喜你啊，林依然，你们真的把'宠爱'做到百万'日活'了。"

林依然也礼貌地笑笑，"思维，事到如今，我们还要做这样虚假的开场白吗？"她改了对刘思维的称呼，"我们之所以能走到这一步，不是因为你给我们的支持吗？"

刘思维镇定地看着她，"我当时还以为你会拒绝。"

"我又不傻。既然我决定了要做成这件事，那就算是来自'敌人'

的帮助，我也会接受的。"

"敌人。"刘思维眨眨眼，"看来你是真的讨厌我，讨厌沈总。我被曾凡这样赶出公司，你一定很高兴吧？"

"我没有很高兴。"林依然摇了摇头，"是，一开始我的确很讨厌你，因为我以为你要阻止我们的工作，你在公司做的这些事情，也很招人记恨。但后来我发现，说到底，你也不过是别人手里的棋子罢了。沈德派你来控制凌一科技，你尽你所能完成了你的任务，这跟我在做的事，本质上并没有区别。"

"要说敌意……"她顿了顿，"我的敌意，主要是针对沈德的，他做事缺乏底线。"

刘思维连声笑起来，"没想到你会这么想，我就当你是夸我吧。不过，你既然这样说沈总，那有件事，我就不得不告诉你了。"

"你知道当时'哎哟视频'出事，为什么发酵得那么快，波及面那么广吗？"她看着林依然的眼睛，"因为那件事前前后后，都是沈总安排的。"

林依然心里一凛，"什么意思？"

"沈总早就看到了'哎哟视频'推广方式里潜在的风险，安排人搜集了不少他们打擦边球的内容。"刘思维说，"'程序员日'那天，'哎哟视频'正好给了我们机会。按沈总的指示，我找了几个大的营销号，出钱让他们带头去攻击'哎哟视频'，素材都是我们提供的，也买了两轮热搜，本来只是想带一带网络节奏，打压一下他们，结果歪打正着，掀起了大浪，让他们彻底下架了。"

林依然听着，越来越震惊。她不是没怀疑过这个问题，当时全网攻击"哎哟视频"，热度最高的几条内容都高度重复，而且时间非常一致，她当时就感觉背后没有那么单纯。但她完全想不到，这一切都是沈德的计划。

刘思维冷哼一声，"林依然，你太天真了，你以为就靠你们自己的实力，真的能从'哎哟视频'这种巨头手里分一杯羹？你以为你们的运气真的那么好，刚起步就没了竞争对手？想清楚吧，没有沈总的运筹帷幄，你们根本就做不到今天这个地步。"

她又说："这是商业竞争，林依然，从来都没有底线，只有利益。"

刘思维说这句话的时候，林依然还以为她看到了一个女版的肖全。

她思考了一会儿，然后摇摇头，"不，你错了。"

"我错了？"刘思维瞪着她。

"对，你错了。"林依然轻松地笑笑，"不是没有底线，而是你只看到了利益。我们从一无所有到现在做出了'宠爱'，就算没有沈德的安排，就算没有你给我们提供的帮助，我也不认为我们一定就跨不过最后那道坎。就算'哎哟视频'还在，我也不认为我们就一定没办法和他们竞争。"

她深吸一口气，接着说："你可以觉得我幼稚、天真，但这是我相信的东西，我相信有原则、有底线是值得骄傲的事情，我相信凭借正当的方法也可以成功，我相信，堂堂正正地去努力、去竞争的人，从来都不会输。不是只有想方设法把别人搞死，自己才能活下来的。"

刘思维呆立在原地，片刻之后，她笑了笑，"难怪……我总算明白了，为什么方路会为你做那么多，你身上的确有和别人不一样的东西。"

她这句话又在林依然心里激起了波澜，"方路……"

"是个很好的男人，对吧？"刘思维看林依然没什么反应，她的眼神里有些落寞，"真羡慕你啊，我拼了命争取的东西，你随随便便就得到了。原本我以为是我的能力还不够，现在看来，可能我确实没办法和你竞争吧。"

"竞争？我不明白。"林依然不解，"你在说什么？"

"没关系，你不需要明白。"

她们两个谁都没说话，彼此对视着。

"好了，就这样吧，该说的我都说了，也该跟你告别了。"刘思维佯装轻松地笑笑。

她从林依然身边经过，又意味深长地看了她一眼。

"你加油，林依然。也许，我们之后还有机会再见面。"

5

<<<

她昂首挺胸地走出七层办公区，越来越多的人看到了她，周围响起了不少议论声，刘思维丝毫不在乎。

但她很清楚，她输了，和凌一科技无关。在这场与林依然的"竞争"里，她输了，而且，一败涂地。

她回到八楼自己的办公室，这是她在凌一科技的最后一天，大多数需要带走的私人物品，她已经提前快递回了风向资本，一张简单的办公桌上空空如也，只剩下一台电脑，和一个小摆件。

她拿起这个摆件，翻过来，下面贴着一张已经很旧的便签条，上面写着几个字："思维，恭喜你。"

落款是方路。

刘思维看了一会儿这张便签，笑着摇了摇头，思绪飘向了很远。

她把摆件和电脑放进一个电脑包，提着重新出了门。走到电梯间，远处突然传来一个熟悉的声音："思维！"

刘思维的身体震了一下，她转过头，看到方路大步朝她跑过来。

"方路。"刘思维淡淡地说，"专程来送我的？"

方路面色平静，"这就走了？"

"不然呢？等着别人亲自赶我走吗？"刘思维笑笑，眼神看向别处。

方路似乎有话要说："思维，我……"

刘思维抬手阻止了他，"你不用说了，这次是我输了，我心服口服。"

她侧过头，环望了一眼整个八楼的办公区，"真快啊，四个月，一眨眼就过去了。"

方路不知道该说什么。刘思维看他一眼，突然笑了，"对了，我刚才去找了林依然。"

方路一下变得很紧张，"你和她说什么了？"

"你害怕了？"刘思维说，"别紧张，我没说什么对你不利的事。我只是终于弄明白了，为什么这些年我做了这么多，却从来得不到你真正的欣赏，为什么你知道我的想法，却从来不给我回应。也许你需要的，真的是林依然这样的女生吧。她和我，确实不一样。"

方路神情复杂，"思维……"

"你知道吗？"刘思维又说，"沈总把你做的那些事情告诉我，让我来凌一科技做副总裁的时候，我恨过你。我无法想象，那个被我视为榜样的人，会做出这种举动。来到凌一科技之后，我更无法想象，从来不会在公事上动任何感情的你，会为了一个人做到这个地步。"

"但后来我发现，错的不是你，是我。"她接着说，"是我想错了，我一直以为你还是曾经的你，但其实，你已经不是过去的方路了，对么？"

方路沉默片刻，反问："也许这才是真正的我呢？"

刘思维又笑了，"看来我要学的，还有很多啊。"

方路没说话。

刘思维也没有等他，电梯门开了，她往前走了一步，又按住按钮，"以后……我是不是很难再见到你了？"她犹豫着问。

"也未必。"方路说，"我还没有决定我下一步的去向，沈总他……还是希望我能回去。"

"别回来了。"刘思维走进电梯，转过身看着他，"你如果再回到风向资本，林依然……她会伤心的。"

　　方路愕然的表情成了她在凌一科技看到他的最后一面。不想再逗留下去，刘思维迅速按了关门键。电梯快速下行，刘思维笔直地站着，把手伸进电脑包里，握住了那个她无论去哪都会带着的摆件，从她做成职业生涯的第一个项目开始，距今已经有三年。

　　再见，方路。她在心里说。

第二十八章　真　相

2017 年 11 月 23 日

1

<<<

　　"宠爱"的交接整整花了两天时间。雷川临时抽调了"看什么"团队一半的人，从林依然她们手上接过了"宠爱"的全部工作。

　　他带了几个人过来帮忙搬一些档案资料和没来得及归档的合同。小熊也来了，林依然知道他来的目的，这次小熊不像以前那样害羞拘谨，摆出了一副公事公办的架势，但林依然分明看见，他每次进进出出办公室的时候，都会和成孟聆偷偷对视一下。

　　差不多成了，林依然暗自在心里笑。看来她没看错人，能打消成孟聆的顾虑，小熊应该有很多优秀的地方吧。

　　对于林依然她们的决定，雷川不是很理解，但他没有多说什么，而是由衷地祝林依然她们创业成功，还说以后虽然不是一个公司的人了，但有什么事可以尽管找他。

　　"也祝雷总发际线重回巅峰！"凌夏嬉皮笑脸。

送走了雷川，大家坐在各自的桌前，都有些唏嘘。

"没想到啊！"在林依然旁边，凌夏发出了连声感慨，"我们就这样吧'宠爱'送走了。"

"是不是有一种卖闺女的感觉？"盛一帆调侃。

"有点，感觉就像一场梦一样。"凌夏回忆，"想想刚开始的时候，我们是个什么团队啊，不是要被辞退的，就是被别人赶过来的，没人看好我们，也没人支持我们，想不到，我们居然真的就做成了，还要去做更大的事……我们挺厉害的，真的。"

"你当时还说我们是'废人组'。"成孟聆提醒她。

"对。"凌夏点点头，"是我傻了，我们怎么可能是'废人组'呢？我们明明是一个无敌的'女子组'！"

徐可插话："话说回来，依然姐，我们之后该做什么啊？总觉得很多方向都可以做，但又好像没有什么特别的。"

其他人也加入了这个话题，都看向林依然。

"这个啊……"林依然看着大家，"这方面我有些想法，但我猜你们应该也都想过。不如这样吧，我们一人写一个策划案，三天的时限，写完之后放在一起比较，投票决定我们下一步做哪个，怎么样？"

"好啊好啊。"成孟聆第一个表示赞同，"谁也不准感情用事，大家公平竞争。"

几个人一致同意了林依然的提议。凌夏向后仰靠在座椅上，美滋滋地说："哎呀，新公司，突然有些期待了。"

她眼珠一转，又凑近林依然，"依然啊，你说这种时候，我们是不是应该……"

"又想聚餐，是吧？"林依然看穿了她，"好，想吃什么？"

"啊，今天不行。"凌夏突然想起了什么，"我今天得早回家，小天那个幼儿园又有新作业了，什么亲子互动讲故事，还要录音……一个幼儿园怎么那么多事啊？"

大家哄然笑起来。林依然静静地听着她们聊天，忽然有些伤感。

马上就要面对新公司、新生活了，马上就要告别凌一科技了，可她真的能放下在这里的一切吗？

尤其是，那个人。

那天刘思维和她说的话，林依然还记得很清楚。

其实她心里也明白，方路是怎么看她的。如果说一开始他还只是好奇，想看看林依然和她的团队能做出什么，那后来他做的一系列事情，已经不再是好奇那么简单。

只是林依然已经决定了，离他越远越好，哪怕她心里并不好受。

因为她早已经知道了，他是谁。

2
<<<

临下班前，林依然发现还有一项工作没有和雷川交代。等她找完雷川回来，大家都已经走了。

她最后一个出办公室，坐电梯下到一楼，快要走出写字楼大门时，身后传来一个熟悉的声音："依然，等一下！"

听到这个声音，林依然内心一颤，是方路。

周围没什么人，很安静，假装没听见似乎也不合适，林依然只好摆出职场专用微笑脸，转过身，看着方路一路小跑过来。

"方先生。"不等方路喘口气，她先开口说，"好久不见。"

"是好久不见。"方路说，"林小姐有段时间没有联系我了，应该很忙吧？"

"还好。"林依然不咸不淡地回答。

方路没察觉到她的语气，接着说："我听曾总说，你们五个人不打算继续做'宠爱'了，决定自己创业？恭喜你们。对你们来说，这是一个很正确的决定。"

"谢谢方先生的认可，"林依然回答得很官方，"我们会继续努力的。"

她的话里带着一种别扭的疏离，方路也注意到了，"你……怎么了？"

"没怎么啊。"林依然笑着说，"这段时间确实很感谢你，你帮了我很多。"

"也不全是为了帮你，"方路说，"我也是为公司着想……"

"不。"林依然打断他，"我的意思是，从头到尾，你都在默默地帮我，帮我排忧解难，听我倒苦水、发牢骚，而你小心到连自己的真实身份都不敢透露，事到如今，你我都知道没有任何隐瞒的必要了，你我都清楚有些事早就该揭开了，但你还是不敢向我坦白。"

她看着方路愕然的脸，一字一句地说："不是吗，云先生？"

3

<<<

寂静。

片刻后，方路僵硬地笑了一下，"果然，你已经知道了。"

"我本来还不太确定，"林依然说，"但我现在确定了。"

方路呆站了一会儿，叹了口气，"是在楼梯间那次，对吧？"

"原来方先生也知道你那次露出了马脚？"林依然微笑着说，"对，我就是从那次开始怀疑你的。我发信息的时间和你收到信息的时间太巧合了，你逃跑的时候，我又看到了你的大衣。后来凌夏告诉我，这件大衣是限量版，更让我确认了。"

她看看方路，接着说："当然，如果仅凭这些，我可能也怀疑不到你。但你留下太多漏洞了，比如在车上那次，你说我喝酒后胆子会变大，但这件事，只有云先生知道，曾凡并不知道。还有很多次，你帮助我的时机，都和云先生高度重合，我可能不算太聪明，但我也不傻，方先生。"

方路看着她，张了张嘴，却说不出话。

他这个反应，反而让林依然感到一丝悲哀，她挑挑眉，"一人分饰两角，很爽吧？没看出来呀，方先生，你中戏毕业的？"

方路笑了，"你生气了？"

"生气？"林依然笑笑，"我不生气，至少没有生你的气，我只是气我自己居然被你骗了这么久，我早就应该发现了。"

方路摇摇头，"依然，我不是有意……"

"不是有意骗我？"林依然自问自答地点点头，"对，你不是有意骗我，你只是不知道该怎么告诉我，对吧？你们男人骗女人的时候，连台词都不带换的？"

方路又沉默了。

林依然盯着他看了一会儿，"你第一次在曾凡办公室看到我的时候，就知道我是谁了，对吗？"

"说实话，我那时候并不知道。"方路立刻说，"后来你告诉我关于'宠爱'APP的事，我才意识到，原来微信上的那个女生，就是你。"

他深吸一口气，继续说："我确实不知道该怎么告诉你云先生就是我，你也知道，我们第一次见面并不愉快，我怕我表明身份之后，我们就无法继续以这样的方式相处了。"

"是我的错。"他叹了口气，"我应该早一点坦白我的身份，应该真实地面对你，我……"

"别再说了。"林依然打断他，"你说得对，如果一开始我就知道云先生是你的话，我不会再跟你的假身份友好相处。这几个月，我就当自己做了一场梦。"

方路又看着她，还是说不出话。

林依然平静地看着他的眼睛，"方先生，我希望……我们不要再联系了。"

她垂下眼皮，逼自己说出了那句话："再见，方先生。我们就……各自安好吧。"

说完，她头也不回地转身就走，只剩方路仍站在原地。

你做的是对的。一边走，林依然一边告诉自己，你不该和他有任何瓜葛了，反正你离开凌一科技后，也不会再见到他了。高兴一点，林依然，他一直在骗你，到最后他都还想瞒着你，是他的错，这种人离得越远越好。

可是，为什么她这么想哭？

她又想到那一次，她和方路坐在酒吧，小心翼翼地不捅破那层窗户纸。果然，当时她的感觉是对的，如果时间就停在那里，该多好。

如果时间就停在那一刻，她什么都不会知道，她还是她，方路还是方路，云先生还是云先生。一切的美好，都能保持原样。

4

<<<

筹备新公司的事情，比林依然想象得还要复杂。

曾凡带着她们团队同几个投资人轮番见了面。正如曾凡和大飞所预言的，她们五个人独立开发出"宠爱"的事情给很多人留下了深刻的印象，几个投资人对她们都很友好，对她们将来的发展也有很大的兴趣。五个女生合伙创业，本身也是资方喜欢的"噱头"，几次会面都算顺利。

一次会面结束后，凌夏很兴奋地对林依然说："依然，你知道吗？我看这些人的时候，就跟看人民币一样。"

她的情绪基本上也代表了团队其他人的看法。众人逐渐走出了放弃"宠爱"的不舍和遗憾，开始对将来的全新挑战充满了憧憬。

她们开始研究创办公司都需要什么，研究注册流程、选址，同时也学着相关的专业内容。

偶尔休息的时候，林依然也会看着手机出神。

云先生已经不再是她的置顶了，他也没再给她发过信息。他的聊天窗口被其他信息挤到了后面，林依然要往下划好多下，才能看到他的名字。

他就像大风天的一朵云彩，很快，就不见踪影。

方路也没有再出现在她周围，她知道，这几天他都在凌一科技，他肯定也知道林依然的动向。

也许，他也在躲着她吧。

看来他们之间的关系，真的就这样结束了。

为了成立新公司，林依然她们延后了离职时间，以做好充足的准备。曾凡也特许她们可以继续使用以前的办公室。这样过去了一周，周五的晚上，她们难得迎来了四个多月来的第一个双休日，凌夏带小天去看电影了，盛一帆要和妈妈逛街，徐可去了健身房，只有林依然没什么安排，索性留在公司研究《合同法》。

成孟聆一直等到办公室只剩下林依然了，才带着一种做贼的心态离开办公室。她一边看时间一边急匆匆下楼，走到写字楼外，找了一会儿，才看见在一片阴影里站着的小熊。他背对着她，不停地搓手，好像很冷的样子。

"小熊！"成孟聆跑过去，小声喊他。看到她的一刹那，小熊露出了开心的笑容。

"你怎么不在楼里等啊？"成孟聆又关切又责怪，"我都说了我得躲开她们，晚一点下来，你等了多久了？冷不冷？"

"没多久，不冷。"小熊缩着脖子说，"你之前不是说不想被公司同事看见吗？我就想找个隐蔽的地方等你。"

"傻子。"成孟聆埋怨道，但心里还是很高兴。

这是他们的第三次约会了，虽然成孟聆还没有正式答应小熊的追求，但两个人都明白他们的关系已经发展到了一个新的阶段。吃完饭逛街的时候，小熊自然而然地牵起了成孟聆的手，成孟聆也不觉得有什么奇怪的。

他们在商场逛到很晚，谁也不想先提出分开，就漫无目的地走着。在一家女装店外，成孟聆驻足看了看橱窗里的衣服，正和小熊说她有一件一样的，突然听到有人喊她："成孟聆？"

她和小熊同时抬起头，小熊吓了一跳，一下松开了成孟聆的手。

叫她的人是方路。

成孟聆用了好一会儿才从这场偶遇中回过神来，"方……助理，你怎么在这？"

"我来买东西。"方路举起手上拎着的一个袋子示意，随即打量了他们一眼，"小熊？你们这是……"

小熊还想往后躲，但方路已经看出了端倪，他扬起眉毛，了然道："很久没见，恭喜你们。"

成孟聆的脸一下就红了，"那……没什么事的话我们就先走了。"她示意小熊先走，"不打扰方助理了。"

"本来也不打扰。"方路笑着说，"别担心，小熊，公司允许同事谈恋爱，你不用躲着我。"

小熊眨眨眼，似乎有了底气，他重新牵起了成孟聆的手，冲方路笑笑。

方路本来已经走到了他们身后，突然又回过身，开口说道："对了，成小姐……"

成孟聆抬眼看他，方路却迟疑起来，"我想问……林依然，她最近还好吗？"

"依然？她很好啊。"成孟聆下意识回答。

"哦，那就好。"方路好像还有什么要问，但没问出口，他点头向对面的两个人致意，自己走了。

他这是怎么了？怎么突然问起了依然？成孟聆越想越觉得不对。

方路刚才那个眼神，那个语气，总觉得很奇怪。

可能是自己恋爱了，成孟聆现在对这种细节格外敏感。她走着走着，仿佛想通了什么，而且这种想法，伴随着她往前走，越来越清晰。

"方助理！"她扔下小熊，转身向后飞奔，"你等等！"

方路还没走远，听到成孟聆的声音，他站住回头，"怎么了？"

成孟聆喘着气，说："依然她……她今天会在公司待到很晚，你现在去找她的话，她应该还在。"成孟聆直视着他的眼睛，希望他能读懂她试图传达的信息。

方路立刻就懂了，"我知道了，谢谢你。"

他一秒钟都没耽搁，转身向这一层的扶梯跑去。这是成孟聆第一次见他跑，一贯温和而得体的方路，从来不着急的方路，这一次跑得完全不顾形象，好像哪怕慢一小步，他都会痛恨自己。

"怎么了，孟聆？"小熊赶上来，也看傻了，"方助理还能跑那么快呢？你跟他说什么了？"

成孟聆摇摇头，没回答。她终于明白了，那天她问林依然有没有喜欢的人，林依然眼里闪过的落寞是什么，也终于明白了，方路为什么总是出现在她们周围。

加油啊，依然。她在心里说。

第二十九章　告　白

2017 年 12 月 1 日

1

<<<

林依然走出写字楼的时候，已经过了晚上十点。

不知不觉就这么晚了，她有些犯愁，这个时间正好是这一片互联网公司的第二个下班高峰，意味着今天又不好打车了。

她打开手机，正准备排队，突然有一个人从写字楼的另一边冲出来。林依然吓得喊了一声，身体已经做出了防御的姿势，却发现，来的人是方路。

方路跑得上气不接下气，弯着腰双手撑着膝盖，说不出话。他抬头和林依然对视了一眼，刹那间，林依然心里掠过无数种情绪，惊讶、喜悦、愤怒、委屈、难过……她看着方路，强行摆出漠然的表情。

"方先生，有事吗？"她故作冷漠地问。

方路又看了看她，从他的眼睛里，林依然也看出了很多种情绪，与她不同的是，方路并没有收敛这些情感，他就这样看着她，像在看一个失而复得的宝物，看得林依然慌乱起来。

"你……你要干吗？"她颤声问。

方路还是不说话，他站直了身子，良久，才开口说："喝一杯吗？"

十点半，还是上次那家酒吧，还是同样的位置，还是他们两个人。

一路上林依然都没说什么，她觉得没必要说，既然已经做了决定，那不管今天方路做什么，都是徒劳。

方路也没说话，林依然能猜到他想说什么，无非就是一些不该向她隐瞒身份、希望得到她原谅之类的话。但这些都已经晚了，没意义了。

她一路沉默着进了酒吧，闷声坐在座位上，看着窗外。

方路咳了一声，"你喝什么？"

"不必这么麻烦了，方先生。"林依然回绝，"我之所以还跟着你过来，是知道你有话要对我说，快说吧，很晚了，说完我好回家。"

方路看看她的神色，低头沉吟了一下，"我想……我欠你一个解释。"

"你不欠我什么。"林依然说，"你也不用解释。"

"不，我要把这整件事，向你说明白。"方路坚持说，"请你听完，好吗？你听完，再决定你要怎么看我。"

林依然想了想，"好，你说。"她冷冷地看着方路。

"我从头开始说吧，从我们刚认识的时候开始。那时候，我在那个'怎样预防男友出轨'的问题下面随便回答了几句话，结果第二天登录，就看到你那封骂我的站内信。我当时想，这个女生戾气真重啊，是活得有多不幸福？我甚至差一点就把你拉黑了。"

他自顾自地笑笑，又说："但幸好，我点进你的主页看了看，发现你之前发布的内容都很理智，我就想，也许那段时间，你恰好遇到了让你伤心的事情。也不知道为什么，那一瞬间我很想帮，也许你会觉得我多管闲事，也许换一个不同的时刻，我也不会这样做，但可能，这就是命运吧。"

　　林依然没说话，方路继续说："后来的事情你也知道了，你回复了我，接着我们加了微信，我不知道我的话对你有没有用，但你好像心情渐渐好了一些。再后来，我们每天都会聊一点，我发现你是个很有趣的女生，经历过很多，但人很温和，很善良，也很真实。在我所处的环境里，见多了左右逢源、心口不一的人，你的出现，让我产生了不一样的感觉。如果说起初我还只是出于好奇心，想多了解你一些，那一段时间之后，我发现这变成了一个习惯，每天不和你说几句话，我就会觉得少了点什么。"

　　"我想过探查你的身份。"方路接着说，"也分析过你的朋友圈，但我制止了自己再往下调查的冲动。因为我没有对你坦露过什么，出于各方面的考量，我把自己隐藏得很好。我认为这对你而言，本身是不公平的。而且那段时间，我很开心，我不想打破这种局面。"

　　林依然心里触动了一下，方路的这些想法，几乎就是当时她的想法。

　　"然后就该说说另一个我了。"方路笑笑，"方路，风向资本的得力员工，老板器重的干将，表面上对谁都会微笑，但内心冷漠残酷。他带着重要的任务空降凌一科技，原本任务进行得很顺利，却遇到了一个非常执拗的女生，打破了他的计划，也打破了他内心的平衡。

　　"这个他，也是我，是云先生之外的我，是做事不留情面、只认数据的我。"他继续说，"那时候我对你的看法，是觉得你是我在职场不常见的一类女生，勇敢、真诚、不服输，为了实现自我不惜一切代价，我开始对你好奇，我甚至觉得，你和我作为云先生所接触的那个女孩子，很像。

　　"所以你可以想到，当我意外得知你和那个女孩子其实是一个人的时候，我有多震惊。"

　　他看着窗外，叹口气，说："我以前从不相信什么命中注定，但那一次我真的不得不信。这实在是太巧了，超出了我能理解的范围。

可能就是因为这一点，作为方路的我，出现了动摇。我没有办法再去阻止你的赌局，我甚至在想，我能怎么帮你。我用了九年的时间把自己磨炼成当时的模样，但你只用了几天，就把这一切都推翻了。"

"这是我犯的第一个错误，我那个时候就该向你坦白，哪怕你会觉得很荒唐，但至少你还可以理解。"方路说，"后来我就一直在犯错误，我有无数次机会可以告诉你，云先生和我是一个人，但我都没有。我害怕我说了，我们就不能像之前那样相处了，结果越往后拖，越说不出口。"

他的神情有些悲伤，"徐可晕倒那天，在医院的时候，我看到你拿出手机要给云先生发信息，真的吓到了我。这种随时暴露身份的可能，让我越来越害怕，但我又无法自控地去接近你。我忍不住想去关心你，想知道你的每一个动向，想帮你渡过难关。看电影那次是这样，开车载你回家那次是这样，第一次和你来酒吧也是这样。我做不到远离你，我甚至想每天都看到你。我告诉过自己无数次，这不是我，我不应该做这种事，我应该尽量和你保持距离，这对我们两个都好。"

方路无奈地摇摇头，"但我还是做不到。"

林依然感到有些紧张，方路的眼神越来越炽热，她几乎能预料到他会说什么。

"你要不要先喝点什么？"她借着递酒单，试图打断方路。

但方路一下抓住了她的手，"让我说完。"他看着林依然，说了下去，"后来我终于明白了，我想通了。为什么我宁可让自己每天都很痛苦，也要维持这个假象，为什么每次在你面前我都会不冷静，这都是因为……"

"不知不觉间，我喜欢上你了。"他说。

2

<<<

说实话，这句话给林依然造成的震惊并不是很大，她早就猜到了。

方路喜欢她，所以才不惜一切地帮她，所以才义无反顾地站在她这边。她想不到"宠爱"的新方向，他找借口带她去看电影，她为安卓端的事情发愁，他假装不经意地点破关键，她周围的人遇到困难，他也主动帮她，一次都没有犹豫。

方路喜欢她，她一直都知道，所以她才会躲他，所以刘思维才会对林依然抱有异样的敌视，因为刘思维大概是喜欢方路的。

"你……要不要先放开我的手。"林依然小心地说。

方路松开了手，但他的眼睛还是热烈地直视着林依然，是林依然从来没见过的热烈。

"依然，你还没告诉我，你的想法。"方路说。

"我……"林依然沉默了，她的想法是什么？是发现云先生就是方路之后，感觉自己被欺骗了的愤怒？是希望她自己弄错了的期待？是迫不及待要和方路对质，但又几次放弃的犹豫？还是这几天来，看着不再说话的云先生的头像，心底掩不住的失落？

最后她什么都没说，她试着转移话题，"方先生，你现在和我说这些，真的好吗？我还算是凌一科技的人，而你是风向资本的重要员工，某种程度上说，我们现在是敌对的两方。"

方路惊讶地看着她，她突然说到这个，让他有些混乱。片刻后，他低头笑了笑。

"这个你不用担心，我已经离开风向资本了。"

"啊？"林依然这下是真的震惊了，"沈德把你辞退了？"

"那倒没有，我很感激沈总，哪怕我辜负了他的信任，他也没想过把我辞退，还让我回去。但我自己不能这么无耻，这个后果我必须承担。"

"那……你之后打算怎么办？"林依然问。

"曾总邀请我加入凌一科技。"方路说，"我还没有想好，但我是有这个倾向的。一直以来，曾总都很信任我，对凌一科技，我也有感情，我愿意留在这里。"

林依然还在消化他的这段话，方路又换了严肃的表情，"但你确定要和我聊这些吗？依然，我还在等你的答复。"

什么答复啊？你那就算是表白了吗？林依然不禁在心里喊道。

她思索了一会儿，开口说："我也不知道。确实，发现你就是云先生的时候，我很生气，你有那么多机会可以告诉我这件事，但你一直在隐瞒，我不得不怀疑你的真实动机。我甚至想过，你长期伪装自己来接近我，是不是另有目的。"

"但后来我发现，我不再生气了，反而……有些高兴。"她的脸颊有些发烫，"我曾经猜过很多次，云先生究竟是谁，好的坏的我都想过，但当你的样子和云先生重合之后，我意识到，这是我一度期望过的事情。"

"你期望过我是云先生？"方路迟疑着问。

"我……对你有好感。"林依然点点头，"你很沉稳，很聪明，帮了我很多，也很温柔，至少对我很温柔。在你身上，我体会到了很多从前没有过的感受。而我对云先生，也有同样的感觉。得知你们是同一个人的时候，我确实有一点高兴。就像你的心情一样，只是……"

"我相信命运。"她低着头，努力不去看方路。

听到她这么说，方路的眼神柔和起来。

"其实那天，我说我们不要再联系了，我是难过的。"林依然也不想藏着掖着了，"这几天我们都没有说话，我也是难过的。我早就知道了你的身份，但我一直没说破，可能在心底，我和你一样害怕我们回不到以前那样吧。"

说完这些，她还是没敢抬头。方路也没说话，一脸的若有所思。

"对了。"林依然又想到一件事，"既然你不在风向资本了，要不要考虑加入我们的新公司？"

"加入你们？"方路一愣。

"对啊！"林依然大着胆子说，"我们白手起家，很需要一个熟悉各项业务的人。"

方路又低头陷入沉思，几分钟后，他抬起头，"还是不了。"他微笑着说，"这是你们五个人的事业，我不能插手。没有我，你们也会发展得很好。"

"所以，抱歉，依然，我不能和你一起共事了。"他带着歉意地笑笑，"我还是想回到凌一科技，和曾总一起把这家公司扳回正轨。不过以我积累的人脉，你们的新公司，我还是可以帮上一些忙的。"

"不需要。"林依然一字一句地说，"谁稀罕你的帮忙啊。"

她瞪了方路一眼，"其实我也不想再跟你共事了，你这个人烦得很，不适合一起工作。我想……我想让你做我的男朋友。"说完她的脸颊又不自觉地红了起来。

方路愣了一下，他怔怔地看着林依然，好像不确定自己刚才听到了什么，"你……再说一次？"

林依然昂着头，不管不顾地和他对视，"我想让你做我的男朋友。"

"我也明白了。"她说，"什么因为你和云先生的身份重合而高兴，什么害怕回不到以前那样，其实，这就是喜欢吧。"

林依然看着方路，忽然间涌上一股不可阻挡的勇气，她半转过身，直接拉住了他的手，郑重地说："方路，我不想再隐藏自己了，我也不想再一个人面对一切了，我喜欢你，我想和你在一起，你做我男朋友吧。"

方路沉默了一会儿，点点头，说："好。"

3

<<<

"就这样？"林依然对他的反应有点失望，"我答应了你的追求啊，你难道不应该兴奋地把我抱起来，原地转三圈？"

方路笑了，"需要的话，我也可以。"他作势要抱林依然。

"不用了！"林依然伸手拦住他，"不抱也无所谓，但我要和你约法三章。"

方路饶有兴致地看着她，"你说。"

"你说你之前有段失败的感情，是因为太重视事业，忽视了和对方的联系。"林依然说，"所以第一条，你不准长时间不联系我，你可以忙你的，但你忙完了，要让我知道。"

"好，我答应你。"方路说。

"第二条，你是一个很冷静的人，我估计很多事情你都会藏在心里，不告诉任何人，所以我们在一起的话，你有什么高兴的事也好，不高兴的事也好，必须第一时间告诉我，也不准骗我。上次你载我回家，根本就不顺路，对吧？以后这种谎话不许再说了。"

"没问题。"方路说。

"第三条，不要再试图什么事都帮我了，我自己可以的。我不希望我在你眼里是一个凡事都要依赖你的小女生，我也很强大。"林依然直视着他，认真地说。

方路又笑了。

"你笑什么！"林依然瞪他，"我现在可是很严肃地在跟你说，真的，我和你在一起，不是为了找一个能大包大揽的男朋友，除非是我实在没有办法，我可能才会找你。但我自己也会注意，尽量不让这样的事情发生。"

方路连连点头，"对不起。"他说，"我刚才笑，是因为我并不觉得你是一个依赖我的人，'宠爱'APP 这件事已经足以证明你的能力，我只是偶尔推了你两把而已。当然，这一条我也答应你。不过如果有什么事，是用我这边的资源可以迅速完成的话，我还是认为你应该找我帮忙，毕竟我是一个……"

"行了行了，知道啦！"林依然打断他，"你是一个注重效率的人。"

方路再次笑笑，没说话。

"那……为了庆祝我们达成一致，来点酒吧！"林依然对着方路晃晃酒单。

"你们的新公司，打算做什么？"十分钟后，两个人各自喝着酒，方路问。

"还没想好呢！"林依然说，"凌夏她们也都有自己的想法，等公司弄好了，我们还要再讨论一下。"

"确定了可以告诉我吗？"方路又问。

"想探听消息吗？"林依然狡黠一笑，"方先生，搞不好以后我们就是竞争对手哦。"

"最好不要，上一次站队我已经够累了。"

林依然笑了一会儿。方路问服务员要了酒单，想再点两杯酒。林依然正准备把手上的酒一口气喝完，却被方路专注的脸吸引了目光。柔和的黄色灯光下，眼前的方路有种遮盖不住的魅力，以前看他，只是觉得好看，现在看他，是在看一个属于她的人，心情完全不一样。

看了片刻，她的脸都红了。

要是凌夏她们知道她和方路在一起了，还不一定是什么反应呢……

这样想着，林依然又想到一件事。她拿出手机，在方路面前晃了晃，"方先生，我们是不是还有件事没做？"

方路睁大眼睛看着她，随即反应过来，"你是说我的微信大号？我这就加你。"

他也拿出手机，扫了扫林依然微信上的二维码。

林依然撇撇嘴，"商业精英果然不一样，还大号小号的，也不知道你那个'云先生'的号究竟勾搭了多少小姑娘。刘思维那天找我说了一堆话，她肯定对你有感情，风向资本那么多小姑娘，被你哄骗的也不知道有几个，唉，还是我太天真啊……"

她本来只是随便开开玩笑，但出乎她的意料，方路微微笑着，又从另一个衣兜里拿出第二部手机，打开微信，放在了她面前。

整个界面空空如也，信息栏里只有他和林依然的聊天记录。林依然又点了下通讯录，里面还是只有她一个联系人。

一股暖意从她心底升起来，但她装着一副不相信的样子，"删得够快的呀。"

方路拿过手机，平静地看了看。

"当时在那个网站上，你问我要不要加微信详细聊。"他认真地说，"我不想直接用平时的号加你，正好手边还有一个之前为了出国办的手机卡，就申请了一个新的微信。"

他放下手机，看着林依然说："'云先生'这个号，只加过你一个人。"

林依然的脸又红了。她也不知道自己心里是什么感受，有些高兴，又有些不好意思。

"所以？"她小声问。

"所以从头到尾，'云先生'都只属于你。"方路的脸上是她从未见过的认真。

4

<<<

林依然觉得自己要飘起来了。她不是没谈过恋爱的傻姑娘，她也知道男人说的话不能全信，但是，听到眼前这个人这样说，真的很开心。

果然，所谓恋爱，就是要这种被人坚定选择的专属感啊。

第二轮酒上来了。林依然喝了一大口，手托着腮看着方路，问："说起来，你到底喜欢我什么呢？"

方路差点被呛到，他放下酒杯，想了想，老老实实地说："不知道。"

"不知道？"林依然睁大眼睛，"你这个答案，可能会失去我啊，方先生。"

"是真的不知道，也许有很多原因吧。你很聪明，你很独特，你身上既有成熟女性的那一面，又有小女生的那一面，你还很漂亮。但总而言之，是因为，你是你。"方路说。

他看林依然嘟起了嘴，哑然失笑，"喜欢，一定要有理由吗？"

林依然愣了，"也对，喜欢不需要理由。我也不知道我为什么喜欢你。"

"你这样说，就不怕失去我？"方路打趣。

"不怕！"林依然借着酒劲说，"你想走就走呗，我不在乎。"

方路笑了，然后林依然自己也笑了。笑着笑着，她又是一股勇气上来，狠狠地用手指戳了方路肩膀两下，说："唉，方先生，你是真的不懂女孩子。"

"我怎么了？"方路愕然。

"你自己想啊，表白是我先正式说的，手是我先主动牵的，你觉得这样合适吗？之前，我说不想再和你联系了，各自安好，你就真的让我走了，这个时候你难道不应该挽留一下吗？"

方路还在笑，"我现在不是在挽留你了吗？"

"那要是我今天早回家了呢？"林依然气鼓鼓地问，"要是你来公司发现我并不在呢？要是我当场拒绝了跟你走呢？你有没有想过……"

她的话没能说下去，因为方路突然向前一探身，吻住了她。

　　林依然也不知道这个吻持续了多久，她只知道她整个人都软绵绵的，失去了力气，但又能在感觉方路要退后的一瞬间，紧紧抱住他。

　　过了一会儿，两个人分开。方路看着林依然，微微笑着，又轻声说："你放心，我不会错过你的。"

　　林依然觉得，她是真的醉了。

　　受这种感觉驱使，她也不知道她喝了多少酒。酒吧的服务员时不时过来一趟，拿走她面前的空杯子，又放上一杯新的。林依然第一次发现酒居然这么好喝。

　　方路倒是很克制，他一边慢慢喝着酒一边和林依然说着话。渐渐的，酒吧里人越来越少。方路看了看时间，又看着再次拿起酒单的林依然，果断伸手按住了她。

　　"别喝了，你的胃受不了。"

　　"我已经没事啦！"林依然大大咧咧地拍拍肚子，"你看，好着呢。"

　　"那也不能喝了。时间不早了，我们该走了。"方路坚决地说。

　　"啊？哦，好……"林依然迷迷糊糊地应着，随即又反应过来，"我可不跟你回家啊。方先生，别以为我喝了酒你就可以诱拐我了。"

　　听到"诱拐"这个词，方路不禁满头"黑线"。

　　"我叫代驾！"他拿着手机说，"先送你回家，林小姐，这样可以吗？"

　　"好。"林依然晕晕乎乎地说，"林小姐很满意。"

　　站起身的时候，她又抓住方路的手腕，"说到代驾，要不我们做个代驾平台吧？"

　　"市场早就饱和了。"方路说着，顺势拉起她的手，"别想了，今天你就好好休息。"

　　"哦。"其实林依然也不知道自己说了什么，她一手拉着方路的手，一手扯着方路的袖子，跟着他往酒吧门口走。

走着走着，她又想到什么，"对了！我妈最近催婚催得可厉害，她要是知道咱俩在一起了，不会轻易放过你的，你做好准备啊，方路。"

方路本来都已经推开酒吧大门了，这下又猛地站住，"依然。"他柔声叫她。

"嗯？"

"我现在反悔，还来得及吗？"

女生小莫在这家酒吧做前台，做了有两年了。

她从来没听过，一个男的能发出这么大声的惨叫。

5
<<<

林依然能猜到，她向团队的人公布她和方路在一起的消息，这帮人会是什么反应。但她没猜到的是，她的耳朵差点被震聋。

"我就知道！"凌夏大喊着，冲过来拥抱她，"这么好的男人，你是不会错过的！"

"可以了，可以了……你放开我！"林依然用力挣脱开，"你至于这么激动吗？"

"你终于找到好男人了，我能不激动吗？"凌夏笑嘻嘻地拉着她的手，"怎么样，林依然同学，要不要发表一下获奖感言？"

"说什么呢？"林依然也笑，"什么叫获奖感言？能得到我这样的女朋友，方路才应该是得奖的那个好吗？盛一帆，你笑什么？"

盛一帆本来正在偷笑，看见林依然朝她发问，她立刻收敛了表情，"没有，我替你们开心，替你们开心。"

"恭喜你啊，依然姐。"徐可终于找到了说话的机会。

"谢谢。"林依然的脸上是掩饰不住的开心。

凌夏还在兴奋，"哎呀，我真的太开心了，比我自己结婚还开心！我们组这是怎么了，桃花运来了？孟聆有男朋友了，依然恋爱了，我觉得我离幸福也不远了！"

成孟聆是在林依然之前宣布的恋爱消息。她似乎终于确定了喜欢的感觉，决定和小熊好好在一起。说实话，林依然的感受和凌夏差不多，得知成孟聆收获了感情，她比她自己有了方路还高兴。

当她从方路那里听说，成孟聆是他们两个恋爱的幕后推手之后，她对成孟聆又多了一份感激。

"对了依然，方路会加入我们的新公司吗？"成孟聆问林依然，"小熊问过我他能不能加入我们，被我拒了。"

"让他来啊！"凌夏说，"多个厉害的产品经理我们又不吃亏。"

"不行！我没办法和男朋友一起工作，万一因为感情问题吵架了，上班还怎么沟通？你现在说好，到时候估计得烦死我。"成孟聆反驳。

"也是……"盛一帆表示同意，"天天看你们'撒狗粮'，我估计会拿键盘敲死你们。"

"你们这么明白，还问我方路来不来？"林依然笑着说，"他不会来的。他倒是离开风向资本了，但曾凡向他发出了邀请，他打算去凌一科技，和曾凡一起做事。"

"唉，真可惜。还以为以后能在公司天天见到帅哥。"凌夏说。

"要不我去打印一张他的全身照，给你裱起来挂墙上？"林依然打趣。

几个人笑了一阵，凌夏忽然很感慨："所以看来看去，曾凡才是收获最大的那个？既清除了公司里的墙头草，又找到了新的投资方，现在还得到了一个最棒的助手，CEO 就是 CEO 啊……"

是啊，林依然在心里说，这场大戏，最大的赢家，应该就是曾凡了。

但她们也没输啊。她看着办公室里的人，又想。

凌夏摆脱了前夫的纠缠，保住了小天的抚养权，和父母暂时达成了和解，也找到了人生的新目标，从一个在公司混日子的老员工，变成了一个团队的核心成员。

徐可说服了她爸妈，告别了自卑的过去，变得自信、积极，也尝试了全新的工作领域，掌握了新的技能，从在人前都不敢大声说话，变成了会勇敢表达自己的女生。

盛一帆收获了成就感，有了工作上的归属，从不被人信任的"刺头"变成了独当一面的人，也发现了自己的能力所在。

成孟聆找到了热爱的事情，发现了未来的方向，也收获了人生中的第一份恋情。

林依然自己也是，彻底甩掉了"瘟神"的名号，做成了她这么多年一直想做成的事，学到了很多，看清了很多，认识了新朋友，得到了一群聪明又可爱的同事，也……也终于不再是一个人。

她们的这些改变，才是这四个月来，收获的最宝贵的东西吧。

如今，她们也各自同凌一科技签了离职协议，这是她们在这家公司的最后一天，今天结束后，她们就要开始新的征程，带着一身的自信和满怀的动力，开启新的世界。

这的确是，最好的结局了。

尾　声

2017 年 12 月 9 日

"到了，就停在这里好了。"林依然说。

方路听她的，打起转向灯，转动方向盘，在路边缓缓停下。

这是北京东四环附近，林依然她们早在几天前，就在这一带的一个工业园里租了一个办公室。

离她们从凌一科技离职，已经过去了五天。几个人好好地给自己放了个小长假，盛一帆也回家把她妈妈接到了北京。她们约着今天一起来看看新公司的办公室，认认路，顺便规划一下办公室的装修和布局。

林依然从副驾驶的一侧下了车，刚关上门，方路就打开了她旁边的车窗，向她探了探身子，"你确定就到这里吗？"他不放心地问，"我看导航，那个工业园离这里还有一个路口。"

"嗯，到这里就行。"林依然微微屈身冲车里的方路说，"我走过去，凌夏她们说在工业园门口见。"

方路看着她，"那为什么不让我直接送你过去？"

"因为和你一起出现，我会害羞啊。"林依然非常坦然地说。

方路一愣，随即温和地笑笑，"好吧，那我先走了。公司还有一些事，我回去处理一下。你快弄完的时候和我说，我来接你。"

"好。"林依然边说边向方路挥挥手，"你开车小心啊，想我就给我打电话。"

"那我现在就需要打了。"方路说着，作势要去拿手机。

"别闹！你要开车呢。"

方路又笑笑，拉了下她的手，"那我真的走了，晚上见。"

"晚上见。"林依然点点头。

方路开车走了。林依然顶着一阵小寒风，快速朝工业园走去。远远地，她就看见其他四人都到了。

"你们来得这么早？"林依然小步跑过去。

"那是，我们又没有男朋友。"凌夏说。

"我男朋友又没有车。"成孟聆帮腔。

林依然伸手去打她们俩，"不想活了是吧？"

凌夏和成孟聆嬉皮笑脸地往一边躲，闹了一会儿，几个人随便聊着走进工业园。

这是个旧工厂改造的园子，有十几栋小楼，她们租的办公室在最中间的一栋，位于四层楼的第二层。

她们在楼下站定，抬头看了看，在这里，会诞生她们自己的互联网公司，她们已经找到了公司未来的方向，有了明确的计划，一切都在开始的路上。

"这楼有点破啊。"凌夏有些嫌弃。

"你知足吧！"林依然拍了下她的肩膀，"五个人的小公司，你还想搬到金融街去啊？"

"也不是不可能。"盛一帆说，"有目标才有动力啊。"

"金融街那边有家餐厅挺好吃的。"徐可说。

"就这么定了吧！"成孟聆说，"明年租约到期，换金融街。"

"你们……"林依然不知道说什么好，"别做梦了！"

四个人同时转头看她，脸上都带着笑。

林依然一时有些感触，不知道明年的今天，她们还会不会是现在的样子？

"你们对新公司还有什么建议或者要求吗？"林依然说，"非让我说了算，那我就趁早问清楚，免得以后你们怪我。"

"没什么了。"凌夏伸食指，"就一个小要求，我们能尽量少加班吗？"

林依然笑了，"你以为我愿意加班呢？我的心愿也是工作三天躺四天，能闲着绝不干活啊。"

"我只要不太累就好了。"成孟聆说。

"对，身体重要。"徐可和盛一帆同时补充。

林依然点点头，"放心吧，我们自己的事业，节奏我们自己来把控，我也不喜欢互联网公司现在动不动就拼命的风格，只要条件允许，我们就做一个不着急的慢公司吧。"

她又看了一眼对面的小楼，深吸一口气："走，我们上去。"

"好！"

她们五个女生肩并着肩，说说笑笑，往大门口走去。